TASCABILI
BOMPIANI

SAGGI

54

Umberto Eco
Sette anni di desiderio

 TASCABILI
BOMPIANI

Realizzazione editoriale: ART Servizi Editoriali s.r.l. - Bologna

ISBN 88-452-4534-9

© 1983/2000 RCS Libri S.p.A.
Via Mecenate, 91 - 20138 Milano

II edizione Tascabili Bompiani luglio 2000

INTRODUZIONE

Ogni tanto raccolgo in volume gli scritti occasionali, gli articoli, le polemiche, le *nugae*, quelle osservazioni che un tempo si stendevano come pagine di diario privato. Oggi, con i mezzi di massa che non solo permettono, ma incoraggiano la messa in pubblico delle proprie reazioni immediate agli eventi e ai problemi, le pagine di diario escono a stampa, e a puntate. Hanno il vantaggio di non poter essere riscritte ad uso dei posteri. Sono scritte per i propri contemporanei, possono incorrere in contraddizioni, e nel reato di giudizio avventato. Sono, per chi scrive di professione, il modo più giusto (e in ogni caso il più responsabile) di impegnarsi politicamente.

Nel 1973 raccoglievo le riflessioni degli anni sessanta in *Il costume di casa*; nel 1976 riunivo interventi di attualità e ricordi di viaggio in *Dalla periferia dell'impero*. Ora in questo libro appaiono pezzi vari scritti dal 1977 a oggi.

Cronaca di sette anni, dunque, e per puro caso la periodizzazione non è casuale. Dal 1977 in avanti sono accaduti in Italia alcuni fatti degni di un certo interesse. Fatti politici e sociali, e "fatti" culturali, ovvero discussioni, e mode. La crisi delle ideologie, le tentazioni del riflusso, e contemporaneamente i moti del Settantasette, la loro crisi, lo sviluppo massiccio del terrorismo... Sette anni interessanti, senza dubbio, anche se non sempre si vorrebbe vivere in un'epoca troppo interessante.

Perché parlo di sette anni di desiderio? Perché mi pare che uno dei termini chiave di questo settennio non fosse rivoluzione, lotta di classe, marxismo o "nella misura in cui", come era stato tipico degli anni precedenti. In questo settennio, contrassegnato dalla scoperta o riscoperta del privato, dei bisogni, della libertà delle pulsioni, si è parlato tanto, tantissimo di desiderio. Si sono scritte pagine di psicoanalisi, di letteratura, ci si è spogliati nudi in piaz-

5

za, si è sparato, si è riscoperto (dicono) il sacro, tutto all'insegna del desiderio. Come si suggerisce in uno dei saggetti di questo libro, solo un altro concetto ha abitato con altrettanta insistenza le pagine a stampa e le dichiarazioni verbali: la rabbia. Anni di rabbia e di desiderio. Ma credo che le due passioni siano legate da molte e sottili parentele. Se poi si va a ricuperare un altro termine chiave di questi anni, la crisi della ragione, si vede che, se la ragione è in crisi, cosa rimane? La celebrazione degli impulsi, in politica come in letteratura, e in varie altre attività, compresa – che so – la compravendita di immobili, lo sport, o l'assunzione di sostanze chimiche via endovena. E siccome la celebrazione degli impulsi non dà mai i risultati sperati, sopravviene la rabbia, oppure il desiderio si orienta in direzioni oscure, e diventa voglia di morte.

Ecco il senso dei titoli che contrassegnano le prime quattro sezioni di questa raccolta. Al desiderio di riflusso, per reagire alla crisi delle ideologie, fa seguito, o si accompagna, il desiderio (detto negli anni scorsi "trasversale") di celebrare il desiderio – mai come in questi anni si è parlato di carnevalizzazione della vita. Intanto, un profondo desiderio di morte (che ha contrassegnato il terrorismo, molti dei suoi nemici, e altre manifestazioni di tanatofilia) ci ha fatto sorgere il dubbio che del carnevale totale facessero parte anche le bande di "arance meccaniche", di qualsiasi colore si tingessero. Si provi a rileggere il fenomeno del pentitismo come l'inizio liberatorio di una nuova quaresima. Davvero, sono stati sette anni di grande religiosità – ma si badi, quando si parla di religiosità si pensa anche alle religioni che prediligono i sacrifici umani.

Patetico, irriducibile, quale antistrofe, ha accompagnato questi anni il desiderio di trasparenza da parte di coloro che, non riuscendo più a capire cosa stesse accadendo, chiedevano ai mezzi di massa di dire almeno la verità. Ahimè, anche con le illusioni di questo desiderio si è dovuto fare i conti.

Le ultime due sezioni del libro non sono intitolate al desiderio. Non bisogna insistere con le metafore oltre il dovuto. La sezione sul potere e i contropoteri riflette tuttavia un altro aspetto caratteristico di questi anni: mentre esplodevano desideri di colpire al cuore il potere e di individuare altri modelli di cultura (la festa, la rivolta, il massacro, il ritrovamento di nuove forme di consenso) ci si è anche domandati quale fosse e dove stesse il potere che si voleva mettere in causa. In questi sette anni molti erano contro lo stato, altri con lo stato, alcuni né con lo stato né contro lo stato. Tutti parlavano di "stato" in termini abbastanza estranei alla filosofia del diritto. Per lo più si pensava a qualcosa d'altro, diverso per ciascuno, e in definitiva era in questione la natura del potere. Ma proprio negli anni precedenti era iniziata una discussione sul potere e non dimentichiamo che tra gli anni sessanta e i settanta astuti teorici hanno gradatamente dimostrato che non esistono più potere, sesso, soggetto, linguaggio, classe, inconscio e non ricordo bene cosa d'altro. Morti Marx, Dio, Nietzsche, Freud, gravemente ammalati i leaders storici ancora viventi (ma via via eliminati da malattie o vecchiaia), se si negavano anche i grandi concetti su cui era sino ad allora vissuto di rendita il pensiero occidentale – a chi si poteva allora dare la colpa? Al settennio sono rimasti, alla fine, pochi e imprecisi colpevoli, il Grande Vecchio, i bulgari, qualche assessore corrotto, Toni Negri e la mafia. Poco (e di dimensioni troppo, troppo umane) per soddisfare l'ansia metafisica di una intera società. È che il settennio non ha avuto abbastanza lucidità per riconoscere le nuove forme di potere, e individuare le nuove tecniche di sopravvivenza, se non di confrontazione, che esse richiedono. Simbolo di questo smarrimento, il terrorismo, che ha continuato a cercare il cuore di un potere antropomorfo per colpirlo a morte. Non essendoci riuscito, non gli restava che pentirsi.

L'ultima sezione raccoglie scritti che, di tutti gli eventi e i desideri trattati nelle sezioni precedenti, offrono il controcanto grottesco. Grottesco non vuole dire scherzoso. Ovvero, la rivisitazione ironica di fatti e miti può costituire, talvolta, l'unico modo *desiderabile* di capire. A tal punto che il pezzo apparentemente più fantascientifico e "comico", una meditata farneticazione su "cosa sarebbe accaduto se..." (un sofferto esercizio di condizionali controfattuali), trova la sua collocazione più degna non nell'ultima sezione (che qualche lettore di gran sussiego potrebbe ostinarsi a ritener evasiva) ma in quella dedicata al desiderio di morte che ha pervaso in questi sette anni la nostra penisola. Continuo a pensare che quel pezzo – che qui ho intitolato "Una storia vera" – sia una delle cose più vere che ho mai scritto, e la prova è che nessuno l'ha mai presa sul serio.

Dicevo all'inizio che in questo settennio non si è più detto "nella misura in cui". Invece si è continuato a dire "discorsi di un certo tipo". Abbiamo tutti ironizzato a lungo sulle vicende del sinistrese e sancito l'impossibilità di usare ancora certe espressioni che non volevano dire più nulla. Eppure mi viene il sospetto che tra due espressioni entrambe ormai prive di senso, l'una possa comportare connotazioni diverse dall'altra, e sia interessante capire quale scompare per prima e perché.

"Nella misura in cui" era una brutta espressione. Avevo osservato altrove che poteva essere sostituita da "se-allora" (nella misura in cui piove, porta l'ombrello), da "questo provoca quello" (nella misura in cui il governo aumenta le tasse sugli immobili diminuirà l'acquisto di case in proprio), da "quando-allora" (nella misura in cui egli tornerà a chiederti soldi prendilo a calci), e così via. Ma, malgrado le esagerazioni, "nella misura in cui" manifestava una volontà di calcolo, di commisurazione, una ricerca di adeguatezza tra risposta e domanda, una aspirazione alla soluzione proporzionata. I sette anni di desiderio si sono svolti invece all'insegna della dismisura, e semmai lo slogan sessantottesco che (anche se tacito) ha continuato a prevalere è stato "prendete i vostri desideri per la realtà" – che è appunto l'opposto di ciò che si deve o si può fare solo nella misura in cui.

E siccome la regola era ormai la dismisura suggerita dal desiderio, come poteva essere descritta la soluzione? Come, appunto, una soluzione, un approccio, una gestione in prima persona, un discorso "di un certo tipo".

Si parla di crisi delle ideologie. Errore. Caso mai bisognerebbe parlare di modificazione delle ideologie. È caratteristico delle nuove ideologie non essere riconoscibili come tali, così che possano essere vissute come verità. Ecco, nel settennio hanno danzato tante nuove verità, tutte indefinibili e quindi tutte *di un certo tipo*.

Macché crisi della ragione. Crisi di una teoria dei tipi. Ma allora, di che tipo sono stati i desideri del settennio?

Ecco, nella prudente misura in cui si poteva rispondere a questa domanda, giorno per giorno, questi scritti tentavano di rispondere. Dico, vero?, nella misura in cui le risposte non sono mai definitive.

Milano, 1983

8

I
IL DESIDERIO DI RIFLUSSO

GLI ORFANI DEL SESSANTOTTO

La settimana scorsa ero a New York per un congresso alla Columbia University, e tra il pubblico c'erano degli studenti, americani, che all'uscita mi hanno mostrato una loro rivista, in cui avevano pubblicato testi di gruppi extraparlamentari italiani. E mi hanno detto che, poiché avevano appreso che ormai in Italia non ci si poteva più esprimere liberamente, loro mettevano la loro rivista a disposizione degli intellettuali italiani che volessero dissentire. Gli ho detto che per il momento potevo ancora scrivere quello che volevo e che le mie uniche difficoltà sull'*Espresso* erano che, se spuntavano dieci righe in più, le tagliavano, ma a caso. Però ho dovuto ammettere che gli eventi in corso minacciano di far serpeggiare ventate di maccartismo. Non tanto da parte dei maccartisti di professione: ma stimolando piuttosto in molti una sorta di maccartismo autolesionistico, e cioè di pentimento di ciò di cui non ci si deve vergognare.

Il Sessantotto è finito, ed è giusto che lo si giudichi storicamente. Il Sessantotto ha prodotto anche il terrorismo (al massimo possiamo chiederci se avremmo visto il terrorismo senza il Sessantotto, come è accaduto agli irlandesi e ai baschi). Ed è giusto, anche come atteggiamento storiografico, chiederci cosa ci sia stato nel Sessantotto che ha prodotto, in alcuni che non hanno saputo riaversi dalla sua crisi, la scelta terroristica. Ma mi pare che in questi tempi sia cominciato un po' dappertutto un forsennato e dostoevskiano esame di coscienza che porta, da un lato, a identificare il Sessantotto col terrorismo, dall'altro, in molti, a dire più o meno scopertamente: "io in quei giorni non c'ero".

Invece c'eravamo tutti, c'ero io che pure lo vivevo ormai da professore e non da studente; c'era la stessa stampa borghese che guardava con sentimenti misti all'insorgere di un nuovo atteggiamento, e che finiva per adottare il linguaggio del Sessantotto, non

11

parlando più di "vertenza" sindacale ma di "lotta" sindacale (ed era un aderire alla temperie metaforica sessantottesca); c'era persino il vecchio barone che, contestato, faceva tuttavia un esame di coscienza e si chiedeva se qualcosa non stesse cambiando. Il Sessantotto è stato anzitutto una messa in discussione dei rapporti su cui si reggeva la società civile, al di qua del rovesciamento, non avvenuto, dei rapporti politici.

In questo calderone, in cui alcuni pensavano alla rivoluzione come lotta armata, altri usavano il termine come metafora di un profondo rivolgimento sociale, altri ancora ne parlavano senza chiedersi esattamente cosa fosse, è successo di tutto. Quanti però degli studenti che gridavano in corteo "fascisti, borghesi, ancora pochi mesi" pensavano davvero che entro un semestre avrebbero dovuto fare un bagno di sangue? Non più, credo, di quanti marescialli di fureria, cantando l'inno di Mameli, pensino che realmente sono pronti alla morte, senza esitazione e rimpianto. E quante massaie, che in un'assemblea di quartiere parlavano della "giusta lotta degli inquilini", pianificavano di rapire e ammazzare l'ingegner Saronio?

E allora bisogna avere il coraggio e la serenità di vedere quanto, in un'epoca di generale eccitazione, ci fosse di nuovo, di positivo, di razionale; e quanto fosse ingenua metafora; e quanto fosse ambiguità, e confusione. Sono auspicabili tutti gli esami di coscienza. Vorrei dire: tutte le sante soddisfazioni, del tipo "se a quei tempi dicevo che Lenin era filosoficamente male attrezzato mi trattavate da sporco borghese, ora voi che mi ricattavate siete diventati mistici e non credete più alla dialettica, siete dunque degli sfacciati e impuniti".

Tutte le più impietose analisi degli errori, delle illusioni, delle leggerezze. Ma non la fuga e la rimozione. Non dire "io non c'ero" oppure "tutto era già sin dall'inizio radicalmente sbagliato, corrotto, intriso di sangue, tutto era allora quello che adesso alcuni sono diventati". Perché a fare il gioco degli albi di famiglia (che pure è storiograficamente utile) non ci stanno dentro solo i comunisti, ma anche l'educazione cattolica che ha prodotto tanti extraparlamentari e tanti terroristi.

Ma un conto è dire che ci furono degli ex partigiani che nel Quarantacinque non riuscirono a smettere di sparare e si diedero alla rapina, e un conto è usare questi fatti per mettere sotto processo la guerra di liberazione.

L'Espresso, 24 febbraio 1980

Messo sull'allarme da tutte le polemiche che gli hanno fatto corona, sono andato a vedere *Il cacciatore* e sono rimasto deluso. Non dal film, che anzi ho trovato piuttosto bello, ma dal ruolo eccessivo che gli si è fatto giocare. Il film, secondo me, ha poco a che vedere col Vietnam e col giudizio che l'America d'oggi dà sui vietcong di allora e sui vietnamiti di oggi. La sua storia è un'altra: il suo modello è semmai *Guerra e pace*, vita di piccola e serena comunità contro tragedia immane e ingiustificabile, e poi il gusto della ricostruzione della vita delle minoranze etniche americane, e tra le righe una storia di amicizia virile, e tante altre cose. Avrebbe potuto svolgersi nel secolo scorso e i cattivi sarebbero stati indiani. Si svolge ora, e l'ultima tragedia a portata di mano è il Vietnam. L'America ha un'incredibile capacità di storicizzare il passato prossimo: è vecchia ormai anche la reazione democratica alla sporca guerra e la solidarietà per il popolo vietnamita. Si aggiunga che il film nasce in un momento in cui l'opinione pubblica americana si trova libera da complessi di colpa nei confronti del Vietnam (vedi che la guerra la fanno lo stesso anche senza di noi, si vede che gli piace), ed ecco come un regista può mettere in scena vietcong cattivissimi, senza che questo significhi scelta ideologica alla John Wayne. Sul versante guerra, in quel film tutto è sporco, perché no anche i vietcong?

C'è naturalmente la faccenda del pubblico che applaude quando gli americani, sottoposti alla tortura mostruosa della roulette russa, ne escono con un colpo di scena e fanno fuori i brutti musi gialli. Ma queste sono storie da laboratorio di psicologia, e si è verificato per altri film. Mettete in scena un innocente provocato a morte oltre il limite del sopportabile, accumulate tensione, tendete i nervi del pubblico identificato come una corda di violino, sciogliete la tensione di colpo vendicando la frustrazione dello spettatore, e avrete l'applauso. E poi, dopo che i giornali hanno tanto parlato di questi applausi, ora che gli applausi siano di imitazione, ed anche ideologici, sostenuti da spettatori di destra nazionale, è prevedibile, ma non costituisce fenomeno di massa.

Allora perché? Perché questo film suscita tante discussioni? Naturalmente perché arriva nel momento in cui si discute sugli "orfani" degli entusiasmi sessantotteschi e sui fenomeni di riflusso.

Ebbene, a questo proposito occorre ragionare con molta serenità. È vero che l'illusione sessantottesca che il pianeta fosse vicino alla svolta rivoluzionaria ha dovuto fare i conti con una realtà alquanto diversa. È un fatto che sotto l'impulso disgregatore del terrorismo l'intero movimento abbia subito una crisi di identità. È indubbio che la svolta cinese e lo spettacolo dei paesi socialisti che si dilaniano a vicenda ha fatto cadere molte certezze. È innegabile che la meditazione sul gulag come risultato storicamente provato delle promesse socialiste (finora avveratesi) abbia posto tragici problemi a tutta la sinistra. È esperienza quotidiana che in questo crogiuolo di dubbi ed incertezze si sia verificato un ritorno al privato e al non politico, una meditazione critica sul passato e una ricerca delle fonti della cultura borghese e tradizionale, nel tentativo di rifondare criticamente un sapere liquidato troppo disinvoltamente come inutile alla "scienza proletaria". Ma nulla di tutto questo è disperante: sono anzi altrettanti aspetti di un'interessante crisi di crescenza. Sarebbe disperante se le discussioni politiche, in questo nuovo panorama, avvenissero ancora a colpi di citazioni di Mao e gli studenti rifiutassero i corsi sulla *Divina Commedia* perché non parla di lotta di classe. Tuttavia in questa crisi, in questo utile rivolgimento delle carte accanto alle autocritiche lucide ed oneste, si stanno delineando due tipi di comportamento aberrante.

Il primo è un chiaro caso di demenza senile da parte di intellettuali di mezza età miracolati dal Sessantotto. Colti dalla contestazione quando avevano dai trenta ai quarant'anni, l'hanno usata come cura Aslan per ringiovanirsi i tessuti. Erano tra i più dogmatici nel rifiutare qualsiasi citazione di poeta romantico tedesco che non fosse tradotto in cinese, giocavano a occupare con finalità libertarie persino i congressi dei filatelici. Ora mi capita di vedermeli arrivare in università, che devono fare il servizio sulla generazione del riflusso per la rivista in carta patinata, a chiedermi preoccupati se è vero che i giovani ormai hanno tradito e studiano, e fanno tesi "scientifiche", e se per caso non ci sia ancora qualche sacca "vivace", in cui – non so – ci si spogli magari nudi durante la lezione. Quando uno studente gli dice che anche fare lavoro scientifico è un modo serio di coltivare interessi politici, che siamo al momento della riappropriazione del sapere, anche di quello troppo facilmente rifiutato come non rivoluzionario, allora il miracolato del Sessantotto impallidisce, è la sua gioventù che crolla. Continua a confondere Lenin con Lucignolo, Cuba con Bengodi. Questi sono coloro che alimentano la psicosi del riflusso, chiamano riflusso ogni momento di riflessione, ogni critica progressista degli antichi entusiasmi. Non so se alcuni vietcong abbiano fatto le cose orribili che racconta *Il cacciatore*, ma so che in ogni guerra, e civile per giunta, ne succedono anche di peggio. Smontare i miti e riconsiderarli criticamente non è riflusso e fuga nel privato: è scienza politica.

In secondo luogo vengono i giovani troppo delusi, gli orfani veri i quali, scoperto che il padre non era così perfetto come lo si era creduto, si tagliano i coglioni per interrompere il flusso della generazione. Appartengono alla razza di coloro che, scoperto che il Novantatre è stato un orribile bagno di sangue e il Direttorio una buffonata, pensano che non valeva la pena di fare il giuramento della Pallacorda e prendere la Bastiglia. Non tutti hanno nervi saldi, sbattere la faccia contro la realtà è fatale per i nevrotici, ma la cura passa di lì, non c'è santi che tengano.

È così ce li vediamo d'intorno, tanti di quei giovani chierici che dieci anni fa ti trattavano da fascista se criticavi gli scritti filosofici di Lenin. Che ti dicevano pagato dalla Fiat se sostenevi che anche Eliot diceva qualcosa sui problemi del mondo contemporaneo. Che ti consideravano spia della CIA se citando una frase di Mao (era obbligatorio, e talvolta utile, perché ce n'erano di molto sagge) ti cautelavi dagli eccessi feticistici e scrivevi "come dice un saggio cinese dell'ultima dinastia". Ora credono solo nell'astrologia, ti guardano stupito se parli di ideologia, sogghignano se suggerisci che esistono ancora tecniche pianificabili di convivenza sociale, ti sbattono in faccia il loro Céline letto d'accatto e ti chiedono tanta pietà per la loro crisi senza speranza. Ti ricattavano ieri in nome del proletariato oggi ti ricattano in nome dell'assurdo e della storia come teatro del Male. Ieri erano protervi ed oggi sono piagnoni ed altrettanto ricattatori. In ogni caso, loro in piazza Venezia non c'erano. Dogmatici e acritici nel difendere a sprangate quei padri di cui portavano la faccia sullo striscione nel corteo e che non si potevano toccare, sono altrettanto dogmatici e acritici nel vituperarli, e nell'incapacità di analizzarne storicamente la funzione e i limiti. Sbavavano per la piazza Tien Anmen, e ora sbavano per Broadway, e avevano torto in entrambi i casi, perché non si fa né politica né riflessione culturale sbavando. La saggezza non sta nel distruggere gli idoli, sta nel non crearne mai.

Razza di vipere, non c'è niente di peggio dei preti spretati, guardatevi dai comunisti delusi, ma dovevate guardarvene anche quando erano illusi, perché vivevano da fascisti il loro comunismo senza sorriso.

L'Espresso, 18 marzo 1979

IL SACRO NON È UNA MODA

Nel 1938 arrivava nella città di Metropolis, proveniente dalla ridente Smallville, Clark Kent, alias Superman, sul quale ormai tutti sanno tutto. Ma in quei tempi lontani di capital'smo neotecnologico, in cui a Chicago si stava preparando l'enciclopedia della scienza unificata e si giudicavano prive di senso le proposizioni dei filosofi metafisici, in Superman non c'era nulla di misterioso. Che quel ragazzo potesse volare come un aereo e sollevare bastimenti come fuscelli, era scientificamente spiegabile. Veniva da Krypton dove la gravità, come si sa, è diversa, ed era normale che avesse superpoteri. Anche le sue capacità di memoria derivavano piuttosto dal fatto che, per le solite ragioni di gravità, aveva sviluppato meglio di altri quelle capacità di *quick reading* che già insegnavano per altro nelle università.

Il Superman storico non aveva nulla di mistico.

Al limite degli anni ottanta il Superman cinematografico è ben altra cosa. Anzitutto non è un caso se abbia un padre così ingombrante come Marlon Brando, la cui storia si prende quasi metà del film, e che questo padre trasmetta al bambino in partenza per la Terra un Sapere di cui noi non sappiamo nulla, e che si concreta in stalagmiti di diamante, materiale simbolico quanti altri mai. Che gli dia un viatico assai trinitario, che lo ponga in una navicella a forma di culla che naviga negli spazi come la cometa dei Magi. E che Superman adulto, abitato da voci petulanti come una Giovanna d'Arco in gonnella, abbia problemi da orto degli Ulivi e visioni da Tabor. Egli è il Figlio dell'Uomo.

Clark Kent arriverebbe dunque sulla Terra a soddisfare le speranze di una generazione che si diletta sul *Silmarillion* di Tolkien e decifra una teogonia che gli impone di memorizzare i figli di Illuvatar e i Quandi e gli Atani e i prati fioriti di Valinor e le ferite di Melkor. Tutte cose che se avesse dovuto studiarle a scuola, la

17

stessa generazione avrebbe occupato l'università o il liceo per protesta contro il nozionismo.

Le reincarnazione di Superman si presenterebbe allora come versione pop di una serie di fenomeni più profondi e complessi che sembrano rilevare tutti una tendenza: il ritorno al pensiero religioso. L'intera fascia islamica torna a una visione teocratica della vita sociale e politica, masse di lemmings americani corrono a suicidarsi in nome della felicità ultraterrena, movimenti neomillenaristici e glossolalici invadono la provincia italiana, torna in scena l'Azione cattolica, si rinnova il prestigio del soglio pontificio. E accanto a queste manifestazioni di religiosità "positiva", ecco la nuova religiosità degli ex atei, rivoluzionari delusi che si buttano a leggere i classici della tradizione, gli astrologi, i mistici, i macrobiotici, i poeti visionari, il neofantastico (non più fantascienza sociologica ma nuovi cicli di Artù) e infine non più i testi di Marx o Lenin ma opere umbratili di grandi inattuali, possibilmente mitteleuropei delusi, decisamente suicidi, che non abbiano mai pubblicato nulla in vita, che abbiano stilato un solo manoscritto e anche quello incompleto, incompresi a lungo perché scrivevano in una lingua minoritaria, tutti corpo a corpo col mistero della morte e del male, e che avessero l'operare umano e il mondo moderno in gran dispetto.

Su questi elementi, su queste tendenze innegabili, pare però che i mezzi di massa costruiscano una sceneggiatura che ripete lo schema suggerito da Feuerbach per spiegare la nascita della religione. L'uomo in qualche modo sente di essere infinito, e cioè è capace di volere in modo illimitato, diciamo di volere tutto. Ma si accorge di non essere capace a realizzare ciò che vuole, e allora deve prefigurarsi un Altro (che possieda in misura ottimale ciò che lui desidera di meglio) e a cui si delega il compito di colmare la frattura tra ciò che si vuole e ciò che si può.

Cioè i mezzi di massa segnalano da un lato i sintomi di una crisi delle ideologie ottimistiche del progresso: sia quella positivistico-tecnologica che voleva costruire un mondo migliore con l'ausilio della scienza, sia quella materialistico-storica che voleva costruire una società perfetta per mezzo dell'intervento rivoluzionario. Dall'altro tendono a tradurre in forma mitica il fatto che queste due crisi (che per molti aspetti sono la stessa) si traducono in termini politico sociali economici, come ritorno all'ordine, ovvero frenata conservatrice (vedi la parabola felliniana del direttore d'orchestra). I mezzi di massa mostrano per altre allegorie lo stesso problema e accentuano i fenomeni del ritorno alla religiosità.

In questo senso mentre sembrano agire da termometro, che registra un incremento di temperatura, fanno invece parte del combustibile di cui la caldaia si alimenta.

Infatti è piuttosto ingenuo parlare di una rivincita delle forme religiose istituzionali. Esse non erano affatto scomparse, si pensi a certo associazionismo giovanile cattolico: semplicemente in un panorama di opinione pubblica in cui si parlava di completa marxistizzazione dei giovani, risultava più difficile a quelli che marxisti non erano affermarsi come forza organizzata capace di un certo appello. Parimenti il successo dell'immagine paterna del nuovo Papa pare piuttosto come il processo spontaneo di rafforzamento di immagini di autorevolezza in un momento di crisi delle istituzioni, che non come fenomeno religioso nuovo. A conti fatti chi credeva crede ancora e chi non crede si adatta, fa il democristiano quando è la DC che gli promette un posto in Comune, flirta col compromesso storico quando gli pare il PCI possa assicurargli un posto in Regione.

Ma a proposito di questi fenomeni occorre distinguere tra religiosità istituzionale e senso del sacro. Il recente libro curato da Franco Ferrarotti, *Forme del sacro in un'epoca di crisi*, edito da Liguori, rimette in gioco questa importante distinzione: il fatto che fosse in crisi la frequenza ai Sacramenti non ha mai significato che fosse in crisi il senso del sacro. Le forme di religiosità personale, concretatesi nei movimenti post-conciliari, hanno accompagnato il decennio in cui i giornali ci facevano pensare che la società si fosse laicizzata del tutto. E i movimenti neomillenaristici sono cresciuti in modo costante nelle due Americhe ed emergono vistosamente oggi in Italia per ragioni connesse all'urto tra società industriale avanzata e sottoproletariato emarginato. Infine fa parte di questa vicenda del sacro anche il neomillenarismo ateo, ovvero il terrorismo, che ripete in forme violente una sceneggiatura mistica, esigenza di testimonianza dolorosa, martirio, bagno di sangue purificatore. In una parola tutti questi fenomeni sono reali ma non fanno parte della sceneggiatura, alla moda, del "riflusso". Al massimo coprono, nel momento in cui sono messi pittorescamente in evidenza, i veri fatti nuovi che riguardano piuttosto sterzate conservatrici a livello politico.

Dove invece mi pare che il tema del ricorso al sacro presenti motivi di interesse è a proposito di una certa sacralità atea che non si presenta come la risposta del pensiero religioso tradizionale alle delusioni delle sinistre, ma proprio come prodotto autonomo di un pensiero laico in crisi. Anche questo fenomeno però non è di questi anni e le sue radici vanno cercate più indietro. Quello che è interessante è che esso ripercorre in forme atee delle modalità che sono state proprie del pensiero religioso.

La questione è che le idee di Dio che hanno popolato la storia dell'umanità sono di due tipi. Da un lato c'è un Dio personale che è la pienezza dell'essere ("Io sono come colui che è") e quindi riassume in sé tutte le virtù che l'uomo non ha, ed è il Dio dell'onnipotenza e della vittoria, il Dio degli eserciti. Ma questo stesso Dio si manifesta sovente in modo opposto: come colui che non è. Non è perché non può essere nominato, non è perché non può essere descritto con nessuna delle categorie che usiamo per designare le cose che sono. Questo Dio che non è, attraversa la storia stessa del Cristianesimo: si nasconde, è indicibile, può essere attinto solo per forza di teologia negativa, è la somma di quello che di lui non può essere detto, se ne parla celebrando la nostra ignoranza e lo si nomina al massimo come vortice, abisso, deserto, solitudine, silenzio, assenza.

Di questo Dio si alimenta il senso del sacro, che ignora le Chiese istituzionalizzate, così come lo ha descritto più di cinquant'anni fa Rudolf Otto nel suo celeberrimo *Das Heilige*. Il sacro ci appare come "numen", come "tremendum", è l'intuizione che ci sia qualcosa non prodotto dall'uomo e verso il quale la creatura sente attrazione e repulsione al tempo stesso. Esso produce un senso di terrore, un irresistibile fascino, un sentimento di inferiorità e un desiderio di espiazione e sofferenza. Nelle religioni storiche questo sentimento confuso ha preso la forma, volta a volta, di divinità più o meno terribili. Ma nell'universo laico esso ha assunto da almeno cento anni altre forme. Il tremendo e il fascinoso hanno rinunciato a rivestirsi delle parvenze antropomorfe dell'essere perfettissimo per assumere quelle di un Vuoto rispetto al quale i nostri propositi sono votati allo scacco.

Una religiosità dell'Inconscio, del Vortice, della Mancanza del Centro, della Differenza, della Alterità assoluta, della Frattura ha attraversato il pensiero moderno come controcanto sotterraneo alle insicurezza dell'ideologia ottocentesca del progresso e al gioco ciclico delle crisi economiche. Questo Dio laicizzato e infinitamente assente ha accompagnato il pensiero contemporaneo sotto vari nomi, ed è esploso nella rinascita della psicanalisi, nella riscoperta di Nietzsche e di Heidegger, nelle nuove anti-metafisiche dell'Assenza e della Differenza. Durante il periodo dell'ottimismo politico si era creata una netta frattura tra questi modi di pensare il sacro, ovvero l'inconoscibile e le ideologie dell'onnipotenza politica: con la crisi sia dell'ottimismo marxista che di quello liberale questa religiosità del vuoto di cui siamo intessuti ha invaso lo stesso pensiero della cosiddetta sinistra.

Ma se questo è vero il ritorno al sacro ha preceduto di molto la sindrome dell'orfano, provata dai disillusi che entravano in paranoia perché scoprivano che i cinesi non erano né infallibili né totalmente buoni. Il "tradimento" dei cinesi ha semmai arrecato il colpo finale (molto esteriore) a chi da tempo viveva la sensazione che sotto al mondo della verità razionali proposte dalla scienza (sia quella capitalistica che quella proletaria) si celassero delle smagliature, dei buchi neri. Senza avere la forza di condurre una critica scettica, lucida, dotata di sense of humor e di scarso rispetto per le autorità.

Su queste nuove teologie negative, sulle liturgie che ne derivano, sulla loro incidenza sul pensiero rivoluzionario, varrà la pena di interrogarsi a lungo nei prossimi anni. Vedere quanto anch'esse rimangano sensibili alla critica di Feuerbach, per dirne una. Ovvero se attraverso questi fenomeni culturali si profili un nuovo medioevo di mistici laici, più inclini al ritiro monastico che alla partecipazione cittadina. Dovremo vedere quanto ancora possono giocare o come antidoto o come antistrofe le vecchie tecniche della ragione, le arti del Trivio, la logica, la dialettica e la retorica. Col dubbio che a praticarle ancora con ostinazione si venga accusati di empietà.

L'Espresso, 25 marzo 1979

CON CHI STANNO GLI ORIXÀ?

Questa sera, a San Paolo, viaggio con un gruppo di amici che mi fanno da guida verso l'estrema periferia, dalle parti dell'aeroporto internazionale. Un viaggio di circa un'ora di macchina, verso i riti afro-brasiliani. Arriviamo a un grande edificio, un po' in alto, sopra un territorio di case povere, non ancora una favela: la favela è più in là, se ne intravvedono le luci fioche a distanza. L'edificio è ben costruito, sembra un oratorio: è un terreiro, o casa, o tenda di Candomblé. Un turista, e persino un brasiliano che non lo abbia mai visitato (e sono moltissimi, la maggioranza, almeno dalla media borghesia in su) parlerebbe eccitato di Macumba.

Ci presentiamo, un vecchio negro ci purifica con suffumigi. Entrando mi attendo un locale come certe tende di Umbanda che già ho visitato, un trionfo di Kitsch religioso, complicato dalla tolleranza sincretistica: altari affollati di statue del Sacro Cuore, della Madonna, di divinità indie, di diavolacci rossi come se ne vedono solo negli spettacoli di Lindsay Kemp. Invece la sala ha un rigore quasi protestante, con poche decorazioni. In fondo, le panche per i fedeli non iniziati; di lato, accanto al palchetto dei tamburi, le sedie sontuose per gli Ogà. Gli Ogà sono persone di buona condizione sociale, spesso intellettuali, non necessariamente credenti, ma comunque rispettosi del culto, che sono investiti della funzione onorifica di consigliere e garante della casa, e sono eletti su indicazione di una divinità superiore. Il grande romanziere Jorge Amado riveste tale funzione in un terreiro di Bahia, eletto da Iansà, divinità nigeriana signora della guerra e dei venti. L'etnologo francese Roger Bastide, che aveva studiato questi culti, era stato eletto per decreto di Oxossi, divinità ioruba protettore dei cacciatori. Dalla parte opposta ai tamburi, le sedie per gli ospiti su cui ci fa accomodare il "pai-de-santo", ovvero il Babalorixà, ovvero (per capirci) il parroco di questa chiesa. Un mezzo sangue imponente e canuto, pieno di dignità. Sa chi sono i suoi ospiti, fa qualche arguta osservazione sul rischio che questi intellettuali razionalisti pecchino di miscredenza.

Ma in questa chiesa che può accogliere con tanta liberalità le divinità africane e il pantheon cristiano, la tolleranza è di regola, è l'essenza stessa del sincretismo. Infatti vedo sulla parete di fondo tre immagini che mi stupiscono: la statua policroma di un indio, nudo con la corona di penne, e quella di un vecchio schiavo negro vestito di bianco, seduto, che fuma la pipa. Li riconosco, sono un "caboclo" e un "preto velho", spiriti di trapassati, che hanno un ruolo importante nei riti umbanda, ma non nel Candomblé, che stabilisce rapporti solo con le divinità superiori, gli Orixà della mitologia africana. Cosa fanno lì, ai due lati di un grande crocifisso? Il pai-de-santo mi spiega che si tratta di un omaggio: il Candomblé non li "utilizza", ma non si sogna neppure di negare la loro presenza e il loro potere.

Lo stesso che accade con l'Exù. Nell'Umbanda è spesso visto come un diavolo (se ne vendono statuette di metallo, corna e coda lunghissime, e il tridente; o statue in legno o terracotta colorata, enormi, di un Kitsch ributtante, tipo diavolo lascivo da night club nel "Mondo di notte"); il Candomblé non lo considera un diavolo, ma una sorta di spirito medio, un Mercurio degenerato, messaggero degli spiriti superiori, nel bene come nel male. Non lo onora, non ne attende la possessione, ma all'inizio del rito il pai-de-santo si affretterà con un enorme sigaro (agitato a mo' di turibolo) a purificare l'ambiente, per chiedere educatamente all'Exù, appunto, di starsene fuori e di non disturbare i lavori. Come dire: Gesù e il diavolo non sono cosa nostra, ma è bene mantenere buoni rapporti di vicinato.

Cosa onora il Candomblé? Gli Orixà, le divinità superiori delle religioni africane, nagò-ioruba del Sudan, o bantù angolane e congolesi, quelli che hanno accompagnato in Brasile i primi schiavi e non li hanno mai più abbandonati. Il grande Ologun, padre di tutti gli dei, di cui non si dà rappresentazione, e poi Oxalà, che il sincretismo popolare identifica a Gesù Cristo e in particolare al Nostro Signore del Bonfim, venerato a Bahia. E poi gli altri, di cui diremo.

Trovandomi a discorrere con un pai-de-santo di evidente cultura, gli pongo subito alcune domande imbarazzanti, precisando che la mia curiosità è di ordine teologico e filosofico. Ma questi Orixà sono persone o forze? Forze naturali, precisa il sacerdote, vibrazioni cosmiche, acqua, vento, foglie, arcobaleno. Ma allora perché se ne vedono ovunque le statue e vengono identificati con san Giorgio o san Sebastiano? Il pai-de-santo sorride, passa a parlarmi delle profonde radici di questo culto nella stessa religione ebraica, e in religioni ben più antiche, mi dice che il Candomblé accetta la legge mosaica, di nuovo sorride quando gli accenno ai riti di magia nera, alla famigerata Macumba, che del Candomblé è appunto la variazione maligna e che nel rito umbanda diventa il Quimbanda, dove l'Exù e la sua compagna, la lasciva Pomba-Gira, si impossessano dei corpi umani in trance, insomma quei riti praticati anche prima delle partite di calcio, dove si ammazzano galletti per far morire o star male quelli della squadra avversaria. Sorride come un teologo della Università Gregoriana a cui chiedessi un'opinione sul miracolo di san Gennaro o sulle madonne che piangono. Non dirà mai nulla contro la fede popolare, ma nulla neppure in favore. Sorride, si sa come è il popolo. Cosa dire peraltro dell'Umbanda? Un culto recente, nato negli anni trenta, mettendo insieme religioni africane, cattolicesimo, occultismo e spiritismo kardecista, un prodotto del positivismo francese. Gente che crede nella reincarnazione, dove gli iniziati in trance vengono invasati da spiriti di trapassati (e da pretos velhos e caboclos) e poi si mettono a vaticinare e dar consigli ai fedeli. L'Umbanda, dei riti afro-brasiliani è la versione conservatrice e spiritualista, e ha messo in chiaro che rispetta con assoluta devozione l'ordine costituito. Mentre il Candomblé (questo il pai-de-santo non me lo dice, ma lo so) nasce come ricerca della propria identità culturale da parte degli schiavi negri, è gesto di rivolta ovvero di volontaria, superba ghettizzazione religiosa e culturale, tanto è vero che è stato a lungo perseguitato, nel Pernambuco si racconta di un capo della polizia che ancora negli anni trenta raccoglieva le orecchie e le mani tagliate a quei dannati feticisti che arrestava.

La storia dello sviluppo dei vari culti è molto confusa (esiste una biblioteca di centinaia di volumi), qui non sto cercando di sistemare un oscuro capitolo di etnologia brasiliana: elenco solo alcuni sospetti. La legge Rui Barbosa del 1888 (legge detta aurea) abolisce la schiavitù ma non conferisce uno status sociale "rigenerato" allo schiavo. Anzi, nel 1890, nel debole tentativo di abolire la schiavitù come stigma, si ordina di bruciare tutti gli archivi del mercato schiavistico. Trovata ipocrita, perché in tal modo gli schiavi non potranno mai più ricostruire la loro storia, le loro origini, diventano formalmente liberi, ma senza passato. Allora si capisce perché è verso la fine del secolo scorso che i culti si ufficializzano, si intensificano, escono allo scoperto, perché nell'assenza di "radici" familiari, i negri cercano di ricostruire la loro identità culturale per via religiosa. E tuttavia è assai curioso che proprio in periodo positivista, infiammati dalle teorie spiritistiche europee, siano degli intellettuali bianchi a influenzare i culti negri portandoli gradatamente ad assorbire i principi dello spiritualismo ottocentesco. Sono fenomeni che si sono verificati anche nella storia europea: quando esistevano forme di millenarismo rivoluzionario, l'azione delle chiese ufficiali ha sempre teso a trasformarle in fenomeni di millenarismo più educato, fondate sulla speranza e non sulla violenza. Allora ci sarebbe da pensare che i riti candomblé rimangano come nuclei di millenarismo "duro" in mezzo ai più edulcorati riti umbanda. Ma su questo non posso parlare col pai-de-santo. Avrò una risposta, ambigua, uscendo nel giardino a visitare le case delle divinità.

Mentre uno stuolo di ragazze, per lo più negre, vestite ritualmente da bahiane, si affollano gaiamente per gli ultimi preparativi, un signore vestito di bianco (dal berretto alle scarpe), perché è il mese di Oxalà, simbolizzato da questo colore, ci accoglie e ci porta in giro parlando italiano. Lo parla ormai male, è venuto dall'Italia dopo la guerra (guardare sempre con sospetto quelli venuti subito dopo la guerra: infatti parla di avventure in Africa Orientale e del maresciallo Graziani). Ha avuto molte traversie, ha provato tutte le religioni, ora ha conquistato la pace: "Se mi dicessero che sta cadendo il mondo proprio qui (indica col dito davanti a sé), mi sposterei solo un poco più in là".

Le case degli Orixà disposte per il vasto giardino come le cappelle di un nostro Sacro Monte, portano all'esterno l'immagine del santo cattolico sincretizzato con l'Orixà corrispondente. All'interno sono una sinfonia di colori crudi e violenti, dati dai fiori, dalle statue, dalla stessa tinta dei cibi cotti da poco e offerti agli dèi: bianco per Oxalà, azzurro e rosa per Yemanjà, rosso e bianco per Xangò, giallo e oro per Ogùn e così via. Non si entra se non si è iniziati; ci si inginocchia baciando la soglia e toccandosi con una mano sulla fronte e dietro l'orecchio destro. Ma allora, chiedo, Yemanjà, dea delle acque e della procreazione, è o non è Nostra Signora della Concezione? E Xangò è o non è san Gerolamo? E perché Ogùn l'ho visto sincretizzato come sant'Antonio a Bahia e come san Giorgio a Rio, e qui invece san Giorgio appare fulgido nel suo manto azzurro e verde, pronto a infilzare il drago, nella casa di Oxossi? Credo di sapere la risposta, perché me l'aveva data anni fa un sagrestano di una chiesa cattolica a Bahia: si sa come sono ingenui i poveri; per fargli pregare san Giorgio devi dirgli che non è diverso da Oxossi. Ma il mio accompagnatore mi dà la risposta inversa: si sa come è il popolo, per fargli riconoscere la realtà e la forza di Oxossi devi lasciargli credere che è san Giorgio. Indubbiamente il Candomblé è una religione antica e saggia.

Ma ormai sta iniziando il rito. Il pai-de-santo fa le defumigazioni propiziatorie, i tamburi attaccano il loro ritmo ossessionante mentre un cantore intona i "pontos", strofe rituali che vengono cantate in coro dagli iniziati. Gli iniziati sono per lo più donne, la "filha-de-santo" è la medium ormai formata che durante la danza verrà visitata da un Orixà. Ora da tempo ci sono anche iniziati maschi, ma il dono medianico sembra riservato per privilegio alla donna. A Bahia visiterò qualche settimana dopo un terreiro, vecchio di quattrocento anni, e mi riceverà la "mae-de-santo" o la Ialorixà, venerabile e posata come una badessa, donne di questo genere hanno dominato la vita culturale e sociale di Salvador, capitale di Bahia, e scrittori come Jorge Amado ne parlano con affettuoso e deferente rispetto. Qui tra le donne vi sono anche alcune bianche. Mi indicano una bionda, è una psicologa tedesca; danza ritmicamente con gli occhi perduti nel vuoto, pian piano incomincerà a sudare, tesa nella speranza di cadere in trance. Non ci riuscirà, sino alla fine, non è ancora matura per l'abbraccio degli dèi, quando già le altre figlie di santo saranno partite in estasi, la vedrò ancora agitarsi nel fondo, quasi piangendo, sconvolta, cercando di perdere il controllo seguendo la musica degli atabaques, i tamburi sacri che hanno il potere di chiamare gli Orixà. E intanto, uno per uno, molti degli iniziati compiono il loro salto fisico e mistico: li si vede di colpo irrigidirsi, lo sguardo diventa atono, i movimenti automatici. A seconda dell'Orixà che li visita, i loro movimenti ne celebreranno la natura e i poteri: morbidi, con le mani che muovono di lato a palme abbassate come nuotando, gli impossessati di Yemanjà, curvi e con movimenti lenti quelli di Oxalà, e così via (nell'Umbanda, quando arriva l'Exù, ci si muove a scatti nervosi e maligni). Coloro che han ricevuto Oxalà saranno ricoperti da veli particolari, perché particolare e grande è stata la loro ventura.

C'è con noi una adolescente quindicenne, europea, coi suoi genitori. Le avevano detto che se voleva venire avrebbe dovuto seguire con attenzione, curiosità e rispetto, ma con distacco, scambiando opinioni con gli altri senza lasciarsi assorbire. Perché se Pitagora aveva ragione, la musica può farci fare quello che vuole, ho visto altre volte dei visitatori non credenti, ma particolarmente suggestionabili, cadere in trance come pere cotte. La ragazza ora suda, ha nausea, vuole uscire. Viene raggiunta subito dall'italiano biancovestito che parla ai genitori e dice di lasciarla per qualche settimana nella casa: la ragazza ha chiaramente qualità medianiche, ha reagito positivamente a Ogùn, bisogna coltivarla. La ragazza vuole andare via, i genitori sono spaventati. Ha sfiorato il mistero degli strani rapporti tra il corpo, le forze della natura, le tecniche incantatorie. Ora si vergogna, crede di essere stata vittima di un inganno: tornerà a scuola e sentirà parlare dei riti dionisiaci, forse non capirà mai che per un attimo è stata anche lei una mènade.

Il rito è finito, ci accomiatiamo dal pai-de-santo. Gli chiedo di quale Orixà sono figlio. Mi guarda negli occhi, mi esamina il palmo delle mani e dice: "Oxalà". Scherzo con uno dei miei amici che è solo figlio di Xangò.

Due giorni dopo, a Rio, altri amici mi portano in un altro terreiro di Candomblé. La zona è più povera, la fede più popolare, se la casa di San Paolo sembrava una chiesa protestante, questa sembra un santuario mediterraneo. I costumi sono più africani, coloro che sono visitati da Oxalà riceveranno alla fine delle splendide maschere che credevo esistessero solo negli albi di Cino e Franco. Sono grandi bardature di paglia, che incappucciano tutto il corpo. È una processione di fantasmi vegetali, condotti per mano come ciechi dai celebranti, brancolanti nei loro movimenti catatonici, dettati dal dio.

Qui la "comida dos santos", i cibi rituali offerti agli Orixà sono ottima cucina bahiana, disposti all'aperto su grandi foglie, sorte di corbeilles immense di ghiottonerie tribali, e alla fine del rito ne dovremo mangiare anche noi. Il pai-de-santo è un tipo curioso, vestito come Orson Welles in *Cagliostro*, il volto giovane di una bellezza un po' molle (è un bianco e biondo), sorride con affetto pretesco ai fedeli che gli baciano le mani. Con pochi movimenti, da John Travolta di periferia, dà l'avvio alle varie fasi di danza. Più tardi lascerà i paramenti e riapparirà in jeans, a consigliare una accelerazione di ritmo per il tamburo, un movimento più abbandonato all'iniziato che sta quasi per cadere in trance. Ci lascia assistere solo all'inizio e alla fine, pare non voglia che siamo presenti quando gli iniziati cadono in trance, che è sempre il momento più crudo. Rispetto per noi o per i suoi fedeli? Ci porta nella sua abitazione, ci offre una cena a base di "fejoada".

Alla parete strani quadri coloratissimi, tra l'indiano e il cinese, con figurazioni surreali, come se ne vedono in America sulle riviste underground dei gruppi orientaleggianti. Sono i suoi, dipinge. Chiacchieriamo di etica e teologia. Non ha il rigore teologico del pai-de-santo dell'altra sera, la sua religiosità è più indulgente, pragmatica. Nega che esistano bene e male, tutto è bene. Gli dico: "Ma se lui (accenno a un mio amico) vuole uccidermi e viene a consultarsi con lei, lei dovrà pur dirgli che uccidermi è male!" "Non so", risponde con un sorriso vago, "forse per lui è una cosa buona, non so, io gli spiegherò solo che è meglio che non la uccida. Ma stia tranquillo, se viene da me, dopo non la ucciderà". Tentiamo ancora qualche argomentazione sul bene e sul male. Insiste, rassicurante: "Stia tranquillo, ci penso io, non la ucciderà". Manifesta un tenero orgoglio del suo carisma. Parla dell'amore che sente per la sua gente, della serenità che proviene dal contatto con gli Orixà. Non si pronuncia sulla loro natura cosmica, sul loro rapporto coi santi. Non ci sono differenze, basta essere sereni. Il Candomblé cambia di teologia da terreiro a terreiro. Gli chiedo quale sia il mio Orixà. Di nuovo si schermisce, sono cose difficili da dire, può cambiare con le circostanze, lui non crede a questa capacità di giudizio; se proprio insisto, guardandomi così, alla buona, dovrei essere figlio di Oxalà. Non gli dico che ho già ricevuto lo stesso responso due notti prima. Vorrei ancora coglierlo in fallo.

Il mio amico, quello che avrebbe dovuto uccidermi, fa il gioco del brasiliano impegnato. Gli parla delle contraddizioni del paese, delle ingiustizie, gli chiede se la sua religione potrebbe anche spingere gli uomini alla rivolta. Il Babalorixà dice evasivamente che sono problemi a cui non vuole rispondere, poi sorride di nuovo con eccessiva dolcezza, come quando mi assicurava che quello non mi avrebbe ucciso, e mormora qualcosa come: "Ma se fosse necessario, si potrebbe...".

Cosa voleva dire? Che per ora non è necessario? Che il Candomblé è pur sempre la religione degli oppressi e sarebbe pronto a farli capaci di rivolta? Non si fida di noi? Ci congeda alle quattro di mattina, mentre gli stati di trance si stanno spegnendo nelle membra sconvolte dei figli e delle figlie di santo. Albeggia. Ci regala alcune sue opere d'arte. Sembra il direttore di una balera di periferia. Non ci ha chiesto nulla, ci ha solo fatto dei regali e offerto una cena.

Mi è rimasta una domanda, che non ho fatto neppure al suo collega di San Paolo. Perché, e non solo in questi due casi, mi sono accorto che il Candomblé (per non parlare dell'Umbanda) attira sempre di più i bianchi. Vi ho trovato un medico, un avvocato, e tanti proletari e sottoproletari. Da antica rivendicazione di autonomia razziale, da configurazione di uno spazio negro impermeabile alla religione degli europei, questi riti stanno diventando sempre più una offerta generalizzata di speranza, consolazione, vita comunitaria. Pericolosamente vicini alle pratiche del carnevale e del calcio, anche se più fedeli ad antiche tradizioni, meno consumistici, capaci di investire la personalità degli adepti più in profondo – vorrei dire, più saggi, più veri, più legati a pulsioni elementari, ai misteri del corpo e della natura. Ma pur sempre uno dei tanti modi in cui le masse diseredate sono tenute in una loro riserva indiana, mentre i generali industrializzano a loro spese il paese, offrendolo allo sfruttamento del capitale straniero. Quello che non ho chiesto ai due pai-de-santo è: con chi stanno gli Orixà?

Come figlio di Oxalà avrei avuto diritto di porre la domanda?

L'Espresso, 16 dicembre 1979

I "nouveaux philosophes" si potevano prevedere sin da dieci anni fa. Bastava prendere un ambiente strutturalista, ancora permeato di positivismo ottocentesco e di spirito cartesiano. Introdurvi un poco (o molto) di Heidegger, far passare a fuoco lento con un Nietzsche ingerito a ritmo accelerato. Trasformare l'alto magistero di Lacan in moda lacaniana, tradurre come metafore letterarie il vuoto, la fessura, la differenza, la mancanza all'essere. Estrarre da Lévi-Strauss la tentazione che le strutture dello spirito siano universali e immutabili e trarne le conseguenze che i primitivi hanno ragione e il resto non ha modificato che in superficie la natura umana. Intravvedere in Althusser non il tema della contraddizione (preso da Mao), ma quello della necessità (segreta suggestione spinoziana).

Esito di questo cocktail: rifiuto della storia come prodotto umano sottoposto a errori, aggiustamenti, scarti e soluzioni provvisorie in avanti: rifiuto del contraddittorio vissuto come assurdo, da patire e non da risolvere; Amor Fati e diffidenza verso ogni progetto per il domani, anche se sbagliato; gioco sugli ossimori per evitare le definizioni univoche e uso del linguaggio per lasciar parlare l'Essere. Se il domani non si può modificare perché il nostro fallimento è già iscritto nella mancanza che noi siamo, non resta che il dialogo solitario con l'Assenza e il Tragico (e, se necessario, il ritorno alla saggezza tradizionale). Voler trasformare il mondo altro non significa che riproporre l'errore originario. L'intellettuale non può far altro che testimoniare che il mondo è un racconto detto da un idiota, pieno d'urlo e furore. Così è stato.

Si sono recentemente confusi, da qualche parte, i nuovi filosofi con gli intellettuali detti del dissenso. Omologazione affrettata, anche se ci sono dei punti che si sovrappongono. Ma se i secondi dissentono dalla sinistra ufficiale, i primi ormai dissentono dalla visione pragmatico-razionale della cultura occidentale. Non è un caso se, tranne uno, non hanno firmato l'appello Guattari-Sartre. Giusto o sbagliato che fosse, quello era ancora un atto politico, un modo di entrare a determinare il corso delle cose. Proprio ciò che i nuovi filosofi non vogliono più fare. Essi non a Berlinguer o a Marchais ma alla nozione di storia umana levano le fiche e gridano: tolli, a te le squadro!

Ma quali esattamente dei nuovi filosofi? Credo che un'altra sorgente di equivoci sia stato parlare di costoro in blocco. Per prudenza metodologica mi limiterò a leggerne uno solo, il Bernard Henry Lévy di *La barbarie à visage humain*.

Si potrebbe leggerlo accettando le associazioni libere: avvertire nelle pagine finali una parentela con Elemire Zolla (che è però di maggiore anzianità nei ranghi della Inattualità, e munito di più robusta cultura della Tradizione), trovare nella polemica contro il socialismo e l'egualitarismo echi di Giuseppe Prezzolini o di Panfilo Gentile. Ci si potrebbe chiedere perché tanto collasso ideologico di fronte alla rivelazione del Gulag quando tanto tempo fa erano già stati scritti il *1984* di Orwell e il *Brave new world* di Huxley (e sì che, se Solgenitsin è un cronista, quelli erano veggenti; ma si vede che sono arrivati in ritardo nei Livres de Poche).

Si può però tentare una lettura più filologica e collegare questo testo a filoni precisi della cultura francese degli ultimi due secoli. Procedimento non peregrino, anche se l'autore negasse ogni rapporto diretto. C'è una etnologia delle culture avanzate che ci dice come anche qui paghino miti e esorcismi che riaffiorano quando ce n'è bisogno, inconsciamente. Si ereditano per osmosi delle cadenze di pensiero. In un patrimonio genetico gli occhi azzurri, o una malattia incurabile, possono rifarsi vivi dopo generazioni.

Dunque, anzitutto, Julien Benda, col suo monito ai chierici perché la smettano di tradire impegnandosi politicamente. Ma più a monte, chi parla dietro a questo processo fatto alla Rivoluzione, al Progresso, al Giacobinismo, alla Uguaglianza, chi riappare nelle pagine di questo figlio deluso della sinistra ottimista? Ma lui, il grande savoiardo, il padre del pessimismo reazionario cattolico e legittimista: Joseph de Maistre. D'altra parte da dove proviene il fremito per il Gulag eterno a questi nuovi filosofi? Da Solgenitsin. E da dove viene Solgenitsin? Dal filone del misticismo ottocentesco russo. E chi alimenta (almeno in buona parte) questo filone agli inizi dell'Ottocento? Ma lui, de Maistre, che conversa a San Pietroburgo. E di cosa conversa? Ma del Gulag eterno, della rivoluzione come Moloch, del destino di ogni storia umana di produrre solo grandi e (per lui) purificanti bagni di sangue.

Naturalmente per de Maistre questa inanità della storia si iscriveva in un severo piano provvidenziale. Ultima ratio, il Papa. I nuovi filosofi vengono da altre origini, certo; ma parlano della Storia che non esiste, ovvero della sua invenzione da parte dei socialisti per negare il Male radicale. Polemizzano con lo spirito della Enciclopedia e l'idea di progresso... Evvia, questi sono temi demaistriani, ripensati dopo Marx!

Naturalmente Lévy è più abile nel gioco delle negazioni: non esiste il potere, non esiste il desiderio, non esiste il capitalismo, non esiste la natura, non esiste l'individuo, e così via... Qual è la genesi di questa scoperta e di questo rovesciamento di carte? Vediamo il punto in cui Lévy si accorge che non esiste la classe, ovvero il Proletariato come soggetto della storia e della rivoluzione.

Com'è che Lévy si rende conto, e con deluso stupore, che la classe non esiste? Perché scopre che non l'ha mai incontrata per strada. E ha ragione: avete mai preso un caffè al bar col Proletariato? Così Lévy fa una scoperta folgorante: la classe la ha inventata Marx, l'ha postulata a priori, costruita teoricamente e tutta l'illusione socialista si basa su questo oggetto che deve la sua esistenza solo al colpo di forza che lo profetizza.

Si vedano le magnifiche e distruttive conseguenze che potrebbero trarsi da questo procedimento di massacro epistemologico: non esiste il numero (lo hanno inventato Pitagora e Peano, mai visto il numero a spasso sul sagrato), non esistono né il triangolo (colpo di forza di Euclide), né l'Orsa Maggiore, perché è un astronomo che ha tracciato le linee di collegamento tra stelle che se ne stavano per conto proprio. Non parliamo dell'atomo di Bohr. Insomma Lévy ha scoperto che la scienza è fatta di astrazioni e concetti, ovvero che la Struttura è Assente, e i suoi nervi non hanno retto.

Ma com'è che non se n'era accorto prima? Le ipotesi sono due. Una, che egli abbia vissuto un Sessantotto zuzzurellone e feticista, in cui si prendevano i propri desideri per la realtà, e la classe l'abbia conosciuta sui *posters* cinesi o sui quadri del realismo socialista, bella, corposa, presente a pugno chiuso. Poi arrivano i teorici della nuova classe operaia da un lato e Solgenitsin dall'altro che la classe davvero non l'ha mai vista, ma solo i burocrati stalinisti che lo rinchiudevano in campo di concentramento perché pensavano, altrettanto feticisticamente, che il proletariato fosse una cosa fisica, e cioè loro stessi.

E a questo punto il nuovo filosofo, per forza, ha uno choc:

"Maledizione, mi avevano ingannato, non si trattava di una entità fisica ma di uno schema di operazione, un postulato della ragion pratica, un progetto, una cosa da fare! I *posters* cinesi mentivano!"

La seconda ipotesi si collega alla prima. Dicevo che circolava in Althusser un pensiero della necessità, per cui l'ordine e la connessione delle idee sono omologhe all'ordine e alla connessione delle cose. In altri termini, la teoria mima, anticipa e riflette le leggi della pratica. Basta allora che si verifichino alcuni scarti traumatici tra pratica e teoria, che alcune utopie rivoluzionarie mostrino la corda, e arriva la delusione; se il calcolo era perfetto e il risultato è errato, non bisogna più calcolare, è tempo perso. Come chi, abbandonato da una donna, diventa misogino a vita, pensando che sono tutte puttane.

De Maistre costruiva il suo pessimismo radicale sullo stesso fallimento di alcune smaccate illusioni giacobine. Ma lui non era un deluso, lui sapeva in anticipo che occorreva accettare come fatale un universo dominato dalla morte, dalla malattia e dal carnefice, espressione della implacabile giustizia divina. Fatte però le debite proporzioni non mi sembra diverso lo "spiritualismo ateo", metafisico, angelico ed estetico proposto in conclusione da Lévy: la nuova filosofia dovrà pensare fino al limite, *senza credervi*, "l'impossibile idea di un mondo sottratto al Dominio".

Corriere della Sera, 27 luglio 1977

SULLA CRISI DELLA CRISI DELLA RAGIONE

Mi è accaduto di leggere su di un settimanale l'intervista con un celebre romanziere (non cito il nome solo perché da un lato la frase gli era attribuita, dall'altro io ricostruisco a memoria, e quindi non voglio addebitare a qualcuno quello che potrebbe non aver detto; ma se non l'ha detto lui, lo dicono altri) il quale affermava che la ragione ormai non riesce più a spiegare il mondo in cui viviamo e dobbiamo ricorrere ad altri strumenti.

Sfortunatamente l'intervistato non specificava quali fossero gli altri strumenti, lasciando libero il lettore di pensare a: il sentimento, il delirio, la poesia, il silenzio mistico, un apriscatole per sardine, il salto in alto, il sesso, le endovenose di inchiostro simpatico. Più sfortunatamente ancora, ciascuno di questi strumenti potrebbe essere, sì, opposto alla ragione, ma ciascuna opposizione implicherebbe una diversa definizione di ragione.

Per esempio, il libro che ha dato origine a questo avvio di dibattito[1] sembra parlare di crisi di un modello detto "classico" di ragione, come con grande chiarezza spiega Aldo Gargani nell'introduzione. Ma le alternative che Gargani propone vanno, in altri ambiti filosofici, sotto il nome di ragione o attività razionale o almeno ragionevole, come egli riconosce. Quanto ad altri saggi del libro (per citarne solo alcuni) quello di Ginzburg oppone alla ragione deduttiva un ragionamento ipotetico e per indizi che è stato giudicato valido da Ippocrate, da Aristotele e da Peirce; quello di Veca offre una serie molto persuasiva di regole per congetturare con ragionevolezza; quello di Viano propone una prudente definizione di razionalità come esercizio di una "voce" che elabora le giustificazioni invocate per accreditare credenze particolari, facendo in modo che esse siano comprese da tutti.

---

[1] *Crisi della ragione*, a cura di A. Gargani, Torino, Einaudi, 1979.

Ecco qui delle buone definizioni di atteggiamento razionale non classico, che ci permettono di muoverci nel reale senza delegare i compiti della ragione al delirio o all'atletica leggera. Il problema non è ammazzare la ragione, ma mettere le cattive ragioni in condizioni di non nuocere; e dissociare la nozione di ragione da quella di verità. Ma questo onorevole lavoro non si chiama inno alla crisi. Si chiama, da Kant in poi, "critica". Individuazione di limiti.

L'impressione, di fronte a un crampo linguistico come quello della crisi della ragione, è che non si debba tanto definire, all'inizio, la ragione, quanto il concetto di crisi. E l'uso indiscriminato del concetto di crisi è un caso di crampo editoriale. La crisi vende bene. Negli ultimi decenni abbiamo assistito alla vendita (in edicola, in libreria, per abbonamento, e *door-to-door*) della crisi della religione, del marxismo, della rappresentazione, del segno, della filosofia, dell'etica, del freudismo, della presenza e del soggetto (trascuro altre crisi di cui non mi intendo professionalmente anche se le soffro, come quelle della lira, degli alloggi, della famiglia, delle istituzioni e del petrolio). Da cui la nota battuta: "Dio è morto, il marxismo è in crisi e anch'io non mi sento troppo bene".

Prendiamo una piacevolezza come la crisi della rappresentazione; anche ammettendo che chi ne parla abbia una definizione di rappresentazione (il che spesso non è), se capisco bene cosa coloro vogliono dire – e cioè che non riusciamo a costruirci e a scambiarci immagini del mondo che abbiano la sicurezza di adeguare la forma stessa, ammesso che ci sia, di questo mondo – mi risulta che la definizione di questa crisi è iniziata con Parmenide, è continuata con Gorgia, ha dato non pochi grattacapi a Cartesio, ha messo tutti nell'imbarazzo con Berkeley e Hume, e così via, sino alla fenomenologia. Se Lacan è interessante è perché riprende (*ri*-prende) Parmenide.

Pare che chi scopre oggi la crisi della rappresentazione abbia idee adorabilmente imprecise sulla continuità di questo discorso (mi fa pensare all'altra storiella, dello studente interrogato sulla morte di Cesare: "Perché? È morto? Non sapevo neppure che fosse ammalato!").

Ma anche se si ammette l'anzianità della crisi, ancora non capisco in che senso la si fa giocare. Io attraverso la strada col rosso, il vigile mi fa segno col fischietto, e poi multa *me* (non un altro). Come può avvenire tutto ciò se sono in crisi l'idea di soggetto, quella di segno e quella di reciproca rappresentazione? Mi viene il dubbio che non sia questo il punto. Ma allora cos'è che era in crisi?

35

Vogliamo chiarirlo? O è in crisi la nozione di crisi? O mi state sottoponendo a una serie di atti terroristici? Protesto.

Torniamo alla ragione, voglio dire alla definizione della. A muoverci nella selva delle diverse e millenarie definizioni filosofiche, possiamo (con la rozzezza di chi deve scrivere poche cartelle) delineare cinque accezioni di base.

1. La ragione sarebbe quel tipo di conoscenza naturale, tipica dell'uomo, da opporre da un lato alle mere reazioni istintive, e dall'altro alla conoscenza non discorsiva (come le illuminazioni mistiche, la fede, le esperienze soggettive non comunicabili attraverso il linguaggio, eccetera). In questo caso si parla di ragione per dire che l'uomo è capace di produrre astrazioni e di discorrere per astrazioni. Questa nozione non mi pare in crisi: che l'uomo sia fatto così è fuori di dubbio, al massimo si deve decidere quanto questo procedere per astrazioni sia buono rispetto ad altri modi di pensare, perché indubbiamente pensa anche chi ha visioni mistiche. Ma parlare di crisi della ragione significa per l'appunto formulare una astrazione, usando delle nostre capacità razionali, per mettere in dubbio la bontà di un certo tipo di esercizio di queste nostre capacità.

2. La ragione è una particolare facoltà di conoscere l'Assoluto per visione diretta, è l'autocoscienza dell'Io idealistico, è l'intuizione di principi primi a cui obbediscono sia il cosmo che la mente umana, e persino quella divina. Che questo concetto sia in crisi è cosa pacifica. Ci ha dato sin troppi fastidi. Prendiamo a calci chi viene a dirci che ha la visione diretta dell'Assoluto e viene ad imporcela, ma non parliamo di crisi della ragione. È la crisi di costui.

3. La ragione è un sistema di principi universali che precedono la stessa capacità astrattiva dell'uomo. L'uomo al massimo deve riconoscerli, magari a fatica e riflettendovi su a lungo. Platonismo, comunque si presenti. Illustre atteggiamento: messo abbondantemente in crisi, se non altro a cominciare da Kant (ma anche prima). È la famigerata ragione classica. La sua crisi è evidente ma non pacifica. La si ritrova persino nella matematica o nella logica contemporanea. Cosa significa dire che è verità necessaria che la somma degli angoli interni di un triangolo dia sempre e comunque centottanta gradi? Si tratta al massimo di discutere sulla differenza tra verità universale evidente e postulato. Se postulo una geometria euclidea, che la somma degli angoli interni dia centottanta gradi è verità necessaria. Di solito si aspira ad aver la libertà di cambiare, in situazioni particolari, i postulati. A chi me lo concede, concedo di usare la nozione di verità necessaria. È chiaro che

su decisioni del genere si combatte la battaglia per la definizione numero cinque, di cui diremo.

4. Ragione come facoltà di ben giudicare e ben discernere (bene o male, vero e falso). E il buon senso di Cartesio. Se si insiste sulla naturalità di questa facoltà, si torna a qualcosa molto simile alla definizione numero tre. Questa nozione oggi è certo in crisi, ma in modo ambiguo. Direi che è in crisi per eccesso: questa innocente naturalità è stata spostata dalla ragione ad altre "facoltà", come il Desiderio, il Bisogno, l'Istinto. Anziché insistere sulla crisi di questa nozione (certo abbastanza pericolosa e "ideologica") troverei più utile mettere in crisi le sicurezze dei suoi sostituti. In questo senso mi pare ben più inquietante il nuovo cartesianesimo dell'irrazionale, per così dire.

Dire che queste quattro accezioni di ragione sono in crisi è come dire che dopo Galileo e Copernico la terra gira intorno al sole. Può darsi che occorra aggiungere che forse anche il sole gira intorno a qualcosa d'altro, e cioè che il sole è fermo solo in rapporto alla terra, ma sulla prima affermazione non ci piove più ed è certamente in crisi (ma perché ripeterlo) l'idea che il sole giri intorno alla terra.

Col che si arriva alla quinta definizione. La quale è anch'essa in crisi, ma in modo diverso dalle altre. Essa più che in crisi è *critica* perché in un certo senso è l'unica definizione che permetta di riconoscere un modo "razionale" o "ragionevole" di mettere continuamente in crisi e la ragione e il razionalismo classico e le nozioni antropologiche di ragionevolezza e, in definitiva, le sue stesse conclusioni.

La quinta definizione è molto moderna ma è anche molto antica. A rileggere bene Aristotele si può trarla anche dai suoi scritti, con qualche cautela. A rileggere Kant (e rileggere vuole sempre dire leggere in riferimento ai nostri problemi, esplicitamente sottoponendo a critiche e cautele il quadro originario) Kant va ancora abbastanza bene. A proposito, mi annunciano dalla Francia, dopo la morte di Marx, di Hegel e alcune malattie incurabili di Freud, la rinascita kantiana; segnalo l'occasione editoriale all'amico Vito Laterza; prepariamoci ragazzi, meno male che noi il vecchio lo studiavamo al liceo e ce lo siamo digerito tutto all'università, mentre i francesi leggevano Victor Cousin; e, diciamolo, al passeggiatore di Koenisberg siamo sempre rimasti affezionati in segreto, anche quando a nominarlo si era accusati di stare col Vietnam del sud, che decennio difficile abbiamo vissuto!

Dicevo, allora. In questo quinto senso si esercita la razionalità per il fatto stesso che si devono esprimere proposizioni intorno al mondo, e prima ancora di essere sicuri che queste proposizioni siano "vere", bisogna assicurarsi che gli altri le capiscano. Quindi bisogna elaborare delle regole per parlare in comune; regole di discorso mentale che siano anche le regole del discorso espresso. Il che non significa affermare che quando parliamo dobbiamo dire sempre e soltanto una cosa, senza ambiguità e polisensi. Anzi, è piuttosto razionale e ragionevole riconoscere che esistono anche discorsi (nel sogno, nella poesia, nell'espressione dei desideri e delle passioni) che vogliono dire più cose a un tempo e contraddittorie tra loro.

Ma proprio perché è fortunatamente evidente che parliamo anche in modo aperto e polisenso, occorre ogni tanto, e per certi propositi, elaborare norme di discorso condividibili, in ambiti specifici in cui si decide tutti di adottare gli stessi criteri per usare le parole e per legarle tra loro in proposizioni su cui si possa discutere. Posso ragionevolmente asserire che gli esseri umani amano il cibo? Sì, anche se ci sono dei dispeptici, degli asceti e dei disappetenti nevrotici. Basta che concordi per stabilire che, in quell'ambito di problemi, vale come ragionevole una prova statistica.

La prova statistica vale per stabilire quale sia il "giusto" significato dell'*Iliade*, o se Laura Antonelli sia più desiderabile di Eleonora Giorgi? No, si cambia regola. E chi non acconsente con questo criterio? Non dirò che è irragionevole, ma consentitemi di guardarlo con sospetto. Possibilmente, lo evito.

Non chiedetemi cosa devo fare se quello si intrufola: sarà ragionevole decidere *in qualche modo* quando capiterà il caso. A questo tipo di ragionevolezza appartengono sia le leggi logiche che quelle retoriche (nel senso di una tecnica dell'argomentazione). Si tratta di stabilire dei campi in cui le une sono preferibili alle altre.

Un amico logico mi diceva "rinunzio a tutte le certezze, meno che al *modus ponens*". Cosa c'è di razionale in questo atteggiamento? Chiarisco in poche parole, per i non addetti ai lavori: il *modus ponens* è la regola di ragionamento (e quindi la regola per un discorso comprensibile e concordato) per cui se asserisco che *se p allora q*, e poi riconosco che *p*, allora non può seguirne che *q*. Vale a dire che se stabilisco di definire europei tutti i cittadini francesi (e siamo d'accordo su questo postulato di significato), allora se Jean Dupont è cittadino francese tutti devono riconoscere che è europeo.

Il *modus ponens* non vale in poesia, nel sogno, in genere nel linguaggio dell'inconscio. Basta stabilire dove deve valere, cioè iniziare un discorso stabilendo se accettiamo il *modus ponens* o no. E naturalmente metterci d'accordo sulla premessa, perché può darsi che qualcuno voglia definire come cittadino francese solo colui che nasce in Francia da genitori francesi con la pelle bianca.

Talora sulla definizione delle premesse, sui postulati di significato che vogliamo accettare, si possono stabilire delle lotte all'infinito. Sarà ragionevole non inferire secondo il *modus ponens* sino a che non si è tutti d'accordo sulla premessa. Ma dopo mi pare razionale ubbidire al *modus ponens*, se lo si è assunto come valido. E sarà razionale non riferirsi al *modus ponens* in quei casi in cui si sospetta che non possa dare nessun risultato di comprensibilità reciproca (non si può analizzare secondo il *modus ponens* la proposizione catulliana "odi et amo", a meno di ridefinire le nozioni di odio e amore – ma per ridefinirle in modo ragionevole bisognerebbe ragionare secondo il *modus ponens*...).

In ogni caso se qualcuno usa il *modus ponens* per dimostrarmi che il *modus ponens* è una legge razionale eterna (classica, da intuire e accettare), giudicherò ragionevole definire irrazionale la sua pretesa. Però mi pare ragionevole ragionare secondo il *modus ponens* in molti casi, per esempio per giocare a carte: se ho stabilito che un poker d'assi vince su un poker di dieci, allora se tu hai il poker d'assi e io il poker di dieci, devo ammettere che tu hai vinto. Il punto è che si deve stabilire la possibilità di cambiare gioco, previo accordo.

Quello che continuo a ritenere irragionevole è che qualcuno mi sostenga, poniamo, che il Desiderio la vince sempre e comunque sul *modus ponens* (il che sarebbe anche possibile) ma per impormi la sua nozione di Desiderio e per confutare la mia confutazione, cerca di cogliermi in contraddizione usando il *modus ponens*. Mi viene il Desiderio di rompergli la testa.

Attribuisco la diffusione di tali comportamenti non ragionevoli alla molta pubblicistica che gioca con disinvoltura metaforica sulla crisi della ragione (e non parlo ovviamente del libro *Crisi della ragione*, dove si argomenta in modo ragionevole). Però sia chiaro che il problema ci investe non solo a livello di discussione scientifica, ma anche per quanto riguarda i comportamenti quotidiani e la vita politica. Per cui: compagni, lunga vita al *Modus Ponens!* Secondo i casi.

Alfabeta, 9 gennaio 1980

Molti lettori sospettosi e maligni vedendo come io qui tratti del nobile gioco del calcio con distacco, fastidio e (diciamo pure) malanimo, avanzeranno il volgare sospetto che io non ami il calcio perché il calcio non ha mai amato me, sin da piccolo avendo appartenuto a quella categoria di infanti o adolescenti che, come toccano la palla - ammesso che ci arrivino - subito la lanciano in autorete e nel miglior dei casi la passano all'avversario, quando non la fan cadere con tenace ostinazione oltre il campo, al di là di siepi e staccionate, perduta in cantine, ruscelli o affogata tra varie fragranze nel carretto del gelataio - così che i compagni non li vogliono seco e li escludono dalle più liete occasioni agonistiche. Mai sospetto sarà stato più lucidamente vero.

Dirò di più. Nel tentativo di sentirmi come gli altri (come un piccolo omosessuale terrorizzato che si ripeta ostinatamente che "devono" piacergli le ragazze), pregai più volte mio padre, equilibrato ma costante tifoso, di portarmi seco alla partita. E un giorno, mentre osservavo con distacco gli insensati movimenti laggiù nel campo, sentii come se il sole alto meridiano avvolgesse di una luce raggelante uomini e cose, e come se davanti ai miei occhi si dipanasse una recita cosmica senza senso. Era quello che più tardi, leggendo Ottiero Ottieri, avrei scoperto come il sentimento della "irrealtà quotidiana", ma allora avevo tredici anni e tradussi a modo mio: per la prima volta dubitai dell'esistenza di Dio e ritenni che il mondo fosse una finzione senza scopo.

Spaventato, come uscii dallo stadio, andai a confessarmi da un sapiente cappuccino, il quale mi disse che la mia era una ben stra-

---

[1] Questo articolo era stato scritto per il Mundial del 1978. Con poche variazioni e qualche tricolore in più, varrebbe anche per quello del 1982. Il bello del gioco del calcio è che non cambia mai.

na idea, perché in Dio avevano tranquillamente creduto persone degne di fiducia come Dante, Newton, Manzoni, Gioberti e Fantappié. Confuso da questo consenso delle genti, rimandai di circa un decennio la mia crisi religiosa – ma ecco, faccio per dire come da sempre il calcio sia per me connesso all'assenza di scopo e alla vanità del tutto, al fatto che l'Essere altro non possa essere (o non essere) che un buco. E forse per questo (credo unico tra i viventi) ho associato sempre il gioco del calcio alle filosofie negative.

Detto questo rimarrebbe da chiedersi perché proprio io parli ora dei campionati: presto detto: la direzione dell'*Espresso*, in un impeto di vertigine metafisica, ha insistito perché dell'evento si parlasse da una prospettiva di assoluta estraneità. E così si è rivolta a me. Mai scelta fu migliore e più avveduta.

Ora però debbo dire che non è che io sia contrario alla passione calcistica. Anzi l'approvo e la ritengo provvidenziale. Quelle folle di appassionati stroncati dall'infarto sugli spalti, quegli arbitri che pagano una domenica di celebrità esponendosi a gravi ingiurie alla loro persona, quei gitanti che discendono sanguinanti dal pullman, feriti dai vetri fracassati a colpi di pietra, quei giovinotti festanti che ebbri la sera scorrazzano per le strade facendo spuntare la loro bandiera dal finestrino della Cinquecento sovraccarica e si schiantano contro un Tir, quegli atleti rovinati psichicamente da lancinanti astinenze sessuali, quelle famiglie distrutte economicamente dal cedimento a insani bagarinaggi, quegli entusiasti a cui scoppia il petardo celebrativo accecandoli, mi riempiono il cuore di gioia. Sono favorevole alla passione calcistica come sono favorevole alle carrere, alle competizioni su motociclette sull'orlo di abissi, al paracadutismo forsennato, all'alpinismo mistico, alla traversata degli oceani su canotti di gomma, alla roulette russa e all'uso della droga. Le corse migliorano le razze, e tutti questi giochi portano fortunatamente alla morte dei migliori, consentendo all'umanità di continuare tranquillamente la sua vicenda con protagonisti normali e mediamente sviluppati. In un certo senso sarei d'accordo coi futuristi che la guerra è la sola igiene del mondo, salvo una piccola correzione: lo sarebbe se fosse consentito di farla solo ai volontari. Sfortunatamente essa coinvolge anche i renitenti e perciò è moralmente inferiore agli spettacoli sportivi.

Sia chiaro che parlo di spettacoli sportivi, e non di sport. Lo sport, inteso come occasione in cui una persona, senza fini di lucro, e impegnando direttamente il proprio corpo, compie esercizi fisici in cui fa lavorare i muscoli, circolare il sangue e funzionare i polmoni a pieno regime, lo sport dicevo è una cosa bellissima, almeno quanto il sesso, la riflessione filosofica e il gioco d'azzardo con i fagioli come posta.

Ma il gioco del calcio non ha nulla a che vedere con lo sport così inteso. Non per i giocatori, che sono professionisti sottoposti a tensioni non dissimili da quelle di un operaio alla catena di montaggio (tranne trascurabili differenze salariali), non per i guardanti – e cioè la maggioranza – che appunto si comportano come schiere di sessuomani che vadano regolarmente a vèdere (non una volta nella vita ad Amsterdam, ma tutte le domeniche, e invece di) coppie che fanno all'amore o che fan finta di farlo (o come i bambini poverissimi della mia infanzia, a cui si prometteva di portarli a vedere i ricchi che mangiano il gelato).

Poste queste premesse è chiaro perché in queste settimane io mi senta molto disteso. Nevrotizzato, come ciascuno di noi, dai recenti e tragici eventi, uscito da un trimestre in cui si dovevano leggere molti quotidiani e stare attaccati al televisore, attendendo l'ultimo messaggio delle Brigate rosse, o la promessa di una nuova *escalation* del terrore, ora posso evitare di leggere i giornali e di guardare la televisione, cercando al massimo in ottava pagina notizie sul processo di Torino, la Lockheed e il referendum: per il resto si parla di quella cosa di cui non voglio sapere – e i terroristi, che hanno molto sviluppato il senso dei mass media, lo san benissimo e non tentano nulla di interessante, perché finirebbero tra gli echi di cronaca e la pagina dell'alimentazione.

Non è il caso di chiedersi perché i campionati hanno morbosamente polarizzato l'attenzione del pubblico e la devozione dei mass media: dalla nota storia della commedia di Terenzio disertata perché c'era lo spettacolo degli orsi, alle acute considerazioni degli imperatori romani sulla utilità dei circenses, sino all'uso oculato che le dittature (compresa quella Argentina) han sempre fatto dei grandi avvenimenti agonistici, è così chiaro e palese che la maggioranza preferisce il calcio o il ciclismo all'aborto, e Bartali a Togliatti, che non vale neppure la pena di rifletterci su. Ma visto che a rifletterci sono indotto da sollecitazioni esterne, diciamo pure che mai come in questo momento l'opinione pubblica, specie in Italia, aveva bisogno di un bel campionato internazionale.

Infatti, come già mi era avvenuto di osservare in altra occasione, la discussione sportiva (intendo lo spettacolo sportivo, il parlare dello spettacolo sportivo, il parlare sui giornalisti che parlano dello spettacolo sportivo) è il sostituto più facile della discussione politica. Invece di giudicare l'operato del ministro delle Finanze (per il che bisogna saper di economia e d'altro) si discute dell'operato dell'allenatore; invece di criticare l'operato del parlamentare si critica l'operato dell'atleta; invece di chiedersi (domanda difficile e oscura) se il ministro tale abbia sottoscritto oscurissimi patti col potere talaltro, ci si chiede se la partita finale o decisiva sarà effetto del caso, della prestanza atletica, o di alchimie diplomatiche. Il discorso calcistico richiede una competenza non certo vaga, ma tutto sommato ristretta, ben centrata; permette di assumere posizioni, esprimere opinioni, auspicare soluzioni senza esporre all'arresto, al Radikalerlassen o in ogni caso al sospetto. Non impone che si debba decidere come intervenire di persona, perché si parla di qualcosa che vien giocato al di fuori dell'area di potere del parlante. Permette insomma di giocare alla conduzione della Cosa Pubblica senza tutti i patemi, i doveri, gli interrogativi della discussione politica. È per l'adulto maschio come per le bambine giocare alle signore: un gioco pedagogico, che insegna a tenere il proprio posto.

Figuriamoci in un momento come questo in cui occuparsi della Cosa Pubblica (quella vera) è così traumatico. Di fronte a una scelta del genere siamo tutti argentini, e quei quattro argentini rompiscatole che stanno ancora a ricordarci che ogni tanto qualcuno laggiù scompare, per piacere non ci turbino il piacere di questa sacra rappresentazione. Li abbiamo ascoltati prima, ed educatamente, che pretendono? Insomma questi campionati sono come il cacio sui maccheroni. Finalmente qualcosa che non c'entra con le Brigate rosse.

Al proposito delle quali il lettore non completamente distratto sa che circolano due tesi (naturalmente considero solo le ipotesi estreme, la realtà è sempre un poco più complicata). La prima tesi vuole che siano un gruppo oscuramente mosso dal Potere, magari straniero. La seconda tesi vuole che siano "compagni che sbagliano", che si conducono in modo esecrabile ma per motivi tutto sommato nobili (un mondo migliore). Ora se è vera la prima tesi, Brigate rosse e organizzatori di campionati di calcio fanno parte della stessa articolazione del potere: gli uni destabilizzano al momento buono, gli altri ristabilizzano al punto giusto. Il pubblico è richiesto di seguire Italia-Argentina come fosse Curcio-Andreotti e di fare, possibilmente, un totogambe sui prossimi attentati. Se invece è vera la seconda tesi, le BR sono davvero compagni che sbagliano moltissimo: perché si affannano con tanta buona volontà ad assassinar uomini politici e a far saltare catene di montaggio, ma il potere non sta laggiù, ahimè, sta nella capacità che la società ha di ridistribuire subito dopo la tensione su altri poli, ben più vicini all'animo delle folle. È possibile la lotta armata la domenica del campionato? Forse bisognerebbe fare un po' meno discussioni politiche e più sociologia dei circenses. Anche perché ci sono circenses che non appaiono come tali, a prima vista: per esempio certi scontri tra polizia e "opposti estremismi" che hanno luogo in certe epoche solo di sabato, dalle cinque alle sette del pomeriggio. Che Videla abbia degli infiltrati nella società italiana?

L'Espresso, 19 giugno 1978

Nelle edicole delle stazioni stanno apparendo in bella mostra, dico in primo piano, accanto ai tascabili di macrobiotica e all'ultimo Elias Canetti, volumetti che promettono 150 barzellette spinte. Basta dare un'occhiata alla copertina e al risvolto per capire che contengono storielle che conosciamo da anni e abbiamo ascoltato, o raccontato, a scuola, in caserma, in treno o a cena. D'altra parte circolano nei locali di prima visione film in cui si sceneggiano le vicende dell'immortale Pierino. Ritorno, dunque, della volgarità, si dice.

Cosa significa ritorno? La barzelletta oscena non era mai morta. Si deve altresì riconoscere che talora la barzelletta oscena (come d'altra parte quella non oscena) è una forma d'arte, una variazione dell'epigramma o della satira antica: ve ne sono alcune che sono piccoli capolavori teatrali o verbali. Quindi non è l'esistenza di barzellette oscene che ci deve preoccupare. Si tratta di un flusso di narratività che scorre sempre uguale e semmai cambiano gli utenti e le occasioni. Così si dica per lo spettacolo fescennino: una volta c'era l'avanspettacolo e il comico di avanspettacolo non era Woody Allen, dava di gomito alla spalla pronunciando allusioni che, seppur pesanti, erano più argute di quelle che Gelli soffia nell'orecchio di Tassan Din.

Qual è la funzione del racconto osceno, detto o ascoltato, e del turpiloquio in generale? Esistono pagine e pagine di psicoanalisti e psicologi, ma diciamo all'ingrosso che il turpiloquio ha due funzioni principali, una sessuale e una politica. Sessualmente rappresenta una manifestazione di aggressività che, quando non è contenuta, esprime delle frustrazioni. Il turpiloquio limitato, la barzelletta raccontata una sera con gli amici, magari per amore della sua perfetta struttura narrativa, è un divertimento come gli altri. Raccontata invece ossessivamente, specie tra uomini soli, è un modo di consolarsi. In altre parole parla molto di sesso chi ha poche occasioni di fare all'amore. Per questo la barzelletta oscena circola intensamente nelle caserme, nelle carceri, sulle navi mercantili e nelle parrocchie, dove prende le forme dell'umorismo gastrico-anale (non si parla cioè di pene e vulva ma di sfintere e feci).

Dal punto di vista politico la barzelletta oscena rappresenta il sostituto di altre trasgressioni: è un modo per aggredire l'ordine. Ciascuno gioca cioè a fare il marchese di Sade: non deflora Justine ma ride sulle Justine deflorate. Ha la stessa funzione del discorso sportivo fatto da chi non pratica lo sport, o per ragioni fisiche o per ragioni sociali, per cui il tifo estremizzato è il divertimento delle classi emarginate che non possono giocare a tennis e a golf.

In questo senso il fenomeno non sarebbe degno di osservazioni particolari. Le barzellette si son sempre dette e gli spettacoli con battute pesanti sono passati dagli avanspettacoli ai film porno.

Però non si può negare che si sono avute variazioni nel pubblico. Ai film porno non vanno più solo soldati e ragazzetti, più gli intellettuali affascinati dal cosiddetto pecoreccio: ci vanno le famiglie e i pensionati. Deve essere per questo che i nuovi film alla Pierino tengono banco nelle prime visioni e vengono recensiti sui giornali, con falso sdegno, ma consacrando loro uno spazio di rilievo, mentre una volta il critico di redazione non li andava neppure a vedere. Allora bisognerà cercare delle ragioni non per il ritorno all'osceno, che non era mai partito, ma per il rinnovato interesse alla sua imperturbabile permanenza. E anche qui credo che le ragioni siano sostanzialmente due, sessuali e politiche.

Sessualmente, negli ultimi due decenni, si è parlato troppo di liberazione: a parlarne sembrava che ormai chiunque potesse e dovesse fare all'amore tutto il giorno, con chiunque, a coppie, in gruppo, scambiandosi le mogli, le figlie, le zie, i fratelli, i mariti, passando allegramente da un sesso all'altro. Poi si è scoperto che queste cose sono facili da dire ma difficili da fare, costosissime in termini di tempo, denaro e salute. Insomma, sono solo per i ricchi, e poi ancora, poverini anche loro. A grande eccitazione frustrata, grande risposta verbale: ci si riempie la bocca, visto che gli altri orifizi rimangono sacrificati. Tanto meglio se la stampa, in qualche modo, parlando di nuova moda, legittima l'agognato ritorno.

E politicamente? Visto che è ormai così difficile parlare male del potere, perché il giorno dopo qualcuno traduce la critica in tritolo, e non puoi più nemmeno lamentarti del capo cottimista perché dopo gli sparano o i compagni di fabbrica ti guardano come un brigatista, che cosa devi fare? Racconti di Pierino e ti accontenti di bestemmiare l'immagine di Dio e dell'ordine parlando di uomini e donne ridotti al rango di scimmiette.

Forse anche questo era nei progetti di Giovanni Senzani. Ricreare uno, dieci, cento bordelli.

L'Espresso, 31 gennaio 1982

CI RIMANE L'OCCULTO

Mentre decine di migliaia di tedeschi si ammassano sulle spiagge adriatiche leggendo la *Bild*, nelle rocche e castelli del retroterra romagnolo avvengono cose di qualche interesse. Sant'Arcangelo di Romagna arde di fuochi, è il festival del teatro di strada: mangiafuoco issati su trampoli, archi di bambagia in fiamme, roghi di streghe di pezza, pervigilii danzanti su prati illuminati da fioche e tenere candeline a distesa. A pochi chilometri, tra fosco baluginare di altre torce, sugli spalti del forte marchigiano di San Leo si celebra il ritorno dell'Intemporale.

San Leo è una delle località più prodigiose del nostro paese. Un paesaggio così, di picchi e vallate, si vede di solito solo agli Uffizi e al Louvre: alto su uno strapiombo di centotrenta metri di roccia un forte medioevale quasi sembra piombare abbasso; ma sul lato opposto, dove il picco digrada verso il paese arrestandosi a seicento metri di altezza, si presenta nelle forme robuste e aggraziate insieme che nel Rinascimento gli conferì Francesco di Giorgio Martini. Celebrato da Dante, Bembo, Vasari, Machiavelli, San Leo fu assediata (imprendibile) da Goti e Longobardi, divenne capitale del Regno d'Italia nel decimo secolo, vide nascere la dinastia dei Montefeltro, ebbe a che vedere col Borgia, coi Malatesta, coi Medici e finì poi come prigione degli Stati pontifici. Ma nel Settecento ebbe la sua più strana ventura: ospitò il conte di Cagliostro.

La santa inquisizione romana lo aveva condannato a vita perché l'aveva scoperto mentre stava diffondendo a Roma la massoneria. Magro affare per la Chiesa quell'arresto, perché la massoneria da temere era piuttosto quella all'inglese e alla francese, fremente di umori illuministici e, se non rivoluzionari, riformistici; mentre la massoneria a cui si dedicava Cagliostro era di tipo tedesco, una setta di "illuminati" tutti intesi alla scoperta di sapienze millenarie, intrisa di pensiero rosacroce. E poi, il rito Egizio inau-

48

gurato da Cagliostro (alias Giuseppe Balsamo, alias marchese Pellegrini, alias conte Fenix, alias conte Harat, alias marchese D'Anna, alias marchese Balsam, alias principe di Santa Croce) era di tutti il più operistico: grande spreco di gufi e civette, tetragrammi, mummie egizie, divinità orientali, un apparecchio buono al più per spacciar polveri rinfrescative, vino afrodisiaco, elisir di lunga vita o pomate per rinverdir la pelle delle donne (oltre naturalmente a una serie di segreti alchemici), su cui il conte faceva buoni affari. Ma tant'è, la santa inquisizione era severissima e Cagliostro fu rinchiuso nella cella detta del pozzetto, in cui si entrava solo dal soffitto. Quivi Cagliostro morì, piuttosto malamente, dopo quattro anni e passa di sofferenze. E siccome, cialtrone o illuminato che fosse, per grazia papale era diventato morendo martire del libero pensiero, dal Risorgimento in avanti lo si fece oggetto di qualche rivendicazione, e ancor oggi nel forte lo si tiene per nume tutelare, con tanto di museo storico e alchemico, e santini e biografie.

Ed ecco che in luglio le contrade delle Marche sono state invase da un manifesto che annunciava sugli spalti del castello una "Rievocazione storica di antico rito Egizio con evocazione del conte", patrocinata dal Centro Essenzialista Altri Piani e dal *Giornale dei misteri*. San Leo è vicina ad Urbino. E ad Urbino d'estate fioriscono corsi e convegni estivi di portata internazionale. Così la sera fatidica, sugli spalti del forte, tra giornalisti, turisti annoiati, occultisti frementi e i rappresentanti delle Logge massoniche della Romagna e delle Marche, si potevano notare personaggi come David Cooper, Jean Baudrillard, Tzvetan Todorov e il neurolinguista Rock-Lecour; che è venuto a Urbino per spiegare i misteri della glossolalia (il parlar "in lingue" tipico dei carismatici) e della più dubbia xenoglossia (il parlar lingue che non si conoscono). E Rock-Lecour era piuttosto sorpreso di apprendere che gli organizzatori del rito avevano anche bandito un concorso-selezione per xenoglossia e scrittura in lingue ignote al medium. Il factotum della serata era Giorgio Berlincioni, direttore di *Altri piani* e animatore del Centro Essenzialista di Firenze. Organizzazione peraltro collegata al Centro Studi di Connettivismo Sperimentale di Viterbo, al gruppo Ars Bilancia di Ancona, agli Amici del Girri di Reggio Calabria (rappresentato dalla – sic – dottoressa Cagliostro), al Gruppo Parapsicologico Pavese, all'Istituto Scientifico Antares di Nuoro, a un gruppo di ufologia di Fidenza, a varie riviste come *Realtà Spiritica*, *Gnosi*, *Hermes*, a centri di ricerche demonologiche, a club di sensitivi e così via. Per dire, insomma, che il dogma e il rituale dell'alta magia sono ancora abbastanza pratitati anche sotto la presidenza Pertini, e questo dovrebbe tranquillizzare i custodi della Tradizione.

Cosa ci propone il Centro Essenzialista fiorentino? È presto detto: conseguimento di una espansione mentale e spirituale in conformità con le armoniose linee delle Leggi Cosmiche, assistenza per casi di infestazione, possessione, dissociazione della personalità, aiuto per portatori delle voci della quarta dimensione e per chi vuole liberarsi di infestazioni larvali e astrali o malefici di terzi, bando di concorsi per sensitivi specializzati in telecinesi, ectoplasmia, ideoplasmia, levitazione, veggenza, trance a incorporazione, nonché concorsi figurativi per opere ispirate ai personaggi di Re Salomone, Iside, Osiride, Horus. Naturalmente ho citato testualmente dai programmi del centro. Il retroterra teorico è, come spiega la rivista, quello della grande tradizione Ermetica: le opere del Trismegisto, la Kabala, i principi della magia egizia e rinascimentale, sino alle opere moderne di Eliphas Levi e di Papus. Sempre dal Centro Essenzialista si origina l'Ordine del Tempio Essenzialista Salomonico, strettamente iniziatico (il Gran Maestro si chiama Yama Magus Isiros), "fratellanza spirituale e di scienza" che "non ha nulla a che vedere con le sette stregonesche e di magia nera", ma segue in sostanza il rito Egizio iniziato da Cagliostro, coltivando "pupille" e "colombe", come fece il maestro, e cioè giovani sensitive tramite le quali si attua il contatto con le anime dei disincarnati via via evocati nel corso dei vari riti. Grande fiducia nella profonda unità del tutto e nei contatti tra Microcosmo e Macrocosmo, per cui "ciò che è in alto è come ciò che è in basso" e culto della Magia come "l'unica vera Legge Universale per ristabilire i contatti perduti con la Luce, per richiamarla in questo fluido mondo delle acque e realizzare così l'Essenziale Opera Alchemica del Mercurio Attivo, dell'Intelligenza Elevativa e dell'Io Superiore... Ah, nobile e grande incompreso segreto del Santo Graal!". Chi è un po' dentro queste cose sa che non si tratta di giochini per dilettanti, ma che il Centro Essenzialista manovra un materiale concettuale che va sotto il nome illustre di cultura della Tradizione.

Il problema è semmai come lo manovra. Vediamo allora di dire cosa attendeva gli spettatori quella sera sugli spalti del forte.

Un palco, con un proscenio di fiaccole ardenti su suffissi di rozzo ceppo. Sullo sfondo un altare con pala triangolare e segni magici, e due statuette di Osiride e Mosè. Intorno, ad anfiteatro, disegni (bruttini) di divinità egizie, un ritratto di Cagliostro, una mummia dorata formato Cheope, due candelabri triangolari a cinque braccia, un gong sostenuto da due serpenti rampanti, un leggìo su podio ricoperto da una cotonina stampata a figurine di faraoni, due corone, due tripodi, un sarcofaghetto ventiquattrore, un trono, una poltrona seicento, quattro sedie scompagnate tipo banchetto dello sceriffo di Nottingham, quattro microfoni direzionali, candele, candeline, candelone, tutto una fiamma.

La cerimonia inizia con l'entrata di sette chierichetti in sottanina rossa, reclutati tra il pubblico, e torcia. Entra poi il celebrante, e cioè il già citato Giorgio Berlincioni, con paramenti rosa e oliva, quindi la "pupilla" e sei accoliti biancovestiti – un vecchietto, una ragazza e quattro sosia di Ninetto Davoli – tutti con infula. Il Berlincioni legge, con le esitazioni di un presidente designato di fronte alle telecamere, il programma del centro, quindi dà inizio al rito, dopo aver avvertito che per tranquillità degli spettatori si sarebbe evitato di produrre un passaggio diretto da corpi astrali a presenze fisiche concrete, accontentandosi di far parlare Cagliostro attraverso la bocca della sensitiva. Consiglia però di guardare intensamente, al momento dell'evocazione, il ritratto di Cagliostro, e chi lo ha fatto pare effettivamente si sia trovato bene...

Il celebrante si mette in testa un triregno con mezzaluna, traccia con una spada rituale alcune figure magiche, salmodia in latino ("Exorcizo in nomine Tetragrammaton"), passa sobriamente all'ebraico evocando i sette spiriti che Cagliostro designava come reggitori dei pianeti, Anael, Uriel, Gabriel, Michael, Raphael, Anachiel e Zobiachiel. Nel frattempo succede qualcosa di strano. I microfoni sono collegati a un grande altoparlante, attraverso un aggeggio accanto al palco, una sorta di sintonizzatore o che so io, che presenta una strana proprietà: manda nell'altoparlante interferenze dalle onde medie, o forse lunghe. Insomma, nel bel mezzo dell'evocazione si odono brani di disco-music e all'improvviso si fa sentire nientemeno che Radio Mosca. Intanto Berlincioni apre il sarcofaghetto ne trae un libro, sciabola di turibolo e grida "O signore venga il tuo regno!", e come per incanto Radio Mosca tace. Ma nel momento più importante, riprende con un canto di cosacchi avvinazzati, di quelli che ballano col culo raso terra. Il Berlincioni intanto continua invocando la Clavis Salomonis, traccia il cerchio del micro o macrocosmo, come Faust, invoca l'Essere supremo (intanto un incaricato della Pro Loco toglie le torce ai chierichetti che minacciano di dar il forte alle fiamme) chiede al Sovrano delle Salamandre di piegare i suoi spiriti al suo volere (riprende Radio Mosca), invoca il Grande Cofto, che era poi Cagliostro, brucia una pergamena sul tripode tra mille difficoltà, evoca Saturno e gli dèi dell'Egitto a cui chiede insistentemente di essere posto sulla pietra cubica di Esod, dice: "Ego Magus invoco... per Adonai", e quindi inizia a chiamare il "Familiare 39" mentre tra il pubblico corre un sussurro di perplessità, perché tutti gli altri enti invocati erano chi più chi meno noti all'udienza, ma il Familiare 39 no. Una spettatrice cade in trance, secca come un baccalà (grida di "un medico, un medico!"). Quando Berlincioni dice: "Per il potere dei sigilli e dei pentacoli", la pupilla incomincia a gemere e cade anche lei in trance sulla sua sedia secentesca, mentre Berlincioni le si siede appresso sul trono e la interroga senza un minimo di riservatezza: che cosa senti, ed è arrivato, e cosa provi, e cosa dice lo spirito, e di qui e di là.

All'inizio il pubblico degli scettici crede che la ragazza ci marci, ma poi si accorge che lei in trance c'è davvero, perché ci sta per due ore buone, anche quando il Berlincioni è evidentemente stremato (ho poi saputo dal direttore del *Giornale dei misteri* che la ragazza ha avuto altre esperienze del genere e comunque non è un'attrice).

Cosa dica la ragazza durante le due ore è difficile da stabilire. Tra gemiti e sospiri di sofferenza abbastanza autentica, pronuncia frasi che non si captano bene: un tempio, un tempio triangolare, una grande pietra, una porta che dovrà essere aperta, tre piani disposti l'uno sull'altro, le mani rivolte alla voce, le punte del triangolo rivolte a occidente, sotto un'arca le mie spoglie, madre divina ascolta, pace interiore, gran maestro che ti accingi a coronare la tua opera, tutto intorno si copre di nebbia, non ci sono fuochi, la grande piramide, segui la via della salita, e via discorrendo. La trance è lunga, Berlincioni cerca di passare il tempo, percorre il palco a grandi passi levando lo scettro, fa un altro giro di turibolo, agita una verga falliforme, giunge le mani, compie alcune riuscite imitazioni di papa Pacelli, chiede allo spirito se appartiene al culto di Iside o di Osiride, chiama Iside percotendo il gong nell'intento di svegliare la ragazza, benedice a tappeto, la medium dice che si crea un vortice di forza, Radio Mosca suona la sigla di chiusura, poi si inserisce in onda la voce di Corrado. La ragazza a poco a poco si sveglia mentre Berlincioni la asperge d'acqua e torna fresca come una rosa. Il presidente della Pro Loco mi informa che i celebranti non hanno chiesto alcun compenso, anzi si sono pagati le spese da soli.

Si spengono i fuochi. In alto le prime stelle cadenti si stanno allenando come pazze alla grande fiera pascoliana di san Lorenzo.

L'Espresso, 6 agosto 1978

L'ira è un vizio molto curioso. Non poteva non essere classificata tra i peccati capitali, perché adirarsi è male, il volto si stravolge, si perde il controllo razionale, viene la bava alla bocca, e si è propensi a commettere ingiustizia.

La Bibbia non è tenera con l'ira. Fa male Caino ad adirarsi perché il Signore preferisce i doni di Abele, nel libro di Giobbe si dice che la rabbia uccide lo stolto, nei Proverbi si dice che è lo stolto che fa subito conoscere il suo sdegno e che l'uomo iracondo fa nascere le risse, l'Ecclesiaste ricorda che l'invidia e l'ira abbreviano la vita, Matteo dice che chiunque si adira con suo fratello sarà condannato in giudizio, san Paolo sconsiglia gli iracondi ai vescovi.

Tuttavia l'umanità non ha mai cessato di ammirare alcuni scatti d'ira (per quanto funesta, l'ira di Achille ha una sua nobiltà) e addirittura è stata propensa, talora, ad attribuire l'ira agli Dei. Se i temporali sono manifestazioni dell'ira divina, si direbbe che nei mesi estivi gli Dei si adirano con eccessiva frequenza, e che la loro ira è addirittura necessaria allo sviluppo dell'agricoltura.

Tutti i grandi teorici delle passioni, a cominciare da Aristotele, hanno qualcosa da dirci sull'ira, ma nei limiti di questo breve intervento non posso che scegliermi un solo autore, e scelgo san Tommaso d'Aquino, per una ragione assai semplice. Grasso, pacioccone, serafico e angelico, di lui si raccontano storie deliziose in cui, piuttosto che cedere all'ira, manifestava sdegno e disapprovazione con arguti motti di spirito. E tuttavia anch'egli, dicono i biografi, indulse all'ira, come quando inseguì con un tizzone ardente la fanciulla seminuda che i fratelli gli avevano inviato in camera per indurlo a non farsi frate mendicante, o come quando diede prova (non una sola volta) di carattere abbastanza impossibile nel dibattere con nemici teorici, che amava fare a brandelli, sia pure sulla carta.

Cosa ci dice Tommaso dell'ira? Egli elabora una sottile e strutturatissima teoria delle passioni. La passione è un atto dell'appetito sensitivo a cui corrisponde una qualche alterazione del corpo. Ora l'appetito sensitivo può essere o concupiscibile o irascibile. Il concupiscibile riguarda il bene e il male in quanto sono conosciuti, l'irascibile riguarda il bene e il male in quanto sono oggetto di fuga o di conquista. Sia chiaro che bene e male in questo contesto sono ciò che l'appetito sente come bene e male: Tommaso suggerisce che è bene per l'appetito di un omosessuale desiderare il contatto omosessuale; sarà poi la retta ragione a dire all'omosessuale che è male desiderare quella cosa come bene. E, ammettiamolo, è già un bello sforzo per il nostro santo disegnare questa pura fisica delle passioni, che la ragione poi giudicherà ma che in sé ubbidiscono alle sole leggi del desiderio.

Ma veniamo all'appetito concupiscibile. L'Amore e l'Odio sono i moti positivi e negativi verso un bene e un male presente. Il Desiderio e la Fuga (o abominazione) sono i moti verso un bene e un male futuro. Il Diletto e il Dolore sono i moti verso un bene e un male passato. Come si vede, le passioni vanno a coppie, per opposizioni. Veniamo ora alle passioni dell'appetito irascibile. Quando è posto di fronte a qualcosa di difficile conquista, esso o si tende nello sforzo (e si ha la Speranza e l'Audacia) o si scoraggia (e si ha la Disperazione o il Timore). La speranza esiste anche negli animali, abbonda nei giovani e negli ubriachi, è causa di amore, aiuta l'operazione di conquista. Il timore si stempera nella mirabile varietà dell'ammirazione, dello stupore, dell'agonia, del blocco psichico, del rossore per ciò che si farà e della vergogna per ciò che si è fatto, producendo contrazione dello spirito e tremore, impedendo l'operazione.

A questo punto si inserisce l'ira, che è l'unica passione che non si oppone a nessun'altra. Non ha contrari e quindi è il contrario di se stessa: in altre parole, è una passione contraddittoria. L'ira vuole e disvuole. Vuole il bene, perché nasce da una passione frustrata per la giustizia, ma vuole il male di chi ci ha fatto ingiustizia. Vuole a un tempo la giustizia e l'ingiustizia, ragiona e sragiona. Si manifesta come Fiele (che accende l'animo), come Mania (che si cova a lungo), come Furore, che non trova pace sino che non sia stata raggiunta la vendetta. Causa uno strano diletto, un fervore del cuore, ma impedisce l'uso di ragione e induce a lunghe e tremende taciturnità. L'ira è infelice, perché sta a metà strada tra azione e inazione, tra amore e odio.

A questo punto lasciamo Tommaso e proviamo a trarre delle

conclusioni. Ecco perché gli uomini attribuiscono l'ira sia a Dio che ai dannati. È fuori posto, fuori sistema, è il tilt del sistema delle passioni.

Ai giorni nostri l'ira è detta "rabbia" e "rabbia" è una parola che ricorre ormai con troppa frequenza sulla stampa italiana dell'ultimo decennio: la giusta rabbia degli sfruttati, la rabbia dei terremotati, la rabbia degli studenti bocciati, la rabbia di Pertini a Vermicino, la rabbia della folla in tumulto, la rabbia dei sindacati e degli utenti della SIP. Come mai, di questi tempi, tutti sudano e trasudano rabbia e cioè ira?

È che l'ira è una passione dei momenti di crisi ed è una passione sbagliata, sia nel bene che nel male. I grandi criminali, quelli che ammiriamo almeno per la perfezione del loro crimine, non sono mai degli iracondi. Covano invidia e odio a lungo e con fredda razionalità, colpiscono nell'ombra, ma non si adirano. E non si adirano i grandi moralisti: correggono, criticano, rimproverano, mostrano pudicamente il loro sdegno, talora si danno al sarcasmo. Non sono iracondi i grandi condottieri, gli astuti politici, da Ulisse a Napoleone. Iracondo è Achille, e si veda cosa combina. Dio, iracondo con Adamo, Dio che con freddezza e pazienza aveva compiuto il capolavoro del creato, combina per ira il più grande pasticcio della storia sacra. Ma di Dio bisogna forse dire che spesso finge di essere adirato, e questa è un'altra cosa, è tecnica pedagogica, fingere la rabbia non significa essere arrabbiato.

I grandi rivoluzionari non erano degli iracondi, ma dei freddi calcolatori che calcolavano gli opposti, il bene e il male, l'odio e l'amore, la speranza e il timore, da Lenin a Mao andavano per accorti bilanciamenti di opposizioni. Iracondi sono invece i luddisti, i rivoluzionari da strapazzo che spaccano tutto per impreciso amore di giustizia, commettono ingiustizia e diventano vittime dell'ingiustizia altrui, e muoiono dopo aver fatto morire.

L'ira e la rabbia sono le più impolitiche delle virtù. Dobbiamo rammaricarci di vivere in un'epoca oscura, quando tutti esprimono rabbia e non, come si dovrebbe, odio e amore, speranza o audacia, disperazione o timore, desiderio o abominazione. Invece: rabbia, passione nevrotica quante altre mai, che non può portare che alla sconfitta, degli amici e dei nemici.

Eppure la stampa oggi celebra la rabbia, e fa male, è un atteggiamento rabbioso. Rabbiose sono le Brigate rosse, rabbioso sarà il presidente americano che premerà il bottone rosso della guerra atomica, o il suo rabbioso collega sovietico, rabbiosi sono gli ayatollah, e vedi i casini che combinano, rabbiosi erano i rivoluzionari francesi nell'epoca del Terrore, quando stavano consegnando la rivoluzione nelle mani invidiose e pazienti della reazione in agguato. Nell'ira si gonfiano i bargigli e gli uomini sembrano tacchini. Una società che apprezza l'ira o la rabbia come virtù politica è una società che non ha più fiducia nella ragione e nel calcolo. Che sventura. Siamo una società di iracondi, e ce lo dicono gli automobilisti che bloccano il traffico per litigare su un graffio al paraurti, anche se di gomma.

E tra tutti i rabbiosi e gli iracondi i più pericolosi non sono né quelli che hanno torto, né quelli che credono (a torto) di aver ragione, ma sono quelli che hanno veramente ragione. Dio ci salvi dalla loro rabbia, perché è dannosissima, anzitutto per loro, ed è segno della loro soggezione. Ma come salvarli, se anche Dio indulge all'ira, forse per ingannarli e trarli a perdizione?

L'Espresso, 6 settembre 1981

II
IL DESIDERIO DEL DESIDERIO

ANNO NOVE

Le edizioni dell'Erba Voglio hanno pubblicato un libro del Collettivo A/traverso, intitolato *Alice è il diavolo – Sulla strada di Majakovskij: testi per una pratica di comunicazione sovversiva*. Radio Alice è una delle emittenti radiofoniche sorte a Bologna e il Collettivo A/traverso è stato ed è una delle componenti di quella fascia giovanile che oggi si chiama "il movimento" e che con espressione abbastanza imprecisa si suol definire "l'area di autonomia". Non è il caso di dire quanto la lettura di questo libro possa servire in un momento come il presente, in cui gruppi del genere hanno fatto parlare di sé nei recenti avvenimenti universitari.

So benissimo quanto sia difficile parlare di queste cose, quando da varie parti Radio Alice è stata definita elemento provocatore di vari disordini, come gli episodi di autoriduzione. Dire che Radio Alice sia stata la causa di esplosioni di rabbia giovanile è come dire che il Festival di Sanremo è la causa della stupidità nazionale: significa avere una fiducia quasi magica negli strumenti di comunicazione di massa i quali sono – singolarmente presi – collettori, riflessi, magari corroboratori di fenomeni di costume, confortano ma non producono opinioni. Il Festival di Sanremo esiste perché c'è una piccola borghesia musicalmente diseducata e rimpinzata di falsa coscienza e Radio Alice esiste perché c'è una fascia di rabbia giovanile che cerca i propri modi di espressione. Il parallelo vale ovviamente a titolo paradossale: l'unico punto in comune è che anche Radio Alice propone musica, ma si tratta di Jimi Hendrix, dei cantautori di sinistra, di Bob Dylan, dei Beatles, dei Rolling Stones, di Zappa e così via.

Dietro (o davanti) a Radio Alice ci stanno le feste in piazza, la riscoperta del corpo, del privato, la assunzione orgogliosa delle devianze (tutte, anche se incompatibili tra loro), la tematica del nuovo proletariato giovanile, le istanze degli emarginati. Per il lettore lontano da questi fenomeni, esemplifichiamo: più i nuovi "indiani" che non i leaders del Sessantotto storico. Ma chi prendesse in mano il libro di cui parlo, senza sapere che cosa sta avvenendo in Italia, o lo leggesse in biblioteca tra trent'anni, avrebbe una strana impressione. Non vedrebbe disoccupati stagionali, capelloni, da sala d'aspetto delle stazioni, corpi nudi che cercano un nuovo contatto. Avrebbe semmai l'impressione che un nuovo gruppo "culturale" stia parlando di queste cose e per farlo inventi nuovi canali e nuovi stili espressivi.

"Radio Alice trasmette musica, notizie, giardini fioriti, sprologuii, invenzioni, scoperte, ricette, oroscopi, filtri magici, amori, bollettini di guerra, fotografie, messaggi, massaggi, bugie"; i film che ama sono *Yellow Submarine* e *Torna a casa Lassie*; gioca di montaggio tra il *Bel Danubio blu* e le dissonanze più avanzate, a proposito di uno sciopero operaio cita "aprile è il mese più crudele" (che è Eliot), si propone di "creare un divenire minore" e di "ragionare non per metafore ma per metamorfosi", evoca Lautréamont, Artaud, Sade e Mandrake... La prefazione al libro si apre con una citazione ("*Hypocrite lecteur* ecc.") che non è neppure più una citazione da Baudelaire, ma da Nabokov che cita Eliot che cita Baudelaire.

Ora questo modo di leggere il libro sarebbe imprudente, perché, come ho detto, dietro al fenomeno libro e al fenomeno radio sta una realtà giovanile che libro e radio esprimono: ma non si può resistere alla tentazione di vedere Radio Alice come l'ultimo capitolo della storia delle avanguardie, quello in cui si è trovato nuovi mezzi espressivi per realizzare ciò che non si trova più, in misura così "creativa", nei libri di poesie o nei romanzi sperimentali.

Se così fosse basterebbe dire che il collettivo di Radio Alice rappresenta un gruppo di grande sofisticatezza culturale che usa come proprio materiale di discorso la realtà dell'emarginazione giovanile, come Balestrini nei suoi romanzi usa i materiali magnetofonici prodotti dalla combattività operaia. Con la differenza però che Radio Alice è capace di far parlare gli emarginati anche in prima persona, come autori dei discorsi trasmessi, o come protagonisti delle manifestazioni ludiche di piazza. Ma questo sarebbe un modo ingiusto di dire che si tratta solo di un manipolo di esteti che strumentalizza a fini espressivi una realtà sociale più vasta e ben più preoccupante.

Il fatto è che Radio Alice accanto a questo, e attraverso a questo, elabora una proposta ideologica per la nuova realtà della rivolta giovanile. Non mi sento di dire se la "produca" o la "rifletta" di riporto: questa realtà è troppo complessa. Anzi, per non parlare impropriamente di movimento, autonomia, Sessantotto, parlerò di una generazione che nasce facendo piazza pulita di quel che era stato detto prima del Sessantotto (e durante): settantasette meno sessantotto fa nove, e quindi parliamo di generazione dell'Anno Nove.

La filosofia dell'Anno Nove espressa dal Collettivo A/traverso afferma che ora "il desiderio si dà una voce", che contro al tentativo di criminalizzazione della creatività e dei rapporti liberanti (compiuto dal potere) l'Anno Nove privilegia una pratica della scrittura "trasversale" che circola, che produce, che trasforma e "libera il desiderio". Naturalmente qui "scrittura" ha un senso molto ampio, si scrive anche con la radio o con il corpo, si scrive dando espressione in qualsiasi modo al "desiderio rivoluzionario nella esistenza dei giovani proletari, degli operai assenteisti, delle minoranze culturali e sessuali". C'è naturalmente un protagonista dell'avviamento di questa scrittura, ed è il "piccolo gruppo" (si profila dunque contraddittoriamente il problema di una avanguardia come punta di diamante) ma il piccolo gruppo tende a liberare la formazione di altri piccoli gruppi (ed ecco perché il movimento non è definibile e non può avere una sola testa).

Liberare il desiderio vuole dire rifiutarsi "alla ragione, al senso, alla morale, alla politica". Significa parlare "dell'irrazionale che sta sotto la buccia di tutti". L'irruzione del desiderio sovversivo, sconvolge i codici assestati, il linguaggio cessa di essere un mezzo neutrale per diventare una pratica di sovversione permanente, si fa saltare la dittatura del significato, ed è l'unico modo di far saltare la dittatura del politico. Scrivendo collettivamente, facendo circolare i nuovi testi, "trasmettendosi addosso", si dipinge di rosso la forma della vita come voleva Majakovskij: questa scrittura, detta "mao-dadaista", rovescia il rapporto tra arte e vita: "la vita diventa l'opera. La vera opera d'arte è l'infinito corpo dell'uomo che si muove in armonia attraverso gli incredibili mutamenti della propria esistenza particolare".

A registrare queste affermazioni (che in un articolo vengono naturalmente compresse in un collage che vale quel che vale) si potrebbero fare tre osservazioni: siamo in presenza di una forma di vitalismo estetico che presenta curiose analogie col futurismo e altri fenomeni dell'Italia inizio secolo, non escluso il richiamo indiretto a Nietzsche; è stupefacente come i teorici del movimento degli emarginati sottoproletari parlino, tra tutti i linguaggi possibili, il più colto e raffinato, quello con il *pedigree* più esclusivo; e quindi è facile trarne la equazione fatale, ecco i nuovi Marinetti, ecco i nuovi ragazzi di *Lacerba*, ecco la riedizione dell'*Uomo finito* e di Papini superuomo. Ma la differenza è che, diversamente dall'avanguardia inizio secolo, questi gruppi sono realmente in contatto con una fascia "bassa", quella dell'Anno Nove, e che quel che dicono pare istintivamente accessibile, nella sua vitalità, anche a chi non è colto: segno che esiste una certa traduzione della teoria in gesti concreti, ovvero il gesto collettivo ispira la teoria. Il che non significa che questo rapporto non sia ambiguo e pericoloso: solo che non può essere giudicato con criteri nati per spiegare altri fenomeni. È una faccenda tutta da ristudiare.

Chi però ha familiarità con la evoluzione del pensiero francese post-strutturalista, scopre attraverso una serie di citazioni-spia l'ispirazione più diretta di questo discorso: è l'*Anti-Edipo* di Deleuze e Guattari, con il suo sottofondo di pensiero psicoanalitico rivisitato in una lettura trasversale di Marx, Freud, Nietzsche, più la pratica della nuova antipsichiatria, più la crisi del Sessantotto parigino, più il ritiro (a Parigi ma non in Italia) di questo pensiero a livello puramente teorico, senza più contatti con la pratica politica di massa.

L'interesse e la novità dell'*Anti-Edipo* (pubblicato l'anno scorso in italiano da Einaudi) sta da un lato nell'aver asserito che l'inconscio non è un edificio strutturato come lo voleva la psicoanalisi classica, ma il luogo della produzione continua della catena del desiderio, un mondo di associazioni, destrutturazioni, aggregazioni, di produzione di "macchine desideranti"; e che questo processo schizofrenico (da non identificarsi con la schizofrenia) attraversa la storia umana, sempre immobilizzato dalle grandi strutture "paranoiche" che cercano di ridurre a un ordine e a una legge il flusso del desiderio. Ecco in breve l'opposizione di cui si discute oggi: quella che la generazione dell'Anno Nove individua tra sé e coloro che riunisce di colpo tra i rappresentanti della paranoia, gli ex giovani del Sessantotto, il PCI e l'apparato repressivo di Stato, tutti da una stessa parte.

Questa opposizione può piacere o no. Personalmente penso che sia valida a titolo metaforico ma che non istituisca nessuna gerarchia vincente. E storicamente appartengo alla generazione paranoica. Ma metto in chiaro i miei condizionamenti.

Quello però che c'è da dire è che l'opposizione non è certo stata "inventata" dagli autori dell'*Anti-Edipo*, così come la rabbia giovanile non è un prodotto di Radio Alice. Entrambe le teorizzazioni (molto ricca, accademicamente complessa la prima, più "studentesca" e aforistica la seconda) vanno a rimorchio dei fatti (e semmai Deleuze e Guattari erano profeti e quelli di Radio Alice sono dei padri apologisti). Ma si dovrà avere il coraggio di analizzare la nuova *ideologia del desiderio* per individuare la natura dei fenomeni sociali che sublima, senza permettersi il lusso di liquidare questi fenomeni con facili slogan. Così come il Collettivo A/traverso dovrà riflettere sulle matrici accademiche della sua pratica selvaggia. Altrimenti anche a loro dovrà essere rivolta, riscritta, e alla quarta potenza (riletta "a/traverso"), l'invettiva del poeta: "tu, ipocrita scrittore, mio simile, mio fratello!".

Corriere della Sera, 25 febbraio 1977

IL LABORATORIO IN PIAZZA

C'è una novella di fantascienza di Robert Sheckley in cui uno pseudo agente commerciale americano (in verità uomo della CIA) gira per i pianeti periferici per installare una serie di centri di produzione a basso costo, sentinelle avanzate di una futura espansione neocoloniale. Egli è un esperto linguista perché deve arrivare su pianeti di cui non conosce la lingua e ipotizzare il codice locale attraverso un'analisi dei comportamenti degli indigeni. Anche su quel pianeta egli riesce nel suo compito, elabora una serie di regole grammaticali, comunica coi nativi, stende un contratto, ma quando deve arrivare al dunque si accorge che gli vengono poste domande che non capisce. Si rende conto che il codice doveva essere più complesso di quanto pensava, riprende la sua indagine, elabora un nuovo modello di comportamento comunicativo e urta di nuovo in una barriera di incomprensione. Finalmente intuisce di essere capitato in una civiltà che cambia codice ogni giorno. Gli indigeni hanno la capacità di risistemare nello spazio di una notte le loro regole comunicative. L'agente parte disperato: il pianeta è rimasto impenetrabile.

Questa novella mi pare un apologo esemplare di quanto accade ai sociologi, ai politologi, al piccolo cabotaggio partitico o accademico quando tentano di definire linguaggio e comportamento dei giovani del 1977 (che in altra sede ho chiamato generazione dell'Anno Nove, sottraendo 1968 al 1977, per sottolineare una frattura della continuità e la difficoltà di fare paralleli e deduzioni). E non mi riferisco solo ai discorsi assembleari, ma ai comportamenti quotidiani, all'uso dell'ironia, di un linguaggio apparentemente dissociato, all'impiego di mezzi di massa, alle scritte sui muri, agli slogan, alla musica.

Apriamo a caso la radio e ascoltiamo una delle canzoni che i giovani oggi ascoltano, qualcosa di un cantautore qualsiasi. La prima reazione è che esso parli un linguaggio dissociato, fatto di allusioni che ci sfuggono: non ci sono "nessi logici", eppure non solo la canzone sta dicendo qualcosa, ma questo qualcosa riesce perfettamente familiare e convincente a un ragazzo di quattordici anni. Dopo un poco si è assaliti da un sospetto: non appariva altrettanto illogica e dissociata agli occhi dei primi lettori sbigottiti una poesia di Eluard? O di Apollinaire? O di Majakovskij? O di Lorca? Una delle cose che maggiormente colpisce il professore (di università o di liceo) che si confronta con un'assemblea di studenti è che le richieste, i temi, le rivendicazioni del lunedì sono diversi da quelli del martedì. Dove il gruppo pare trovare una strana coerenza tra due pacchetti di richieste, la controparte si trova smarrita. Il tutto avviene in base a poche impalpabili parole d'ordine, come se si fosse data una tacita e istantanea ricostituzione di codice comportamentale. Mi pare la stessa sensazione che provavano i primi lettori dell'*Ulisse* di Joyce: dopo che si erano adattati allo stile viscerale di un capitolo a monologo interiore, reagivano stupiti di fronte al capitolo successivo costruito usando tutte le figure della retorica classica. Dopo aver capito alcune pagine in cui molti eventi venivano guardati da un solo punto di vista, non si ritrovavano più in altre pagine in cui un solo evento veniva guardato da molti punti di vista.

La cultura "alta" aveva presto capito e spiegato che ci trovavamo di fronte a modelli di laboratorio di una sovversione dei linguaggi, dove l'arte cercava di prefigurare uno stato di crisi e metteva in questione il soggetto umano. Il soggetto diviso, la dissoluzione della coscienza, dell'io trascendentale, la negazione del punto di vista privilegiato come parabola del rifiuto del potere, quante chiavi esplicative non si sono elaborate per spiegare un modello di nuovo linguaggio possibile che l'arte elaborava a livello di laboratorio? Sullo sfondo rimaneva la società coi suoi codici consueti, coi suoi metalinguaggi garantiti, con i quali spiegava e giustificava le ragioni storiche di questi linguaggi in libertà. All'obiezione che essi non riflettevano la realtà sociale del momento, ci si richiamava alle famose disparità di sviluppo che si manifestavano tra struttura e sovrastruttura. La pratica eversiva dei vari linguaggi avrebbe dovuto prefigurare stati di disgregazione o di ricomposizione sociale e psicologica che magari, a livello dei rapporti economici, si sarebbero resi espliciti solo in una fase successiva.

Ora forse ci siamo: le nuove generazioni parlano e vivono nella loro pratica quotidiana il linguaggio (ovvero la molteplicità dei linguaggi) dell'avanguardia. Tutti insieme. La cultura alta si è affannata a identificare i tragitti del linguaggio d'avanguardia cercandoli ormai dove si perdevano in strade senza sbocco, mentre la pratica della manipolazione eversiva dei linguaggi e dei comportamenti aveva abbandonato le edizioni numerate, le gallerie d'arte, le cineteche e si era fatta strada attraverso la musica dei Beatles, le immagini psichedeliche di *Yellow Submarine*, le canzoni di Jannacci, i dialoghi di Cochi e Renato; John Cage e Stockhausen erano filtrati attraverso la fusione di rock e musica indiana, i muri della città assomigliavano sempre più a un quadro di Cy Twombly... Ci sono ormai più analogie tra il testo di un cantautore e Céline, tra una discussione in un'assemblea di emarginati e un dramma di Beckett, che non tra Beckett e Céline, da un lato, e uno di quegli eventi artistici o teatrali che *L'Espresso* registra nella rubrica "Che c'è di nuovo". Il dato più interessante è che questo linguaggio del soggetto diviso, questa proliferazione di messaggi apparentemente senza codice, vengono capiti e praticati alla perfezione da gruppi sino ad oggi estranei alla cultura alta, che non hanno letto né Céline né Apollinaire, che sono arrivati alla parola attraverso la musica, il dazibao, la festa, il concerto pop. Mentre quella cultura alta che capiva benissimo il linguaggio del soggetto diviso quando era parlato in laboratorio, non lo capisce più quando lo ritrova parlato dalla massa.

In altre parole l'uomo di cultura prendeva in giro il borghese che al museo, di fronte a una donna con tre occhi o a un graffito senza forma, diceva "non capisco cosa rappresenta". Ora lo stesso uomo di cultura è di fronte a una generazione che si esprime elaborando donne con tre occhi e graffiti senza forma, e dice "non capisco cosa vogliono dire". Ciò che gli pareva accettabile come utopia astratta, proposta di laboratorio, gli appare inaccettabile quando si presenta in carne e ossa.

Tra parentesi, si potrebbe trovare una ragione delle difficoltà che prova la sinistra tradizionale nel capire questi nuovi fenomeni, rilevando che è la stessa difficoltà che ha sempre provato a capire le avanguardie di laboratorio, opponendovi le ragioni di un sano realismo. Recentemente in una manifestazione di piazza gli studenti gridavano: "Gui e Tanassi sono innocenti, gli studenti sono delinquenti". Era una manifestazione provocatoria di ironia. Immediatamente un gruppo di operai per manifestare solidarietà ha ripreso lo slogan, ma traducendolo nei propri modelli di comprensibilità: "Gui e Tanassi sono delinquenti, gli studenti sono innocenti". Gli operai volevano dire la stessa cosa, ma non potevano accettare il gioco dell'ironia e rielaboravano lo slogan in termini realistici. Non perché non fossero in grado di capire l'ironia, ma perché non la riconoscevano come mezzo di espressione politica.

Adesso bisogna ancorare l'ipotesi – azzardata come è – ad alcune riflessioni correttive. Anzitutto ciò che suggerisco non deve significare che la sperimentazione sui linguaggi abbia provocato la nuova coscienza. Sarebbe un'ipotesi idealistica. Si tratta piuttosto di vedere come un progetto astratto e letterario di sovversione espressiva, dalla lingua al comportamento, si è incontrato da un lato con un processo di diffusione operato dai mass media, dall'altro con una precisa situazione storica e economica in cui l'io diviso, il soggetto dissociato, la sindrome del senza patria e la perdita dell'identità hanno cessato di essere allucinazione sperimentale e prefigurazione oscura, e si sono trasformati in condizione psicologica e sociale di grandi masse giovanili. In questo quadro la nostra ipotesi deve comporsi con altre spiegazioni, perché da sola non basta. Ma si tratta di un'ipotesi "politica", anche se si propone a livello di antropologia culturale. Lo studio antropologico delle strutture sociali e delle loro trasformazioni passa anche attraverso la lettura dei miti e dei riti.

Seconda correzione di tiro: fare questa ipotesi non significa fare del giustificazionismo ottimista. Non tutto quel che accade è giusto né è destinato al successo solo perché accade. Ci sono delle mutazioni che mettono in crisi la specie. Nel pianeta di cui si parlava, la comunità poteva cambiare codice ogni giorno perché questa attitudine era iscritta nei circuiti genetici dei nativi. Ora, al di fuori della fantascienza, può esistere una comunità che cambia codice ogni giorno senza riferirsi allo sfondo dei codici sociali precedenti? Si può eliminare la dialettica tra norma e violazione, facendo della violazione l'unica norma riconosciuta? Può esistere una ristrutturazione permanente che non si riferisca a un metalinguaggio col quale convenzionare anche le regole di ristrutturazione? Voglio dire, è psicologicamente, biologicamente sostenibile? Su questa domanda si dovranno confrontare i "nuovi barbari" dell'Anno Nove, mentre gli altri dovranno esser capaci di intendere non solo i termini della domanda ma gli eventuali meccanismi della risposta.

Naturalmente continuo a interrogare una metafora attraverso altre metafore. Forse è tutto quello che si può fare in questo momento. O forse in questo esercizio della metafora si nasconde l'ultima patetica astuzia della ragione che tenta di dare una forma stabile a un processo di transizione permanente. Ma si sa, ciascuno si porta dietro le proprie ossessioni.

L'Espresso, 10 aprile 1977

L'ASSEMBLEA DESIDERANTE

Negli ultimi tempi la direzione dell'*Espresso* ha ricevuto parecchie richieste d'aiuto da parte di lettori che sono portati, dalla loro attività specifica, a partecipare ad assemblee. È un incidente che può accadere a molti. Se nel 1968 si davano solo assemblee universitarie e assemblee di fabbrica, oggi può capitare di far parte di una assemblea di quartiere, di femministe, di inquilini di un condominio, di genitori di scolari (decreti delegati), di scuola (studenti e professori), di ospedale, persino di carceri. Senza contare le assemblee di donne, femministe o meno, di agenti di pubblica sicurezza, di omosessuali, di attori di una compagnia teatrale, di membri di una cooperativa, di impiegati di una casa editrice, eccetera eccetera. Per stendere questo articolo abbiamo riunito vari amici e collaboratori e indetto un'assemblea di persone che avevano avuto esperienze di assemblea. I dati di questo articolo sono il risultato di una votazione collettiva. I firmatari sono stati delegati a stenderlo fisicamente. Alla fine un firmatario ha delegato l'altro.[1]

Messa così la cosa potrebbe sembrare ridicola e c'è già chi ha parlato di mania assembleare e delle assemblee che pervadono il nostro paese come di una innocua seppur noiosa parodia dei soviet – mentre il potere continua ad andare per conto suo e i gruppi terroristici sostituiscono l'azione diretta e individuale (o oligarchica) alla finzione democratica dell'assemblea.

Tuttavia – anche se viviamo in un periodo in cui i marxisti del Sessantotto si vergognano di essere stati marxisti, gli ex professionisti di cortei stalinisti affermano che non gliene importa più niente della classe operaia, e le parole "classe" e "massa" stanno

---

[1] Questo studio – nato da comuni esperienze universitarie – è stato pensato e discusso con Paolo Fabbri, che ne è co-autore a tutti gli effetti.

diventando termini poco educati – bisognerà avere il coraggio di dire che la proliferazione delle assemblee è stata ed è un fatto positivo.

Se uno slogan come "presa della parola" si carica ormai di tutte le ingenuità di chi lo pronunciava un tempo e permette argute trasformazioni del tipo "presa per il sedere", occorrerà pur dire che la mania assembleare ha prodotto una maggiore partecipazione, ha messo in crisi almeno psicologicamente il principio di autorità, ha abituato molti al confronto delle idee, ha permesso a molte persone che non avevano il coraggio di esprimere le proprie opinioni di far sentire la propria voce. Ha portato molti a sentirsi "soggetti politici" anche quando parlano dei propri problemi personali. Insomma, noi che scriviamo preferiamo un paese con troppe assemblee piuttosto che un paese con nessuna assemblea.

Ma, detto questo, bisogna avere uguale coraggio per affermare che la disseminazione assembleare produce le proprie nevrosi, e che bisogna esserne coscienti.

L'assemblea è un fatto politico che cerca di coinvolgere anche coloro che non sono professionisti della politica. Ma è fatale che i professionisti della politica cerchino di strumentalizzare un'assemblea, usando tutti i trucchi (permessi e no) a loro disposizione.

Né si può dire che facciano male, almeno in linea di principio. Il problema degli altri – i meno preparati – è semmai quello di conoscere le stesse regole e partecipare al gioco. Ma quale è il gioco?

Esiste un'assemblea tipo, di cui dettare le regole di funzionamento "corretto"? La risposta è negativa. C'è differenza tra un'assemblea universitaria e un'assemblea di inquilini dello stabile di via Roma 6. Ci sono assemblee fatte per mettere sotto accusa una struttura giudicata superata, altre fatte per far funzionare democraticamente un apparato (quartiere, cooperativa, redazione di giornale extraparlamentare) sulla cui "bontà" tutti sono d'accordo, assemblee di gruppi uniti da una comune volontà rivoluzionaria, assemblee che mettono a confronto gruppi di diversa estrazione politica. Ci sono assemblee "polari" (studenti contro professori, inquilini contro amministrazione) e assemblee "omogenee" (membri di una cooperativa teatrale), assemblee leniniste e assemblee liberali.

Ci sono assemblee tipo 1968 e assemblee tipo 1977. E non è detto che l'assemblea alla Settantasette, che predomina nelle università, costituisca il tipo giusto per una scuola di paese dove per la prima volta i genitori discutono con la direttrice sull'acquisto dei libri di testo. Né è detto che in ogni università italiana del Settantasette ci siano state assemblee non sessantottesche.

Quindi la prima questione da chiarire è: a che tipo di assemblea sto partecipando? Cerchiamo allora di delineare tre tipi astratti di funzionamento assembleare, sapendo benissimo che le assemblee concrete saranno sovente una mistura di due o tre tipi. Starà ai partecipanti riconoscere la linea di tendenza della propria assemblea e sapere cosa vogliono. Nelle tabelle che corredano questo articolo abbiamo elencato per ciascun tipo le regole normali di funzionamento e gli artifici a cui di solito i "professionisti" delle assemblee ricorrono per controllarle. Non è detto che tutti questi "trucchi" siano necessariamente cattivi: ogni assemblea subisce le manipolazioni che si merita.

Il primo tipo di assemblea è quella Giudiziaria. La elenchiamo per prima perché storicamente le prime assemblee sessantottesche sono state di questo tipo. L'assemblea giudiziaria è polare, accusanti contro accusati. Possono essere gli studenti che si confrontano coi professori, gli inquilini di uno stabile che si confrontano con l'amministrazione, gli ammalati di un ospedale che si confrontano coi medici e così via. Il tempo grammaticale dell'assemblea giudiziaria è il passato: cosa avete fatto voi negli anni scorsi? L'assemblea giudiziaria vuole modificare i rapporti di forze, instaurare rapporti diversi, rompere delle relazioni consolidate d'autorità. La sua tecnica più consueta è quella processuale, l'impeto predomina, la veemenza delle accuse ne è la modalità fondamentale. Tuttavia l'assemblea giudiziaria non è un tribunale del popolo. Si ha tribunale del popolo quando una parte prende il sopravvento e distrugge la parte avversa: esempio, la rivoluzione francese. L'assemblea giudiziaria, invece, di solito, non intende negare i rapporti di forza esistenti: l'amministrazione rimane amministrazione, i professori rimangono professori, ma si tratta di formulare questi rapporti in modo diverso, mostrando che il comportamento di chi detiene il potere è sindacabile e correggibile.

Di diverso tipo è l'Assemblea Deliberativa. Essa di solito non è polare (bianchi contro neri, i bianchi rappresentano l'autorità indiscussa). Essa mette in gioco forze diverse ma che si confrontano ad armi pari. La registriamo per seconda perché storicamente consegue all'assemblea di tipo giudiziario. Per esempio gli studenti di una scuola iniziano assemblee giudiziarie nei confronti dei professori e poi ottengono due risultati possibili: o di riunirsi e di deliberare autonomamente sui loro problemi, o di riunirsi in una unica assemblea coi professori a parità di voti. L'assemblea deliberativa diventa allora omogenea (forze pari) senza per questo eliminare la sua natura conflittuale. Il suo tempo grammaticale è il futuro: si delibera su quanto si dovrà fare domani.

Il Settantasette ha visto però il prevalere di un altro tipo di assemblea, l'Assemblea Pulsionale, di cui si avevano peraltro esempi anche prima. L'assemblea pulsionale non verte né sul passato né sul futuro. Verte sul presente. In essa non si tentano né processi né deliberazioni: le forze in gioco si confrontano sul piano della confessione personale. Nell'assemblea pulsionale ciascuno mette in pubblico il suo io, il privato prevale sul politico, la confessione sul progetto. Le assemblee deliberative e giudiziarie usano il cosiddetto "sinistrese" (nella misura in cui, argomentazioni serrate, ricorsi a principi di autorità, il pensiero di Lenin o di Mao o di Stalin, il proletariato, la lotta di classe...). L'assemblea pulsionale usa invece un linguaggio che definiremo il "libidinese", dove si manifestano flussi di desiderio, bisogni, impulsi a ruota libera, crisi liberatorie.

Nelle assemblee in sinistrese prevalgono la terza persona singolare indefinita o la prima persona plurale: si deve ritenere che, noi vogliamo che, è certo che la situazione attuale è la seguente... Invece nelle assemblee pulsionali prevale la prima persona singolare: io penso che, voglio dire che, permettetemi di dire che...

Il sinistrese è argomentativo e sillogistico, il libidinese è narrativo. Il sinistrese spiega quello che bisogna fare e dice le ragioni per cui, il libidinese invece spiega quello che uno sente e le ragioni per cui lo dice.

Il sinistrese parla o finge di parlare dopo aver molto parlato. Il parlante si propone come garante della verità di ciò che dice (sostenuta del ricorso all'autorità filosofica o politica – ricordate Godard? "Lenin a dit..."?). Invece il libidinese si propone di parlare o parla come se iniziasse a parlare per la prima volta: "Scusate compagni se non riesco a dire quello che vorrei, ho le idee confuse, è la prima volta che parlo in pubblico, sto andando in paranoia, ma vorrei dire quello che sento in questo momento...". Il sinistrese si struttura in una serie di interventi e risposte, il libidinese in una serie di narrazioni e contronarrazioni (la mia esperienza contro la tua). Un discorso in sinistrese tende a instaurare una leadership, un discorso in libidinese a evitarla (l'assemblea pulsionale reagisce duramente contro le possibilità di instaurazione di una leadership). Varia ovviamente il ritmo. Nel sinistrese il ritmo è serrato, uguale a quello degli slogan da corteo, è il ritmo delle idee concatenate sillogisticamente. Il modello sintattico è Cicerone. Nel libidinese il ritmo è rallentato, oppure spezzato, il modello sintattico varia da Proust a Beckett.

Quello che non varia sono le interiezioni (cazzo, cioè perché dico compagni): attraverso queste costanze stilistiche sinistrese e libidinese si incontrano e si riconoscono. In termini tecnici diciamo che tra i due stili cambia il lessico e la sintassi, ma rimangono invariati i segni di interpunzione e i segnalatori "di contatto" (per cui tutti, pulsionali o deliberativi, si ritrovano uniti come parte dello stesso "movimento").

Un'altra differenza è che nelle assemblee in sinistrese ci sono "gruppi" definiti in anticipo (Lotta continua, Manifesto, Movimento lavoratori per il socialismo) mentre nelle assemblee in libidinese si addensano e si disfano dei "crocchi" secondo pulsioni occasionali. L'assemblea pulsionale è attraversata da flussi di desiderio, è una macchina che taglia ed espelle senza programmi prestabiliti, non giudica ma avvinghia secondo che manda.

Le commistioni sono naturalmente molteplici, si danno bruschi cambiamenti di regime tra sinistrese e libidinese, rovesciamenti di fronte. Quando in un'assemblea a maggioranza libidinese appaiono interventi in sinistrese questi vengono derisi e "virgolettati" (le grida di "scemo, scemo" sono appunto una forma di virgolettatura). Un'assemblea in libidinese può risolversi in una delibera, ma di solito è la delibera di un corteo e il grido di "corteo, corteo!" sancisce la fine dell'assemblea, ma apre una nuova situazione di aggregazione pulsionale (il corteo in sinistrese viene invece deciso in anticipo, non è mai improvvisato). Per gli addetti ai lavori diremo che la struttura delle assemblee deliberative e giudiziarie in sinistrese è ad albero, mentre quella delle assemblee pulsionali in libidinese è a rizoma.

Cosa accade nelle assemblee pulsionali al leader? Apparentemente non esiste. Ci sono però dei leader storici che hanno una capacità di influenza anche sulle assemblee pulsionali. Ma mentre nelle assemblee deliberative il leader impone dei contenuti ("bisogna fare questo o quest'altro") nell'assemblea pulsionale il leader potenziale, al massimo, manipola il passaggio tra due tipi di assemblee: "Compagni, dobbiamo arrivare a una conclusione" (trasformazione da pulsionale a deliberativa), oppure: "Compagni, non è necessario che si arrivi a una conclusione" (passaggio da deliberativa a pulsionale).

A questo punto è chiaro che è sciocco stabilire quale sia il tipo di assemblea da preferire. Un'assemblea è la risposta alle esigenze di una situazione. Certe situazioni richiedono il dispiegarsi libero e incontrollato di tutte le pulsioni in gioco e l'assemblea assume una funzione terapeutica ("finalmente possiamo stare insieme!"). Altre situazioni richiedono che si passi a decisioni concrete per non nevrotizzare il gruppo. L'arte del partecipare a un'assemblea consiste nel capire quale sia la posta in gioco.

Osservazioni finali? Almeno due. La prima è di natura politica. Negli ultimi anni si è vista una crescita delle assemblee di tipo pulsionale. Ma, sfuggite alle assemblee di massa, le funzioni di delibera e di giudizio sono state prese in carico da gruppi oligarchici: i gruppi terroristici coi loro tribunali del popolo non rifaranno a livello verticistico quello che molte assemblee non fanno più a livello di massa, giudicando e deliberando punizioni e interventi? È un problema su cui occorre riflettere.

La seconda osservazione è di natura biologica. Non bisogna cercare ragioni ideali per la trasformazione di molte assemblee da deliberative a pulsionali. Ci sono spiegazioni materiali. In situazioni come quella universitaria, dove in spazi ridotti si decidono riunioni sproporzionate, l'assemblea diventa fatalmente pulsionale, attraversamento non regolato di spazi da parte di gruppi casuali (quelli di oggi non sono quelli di domani, e tutti insieme non ci stanno). In assemblee di altro tipo (quartiere, fabbrica, scuola media) le leggi possono essere diverse proprio perché è diverso il rapporto spazio-partecipanti.

Quindi se un'assemblea è determinata anche da condizionamenti materiali, occorrerà calcolare come il rapporto tra situazione sociale, spazi fisici e reazioni psicologiche determini il tipo di assemblea che possiamo attenderci. Anche lo spazio che un'assemblea si sceglie (o che le viene imposto) costituisce un problema politico e psicologico.

L'ASSEMBLEA GIUDIZIARIA

OGGETTO: il passato; MODELLO: il tribunale; IDEALE: plutonico

Regole di funzionamento

1. Richiedere che gli intervenuti chiarifichino i termini che usano e facciano esempi concreti affinché le accuse non siano generiche (rischio di trasformazione in assemblea pulsionale).

2. Fare in modo che le accuse si trasformino in "cahier de doléances" (lista di difetti, responsabili, ingiustizie, eccetera) e che vengano presentate proposte di rimedi.

3. La parte accusata, se ha accettato il confronto, deve fare una autocritica oppure criticare il cahier de doléances.

4. La parte accusante deve consentire alla parte accusata di fare le proprie critiche, altrimenti la parte accusata si irrigidisce nelle proprie posizioni di resistenza e si blocca il dialogo. N.B. Le regole precedenti non valgono se l'assemblea giudiziaria è in effetti un tribunale del popolo in cui la parte accusante è in posizione di forza e vuole distruggere l'avversario. Ma questa situazione deve tener conto di una regola aggiuntiva.

5. Non fare un finto tribunale del popolo se non si ha realmente una reale posizione di forza. Altrimenti gli accusati stanno al gioco ma dopo ristabiliscono il loro potere, e l'assemblea giudiziaria non è nemmeno un tribunale del popolo, ma una assemblea pulsionale manovrata dalla controparte.

Trucchi e soluzioni di forza

1. Interventi veementi che mettono gli accusati in difficoltà psicologica. Esempio, se gli accusati eccellono nell'arte dell'ironia, gli accusanti devono fare interventi duri, senza sorriso, e bollare ogni tentativo di ironia come perversione borghese; oppure, se al contrario gli accusati non hanno senso dell'umorismo, gli accusanti devono sommergerli con interventi ludico-ironici. Se questo trucco ha successo, l'assemblea si trasforma in tribunale del popolo.

2. Presentare prove di alto valore emotivo che mettono gli accusati in difficoltà psicologica, anche se non sono direttamente responsabili del fatto provato. Esempio: arrivo improvviso di un compagno ferito; testimonianze dirette di gravi ingiustizie subite; lettere da compagni in carcere.

Artifici d'interruzione

Valgono quelli dell'assemblea deliberativa.
Fatalmente trasformano l'assemblea da giudiziaria a pulsionale.

L'ASSEMBLEA DELIBERATIVA

OGGETTO: il futuro; MODELLO: il parlamentino; IDEALE: apollineo

Regole di funzionamento

1. Fissare regole di intervento: durata degli interventi, numero di interventi per ogni mozione, durata complessiva.

2. Fissare un ordine del giorno, con ampio spazio alle "varie ed eventuali", dopo che i punti precedenti sono stati discussi.

3. Eleggere una presidenza capace di fare osservare le regole 1 e 2.

4. Non iniziare se non c'è il numero legale (chiunque potrebbe invalidare le decisioni prese).

5. Distinguere le mozioni d'ordine da quelle di sostanza.

6. Votare su punti separati ma dopo avere avuto sott'occhio tutte le proposte, in modo che la votazione di un punto non renda indecidibili gli altri punti.

7. Possibilmente su ciascun argomento votare mozioni contrapposte così i votanti si accorgono di cosa accettano e cosa rifiutano.

8. Quando la discussione diventa confusa interrompere per permettere l'aggregazione di gruppi di tendenza (o di commissioni elette) per preparare mozioni che partano già con un minimo di possibilità di consenso.

Trucchi e soluzioni di forza

1. Tempo e culo di pietra. Chi resiste sino alla fine stancando gli altri, presenta la propria mozione finale quando la maggior parte degli avversari se ne è già andata.

2. Confondere gli avversari con una raffica di mozioni a catena in modo che siano stanchi e confusi quando si arriva alla mozione decisiva.

3. Far votare mozioni ambigue, apparentemente innocue, che però rendano vane le mozioni successive.

4. Favorire la suddivisione in gruppi per l'elaborazione di mozioni, ma inserire propri rappresentanti in ogni gruppo per influenzare le mozioni nel senso voluto.

5. Riuscire a far presentare da due gruppi fittizi due mozioni contrapposte che sostanzialmente ottengano lo stesso risultato. Gli avversari avranno l'impressione di aver scelto.

Artifici d'interruzione

1. Per trasformare l'assemblea deliberativa in assemblea pulsionale:
– happenings improvvisi
– grida di "scemo scemo" a ogni intervento
– grida di "corteo! corteo!"
– risate, miagolii; accendere radioline; introdurre animali in sala; fingere contemporaneamente vari attacchi epilettici in diversi punti della sala.

2. Per trasformare l'assemblea da deliberativa in giudiziaria:
– mettere sotto accusa (veementemente) i metodi della presidenza
– criticare il poco tempo concesso agli interventi, che favorisce le élites eloquenti e mette in difficoltà gli emarginati che si esprimono con difficoltà
– chiedere la verifica del numero legale (per esempio: mancano gli studenti fuori sede)
– arrivo consistente e improvviso di un gruppo di aventi diritto la cui assenza è giustificata da seri motivi (esempio, scontri con la polizia da basso) e che si dichiara in disaccordo con le decisioni prese (funziona se la presidenza non aveva verificato il numero legale).

3. Per ristabilire l'unità morale dell'assemblea:
– gridare: "ci sono i fascisti da basso!"
– intonare l'*Internazionale* (sono consentiti altri canti per assemblee acliste, di Comunione e liberazione, eccetera).

L'ASSEMBLEA PULSIONALE

OGGETTO: il presente; MODELLO: la festa; IDEALE: dionisiaco

Regole di funzionamento

Non ce ne sono, e se ce ne sono coincidono coi trucchi e gli artifici di forza. Ogni regola è sentita come un trucco. Esistono al massimo criteri di sopravvivenza o di equilibrio psicologico:
1. Non diventare vittima delle tue regole tradizionali.
2. Non attribuire agli altri le tue regole.
3. Non credere che un'assemblea pulsionale sia deliberativa. Chi decide la uccide.

4. Non credere che un'assemblea pulsionale sia giudiziaria perché non c'è divisione netta tra le parti in gioco (il tuo accusatore può essere il tuo alleato).

Esiste tuttavia una serie di criteri distintivi dell'assemblea pulsionale, ovvero un suo decalogo implicito – o regola della irregolarità:

1. Il fine primario di un'assemblea è quell'assemblea.

2. Non è necessario che l'assemblea termini prendendo decisioni e non è necessario che le decisioni prese diventino esecutive.

3. Il fine secondario dell'assemblea è indire l'assemblea seguente. Le assemblee peraltro non sono cumulabili: l'assemblea seguente riprende da capo i problemi dell'assemblea precedente.

4. L'assemblea definisce i gruppi che la costituiscono (non ci sono gruppi o tendenze precedenti l'assemblea, che definiscono la natura dell'assemblea. In altre parole, non si fa un'assemblea perché dei gruppi vogliono esprimersi ma dei gruppi vogliono esprimersi perché c'è l'assemblea).

5. Fa parte di diritto dell'assemblea chi ne fa parte di fatto.

6. Per far parte di fatto dell'assemblea occorre entrare fisicamente nello spazio dell'assemblea. Entrare non significa "starci". Basta attraversarla.

7. Ha diritto di voto nell'assemblea chi la sta attraversando in quel momento.

8. Non sono possibili assemblee decentrate collegate da circuiti televisivi chiusi; nell'assemblea pulsionale non si dà bicameralità. Ogni altro spazio è un'altra assemblea, opposta alla prima.

9. Sono espulse dall'assemblea due categorie di persone:
– chi non c'è
– chi tenta di darle regole e di imporre una leadership (ci può essere una leadership occulta e non politica, ovvero un modo di imporre delle determinazioni alla libera manifestazione pulsionale dei singoli; per questo di regola sono espulsi anche eventuali spacciatori di eroina e stupratori di ragazze denunciati dai gruppi femministi).

È proibito enunciare pubblicamente i nove punti di cui sopra, pena la morte dell'assemblea.

Artifici d'interruzione

Non ce ne sono, ovvero ogni modo di interruzione è quello giusto.

L'Espresso, 25 dicembre 1977

Quelli che seguono sono gli appunti per un saggio che non mi sento ancora di scrivere. Anche se sono formulati in forma di domanda, non si tratta di domande retoriche, cioè di false domande che celano un'asserzione suggerita tra le righe. Sono vere domande. Sono richieste di supplemento di istruttoria, avvio di un dibattito. La polemica che si è svolta in queste ultime settimane ha messo a fuoco un nodo di problemi che coinvolge decisioni politiche e filosofiche, la stessa definizione di democrazia, il nesso teoria-pratica, l'idea di libertà di espressione. Salutare incidente. Non lasciamo morire il discorso. Forse il miglior modo di contribuirvi è mostrarne la complessità. Far politica può volere dire anche porre delle domande, specie se la domanda in circolazione sono troppo semplici.

Quando mi è pervenuto il testo dell'appello Guattari, dopo varie esitazioni, non lo ho firmato e ho spiegato il perché agli amici francesi. Mi andava bene di protestare contro certe disinvolte perquisizioni in case editrici e case di scrittori che avevano pubblicato testi di Radio Alice. Ma per arrivare a questa protesta il manifesto francese iniziava delineando un catastrofico scenario della realtà italiana, dominata da un partito unico repressore di ogni dissenso. Ho pensato per un istante cosa avrebbero potuto fare di questo documento l'on. De Carolis e i suoi amici nel prossimo viaggio negli Stati Uniti. Era quello che ci voleva per invitare, con la garanzia della intellighentia francese, la CIA a intervenire contro il colpo di stato comunista in Italia. Credo che non solo i venditori di dentifrici debbano calcolare gli effetti del loro messaggio pubblicitario presso diversi strati di popolazione. Del pari la mia prima reazione all'iniziativa Balestrini-Fachinelli (invito a Meana per fare una Biennale del dissenso in Italia). Mi è parso sproporzionato. Si prestava alle reazioni che vi sono state: sei stato mai messo in manicomio? Ti hanno chiuso in campo di concentramento? No? Allora sei uno sbruffone. Come è stato detto, "al lupo al lupo" va gridato solo al momento giusto, altrimenti dopo non ti credono più. E quindi ho avuto l'impressione di una mossa a dir poco enfatica. Sottovalutavo però l'abilità previsionale di Balestrini, specialista della provocazione. E forse sottovalutavo la coda di paglia di molti. Fatto sta che quelle due mosse sbagliate hanno avuto un effetto utile: hanno aperto una discussione. A rintuzzare quanto vi era di donchisciottesco nei due gesti, sarebbe bastato in fondo quello che è stato risposto nei primi giorni: l'Italia non è l'URSS. Eppure partiti, giornali, riviste non sono riusciti a sottrarsi al bisogno di continuare il dibattito. Allora c'era davvero qualcosa da dibattere? Se è così non bisogna chiedersi se i francesi avevano ragione o torto: bisogna chiederci perché stiamo morbosamente dibattendo ancora sul fatto che avessero ragione o torto. Rispondiamo a questa domanda.

L'Italia non ha il Gulag. Basta un ragionevole senso dello humor per poterlo ammettere. Guattari è venuto a Bologna e ha polemizzato col PCI senza essere ricondotto alla frontiera. Roversi attacca Zangheri sull'*Unità*. Il dibattito è ampio. Ci viene detto che chi sta in carcere è perché ha fatto qualcosa contro il Codice penale. Va bene. Ma ora domandiamoci cosa vuole dire repressione, quali sono le forme classiche di repressione. Le elenco in ordine di drammaticità: fucilazione dell'avversario, imprigionamento dell'avversario, squalifica e morte civile dell'avversario, intimidazione morale dell'avversario. Bene, le ultime due forme hanno pericolosamente serpeggiato, sia pure in modo embrionale, negli scorsi mesi. Non sono d'accordo con lo sdegnoso ritiro di Sciascia (bisogna pure provare, a costo di sporcarsi le mani) ma non sono neppure d'accordo con Sanguineti quando suggerisce che il dissenso è sempre fascista. Questa la chiamo squalifica per morte civile. Quanto all'intimidazione è cronaca recente: se cerchi di capire cosa succede nelle università sei con gli autonomi; se cerchi di discutere con gli autonomi sei per la P.38; se cerchi di studiare il fenomeno della P.38 sei per le Brigate rosse; se cerchi di spiegare le ragioni sociologiche delle Brigate rosse sei un loro ispiratore. Non neghiamolo: si è proceduto da molte parti in questo modo. Ammetto che lo choc di alcuni eventi giustificasse questo irrigidimento emotivo. Ma con l'isterismo non si fa politica. C'è differenza tra discussione teorica, anche dura, e intimidazione morale per bloccare ogni discussione. Vogliamo dire che il momento isterico è stato superato, e perfino che i più isterici sono stati rimproverati dai loro stessi compagni? Benissimo. Ma non chiudiamo il dibattito su come possa verificarsi una repressione non fisica. E non venitemi a raccontare che c'è pur gente che spara nelle gambe: quella è esattamente un'altra cosa, e l'intimidazione morale sta nel confondere i livelli. Domanda: a quale livello di distinzione può arrivare una democrazia per continuare ad essere tale anche quando reagisce con fermezza alla eversione, senza dire che tutto è uguale a tutto?

Discuto con alcuni studenti del Movimento. Si lamentano che, di tutti quegli intellettuali che firmano appelli per ogni sudamericano arrestato o polacco sotto inchiesta, pochi abbiano protestato per la chiusura di Radio Alice, per le perquisizioni in due case editrici, per mandati di cattura fondati su accuse imprecise. Hanno ragione ma cerco di spiegare perché tutti coloro che avrebbero potuto protestare non lo hanno fatto.

Temevano che, a difendere la radio indipendente o il diritto di scrivere un giornale, si venisse intesi come sostenitori di chi spara alle gambe (o alla testa). Bene, mi dicono gli studenti, ma questo è stato proprio il ricatto di Cossiga e dell'*Unità*! Rispondo: siete sicuri di non avere contribuito a costruire le premesse per questo ricatto? Guardate questo muro dell'università: da un lato vedo scritto "Mao dada" e "Alice libera". Dall'altro trovo "Carabiniere bastardo ti spareremo in bocca". So benissimo che non è la stessa mano che ha scritto le due cose. Ma la difesa globale della creatività selvaggia che si è manifestata durante l'occupazione è vostra. Ora pretendete che l'opinione pubblica, che già non riesce a distinguere tra gruppo e gruppo extraparlamentare, riesca a porre distinzioni così sottili? L'opinione pubblica non legge secondo le regole della scrittura trasversale d'avanguardia. Legge in modo ottocentesco, così come legge l'orario ferroviario. Come pretendete che distingua le metafore dai programmi e i programmi degli uni dai programmi degli altri? La distinzione toccava anche a voi, prima di quello che è poi avvenuto, e forse ancora più chiara. Conosco l'obiezione: non possiamo rinnegare del tutto dei compagni che manifestano in modo sbagliato una rabbia giusta. Ma la politica si fa sempre con delle scelte, e a scegliere si perde sempre una fetta della propria base indifferenziata. Ora lamentate l'isolamento. Badate che le Brigate rosse non si sono mai lamentate di essere isolate, non hanno mai chiesto la solidarietà di Sartre o di Moravia. C'è coerenza nella loro scelta e nel loro comportamento. Voi volete che l'opinione democratica prenda posizione contro l'isolamento in cui siete stati spinti. Ma allora giocate il gioco dell'opinione pubblica, valutate il significato delle vostre mosse o dei vostri silenzi. Sono d'accordo con voi quando mi dite che se vi spingono ai margini e vi tolgono ogni spazio, molti giovani dopo il vostro soffocamento si daranno come ultima soluzione alla lotta clandestina. Avete diritto allo spazio del vostro dissenso: ma definitelo con più chiarezza. Ora però giro la domanda al PCI: come definiamo lo spazio del dissenso nel momento in cui la più grande forza della sinistra italiana si avvicina all'esercizio del potere? Quanto dell'immagine ottimistica di un consenso generalizzato si è disposti a rischiare per non reprimere il dissenso? La domanda non concerne solo l'ossigeno che verà lasciato ai dissenzienti, ma proprio l'ossigeno che si riserverà il PCI. Se fa terra bruciata alla sua sinistra sarà come bruciare le foreste dell'Amazzonia. Prima o poi mancherà ossigeno anche a New York, o a Pechino.

È vero che in Italia si è arrestati per reati di opinione? No, risponde il magistrato, si arresta chi incita a delinquere e l'incitamento non è un'opinione ma un atto delittuoso concreto. Ragionamento ineccepibile se l'incitamento si traduce in espressioni come "ammazzate il tale". Ma quando si manifesta come teorizzazione di lotta armata contro lo Stato? E con quali scadenze? Subito o tra alcuni anni? O in un futuro lontano? Dove sta la soglia di discriminazione tra incitamento alla rivolta e affabulazione utopica? Il nodo è delicatissimo, non coinvolge solo la tutela dell'ordine pubblico o l'amministrazione della giustizia, ma la filosofia del diritto e le dottrine politiche. A prendere il concetto di incitazione in senso lato, si deve proibire la stampa e la vendita dei classici del marxismo. A individuare l'atto di incitazione in un passato anche lontano, credo che dovrebbero andare sotto inchiesta Nenni, Lombardi, Parri e forse persino Saragat. Che differenza passa tra l'opinione che produce effetti immediati, quella che li produce a distanza e quella che non li produrrà mai? L'etica liberale aveva le idee chiare, anche se ingenue: il poeta è irresponsabile, il filosofo parla e non fa, si arresta chi compie un omicidio, non chi lo descrive. Si assolve persino la pornografia, purché redenta dall'arte. Ma ragioniamo ancora secondo l'etica e la filosofia del liberalesimo? Il marxismo ci ha insegnato che vi è un nesso molto stretto tra teoria e prassi e che le ideologie sono armi. Anche chi teorizza fa azione politica (e del resto già a proposito del Pellico, si sapeva che certi libri sono peggio di una battaglia perduta). Per questo siamo oggi così imbarazzati e le parti in causa si palleggiano definizioni di stampo liberale: "Ho solo espresso delle opinioni". "Sì, ma queste opinioni hanno spinto altri all'azione diretta", eccetera. Ma la magistratura ragiona ancora con l'ottica liberale o ha assunto l'ottica leninista dei suoi inquisiti? Quello che sta avvenendo ci obbliga a una ridefinizione del nesso pratica-teoria. Ma anche a una ridefinizione della nozione di libertà di espressione in una società dominata dalla circolazione rapida dei mezzi di massa. Questo può significare anche rivedere il concetto di repressione, ed è forse il nodo più difficile da sciogliere, ma non è ignorando la portata del problema che se ne esce.

Ultima domanda. Questa discussione riguarda anche i "nuovi filosofi"? Secondo me, non li riguarda, o almeno non tutti. Per la maggior parte di loro il dissenso è mistico, metafisico, angelico, spiritualistico, e platonico. Questa invece è una discussione aristotelica, col dito puntato verso la terra, tra barbari dal volto necessariamente un po' disumano.

L'Espresso, 31 luglio 1977

SONO SEDUTO A UN CAFFÈ E PIANGO

Nell'*Espresso* del 10 aprile avevo avanzato l'ipotesi che il linguaggio delle avanguardie artistiche, il linguaggio dell'io diviso, del soggetto senza patria e senza codice, la pratica della dissociazione, fosse diventato, per una serie di fenomeni sociali e psicologici, il linguaggio quotidiano (non più di laboratorio) di quei gruppi giovanili oggi detti "movimento" e che io chiamavo Generazione dell'Anno Nove. Quell'articolo proseguiva una serie di interventi precedenti, da febbraio in avanti, sia sull'*Espresso*, che sul *Corriere della Sera*, in cui discutevo le matrici culturali del collettivo bolognese A/traverso di cui è animatore Francesco Berardi ovvero Bifo e a cui fa riferimento il gruppo di Radio Alice. Rilevavo la contraddizione tra la pratica di massa che questo gruppo teorizzava e i suoi riferimenti teorici molto raffinati. Caso oggi abbastanza comune: sempre mi sorprende l'indiano metropolitano che fa l'elogio della sua "illogica" selvaggia citando Nietzsche nell'edizione Colli-Montinari.

Ma c'è di più. Quale è il rapporto tra l'emarginato di poche letture che legittima la sua rivolta dicendo "desideravo farlo" e i teorici della rivoluzione desiderante? Quando telefonate anonime trasformano una trasmissione di Radio Alice in un discorso privo di protagonista, quanti tra coloro che partecipano alla formazione di questa madrepora sanno che la metafora di Alice viene dalla *Logica del senso* di Deleuze, che affermava: "Quando gli aggettivi e i sostantivi cominciano a fondersi, quando i nomi che designano sosta e stato di quiete sono trascinati dai verbi di puro divenire e scivolano nel linguaggio degli eventi, si perde ogni identità per l'Io, il mondo e Dio"?

Ma si può dire che bastava questa o un'altra pagina di "gaja scienza" a creare la grande rappresentazione di comportamento a ruota libera a cui la società italiana ha assistito nelle recenti settimane? Io credo che, il giorno dopo il voto parlamentare sulla Lockheed, una volontà politica abbia pianificato una dura risposta della polizia proprio a Bologna. Ma non credo che a spiegare quel che è avvenuto dopo serva il romanzo giallo dell'agente segreto provocatore. Non bastava Nietzsche a far parlare la gente come Nietzsche, figuriamoci la CIA. Quello che vorrei capire è il filo che lega l'esplodere in atto di comportamenti volutamente "devianti" alle profezie della devianza pronunciate più di un secolo fa da filosofi ed artisti. Credo che ci siano ragioni storiche per cui la saldatura si è verificata proprio ora. Vanno indagate. Credo che la saldatura non sia necessariamente un evento positivo e il passaggio dal modello "colto" alla pratica di massa (giovanile) contenga in sé pericolosi germi di autodistruzione.

Su questa linea avrei voluto che la discussione continuasse. Ma come ho cominciato il discorso, si è levato un coro di scomuniche da destra e da sinistra. Leggo nello stesso giorno in *La discussione* che io avrei fatto l'elogio della Marcia su Roma e sull'*Unità*, in un articolo peraltro equilibrato e pensoso di Asor Rosa, che io ammonirei che "anche la P.38 è un fatto culturale". Asor Rosa sa benissimo, e lo dice più avanti nel suo articolo, come si deve intendere il termine "cultura" nel suo significato "estensivo": e cioè un insieme di comportamenti, tecniche operative, valori e credenze proprie di un gruppo. E dunque si può e si deve dire che è un fenomeno culturale la P.38 come è un fenomeno culturale la nuova pratica di sequestro di persona (un sequestro all'anno è un caso irrilevante, un sequestro al giorno è un caso sociologico che va studiato). Ma se la formula di Asor Rosa non aveva intenzioni denigratorie, in molti altri articoli è apparso il termine "cultura" tra virgolette sarcastiche. Il senso era: "taci tu, sporco intellettuale". Fortuna che non sono anche ebreo.

Allora stiamo zitti? Per buona ventura mi dà occasione di riaprire bocca Franco Berardi con il suo intervento sull'*Espresso*, consentendomi di definire le mie preoccupazioni rispetto al suo testo teorico, al di là degli eventi concreti sui quali sembra ormai tabù interrogarsi (rimprovero che finalmente anche Asor Rosa rivolge a chi nel suo partito fa il gioco delle tre scimmiette). Asor Rosa ha detto al PCI: troppe volte il modo in cui avete impostato il dibattito sugli eventi in corso "serviva al partito e alla classe operaia... soprattutto per connotarsi come interlocutori legittimi del sistema politico oggi in atto". Visto che l'incarico di far l'elogio della Marcia su Roma se lo assume ora Asor Rosa, ho spazio libero per parlare a Bifo fuori dai denti.

Prima di tutto, le carte in regola. Bifo mi accusa di non avere citato abbastanza Majakovskij. Provo a redimermi: "Studenti, è una sciocchezza tutto ciò che sappiamo e studiamo. Fisica, chimica, astronomia: assurdità... Cantate, ora, cantate il nuovo demone in giacca americana con le lucenti scarpe gialle!". Va bene? Oppure questa: "E ora ferro e legno lui stesso portàva, Lenin, per riparare gli strappi e gli squarci. Come fogli d'acciaio, sollevava e squadrava le cooperative, i consorzi e gli spacci". O forse non va, è un apocrifo scritto da Zangheri? Lasciamo da parte le citazioni, le sappiamo manovrare bene sia io che il dottor Berardi (il suo libro *Scrittura e Movimento* era apparso tre anni fa da Marsilio, opera terza, sviluppo di una tesi di laurea discussa in un ambiente accademico assai rispettabile). Egli dice: questa iscrizione del corpo e dei suoi bisogni nel testo, e del testo (o delle nuove scritture collettive) nella pratica di massa (intersecazione di trasformazione linguistico-culturale e di comportamenti di rifiuto) non è un fatto meramente semiologico. C'è stato un salto; a praticare la nuova scrittura collettiva del movimento c'è ora un soggetto massiccio, il quale rompe direttamente il codice della prestazione del tempo di vita alla società dello sfruttamento. Ma è vero? Se giudico molti dei comportamenti del movimento (dalle autoriduzioni classiche all'affermazione del rifiuto del lavoro salariato, sino alle lotte di piazza) mi sorge il dubbio che esso tenda a trasformare di continuo comportamenti concreti in meri simboli, ovvero enunciazioni fatte, anziché con la penna, con l'azione.

Non dico che le enunciazioni siano cose da buttar via. Dico che occorre essere lucidi e riconoscere le enunciazioni come enunciazioni. Un conto è prefigurare in una grande festa simbolica l'assalto al palazzo d'inverno e un conto è prendere effettivamente il palazzo d'inverno. In mezzo ci sta il momento giusto: ovvero il momento in cui alla sceneggiatura della rivoluzione può corrispondere nei fatti, e nella volontà delle masse, la rivoluzione. Senza di questo momento giusto non c'è Lenin; c'è appunto solo Majakovskij che (e bestemmio) senza Lenin sarebbe ricordato oggi come uno dei tanti poeti dei circoli moscoviti, tra gli acmeisti e i fratelli di Serapione.

È indubbio che a questo proposito tra me e Berardi, il cultore delle potenze del simbolico è lui. Io sono un tardigrado realista. In altri termini, data la situazione mondiale quale è oggi, può l'enunciazione della rivoluzione diventare rivoluzione? No, dico io. Sì, dice Bifo. Il quale dunque crede nelle potenze del linguaggio, sia pure esso gesto. Ma se così fosse il caso Bifo non mi interesserebbe. Se mi interessa è perché alle sue enunciazioni abbondantemente culturali fa riscontro la pratica di una certa massa giovanile, che magari non ha mai letto Bifo, né i testi del collettivo A/traverso. E dunque mi pongo (e pongo) il problema di come l'affermazione del paradiso oggi, della rivoluzione immediata, dei diritti produttivi del "desiderio" in libera espansione (terminologia colta) possano in qualche modo essere diventati comportamento, praticato al di là delle sue teorizzazioni. E se questo comportamento – oltre a essere un fatto – costituisca la giusta "uscita" del processo storico in corso.

La rivolta degli anabattisti non era (non era ancora) la giusta uscita dalle lotte iniziate dalla riforma protestante, ed è stata repressa nel sangue. Ma era un fatto, e andava spiegato. Engels lo ha fatto: "Il peggio che possa accadere al capo di un partito estremo è di essere costretto a prendere il potere in un momento in cui il movimento non è ancora maturo per il dominio della classe che egli rappresenta e per l'attuazione di quelle misure che il dominio di questa classe esige... Chi incorre in questa falsa posizione è irrimediabilmente perduto".

Grazie al provvido intervento della magistratura, Bifo Berardi non corre ora il rischio di prendere il potere in un momento anticipato, ma la contestazione che gli rivolgo è di teorizzare la positività di un desiderio che non si è ancora definito. E con questo veniamo alle radici culturali delle teorie che il collettivo A/traverso fa proprie e che sono mutuate, oltre che da un marxismo ripensato ("si costituisce il terreno della scrittura come pratica significante determinata dalla pratica collettiva di lotta comunista e di modificazione operaia dei rapporti esistenti fra le classi", *Scrittura e Movimento*) anche da un trapianto della schizo-analisi di Deleuze e Guattari e della teoria del desiderio.

Nell'*Anti-Edipo* (riassumo per il pubblico disinformato) si afferma che il desiderio (che le morali e la politica tradizionale avevano irreggimentato e disciplinato nelle strutture paranoiche dello Stato, della famiglia, delle istituzioni), il desiderio (che lo stesso Freud aveva ridotto al triangolo, disciplinabile, del rapporto edipico), il desiderio (che persino nella psicoanalisi di Lacan era sempre desiderio di un'illusione, spostamento continuo del proprio oggetto) è invece una forza positiva; macchine desideranti, gli esseri umani sono potenziali produttori di positività in espansione che solo quando fallisce e viene repressa produce lo schizofrenico da ospedale; positivo è invece il "processo schizofrenico", schizofrenica è l'attività rivoluzionaria, che frantuma le ideologie e le grandi macchine paranoiche del capitalismo e delle istituzioni repressive.

Ora ciò che si può rimproverare alla bella metafora di Deleuze e Guattari (alla luce della quale essi rileggono l'intera storia dell'umanità e tracciano il programma della rivoluzione a venire) sono due cose.

Anzitutto se l'essere umano è una macchina desiderante non si sa quale sia il meccanismo di questa macchina.

In secondo luogo, proiettata nel futuro, l'ideologia del desiderio può essere soddisfatta solo dalla vecchia utopia della società estetica, dove arte e vita si confondono proprio perché è stata garantita un'armonia raggiunta. Ma in una società dell'armonia non ancora realizzata nasce una duplice domanda: come posso fare perché il mio desiderio di oggi non uccida il mio desiderio di domani, e perché il mio desiderio non reprima il tuo?

Il che, a ben vedere, riconduce al problema della struttura delle macchine desideranti (se hanno una struttura avranno anche una regola, ovvero una disciplina). È proprio del malato negarsi la soddisfazione del desiderio di domani soddisfacendo il desiderio di oggi: mangio la gallina, ma non potrò più soddisfare il mio desiderio di uova. Ed è proprio del repressore confondere il suo col mio desiderio: i fascisti che hanno violentato la ragazza di Roma desideravano violentarla, ma lei desiderava di non essere violentata. Quale desiderio fa aggio sull'altro? Quello che si sostiene sulla forza? Sade lo pensava (ma in forma di apologo sulla natura): né Deleuze né Bifo, credo, lo pensano. E dunque nasce l'esigenza di una strategia politica del desiderio, ovvero una dottrina, sia pure utopica, della società futura. Non nego che l'ideologia del desiderio esprima l'utopia di una convivenza diversa: ma non dice nulla sui passi strategici onde fondarla. Nemmeno l'avanguardia storica, predicando la sregolatezza, l'esercizio della deviazione, i diritti del sogno e della scrittura in libertà, si poneva questo problema. Ma poteva farlo perché costruiva solo modelli "di laboratorio" dell'eversione.

Nel momento in cui (Bifo lo dice) le potenzialità della scrittura dell'avanguardia diventano il linguaggio quotidiano di un "soggetto pratico, massiccio", questo problema rinasce. E non può essere nascosto, o ritardato, da una teoria (abbastanza letteraria) della scrittura rivoluzionaria e desiderante. Qui il semiologo che s'ignora (non quello che conosce i limiti del proprio approccio), può scambiare i simboli con le cose.

È fatale che, di converso, ai margini ci sia chi compie il processo inverso: crede di enunciare simboli (magari "scrivendo" con la P.38) e in effetti fa cose. Ma sono cose non inserite in una strategia a lungo termine (il calcolo della compatibilità finale dei desideri): acquistano, sul piano simbolico, valore negativo manovrabile da chi non crede al "desiderio di una cosa", e sul piano delle cose producono la morte del movimento. Questa è la meccanica della *jacquerie*, ovvero della rivolta non mediata dalla teoria e dalla valutazione realistica delle forze in gioco, giocata solo sull'impulso (questo sì, reale) del desiderio o del bisogno immediato.

Sono d'accordo che è sbagliato bollare genericamente di irrazionalismo i comportamenti che eludono la nostra definizione tradizionale di ragione, ma può essere irragionevole non voler ragionare a fondo sui fondamenti teorici di una teoria del desiderio.

Prendiamo come esempio il desiderio, da parte di una classe emarginata, di riappropriarsi dei prodotti di una società dei consumi. Un teorico (abbastanza miope nel suo stalinismo da vecchio PCF), Michel Clouscard, ha scritto nel 1973 un libello contro i teorici dell'Anti-Edipo, *I tartufi della rivoluzione* (pubblicato nel 1975 dagli Editori Riuniti). È curioso che i comunisti, nella loro polemica attuale contro il movimento, non vi abbiano fatto ricorso. Segno che è polemica viscerale che rinuncia persino al tentativo di analisi, che Clouscard aveva fatto, dei fondamenti della nuova "cultura" di movimento. Non starò a dire quanto e in quali punti Clouscard "svacchi" (a un certo punto accomuna nella responsabilità delle nuove teorie tutti, da Husserl ai neopositivisti logici, come in una caricatura del peggior Lukács): ma almeno in un punto egli aveva avanzato un degno sospetto. Confondendo i mezzi di produzione, i beni di consumo che corrispondono al minimo vitale garantito e i beni di consumo voluttuari, l'ideologia capitalista ci ha convinto che oggi il benessere è alla portata di tutti e che tutti possono desiderarlo, autorizzando ogni desiderio di riappropriazione immediata. Illusione. L'investimento libidinale che sta all'origine delle utopie della riappropriazione è specchietto per le allodole della piccola borghesia. Impadronirsene (autoriduzione) o distruggerli (sfascio rituale delle vetrine) è fare il gioco dell'illusione piccolo borghese manovrata dal grande capitale.

L'obiettivo è altrove. Trasgredire è emanciparsi solo nel quadro del modello ideologico della società dei consumi. Paradiso ora, godimento immediato, sono ancora nella logica del capitalismo, come lo è la scelta dello hippy che fuma la droga solo perché la grande industria della droga e l'organizzazione terziaria della sua distribuzione possono sopravvivere indisturbate. Non dico che

Clouscard abbia definitivamente ragione, dico che enuncia alcuni temi su cui anche Berardi dovrebbe riflettere altrimenti "l'iscrizione del corpo e dei suoi bisogni nel testo" (e viceversa) rischia di rimanere utopia estetizzante. E nulla è più tragico di un'utopia estetizzante vissuta dai poveri. Dove Bifo ha ragione è quando dice che nessuna teoria del complotto può servire come interpretazione di fatti sociali. Capire quanto sta avvenendo significa da un lato interrogarsi sui fondamenti teorici dell'ideologia dell'Anno Nove e dall'altro chiedersi perché tanta parte di una generazione si riconosce – nella pratica – in questa ideologia. Non basta l'edizione Einaudi dell'*Anti-Edipo* a giustificarne la presa rapida – al di là delle stesse posizioni di Deleuze e Guattari che oggi, mi pare, si stanno ponendo gli stessi miei problemi. È che ogni scelta politica nasce oggi da una coraggiosa ricerca su fenomeni "culturali" (attenti alle virgolette!).

Lo si diceva con tanta chiarezza nel documento pubblicato il 25 febbraio dalla FGCI: c'è una crisi di valori, bisogna condurre l'analisi dei motivi reali e delle ragioni obiettive delle nuove tendenze... Ma è bastato che la rivolta giovanile toccasse in modo traumatico e lacerante il PCI perché proprio da quella direzione si levassero reprimende liquidatorie. Due soli esempi. Giorgio Amendola, in un'intervista sul *Giorno* del 9 aprile: "Vedi queste anime nobili, pronte a battersi per ogni causa, che protestano, che so, per la soppressione di Radio Alice... mi fanno pensare a quelli che nel '20-22, a proposito degli squadristi, dicevano 'teste calde'". Edoardo Sanguineti, sul *Paese Sera* del 7 aprile: "Sono soltanto sicuro che un antropologo culturale, tra il '20 e il '22, mi avrebbe spiegato chiaro e tondo che si trattava dell'abbozzo di un nuovo tipo umano, il nerocamiciato sansepolcrale, correlabile a questa o a quella rivoluzione tecnologica". Le anime nobili pronte a battersi per ogni causa non saranno quelle a cui sovente il PCI ha chiesto adesioni a tutti gli appelli contro il maccartismo? E Sanguineti, quello che nel novembre 1963 scriveva "La posizione cinese (dissi) giustifica ogni speranza...", dovrebbe riflettere su almeno due fatti: che molto sarebbe stato utile se nel '22 qualcuno avesse analizzato di più il nuovo tipo umano che stava sorgendo e che era correlabile a molti fatti economici e tecnologici (Gramsci andava persino a ricercarne le radici nel superuomo del romanzo popolare); e che sarebbe assai pericoloso oggi giocare su irritati ricorsi storici e appiattire la complessità dei fenomeni attuali su clichés che ricalcano le spiegazioni di ieri.

Ma i miei critici di sinistra hanno dei potenti alleati. Umberto

Agnelli ammoniva sul *Corriere* del 26 marzo: "Dio solo sa quale parte dell'attuale situazione di dequalificazione e di emarginazione dei giovani sia dovuta anche all'ingenuità irresponsabile di coloro che dal Sessantotto a oggi hanno dato spazio all'irrazionalità, alla protesta indifferenziata, tanto più radicale quanto più confusa". E il settimanale democristiano *La discussione*, insinua che il firmatario della presente "in molte ma aristocratiche parole" spieghi "perché nel '22 sarebbe stato sciocco opporsi alla marcia su Roma e alla presa del potere da parte dei fascisti".

È faticoso contestare all'ideologia del desiderio la sotterranea pulsione di morte che l'attraversa, quando le ideologie della soddisfazione reprimono così brutalmente le esigenze dell'indagine. Apro casualmente le lettere di Majakovskij a Lili Brik: "Sono seduto a un caffè e piango".

L'Espresso, 1 maggio 1977

Negli ultimi dieci anni hanno ammazzato tante persone e ne hanno arrestate tante altre. Ad ogni ammazzato e a ogni arresto qualcuno mi ha sempre proposto di firmare una dichiarazione dove ci si diceva convinti di sapere chi avesse ucciso e se l'arrestato fosse innocente o colpevole.

Per principio mi sono sempre rifiutato di firmare dichiarazioni del genere, indipendentemente dalle mie convinzioni personali. Era infantile dire "io so che Valpreda è innocente" il giorno del suo arresto. Era giusto invece dire: "non create mostri a senso unico senza scavare anche le altre direzioni, non costruite istruttorie romanzesche".

Gli eventi di questi giorni mi fanno desiderare che i capi occulti del terrorismo non siano persone che nei loro scritti predicavano la rivoluzione come fatto di massa e poi organizzavano una società segreta elitaria e aristocratica. Questo perché perderei la convinzione (chiamatela corporativa) che chi scrive un libro esponendovi delle idee, che gli sono costate studio e fatica, creda in quello che scrive.

Certo che se qui si cerca il capo segreto di una rete terroristica, le buone regole del romanzo giallo vogliono che sia una persona non immediatamente sospettabile: in principio non dovrei stupirmi se apprendessi che il capo delle Brigate rosse è un vescovo. E allora, sempre in principio, perché non un teorico della ribellione? Nei gialli più sofisticati nessuno è più insospettabile di colui che gioca scopertamente a essere sospettabile fino al limite. Però francamente, a quel punto, riterrò più degno di stima Curcio, che almeno ha avuto il coraggio di dire: "Sono io".

Se qualcuno ha finto di essere l'interprete della spontaneità proletaria e poi ha diretto l'azione di killers che fanno il gioco dei colonnelli, devono venire fuori al più presto le prove. Altrimenti i titoli dei giornali si alimenteranno solo con ciò che queste persone hanno detto senza fingere, da dieci e più anni, su pubblicazioni in vendita nelle edicole: che cioè credevano alla rivoluzione e la volevano al più presto, che vedevano con favore i vari fenomeni d'insofferenza violenta da parte di gruppi che essi (con pericoloso abbaglio) riconoscevano come espressione della volontà generale.

È ciò che in fondo oggi chiede l'opinione pubblica democratica: se ci sono dei fatti, tirateli fuori, ma non processate le opinioni e non scambiate Agatha Christie per un'assassina. Sembra infatti un dogma delle democrazie che nessuno debba essere perseguito per quello che scrive, mentre si deve perseguirlo per quello che fa se agisce contro il codice penale. Ma bisogna chiedersi se le cose siano così limpide come appaiono. Infatti, già fin d'ora, ci si chiede se l'incitamento alla lotta, sia pure allo scoperto e non per mezzo di azioni terroristiche, sia ancora un dire o non sia già un fare.

Ora uno dei testi più grandi della storia delle democrazie parlamentari è la *Epistola sulla tolleranza* di John Locke. Un testo davvero rivoluzionario, in un periodo storico in cui il pensiero liberale borghese era rivoluzionario. Un passaggio che però mi ha sempre turbato in questo splendido testo è quello in cui Locke dice che bisogna consentire libertà di opinione e propaganda a tutti, salvo che ai papisti. Perché i papisti (e cioè i cattolici di allora) non ammettevano che agli altri fosse consentita libertà di opinione, e quindi uno stato fondato sulla tolleranza non doveva tollerarli. Vale a dire che in uno dei testi fondatori del pensiero democratico moderno si disegnava già la contraddizione fondamentale di ogni democrazia: sino a che punto una democrazia deve consentire libero corso a quelle azioni, teoriche o pratiche, che mirano a negarla? In breve: può una democrazia tollerare un partito rivoluzionario che non solo teorizza la rivoluzione ma in qualche modo la propugna?

La democrazia parlamentare occidentale è per questo fatto un sistema imperfetto. Dico imperfetto con molto sereno realismo, così come è imperfetto il corpo umano e ancora di più la nostra psiche, Freud insegni. Cose imperfette di cui però non si è ancora trovato un sostituto migliore. Non le dittature confessionali, non gli Stati etici, non il socialismo del gulag.

Allo stato attuale della storia occidentale o si vive in una democrazia imperfetta agendo per la sua trasformazione, o si vive in un'autocrazia. Le autocrazie hanno il gioco facile: garanti di un'unica verità, non consentono né la devianza teorica né quella pratica. Le democrazie sono fondate invece sul presupposto che si deve consentire e auspicare la devianza teorica, ma che si deve in qualche modo contenere la devianza pratica. Ma è su questo "in qualche modo" che si articola la inevitabile contraddittorietà di una democrazia. Quale modo? Sino a che punto si distingue la devianza teorica da quella pratica, e sino a qual punto si può reprimere la devianza pratica?

Salvo un unico punto fermo – la repressione dell'omicidio – le democrazie negli ultimi due o trecento anni, hanno risolto il problema in modo empirico, senza tentarne definizioni ultime, perché ogni definizione avrebbe posto la democrazia in palese contraddizione con se stessa.

Per riuscire in questa difficile operazione, gli Stati democratici hanno fatto ricorso a un'istituzione: la Polizia. Si badi, non dico Polizia per dire Pubblica sicurezza o Carabinieri o altro corpo in divisa. Penso a quella nozione ben più vasta e sfuggente di Polizia che emerge dai romanzi di Balzac e il cui modello sono le memorie di Vidocq: un insieme di corpi, di poteri e sottopoteri, dal governo alle magistrature, che solo in superficie hanno la funzione di arrestare i colpevoli di delitti ben definibili.

In questo senso la Polizia delle democrazie è ben più sfuggente della Polizia delle autocrazie. In una dittatura il governo fissa le regole dell'ortodossia e la Polizia reprime ogni forma di devianza, vorrei dire alla luce del sole. In una democrazia invece la Polizia ha funzione calmieratrice della devianza: talora la produce, onde contenerla in sacche controllabili, talora s'infiltra in gruppi di devianti già esistenti per spingerli al punto di commettere ciò che indiscutibilmente secondo i codici è delitto, spesso agisce per rendere i gruppi di devianti sospetti gli uni agli altri, certe volte li reprime di nascosto.

Il Parlamento garantisce i pieni diritti della devianza teorica, ma è la Polizia che stabilisce quando una posizione teorica ha varcato i limiti esilissimi che dividono la teoria dalla pratica e dimostra che un volume di filosofia politica è stato usato come corpo contundente o che è stata l'insinuazione di Jago a spingere Otello al delitto.

Di solito, così facendo, una democrazia riesce a riassorbire le spinte dei gruppi devianti, gradatamente fa proprie le loro istanze, manda in Parlamento quelli che cinquant'anni prima aveva bandito. Ma proprio per questo deve decidere volta per volta, direi con un'astuzia da piccolo cabotaggio, quali forme di devianza verranno represse, quali controllate, quali ammesse entro certi limiti.

Così le rivoluzioni (di massa) scoppiano e vincono solo quando di fatto esse sono già preparate nei parlamenti. Quando questa lenta legittimazione delle devianze non si verifica, non c'è rivoluzione, ma rivolta periferica, per forte che sia, e chi la teorizza come rivoluzione commette un errore politico.

Le decisioni empiriche con cui le democrazie fanno i conti con la devianza pratica sono infinite. Negli Stati Uniti esce una rivista che spiega come si compera, come si tratta, come si inietta l'eroina. Si vende nelle edicole, pare che laggiù non sia reato esibire delle competenze. Quando però la forza pubblica becca il drogato che molesta un passante, lo sottomette a violenze che da noi provocherebbero l'intervento della magistratura. In compenso a Central Park di notte puoi anche accoltellare tua madre, purché tu non esca sul marciapiede della Fifth Avenue. È una forma di empirismo "democratico", piaccia o no.

Altre soluzioni "storiche". Ti lascio teorizzare lo sciopero, ma carico gli scioperanti con la cavalleria. Ti riconosco il diritto di essere comunista, ma non ti consento di lavorare in enti pubblici. Ti permetto un giornale che predica la rivoluzione, ma ne boicotto la distribuzione, però ti consento di scrivere che è boicottato. Ti lascio manifestare davanti all'Università, ma se entri in via Larga getto i lacrimogeni, però ti do il permesso di trattare col questore e domani potrai spingerti fino a largo Augusto. Ti lascio occupare la casa sfitta anche se è contro il codice, ma ti denuncio se inciti all'occupazione delle case sfitte perché è contro il codice. Ti arresto se sfasci un'automobile, ma ti consento per legge di bloccare la produzione di mille automobili perché lo sciopero, reato fino a mezzo secolo fa, ora è garantito dalla Costituzione. Anche se non è deciso dai sindacati ma da un gruppuscolo? Passi, per oggi.

C'è una logica ferrea? No, c'è una logica delle cose, una serie di aggiustamenti realistici, la democrazia moderna non ha un diritto romano perché l'hanno inventata gli empiristi inglesi della Common Law, teoria della consuetudine. La quale procede solo mediante ciò che con vecchia espressione chiameremo saggezza politica. Aristotele e i filosofi medievali la chiamavano Prudenza.

Negli eventi di questi giorni stiamo marciando sul filo sottilissimo che può dividere la saggezza democratica dalla tentazione autoritaria. Non è lecito sovvertire le istituzioni quando la maggioranza dell'elettorato non vi consente. È lecito dire che una minoranza ha diritti morali che la maggioranza non conosce? È da contestare e con forza, ma la domanda è: si può dire? È lecito organizzare gruppi che diffondano questa persuasione? Sembra lecito, altrimenti il Movimento Sociale sarebbe fuori legge da un pezzo. E se qualcuno di questi gruppi viola le leggi della convivenza attentando all'integrità fisica di coloro che non la pensano come loro? La risposta delle democrazie è una volta tanto senza complessi: qui ti fermo. Ma chi fermo con te? Anche coloro che distribuivano i fascicoli in cui si diceva che devi essere violento? Badiamo di non dare una risposta secondo la logica: abbiamo detto che una democrazia sopporta le proprie contraddizioni e compensa la logica con la prudenza. Dove arresto la catena delle corresponsabilità? La riconduco da Camus a Machiavelli sino a Cecco Angiolieri che incitava ad ardere il mondo?

Direi che la risposta è data dalla sensibilità comune, dalle sindromi di disagio dell'opinione pubblica. Addirittura, da un calcolo accorto di Polizia, la Polizia che sa fino a qual punto le sacche di devianza troppo sterilizzate fanno rifluire altrove il loro potenziale d'irrequietezza. A questo tipo di prudenza va oggi invitata la democrazia italiana, se vuole continuare a mantenere quello stato vitale d'imperfezione nel quale è ancora possibile criticarne gli scompensi e agire politicamente per volerla diversa.

Quanto a chi crede di far politica ammazzando i propri avversari, non gli porteremo le arance in prigione. Ma che venga fissato con chiarezza quale è il limite, che oggi siamo in grado di sopportare, tra fare filosofia, plagiare (ahi!) emarginati in rotta con la società e mettere un'arma in mano a un assassino; tirare un sasso e tirare una bomba; predicare il rifiuto del lavoro e sparare su chi lavora. E guai a dare la risposta facile: che si tratta di un terreno dove tutto è uguale a tutto e che il terrorismo ha pescato adepti tra gli autonomi. La prudenza delle democrazie consiste nel tracciare, senza pretese di verità assoluta, dei limiti ragionevoli anche se transitori. Altrimenti è il tramonto della ragione, da una parte e dall'altra.

La Repubblica, 22 aprile 1979

UNA FOTO

I lettori dell'*Espresso* ricorderanno la trascrizione della registrazione degli ultimi minuti di Radio Alice, mentre la polizia premeva alla porta. Una cosa che avrà colpito molti è che uno degli annunciatori, mentre raccontava con voce tesa cosa stava succedendo, cercava di rendere l'idea riferendosi alla scena d'un film. Era indubbiamente singolare la situazione di un individuo che stava vivendo un'esperienza abbastanza traumatica come se fosse al cinema.

Le interpretazioni non potevano essere che due. Una, tradizionale: la vita viene vissuta come opera d'arte. L'altra ci costringe a qualche riflessione in più: è l'opera visiva (il cinema, il video-tape, l'immagine murale, il fumetto, la foto) che fa ormai parte della nostra memoria. Il che è abbastanza diverso, e parrebbe confermare un'ipotesi già avanzata, e cioè che le nuove generazioni hanno proiettato come componenti del loro comportamento una serie di elementi filtrati attraverso i mezzi di massa (e provenienti taluni dalle zone più impervie della sperimentazione artistica di questo secolo). A dire la verità, non c'è neppure bisogno di parlare di nuova generazione: basta essere della generazione di mezzo per avere provato fino a che punto il vissuto venga filtrato (amore, paura o speranza) attraverso immagini "già viste". Lascio ai moralisti il deprecare questo modo di vivere per interposta comunicazione. C'è solo da ricordare che l'umanità non ha mai fatto altro, e prima di Nadar e dei Lumière ha usato altre immagini, tratte dai bassorilievi pagani o dalle miniature dell'Apocalisse.

Ora è prevedibile un'altra obiezione, questa volta non da parte dei cultori della tradizione: non sarà uno sgradevole esempio di ideologia della neutralità scientifica tentare ancora e sempre, di fronte a comportamenti in atto ed a eventi caldi e drammatici, di analizzarli, definirli, interpretarli, anatomizzarli? Si può definire ciò che per definizione si sottrae a ogni definizione? Ebbene, bisogna avere il coraggio di ribadire ancora una volta ciò in cui si crede: mai come oggi la stessa attualità politica è attraversata, motivata, abbondantemente nutrita dal simbolico. Capire i meccanismi del simbolico attraverso cui ci muoviamo, significa fare politica. Non capirli porta a fare una politica sbagliata. Certo, è un errore ridurre i fatti politici ed economici ai soli meccanismi simbolici; ma è altrettanto sbagliato ignorare questa dimensione.

Ci sono indubbiamente molte e gravi ragioni che hanno determinato l'esito dell'intervento di Lama all'università di Roma, ma una non va trascurata: l'opposizione tra due strutture teatrali o spaziali. Lama si è presentato su un podio (sia pure improvvisato) e perciò secondo le regole di una comunicazione frontale tipica della spazialità sindacale e operaia, a una massa studentesca che ha elaborato invece altri modi di aggregazione e interazione, decentrati, mobili, apparentemente disorganizzati. Si tratta di un'altra forma di organizzarsi lo spazio e quel giorno all'università si è avuto anche l'urto tra due concezioni della prospettiva, diciamo l'una brunelleschiana e l'altra cubista. D'accordo che avrebbe torto chi riducesse tutta la storia a questi fattori, ma ha torto chi cerca di liquidare questa interpretazione come un divertimento intellettuale. La Chiesa cattolica, la rivoluzione francese, il nazismo, la Russia sovietica e la Cina popolare, oltre che i Rolling Stones e le società calcistiche, hanno sempre saputo molto bene come la disposizione dello spazio fosse religione, politica, ideologia. Ridiamo dunque allo spaziale e al visivo il posto che gli compete nella storia dei rapporti politici e sociali.

E veniamo ora a un altro fatto. Negli ultimi mesi, all'interno di quella esperienza variegata e mobile che è stata definita il "movimento", sono emersi gli uomini della P.38. Da varie parti si è chiesto che il movimento li riconoscesse come corpo estraneo, ed erano tendenze che premevano sia dall'esterno che dall'interno. È parso che questo rifiuto avesse un iter difficile, e giocavano vari elementi. Diciamo in sintesi che molti nel movimento non se la sentivano di riconoscere come estranee delle forze che, anche se si manifestavano in modi inaccettabili e tragicamente suicidi, sembravano esprimere una realtà di emarginazione che non si voleva rinnegare. Sto facendo cronaca di dibattiti di cui tutti abbiamo avuto notizia. In sintesi si diceva: sbagliano, ma fanno parte di un movimento di massa. Ed è stato un faticoso e duro dibattito.

Ed ecco che, la settimana scorsa, si è avuta come una precipitazione di tutti gli elementi di dibattito rimasti fino ad allora in soluzione incerta. Di colpo, e dico di colpo perché è nel giro di un giorno che si sono avuti pronunciamenti decisi, si è manifestato un isolamento dei pitrentottisti. Perché in quel momento? Perché non prima? Non basta dire che i fatti di Milano hanno impressionato molti, perché altrettanto impressionanti erano stati i fatti di Roma. Cosa è successo di nuovo e di diverso? Proviamo ad·avanzare un'ipotesi, e ancora una volta ricordando che una spiegazione non spiega mai tutto, ma entra a far parte di un panorama di spiegazioni in rapporto reciproco. È apparsa una foto.

Di foto ne sono apparse molte, ma una ha fatto il giro di tutti i giornali dopo essere stata pubblicata dal *Corriere d'Informazione*. È, tutti la ricorderanno, la foto dell'individuo in passamontagna, solo, di profilo, in mezzo alla strada, con le gambe allargate e le braccia tese, che impugna orizzontalmente e con ambo le mani una pistola. Altre figure si vedono sullo sfondo, ma la struttura della foto è di una semplicità classica: la figura centrale domina isolata.

Se è lecito (ma è doveroso) fare osservazioni estetiche in casi del genere, questa è una di quelle foto che passeranno alla storia e appariranno su mille libri. Le vicende del nostro secolo sono riassunte da poche foto esemplari che hanno fatto epoca: la folla disordinata che si riversa nella piazza durante i "dieci giorni che sconvolsero il mondo"; il miliziano ucciso di Robert Capa; i marines che piantano la bandiera sull'isolotto del Pacifico; il prigioniero vietnamita giustiziato con un colpo alla tempia; Che Guevara straziato, steso sul tavolaccio di una caserma. Ciascuna di queste immagini è diventata un mito ed ha condensato una serie di discorsi. Ha superato la circostanza individuale che l'ha prodotta, non parla più di quello o di quei personaggi singoli, ma esprime dei concetti. È unica ma al tempo stesso rimanda ad altre immagini che l'hanno preceduta o che l'hanno seguita per imitazione. Ciascuna di queste foto sembra un film che abbiamo visto e rimanda ad altri film che l'avevano vista. Talora non si è trattato di una foto, ma di un quadro, o di un manifesto.

Cosa ha "detto" la foto dello sparatore di Milano? Credo abbia rivelato di colpo, senza bisogno di molte deviazioni discorsive, qualcosa che stava circolando in tanti discorsi, ma che la parola non riusciva a far accettare. Quella foto non assomigliava a nessuna delle immagini in cui si era emblematizzata, per almeno quattro generazioni, l'idea di rivoluzione. Mancava l'elemento collettivo, vi tornava in modo traumatico la figura dell'eroe individuale. E questo eroe individuale non era quello della iconografia rivoluzionaria, che quando ha messo in scena un uomo solo lo ha sempre visto come vittima, agnello sacrificale: il miliziano morente o il Che ucciso, appunto. Questo eroe individuale invece aveva la posa, il terrificante isolamento degli eroi dei film polizieschi americani (la Magnum dell'ispettore Callaghan) o degli sparatori solitari del West – non più cari a una generazione che si vuole di indiani.

Questa immagine evocava altri mondi, altre tradizioni narrative e figurative che non avevano nulla a che vedere con la tradizione proletaria, con l'idea di rivolta popolare, di lotta di massa. Di colpo ha prodotto una sindrome di rigetto. Essa esprimeva il seguente concetto: la rivoluzione sta altrove e, se anche è possibile, non passa attraverso questo gesto "individuale".

La foto, per una civiltà ormai abituata a pensare per immagini, non era la descrizione di un caso singolo (e infatti non importa chi fosse il personaggio, né la foto serve a identificarlo): era un ragionamento. E ha funzionato.

Non interessa sapere se si trattava di una posa (e quindi di un falso); se era invece la testimonianza di un atto di spavalderia cosciente; se è stata l'opera di un fotografo professionista che ha calcolato il momento, la luce, l'inquadratura; o se si è fatta quasi da sola, scattata per caso da mani inesperte e fortunate. Nel momento in cui essa è apparsa il suo iter comunicativo è cominciato: e ancora una volta il politico e il privato sono stati attraversati dalle trame del simbolico che, come sempre accade, si è dimostrato produttore di realtà.

L'Espresso, 29 maggio 1977

III
IL DESIDERIO DI MORTE

I SUICIDI DEL TEMPIO

La cosa più strana nella storia dei suicidi del Tempio del popolo è la reazione dei media, tanto di quelli americani quanto di quelli europei. La reazione è: "Un evento inconcepibile, una cosa inconcepibile". Cioè appare inconcepibile che una persona ritenuta a lungo per bene come come Jim Jones (tutti quelli che lo hanno conosciuto negli anni scorsi, che lo hanno aiutato nelle sue attività caritative o sfruttato come raccoglitore di voti, erano unanimi nel definirlo un predicatore disinteressato, una personalità affascinante, un convinto integrazionista, un buon democratico, come diremmo da noi, un "antifascista") abbia potuto dar di matto trasformandosi in un autocrate sanguinario, una sorta di Bokassa che si divorava le sostanze dei fedeli, si concedeva alle droghe, alla sessualità più sfrenata etero ed omo che fosse, e facesse massacrare quelli che tentavano di sfuggire al suo dominio. Appare inaudito che tante persone per bene lo seguissero a occhi chiusi, e sino al suicidio. Appare inaudito che una setta neo-cristiana, con una mite ispirazione di comunismo mistico, finisca per trasformarsi in un'associazione di killer, che obbliga i suoi transfughi a richiedere la protezione della polizia perché corrono il pericolo di essere assassinati. Appare inaudito che bravi pensionati, studenti, negri ansiosi di integrazione sociale, scelgano di abbandonare la bella e ridente California, tutta praticelli verdi e brezze primaverili, per andarsi a infognare nella giungla equatoriale, tutto un brulicare di pirañas e di serpenti velenosi. È inaudito che le famiglie dei ragazzi "plagiati" non riescano a ottenere dal governo un intervento energico (guardate da noi come si è stati solleciti col povero Braibanti, che pure si limitava a coltivare formiche e ai suoi due plagiati adulti non ha mai spillato una lira) e che solo alla fine il povero Ryan si muova per fare una inchiesta, rimettendoci la pelle. Insomma, tutto incredibile, cose da matti, mai sentite, ma in che mondo siamo, dove andremo a finire?

C'è da rimanere sbigottiti, non di fronte a Jim Jones ma alla buona coscienza delle persone "normali". Le persone normali tentano di rimuovere disperatamente una realtà che hanno sotto gli occhi da almeno duemila anni. Perché la storia del Tempio del popolo è una storia vecchia, fatta di corsi e ricorsi e di eterni ritorni. Non voler ricordare queste cose porta poi a vedere nei fenomeni terroristici l'intervento della CIA o dei cecoslovacchi. Fosse vero che il male viene sempre d'oltrefrontiera. Il guaio è che non viene da distanze orizzontali ma da distanze verticali. Come dire che certe risposte vanno chieste a Freud e a Lacan, non ai servizi segreti.

Il bello è che i politici o i giornalisti americani non dovevano neppure andarsi a leggere i testi sacri sulla storia delle sette millenaristiche o i classici della psicanalisi. Bastava tener d'occhio i libri gialli. Ecco, la storia del Tempio del popolo è raccontata in uno degli ultimi libri di quel gran marpione che è Harold Robbins (gran marpione perché sa sempre confezionare romanzi con pezzi di realtà, una volta è la storia di Hefner, l'altra quella di Porfirio Rubirosa, l'altra ancora quella del magnate arabo). Il libro in questione è stato pubblicato da Sonzogno quest'anno e si intitola *I sogni muoiono prima*. C'è un reverendo Sam (che tra l'altro assomiglia moltissimo al reverendo Moon) il quale ha fondato un laboratorio e al quale i giovani adepti portano tutte le loro sostanze che egli investe in oculate speculazioni finanziarie. Sam predica la pace e l'armonia, inizia i suoi giovani alla più completa promiscuità sessuale, istituisce un ritiro mistico nella giungla, dove si impone una disciplina rigidissima, iniziazione a mezzo droghe, torture e persecuzioni per chi cerca di sfuggire, e alla fine i confini tra culto, malavita e riti tipo famiglia Manson diventano esilissimi. Questo il romanzo di Robbins. Ma Robbins non inventa nulla, neppure sul piano della traduzione romanzesca di episodi reali.

In anticipo di alcuni decenni su lui è il grande Dashiell Hammett che ne *Il bacio della violenza* mette in scena un culto del Santo Graal, naturalmente impiantato in California, "come fanno tutti", che inizia raccogliendo fedeli ricchi di cui si incamerano le sostanze: il culto non è affatto violento, anche se le iniziazioni (anche qui) avvengono per mezzo di droghe ed effetti illusionistici (tra l'altro, la messinscena ricorda quella dei misteri eleusini). Il profeta "era una persona che ti colpiva... Quando ti guardava ci si sentiva tutti scombussolati". Poi diventa pazzo e "credeva di poter fare e ottenere qualsiasi cosa... Sognava di convincere il mondo intero della sua divinità... Era un pazzo che non vedeva limiti al suo potere".

Sembra proprio di sentire le interviste raccolte nei giorni scorsi dal *New York Times*: era una persona straordinariamente gentile e dolce, una personalità magnetica, ci dava un senso della comunità. E l'avvocato Mark Lane cerca di spiegare come Jones fosse stato colto da paranoia "da sete per il potere assoluto". E adesso andiamo a rileggerci il libro che Ed Sanders aveva dedicato alla *Famiglia di Charles Manson* (Feltrinelli) e la radiografia di un culto californiano e della sua fatale degenerazione è già tutta lì. Il che permetterebbe a ogni politico avveduto di sapere dove potrebbero andare a finire i figli di Moon, gli scientologisti e persino gli Hari Krisna.

Allora, perché queste cose succedono e perché in California? La seconda parte della domanda è abbastanza ingenua. Ci sono certo ragioni per cui la California è particolarmente feconda di culti, ma la sceneggiatura base è assai più antica. In poche parole, il culto di Jones e della Chiesa del tempio aveva tutte le caratteristiche dei movimenti millenaristici che attraversano la storia occidentale dai primi secoli del cristianesimo a oggi. (E parlo di quelli perché sarebbe lungo parlare di millenarismo ebraico, di analoghi culti orientali, di coribantismi vari nell'epoca classica, di forme non dissimili nel continente africano, che si ritrovano oggi pari pari in Brasile).

La serie comincia probabilmente nel terzo secolo dopo Cristo con l'ala estrema dei donatisti, i circoncellioni, i quali vanno in giro armati di randelli e attaccano le truppe imperiali, assassinano i nemici ligi alla Chiesa di Roma, accecano gli avversari teologici con miscele di calce e aceto, assetati di martirio bloccano i viaggiatori e li minacciano di morte se non acconsentono a martirizzarli, organizzano sontuosi banchetti funebri e quindi si uccidono lanciandosi giù dalle rupi. Sulla scia delle varie interpretazioni dell'Apocalisse, tesi nell'attesa del millennio, sorgono i vari movimenti medievali, i fraticelli e gli apostolici di Gerardo Segarelli, da cui nascerà la rivolta di Fra Dolcino, i fratelli del libero spirito, i turlupini sospetti di satanismo, i vari grupi càtari che si danno talora al suicidio per digiuno (le "endura"). Nel dodicesimo secolo Tanchelmo, dotato di un carisma impressionante, si fa donare tutte le ricchezze dei suoi seguaci e batte le Fiandre, Eudo di Stella trascina i suoi seguaci nelle foreste di Bretagna sino a che tutti finiscono sul rogo, nel corso delle crociate le bande di Tafurs, irsute e sporche, si danno al saccheggio, al cannibalismo, e al massacro degli ebrei, indomiti nella battaglia e temuti dai saraceni, più tardi il rivoluzionario dell'Alto Reno persegue con ferocia il massacro di ecclesiastici, nel tredicesimo secolo si diffondono i movimenti di flagellanti (Crociferi, Fratelli della croce, Flagellanti segreti della Turingia) che passano di villaggio in villaggio battendosi a sangue. Il periodo della riforma protestante vede il comunismo mistico nella città di Münster, dove i seguaci di Thomas Münzer instaurano sotto Giovanni di Leida uno Stato teocratico che si regge sulla violenza e la persecuzione. I credenti devono rinunciare a ogni bene terreno, sono costretti alla promiscuità sessuale mentre il capo assume sempre più attributi divini e imperiali, i renitenti vengono chiusi in chiesa per giorni e giorni sino a che non sono tutti prostrati e proni al volere del profeta, e infine tutto si purifica in un immane massacro in cui tutti i fedeli perdono la vita.

Si potrebbe osservare che non in tutti questi movimenti il suicidio è di prammatica, ma ciò che è certamente di prammatica è la morte violenta, il bagno di sangue, la distruzione sul rogo. Ed è facile capire perché il motivo del suicidio (peraltro presente nei Circoncellioni) pare emergere solo oggi; il motivo è che per i movimenti del passato il desiderio di martirio morte e purificazione veniva soddisfatto dal potere. E basti leggere un capolavoro della nostra letteratura medievale, la storia di Fra Michele Minorita, per vedere come la promessa del rogo avesse un fascino esaltante e sicuro per il martire che inoltre poteva attribuire agli altri quella morte cui egli peraltro così ardentemente aspirava. Naturalmente nella California d'oggi, in cui persino un massacratore come Manson vive tranquillo in prigione e chiede la libertà vigilata, in cui cioè il potere si rifiuta di somministrare la morte, il desiderio di martirio deve assumere forme più attive, in poche parole, *do it yourself*.

Si potrebbe continuare ancora coi paralleli storici (che so, i Camisardi settecenteschi, i profeti delle Cevenne del Seicento, i Convulsionari di San Medardo, sino ai vari movimenti di Tremolanti, Pentecostali, Glossolalici, che stanno invadendo ora anche l'Italia e vengono riassorbiti in molti luoghi dalla Chiesa cattolica). Ma basta comparare le caratteristiche del culto di Jim Jones a un modello sintetico dei vari culti millenaristici (senza tener conto delle varie differenze) per trovare alcuni elementi costanti. Il culto nasce in un momento di crisi (spirituale, sociale, economica) attirando da un lato i veri poveri e dall'altro dei "ricchi" con sindrome autopunitiva, annuncia la fine del mondo e la venuta dell'anticristo (Jones attendeva un colpo di Stato fascista e l'olocausto nucleare). Parte con una campagna di comunione dei beni e convince gli adepti che essi sono gli eletti. Come tali essi acquistano confidenza con il proprio corpo, e dopo un periodo di rigorismo, passano a pratiche di estrema libertà sessuale. Il capo, dotato di carisma, sottopone tutti al proprio potere psicologico e si avvantaggia, per il bene comune, sia dei beni materiali donati sia della disposizione dei fedeli a farsi possedere misticamente. Non di rado droghe o pratiche di autosuggestione sono messe in opera per ottenere la coesione psicologica del gruppo. Il capo attraversa successive fasi di divinizzazione. Il gruppo passa dalla autoflagellazione all'azione violenta nei confronti degli infedeli e quindi alla violenza su se stesso, per desiderio di martirio. Da un lato scatta un delirio di persecuzione, dall'altro la diversità del gruppo scatena una persecuzione vera e propria in cui al gruppo vengono attribuiti anche delitti che non ha commesso.

Nel caso di Jones, l'atteggiamento liberale della società americana ha spinto Jones a costruire il complotto (il deputato che andava per distruggerli) e quindi l'occasione autodistruttiva. Come si vede anche l'aspetto della fuga nelle foreste è presente. In altre parole la chiesa del Tempio del popolo non è che uno dei tanti esempi di una reviviscenza dei culti millenaristici in cui alla fine (dopo un avviamento giustificato da situazioni di crisi sociale, pauperismo, ingiustizia, protesta contro il potere e l'immoralità dei tempi) gli eletti sono colti dalla tentazione di origine gnostica per cui, per liberarsi dalla signoria degli angeli, signori del cosmo, occorre passare attraverso tutte le forme di perversione e attraversare la palude del male.

Allora, perché oggi, perché tanto negli Stati Uniti, perché in California? Se il millenarismo nasce da insicurezza sociale e esplode nei momenti di crisi storica, in altri paesi esso può incarnarsi in forme socialmente positive (la rivoluzione, la grande conquista, la lotta contro il tiranno, addirittura il perseguimento non violento del martirio, come per i primi cristiani; e in tutti questi casi esso è sostenuto da una teoria molto solida che permette la giustificazione sociale del proprio sacrificio), o imitare le forme storicamente positive ma tagliandosi fuori dalla giustificazione sociale (come accade per le Brigate rosse). In una società come quella americana, dove non esiste più un oggetto contro cui misurarsi, come era ai tempi della guerra nel Vietnam, dove la società permette anche all'emarginato di ricevere il sussidio di disoccupazione, ma dove la solitudine e la meccanizzazione della vita spingono la gente alla droga o a parlare da soli all'angolo della strada, la ricerca del culto sositutivo si fa frenetica. La California è un paradiso tagliato fuori dal mondo, dove tutto è permesso e tutto è ispirato a un modello coatto di "felicità" (non c'è nemmeno la sporcizia di New York o di Detroit, si è condannati a essere felici). Qualsiasi promessa di vita comunitaria, di "nuovo patto" di rigenerazione allora è buona. Può passare attraverso lo "jogging", i culti satanici, i nuovi cristianesimi. La minaccia della "falda" che un giorno staccherà la California dal continente portandola alla deriva, preme miticamente sulle coscienze rese instabili dall'artificialità. Perché non Jones e la bella morte che egli promette?

La verità è che non c'è in tal senso differenza tra la follia distruttiva dei Khmer che spopolano le città e creano una Repubblica mistica di rivoluzionari votati alla morte, e la follia distruttiva di chi devolve centomila dollari al profeta. L'America giudica negativamente il rigorismo cinese, il senso di campagna permanente dei cubani, la follia sinistra dei cambogiani. Quando poi si trova di fronte all'apparizione dello stesso desiderio di rinnovamento millenaristico, e se lo vede deformato nella forma asociale del suicidio di massa, non capisce che la promessa di arrivare un giorno su Saturno non basta. E dice che è accaduta una cosa "inconcepibile".

L'Espresso, 3 dicembre 1978

COLPIRE QUALE CUORE?

L'attesa spasmodica di un nuovo comunicato delle BR sulla sorte di Moro e le concitate discussioni su come ci si sarebbe comportati in quel caso hanno portato la stampa a reagire in modo contraddittorio. C'è stato chi non ha riportato il comunicato, ma non ha potuto evitare di pubblicizzarlo con titoli a piena pagina; chi l'ha riportato, ma in caratteri così piccoli da privilegiare solo i lettori con dieci decimi di vista (discriminazione inaccettabile). Quanto al contenuto, anche qui la reazione è stata imbarazzata, perché tutti si attendevano inconsciamente un testo disseminato di "ach so!" o di parole con cinque consonanti di seguito, così da tradire subito la mano del terrorista tedesco o dell'agente cecoslovacco, e invece ci si è trovati di fronte a una lunga argomentazione politica.

Che di argomentazione si trattasse non è sfuggito a nessuno e ai più acuti è apparso anche che era una argomentazione diretta non al "nemico" ma agli amici potenziali, per dimostrare che le BR non sono un manipolo di disperati che menano colpi a vuoto, ma vanno viste come l'avanguardia di un movimento che si giustifica proprio sullo sfondo della situazione internazionale.

Se così stanno le cose, non si reagisce affermando soltanto che il comunicato è farneticante, delirante, fumoso, folle. Esso va analizzato con calma e attenzione; solo così si potrà chiarire dove il comunicato, che parte da premesse abbastanza lucide, manifesta la fatale debolezza teorica e pratica delle BR.

Dobbiamo avere il coraggio di dire che questo "delirante" messaggio contiene una premessa molto accettabile e traduce, sia pure in modo un po' abborracciato, una tesi che tutta la cultura europea e americana, dagli studenti del Sessantotto ai teorici della *Monthly Review*, sino ai partiti di sinistra ripetono da tempo. E dunque se "paranoia" c'è, non è nelle premesse ma, come vedremo, nelle conclusioni pratiche che se ne traggono.

Non mi pare il caso di sorridere sul delirio del cosiddetto SIM ovvero Stato Imperialistico delle Multinazionali. Magari il modo in cui è rappresentato è un po' folkloristico, ma nessuno si nasconde che la politica internazionale planetaria non è più determinata dai singoli governi ma appunto da una rete d'interessi produttivi (e chiamiamola pure la rete delle Multinazionali) la quale decide delle politiche locali, delle guerre e delle paci e – essa – stabilisce i rapporti tra mondo capitalistico, Cina, Russia e Terzo Mondo.

Caso mai è interessante che le BR abbiano abbandonato la loro mitologia alla Walt Disney, per cui da una parte c'era un capitalista cattivo individuale chiamato Paperon de' Paperoni e dall'altra la Banda Bassotti, canagliesca e truffaldina è vero, ma con una sua carica estrosa di simpatia perché svaligiava a suono di espropri proletari il capitalista avaro ed egoista.

Il gioco della Banda Bassotti l'avevano giocato i Tupamaros uruguayani, convinti che i Paperoni del Brasile e dell'Argentina si sarebbro seccati e avrebbero trasformato l'Uruguay in un secondo Vietnam, mentre i cittadini, condotti a simpatizzare coi Bassotti, si sarebbero trasformati in tanti Vietcong. Il gioco non è riuscito perché il Brasile non si è mosso e le Multinazionali, che avevano da produrre e da vendere nel Cono Sur, hanno lasciato tornare Peron in Argentina, hanno diviso le forze rivoluzionarie o guerrigliere, hanno permesso che Peron e i suoi discendenti sprofondassero nella merda fino al collo, e a quel punto i Montoneros più svelti se ne sono fuggiti in Spagna e i più idealisti ci hanno rimesso la pelle.

È proprio perché esiste il potere delle Multinazionali (ci siamo dimenticati del Cile?) che l'idea di rivoluzione alla Che Guevara è diventata impossibile. Si fa la rivoluzione in Russia mentre tutti gli Stati europei sono impegnati in una guerra mondiale; si organizza la lunga marcia in Cina quando tutto il resto del mondo ha altro a cui pensare... Ma quando si vive in un universo in cui un sistema d'interessi produttivi si avvale dell'equilibrio atomico per imporre una pace che fa comodo a tutti e manda per il cielo satelliti che si sorvegliano a vicenda, a questo punto la rivoluzione nazionale non la si fa più, perché tutto è deciso altrove.

Il compromesso storico da una parte e il terrorismo dall'altra rappresentano due risposte (ovviamente antitetiche) a questa situazione. L'idea confusa che muove il terrorismo è un principio molto moderno e molto capitalistico (rispetto a cui il marxismo classico si è trovato impreparato) di Teoria dei Sistemi. I grandi sistemi non hanno testa, non hanno protagonisti e non vivono neppure sull'egoismo individuale. Quindi non si colpiscono uccidendone il Re, ma rendendoli instabili attraverso gesti di disturbo che si avvalgono proprio della loro logica: se esiste una fabbrica interamente automatizzata, essa non sarà disturbata dalla morte del padrone ma solo da una serie d'informazioni aberranti inserite qua e là, che rendano difficile il lavoro dei computers che la reggono.

Il terrorismo moderno finge (o crede) di avere meditato Marx, ma in effetti, anche per vie indirette, ha meditato Norbert Wiener da un lato e la letteratura di fantascienza dall'altro. Il problema è che non l'ha meditata abbastanza – né ha studiato a sufficienza cibernetica. Prova ne sia che in tutta la loro propaganda precedente le BR parlavano ancora di "colpire il cuore dello Stato", coltivando da un lato la nozione ancora ottocentesca di Stato e dall'altro l'idea che l'avversario avesse un cuore o una testa, così come nelle battaglie di un tempo, se si riusciva a colpire il re, che cavalcava davanti alle truppe, l'esercito nemico era demoralizzato e distrutto.

Nell'ultimo volantino le BR abbandonano l'idea di cuore, di Stato, di capitalista cattivo, di ministro "boia". Adesso l'avversario è il sistema delle Multinazionali, di cui Moro è un commesso, al massimo un depositario di informazioni.

Qual è allora l'errore di ragionamento (teorico e pratico) che a questo punto commettono le BR, specie quando si appellano, contro la multinazionale del capitale, alla multinazionale del terrorismo?

Prima ingenuità. Una volta colta l'idea dei grandi sistemi, li si mitologizza di nuovo ritenendo che essi abbiano "piani segreti" di cui Moro sarebbe uno dei depositari. In realtà i grandi sistemi non hanno nulla di segreto e si sa benissimo come funzionano. Se l'equilibrio multinazionale sconsiglia la formazione di un governo di sinistra in Italia, è puerile pensare che si invii a Moro una velina in cui gli si insegna come sconfiggere la classe operaia. Basta (si fa per dire) provocare qualcosa in Sud Africa, sconvolgere il mercato dei diamanti a Amsterdam, influenzare il corso del dollaro, ed ecco che la lira entra in crisi.

Seconda ingenuità. Il terrorismo non è il nemico dei grandi sistemi, ne è al contrario la contropartita naturale, accettata, prevista.

Il sistema delle multinazionali non può vivere in una economia di guerra mondiale (e atomica per giunta), ma sa che non può nemmeno ridurre le spinte naturali dell'aggressività biologica o l'insofferenza di popoli o di gruppi. Per questo accetta piccole guerre locali, che verranno di volta in volta disciplinate e ridotte da oculati interventi internazionali, e dall'altro lato accetta appunto il terrorismo. Una fabbrica qua, una fabbrica là, sconvolte da qualche sabotaggio, ma il sistema può andare avanti. Un aereo dirottato ogni tanto, ci perdono per una settimana le compagnie aeree, ma in compenso ci guadagnano le catene giornalistiche e televisive. Inoltre il terrorismo serve a dare una ragion d'essere alle polizie e agli eserciti, che a lasciarli inoperosi chiedono poi di realizzarsi in qualche conflitto più allargato. Infine il terrorismo serve a favorire interventi disciplinanti là dove un eccesso di democrazia rende la situazione poco governabile.

Il capitalista "nazionale" alla Paperon de' Paperoni teme la rivolta, il furto e la rivoluzione che gli sottraggono i mezzi di produzione. Il capitalismo moderno, che investe in paesi diversi, ha sempre uno spazio di manovra abbastanza ampio per poter sopportare l'attacco terroristico in un punto, due punti, tre punti isolati.

Poiché è senza testa e senza cuore, il sistema manifesta un'incredibile capacità di rimarginazione e di riequilibrio. Dovunque venga colpito, sarà sempre alla sua periferia. Se poi il presidente degli industriali tedeschi ci rimette la pelle, sono incidenti statisticamente accettabili, come la mortalità sulle autostrade. Per il resto (e lo si era descritto da tempo) si procede a una medievalizzazione del territorio, con castelli fortificati e grandi apparati residenziali con guardie private e cellule fotoelettriche.

L'unico incidente serio sarebbe un'insorgenza terroristica diffusa su tutto il territorio mondiale, un terrorismo di massa (come le BR paiono invocare): ma il sistema delle multinazionali "sa" (per quanto un sistema possa "sapere") che questa ipotesi è da escludere. Il sistema delle multinazionali non manda i bambini in miniera: il terrorista è colui che non ha più nulla da perdere se non le proprie catene, ma il sistema gestisce le cose in modo che, salvo gli emarginati inevitabili, tutti gli altri abbiano qualcosa da perdere in una situazione di terrorismo generalizzato. Sa che quando il terrorismo, al di là di qualche azione pittoresca, comincerà a rendere troppo inquieta la giornata quotidiana delle masse, le masse faranno barriera contro il terrorismo.

Che cos'è che il sistema delle multinazionali vede invece di malocchio, come si è dimostrato negli ultimi tempi? Che di colpo, ad esempio, in Spagna, in Italia e in Francia, vadano al potere partiti che hanno dietro di sé le organizzazioni operaie. Per "corrompibili" che siano questi partiti, il giorno che le organizzazioni di massa metteranno il naso nella gestione internazionale del capitale, potrebbero sorgerne dei disturbi. Non è che le multinazionali morirebbero se Marchais andasse al posto di Giscard, ma tutto diventerebbe più difficile.

È pretestuosa la preoccupazione per cui i comunisti al potere conoscerebbero i segreti della NATO (segreti di Pulcinella): la vera preoccupazione del sistema delle multinazionali (e lo dico con molta freddezza, non simpatizzando col compromesso storico così come ci viene oggi proposto) è che il controllo dei partiti popolari disturbi una gestione del potere che non può permettersi i tempi morti delle verifiche alla base.

Il terrorismo invece preoccupa molto meno, perché delle multinazionali è conseguenza biologica, così come un giorno di febbre è il prezzo ragionevole per un vaccino efficiente.

Se le BR hanno ragione nella loro analisi di un governo mondiale delle multinazionali, allora devono riconoscere che esse, le BR, ne sono la controparte naturale e prevista. Esse devono riconoscere che stanno recitando un copione già scritto dai loro presunti nemici. Invece, dopo di aver scoperto, sia pure rozzamente, un importante principio di logica dei sistemi, le BR rispondono con un romanzo d'appendice ottocentesco fatto di vendicatori e giustizieri bravi e efficienti come il conte di Montecristo. Ci sarebbe da ridere, se questo romanzo non fosse scritto col sangue.

La lotta è tra grandi forze, non tra demoni ed eroi. Sfortunato allora quel popolo che si trova tra i piedi gli "eroi", specie se costoro pensano ancora in termini religiosi e coinvolgono il popolo nella loro sanguinosa scalata ad un paradiso disabitato.

La Repubblica, 23 marzo 1978

Il primo gennaio 1968 l'aviazione turca aprì le ostilità bombardando senza preavviso Granitola Torretta, sulla estrema punta ovest della Sicilia. Fu un massacro che suscitò lo sdegno di tutto il mondo civile. Facendosi sensibile interprete dell'indignazione universale, Renato Guttuso dipinse il più celebre dei suoi quadri: gatti, minotauri, Niobi insanguinate col fanciullo al petto levavano al cielo rauchi ruggiti di disperazione, mentre tra lame di luce eruttate da lampadine spasimanti la scena illividiva in una sinfonia acre di ocra e di grigi. L'artista lo intitolò al paese martire, "Granitola Torretta". Fosse l'ardimento del linguaggio pittorico, fosse la difficoltà di memorizzarne il titolo, il quadro non ebbe in patria il successo che meritava e l'autore ne fece dono al Museo del Prado.

Tutto nasceva dagli accordi di Yalta. I Grandi si erano resi conto che il fascismo, sconfitto militarmente, non era debellato ideologicamente. Per evitare che rinascesse sotto forma di neofascismo nei paesi dell'area democratica, c'era una sola soluzione: fornire agli esuli del regime una zona di sfogo. La scelta era caduta sulla Turchia, per una serie di ragioni storiche. La commissione mista Parri-Bottai aveva curato l'espatrio dei gerarchi e l'accredito dell'oro di Dongo sul Banco di Ankara. Nel 1947 il Nuovo Cumhuriyeti o Impero Ottomano Fascista era ormai una realtà politica. E ben presto aveva manifestato la sua vocazione imperialistica: cadevano successivamente Cipro, Famagosta, la Siria, il Libano, l'Iraq, veniva assorbita la Persia ormai dominata dall'ortodossia degli ayatollah: il nuovo stato palestinese, nato dalla fusione dei gruppi ebrei e arabi all'insegna della Gerusalemme Terrestre, era minacciato da ogni parte. Tutta la costa africana gravitava nell'orbita della Mezzaluna Littoria e poco era valsa, a contenere la pressione dei Selgiucidi, l'alleanza tra Unione Sovietica (ormai governata dal Partito Dissidente, sotto la presidenza Sacharov) e gli Stati Uniti sotto la presidenza di Martin Luther King.

L'Impero Ottomano Fascista imperversava nel Mediterraneo e a far le spese delle sue mire violente era l'Italia, sulle cui spiagge risuonava sempre più spesso il grido "Mamma, li Turchi!"

Non parliamo del turismo ormai irrimediabilmente compromesso ("Il Mediterraneo è diventato invivibile"– aveva affermato Gianni Agnelli all'inviato di *Time* mentre faceva le sue vacanze nel golfo del Tonchino), ma la stessa economia nazionale rischiava la crisi. Le forze politiche italiane avevano reagito con molto equilibrio alla situazione mandando al governo il 18 aprile del 1948 il partito del Socialismo Cristiano con un programma antifascista appoggiato da tutti i gruppi e sostenuto da Unione Sovietica e Stati Uniti attraverso il Patto di Lepanto.

Togliatti, grazie ai consigli del suo consulente politico Ignazio Silone (e poi spinto dai fermenti che agitavano il gruppo dei giovani giobertiano-materialisti: Ciccardini, Asor-Rosa, Baget-Bozzo, Capanna e Borruso) aveva delineato la politica futura del Partito Comunista nei cinque punti della Mendola, che potremmo sintetizzare in questo modo: il nemico di classe è l'invasore Ottomano; attenendosi a una linea di opposizione collaborativa il Partito Comunista deve mantenere alto il livello della conflittualità operaia e studentesca rivolgendola contro il nemico Ottomano; il pensiero materialista considera le forze biologiche come forze materiali, secondo il pensiero dell'etologo marxista Konrad Lorenz, e siccome l'aggressività umana non può essere annullata, un partito popolare deve tenere viva l'immagine di un nemico su cui le masse scarichino la loro aggressività; per mantenere questo stato positivo di conflittualità permanente e orientata, bisogna lasciare immutate le strutture economiche e portare invece ad alta temperatura trasgressiva le sovrastrutture, secondo le linee del cosiddetto Gramsci-Dadaismo propugnato dal *Politecnico* di Mario Alicata, sostenuto dai circoli Marx-Freud di Secchia e Musatti e sviluppato nel manifesto programmatico dei metalmeccanici del 1959 da Antonello Trombadori, col titolo *Sindacalismo trasversale e follia*.

D'altra parte a orientare in modo corretto la combattività di classe stava la carica di violenza esercitata dall'imperialismo ottomano. "No alla violenza!", tale era stato il grido di Renato Curcio, il comandante delle leggendarie Brigate Rosse che, al fine di colpire il Cuore dell'Impero, raccogliendo mille volontari, su due

115

mezzi da sbarco forniti dalla Finmare, penetrava vittoriosamente nel giugno 1970 nella baia di Iskanderun affondando due galeazze turche.

Al suo ritorno il Curcio veniva insignito di medaglia d'oro al valor militare ma, anziché riposare sugli allori, costituiva una Brigata Vallanzasca (dal nome di uno dei leggendari eroi dell'impresa di Iskanderun), e raccogliendo il fior fiore dei Consubin, ovvero dei commandos della marina militare, si paracadutava su Istanbul assalendo le postazioni turche con lancio di bombe Molotov. Catturato e rinchiuso nel carcere di Adana, riusciva a evadere, tornava in patria e di lì, su elicottero Agusta, sorvolava Ankara lanciando dal cielo poesie di Eugenio Montale – brucianti invettive al nemico che richiamavano all'esercizio del coraggio, alla speranza nel futuro, alla fiducia nell'azione diretta. Catturato nuovamente e rinchiuso nela fortezza di Bassora, veniva liberato con audace colpo di mano dalla patriota Maria Pia Vianale. "Esempio per tutte le donne italiane", la definiva il ministro Tina Anselmi, mentre intitolava a un'altra patriota, Petra Krause, prigioniera dei Selgiucidi, la scuola di studi teologici delle Frattocchie.

La brutale reazione dei Selgiucidi non si faceva attendere. Agenti turchi dirottavano due aerei della Socialitalia. Ma a quel punto esplodeva la rabbia giovanile. Studenti, operai, emarginati correvano ad arruolarsi nelle Brigate Autonome compiendo prodigi di valore, come nell'assalto alla base militare di Erciyas, dove i giovani Autonomi affrontavano i Selgiucidi, soverchianti per numero, impugnando soltanto sbarre di ferro e catene di bicicletta. "Questi eroi dell'arma impropria – li celebrava con occhi lucidi di commozione il ministro della guerra Cossiga – ci insegnano che quando la rabbia santa dell'ingiustizia patita e l'amore di una patria migliore agita i loro giovani petti, non è necessario che siano protetti da giubbotti antiproiettile come l'Ottomano violento e assassino. Ogni strumento può diventare un'arma, ogni casco da motociclista può diventare un usbergo. Imparate figli d'Italia, dall'Alpi al Lilibeo! I figli d'Italia son tutti Katanga!". Uno degli eroi dell'impresa di Erciyas, Freda, veniva insignito del titolo onorifico di Capitano di Ventura.

Ma non si potevano mandare i giovani allo sbaraglio, armati soltanto della loro rabbia santa. In uno storico discorso parlamentare del marzo 1977, Giorgio Amendola, presidente del partito comunista-liberale, aveva gridato: "I giovani dei licei romani e milanesi stanno imbarcandosi clandestinamente, armati solo di fionda e bastone! Rinasce lo spirito dell'Ottantanove! Volete lasciarli indifesi di fronte al nemico? Esistono armi di basso costo e grande efficacia che diventano terribili e meravigliose nelle mani di un ragazzo divorato dall'amor di patria! Ecco – continuava Amendola mostrando nel'aula di Montecitorio un esemplare di P.38 – una pistola facile a maneggiare! Essa deve diventare l'arma di ogni giovane italiano!". L'intero Parlamento si levava in piedi inneggiando e levando alta la mano a due dita tese, a simboleggiare l'arma della riscossa nazionale.

Al ministro Pedini che aveva provveduto a far distribuire la P.38 nelle scuole, inneggiava una imponente dimostrazione giovanile al grido di "pistola, pistola!". Indro Montanelli scriveva su *Rinascita*: "Nulla è più bello di una mano giovanile che impugna quest'arma santa mentre con l'altra mano leva il libretto rosso dei pensieri di Roberto Gervaso e Toni Negri (due noti patrioti che avevano teorizzato le nuove linee di tendenza della storia d'Italia – *N.d.R.*). Ma mi è stato detto che alcuni gruppi d'assalto si sono infiltrati ad Ankara limitandosi a sparare nelle gambe ai servi dell'imperialismo ottomano. No ragazzi, non è con azioni dimostrative che si vince una guerra santa. Alzate il tiro!"

Nel maggio 1978 il cardinal Benelli benediva i labari dei gruppi NAP in partenza per il Bosforo, ricordando gli appelli di Pietro l'Eremita. Lo psicanalista Fornari scriveva il libro *l'Anti-Gandhi*, affermando che la guerra santa è elemento di equilibrio perché disciplina e orienta l'impulso benefico e profondo dell'elaborazione paranoica del lutto.

Leonardo Sciascia scriveva la poesia *Agli studenti* opponendo la loro rabbia giusta all'albagia reazionaria dei Mammalucchi di Dogubayazit, il terribile reparto celere della gendarmeria Selgiucide. Mossi dai servizi segreti turchi numerosi infiltrati cercavano di minare la tensione liberatoria che agitava la gioventù italiana, diffondendo ambigui appelli alla non violenza. Ma gruppi di giovani radicali percorrevano la città armati di randelli per dar la caccia agli infiltrati pacifisti. Già dal 1969 il deputato comunista Pannella aveva iniziato una serie di digiuni per la coscrizione obbligatoria: "Siamo in guerra – diceva – per gli immortali principi della società liberale giacobina, e non possiamo affidare le sorti del conflitto ai soli eroi ufficiali, peraltro benemeriti, come l'ammiraglio Henke, il capitano La Bruna, il comandante Giannettini. La guerra è compito nazionale, lotta di popolo. Tutti i proletari in divisa, coscrizione obbligatoria, e chi non ci sta vada a Gaeta!".

"Abbiamo bisogno di diventare sempre più numerosi" affermava Adele Faccio promuovendo una campagna demografica contro l'aborto, barbaro residuo di usanze ottomane. Mario Pezzana pubblicava il suo manifesto alle madri d'Italia: "Fuori! Fuori dai vostri uteri fecondi nuove vite, per la difesa delle famiglie italiane contro il turco sodomita che già violò la virilità di Lawrence d'Arabia!".

Il colmo dell'entusiasmo veniva raggiunto quando un commando di teste di cuoio penetrava in territorio turco e rapiva il presidente del partito ottomano; per trenta giorni i commandos patriottici tenevano in scacco la gendarmeria turca, tentando uno scambio con soldati dell'esercito italiano prigionieri del nemico. Infine, decidevano di giustiziare l'ostaggio, perché i Selgiucidi si erano trincerati dietro il tragico slogan "L'Islam non tratta con gli infedeli".

Mai l'Italia aveva raggiunto tale livello di solidarietà nazionale e di coesione sociale. Per cui l'unica nota stonata in questo empito di fiducia era stato un discorso pronunciato da Paolo VI nella notte di Natale 1977 (discorso che persino Lucio Lombardo Radice aveva definito "una gaffe inspiegabile"). Aveva detto il Papa: "Basta con questa inutile strage! Il paese anela alla tranquillità. Pensate dilettissimi figli, se dopo la fine del secondo conflitto mondiale avessimo avuto trenta anni di pace! Voi non sapete più cosa sia la pace, cosa significhi: significa le città tranquille, la gioventù mite e obbediente, la violenza bandita dalla nostra vita, la criminalità debellata. Voi non riuscite più a immaginare con le vostre menti corrotte come sarebbe oggi la nostra Italia se avessimo avuto trent'anni di pace!". Sarcasticamente il capitano Bifo delle Brigate Zangheri aveva scritto un breve biglietto al colonnello Pifano T.S.G. del Reggimento Volsci: "Hai udito cosa dice il Vecchio, vittima della propria assenza di Desiderio? Ci pensi? Trent'anni di pace senza un nemico con cui misurarci! Dove saremmo a quest'ora? Emarginati in un ufficio studi, grassi dirigenti industriali... No, meglio bruciare la nostra giovinezza in questa pulsione trasversale, immolandola al futuro della Nazione! Viva l'Italia!".

Non più di un anno dopo il nuovo pontefice, l'albanese Scandenbeg I Hojtija, decorava il labaro delle brigate Prima Linea comandate da Corrado Alunni, in partenza per l'Anatolia, dove si sarebbero immessi oltre il fronte, nella lotta santa clandestina. Dopo le formalità di rito, l'aveva abbracciato e gli aveva sussurrato all'orecchio (non così piano che i giornalisti del quotidiano cattolico *L'Osservatore Continuo* non potessero sentire): "Andati, andati, benedetti ragazzo! E morte allo Turco. Chi mai sapesse dove voi sarebbe oggi se non ci era questa santa guerra!"

La Repubblica, 25 febbraio 1979

PERCHÉ RIDONO IN QUELLE GABBIE?

Qualche anno fa (il 25 febbraio del '79) avevo inviato a *Repubblica* un articolo. Ovvero, non era un articolo, ma un raccontino, di quelli che tecnicamente si chiamano "ucronie" e cioè fantascienza o utopia all'indietro, narrazioni del tipo "cosa sarebbe accaduto se Cesare non fosse stato pugnalato". Siccome era finzione e non riflessione politica, è finito nelle pagine culturali. Ogni autore è più o meno affezionato alle cose che scrive, e alcune gli piacciono più di altre; io ero molto fiero di quel racconto, ma devo dire che non ho ricevuto alcuna reazione interessante, mentre ne ricevo per tante altre cose che ho scritto con minor impegno. È che, salvo gli appassionati del genere, pochi ritengono che le ucronie (come le utopie) siano un modo molto serio di riflettere sul presente.

In quella storia immaginavo che le cose in Italia e nel mondo, dopo la seconda guerra mondiale, fossero andate diversamente e che l'Italia negli ultimi decenni fosse in guerra con un impero fascista turco. Mi divertivo a immaginare le diverse alleanze politiche che ne sarebbero conseguite, e soprattutto vedevo i brigatisti del nucleo storico, i Curcio e i Gallinari, comandanti di squadre d'assalto, decorati con medaglia d'oro, e le eroiche Brigate rosse impegnate contro il turco invasore, elogiate in Parlamento da Amendola, mentre Paolo VI rifletteva con melanconia su come sarebbe stata più tranquilla l'Italia se dopo il 1945 avessimo avuto trent'anni di pace.

Qual era il senso di quella storia? Che la cultura democratica aveva troppo facilmente bollato come reazionarie alcune teorie del comportamento animale secondo le quali esiste nella specie (in tutte le specie) una quota di violenza che in qualche modo deve manifestarsi. Le guerre che, non a torto, benché con infame soddisfazione, i futuristi avevano lodato come "sola igiene del mondo", sono importanti valvole di sicurezza che servono a sfogare e a sublimare questa violenza. Se non ci sono guerre (e personalmente preferirei che ce ne fossero il meno possibile) bisogna accettare l'idea che una società esprima in qualche modo la quota di violenza che essa cova.

Ma la morale del raccontino era anche un'altra: e cioè che, purché questa violenza si sfoghi, è irrilevante che si sfoghi sotto forma di assalti a banche, di omicidi d'onore, di campagne per la distruzione degli eretici, di manifestazioni di satanismo, di suicidi collettivi come quello della Guyana, di esaltazioni nazionalistiche o di utopie rivoluzionarie per la riscossa proletaria. La morale finale era che, se a Curcio o a Gallinari fosse stato offerto un bel mito nazionalista o colonialista, magari il massacro degli ebrei, a questo avrebbero aderito e non al sogno di colpire il cuore dello Stato borghese.

Queste riflessioni tornano buone in questi giorni, mentre da un lato si celebra il processo Moro e dall'altro il grottesco rito della guerra anglo-argentina.

Che cosa spaventa nel conflitto per le Falkland? Non che il generale Galtieri abbia cercato un nemico esterno per calmare le tensioni interne, perché è normale tecnica dittatoriale e ciascuno deve pur fare il proprio mestiere, per sporco che sia. Non che l'Inghilterra reagisca con modalità più salgariane che post-moderne, perché *noblesse oblige*, e ciascuno è prigioniero della propria storia e dei propri miti nazionali.

Spaventa il fatto che i Montoneros di Firmenich, i peronisti rivoluzionari, tutti coloro per cui l'opinione pubblica democratica europea si era commossa quando languivano nelle carceri dei generali, e che si arrivava a giustificare quando facevano del terrorismo spicciolo (si capisce, si diceva, loro vivono sotto dittatura), tutti questi rivoluzionari a tempo pieno, tutti questi nemici del capitalismo e delle multinazionali, oggi si schierino entusiasticamente a fianco del governo, folgorati dall'invito nazionalistico a morire per i confini sacri della patria.

Sembra proprio il mio racconto: se i generali argentini avessero inventato una bella guerra dieci anni fa, tutti questi eroi non avrebbero mai commesso atti terroristici, ma si sarebbero fatti uccidere, pugnale tra i denti, scagliando bombe a mano contro il rajah bianco James Brook, forse al grido di "Mompracem!", nuovi tigrotti della pampa. Il Cile non ci sta, perché Pinochet è uomo avveduto e ha bisogno dell'appoggio americano, ma vedete: Cuba è subito d'accordo, anche Castro deve avere letto più Salgari che Marx.

Vedo molte analogie tra i brigatisti che sghignazzano durante il processo Moro e i Montoneros che ora gridano viva Galtieri. Così come vedo molte analogie con quello che è successo in un paese così allergico all'ideologia come gli Stati Uniti, dove la violenza, per esplodere, ha avuto bisogno di altre coperture, come il culto di Satana.

Comprendo l'indignazione e lo sgomento di Giampaolo Pansa che nella *Repubblica* di ieri non riusciva a capire come mai i brigatisti fossero tanto allegri e non gli pesassero i morti ammazzati. Ma andiamoci a rileggere le cronache dell'inchiesta e del processo a Charles Manson e alla sua "famiglia", dopo lo scannamento di Sharon Tate. È la stessa sceneggiatura, la stessa psicologia, la stessa mancanza di rimorsi, lo stesso sentimento di avere fatto qualcosa che dava senso a una vita tutto sommato troppo noiosa e pacifica.

La stessa allegria di quelle migliaia di poveretti che hanno bevuto veleno e lo hanno dato ai propri figli, per seguire la mistica suicida di un predicatore il quale, non molto prima, era stato pronto a sacrificarsi per cause ben più accettabili.

Questo spiega anche i pentiti. Come è possibile pentirsi dopo l'arresto, e pentirsi a fondo, denunciando i propri compagni, mentre non ci si pentiva nel momento in cui si spedivano due palle nella nuca di un uomo indifeso? Ma perché c'era impulso di uccidere, e una volta fatto, il gioco è finito, perché non pentirsi? L'ideologia non c'entra, era una copertura.

So benissimo che questo discorso rischia di passare per reazionario: non c'è ideologia, non ci sono ideali, ci sono solo forze oscure biologiche che trascinano gli uomini al sangue (loro e altrui), non c'è differenza tra martiri cristiani, garibaldini, brigatisti rossi, partigiani.

Ebbene, il problema è come non arrivare a queste conclusioni. Il problema è di sapere, di capire, come non tutti i sacrifici, non tutto il sangue, sia speso per gioco. Ma è una dura vicenda di ragionevoli discriminazioni; per articolare le quali bisogna, per prima cosa, sospettare sempre e comunque della mistica del sacrificio e del sangue. Non voglio suggerire che non ci sia differenza tra coloro che la società riconosce come eroi e coloro che la società riconosce come pazzi sanguinari, anche se ve ne è molto meno di quanto ci facciano credere i libri scolastici. Non voglio suggerire che tutte le ideologie e tutti gli ideali siano coperture transitorie per impulsi di violenza che nascono nel profondo della specie. Forse una discriminante c'è, e molto semplice.

Gli eroi veri, coloro che si sacrificano per il bene collettivo, e che la società riconosce come tali, magari tanto tempo dopo, mentre sul momento sono stati bollati come irresponsabili e briganti, sono sempre gente che agisce *malvolentieri*. Che muore, ma che preferirebbe non morire; che uccide ma che vorrebbe non uccidere, tanto che dopo rinuncia a vantarsi di aver ucciso in stato di necessità.

Gli eroi veri sono sempre trascinati dalle circostanze, non scelgono mai, perché, se potessero, sceglierebbero di non essere eroi. Valga per tutti l'esempio di Salvo D'Acquisto, o dei tanti partigiani fuggiti sulle montagne, catturati e torturati, che non hanno parlato per diminuire il tributo di sangue, non per incoraggiarlo.

L'eroe vero è sempre eroe per sbaglio, il suo sogno sarebbe di essere un onesto vigliacco come tutti. Se avesse potuto avrebbe risolto la faccenda diversamente, e in modo incruento. Non si vanta né della sua morte né di quella altrui. Ma non si pente. Soffre e sta zitto, sono se mai gli altri che poi lo sfruttano, facendone un mito, mentre lui, l'uomo degno di stima, era solo un poveretto che ha reagito con dignità e coraggio in una vicenda più grande di lui.

Invece sappiamo subito e senza indugi che dobbiamo diffidare di coloro che partono sparati (e sparando) mossi da un ideale di purificazione attraverso il sangue, loro e altrui, ma più spesso altrui. Stanno eseguendo un copione animale, già studiato dagli etologi. Non dobbiamo stupircene, né scandalizzarcene troppo. Ma non dobbiamo neppure ignorare l'esistenza di questi fenomeni.

Se non si accetta e non si riconosce con animo forte la fatalità di questi comportamenti (studiando le tecniche per contenerli, per prevederli, offrendo loro altre valvole di sfogo meno cruente) si rischia di essere idealisti e moralisti quanto coloro di cui riproviamo la follia sanguinaria. Riconoscere la violenza come forza biologica, questo è vero materialismo (storico o dialettico che sia, importa poco) e male ha fatto la sinistra a non studiare abbastanza biologia ed etologia.

La Repubblica, 16 aprile 1982

LA VOGLIA DI MORTE

Ogni tanto accade di dover spiegare a qualcuno o a noi stessi che cosa sia il fascismo. E ci si accorge che è categoria molto sfuggente: non è solo violenza, perché ci sono state violenze di vari colori; non è solo uno stato corporativo, perché ci sono corporativismi non fascisti: non è solo dittatura, nazionalismo, bellicismo, vizi comuni ad altre ideologie. Talché si rischia in fin dei conti sovente di definire come "fascismo" l'ideologia degli altri. Ma c'è una componente dalla quale è riconoscibile il fascismo allo stato puro, dovunque si manifesti, sapendo con assoluta sicurezza che da quelle premesse non potrà venire che "il" fascismo: ed è il culto della morte.

Nessun movimento politico e ideologico si è mai così decisamente identificato con la necrofilia eletta a rituale e a ragion di vita. Molta gente muore per le proprie idee, molta altra gente fa morire gli altri, per ideali o per interesse, ma quando la morte non viene considerata un mezzo per ottenere qualcos'altro bensì un valore in sé, allora abbiamo il germe del fascismo e dovremo chiamare fascismo ciò che si fa agente di questa promozione.

Dico la morte come valore da affermare per se stesso. Non dico la morte per cui vive il filosofo, il quale sa che sullo sfondo di questa necessità, e tramite la sua accettazione, prendono senso gli altri valori; non dico la morte dell'uomo di fede, il quale non rinnega la propria mortalità e la giudica provvidenziale e benefica perché attraverso di essa arriverà a un'altra vita. Dico la morte sentita come "urgente" perché è gioia, verità, giustizia, purificazione, orgoglio, sia che venga data ad altri sia che venga realizzata su di sé.

Ortega y Gasset ricordava che i Celtiberi erano l'unico popolo dell'antichità che adorasse la morte. Non dirò che i Celtiberi fossero archeologicamente fascisti, dico che fu in Spagna che apparve durante la guerra civile il grido "Viva la muerte!". Il fascismo primitivo ed eroico portò la morte sulla camicia e sul fez e nel colore stesso delle sue divise. Volle andare incontro alla morte con un fiore in bocca, parlò di sorella morte con accenti non francescani, se ne fregò della brutta morte (non credo che Matteotti, Rosselli o Salvo D'Acquisto se ne fregassero della morte bruttissima che fecero).

E se mi dite che molte tradizioni religiose hanno elaborato rituali funebri in cui il senso della penitenza veniva fortemente inquinato dal gusto della necrofilia, diremo allora, in piena tranquillità, che anche là si annidavano i germi di un fascismo possibile, come nelle celebrazioni dell'olocausto e del karakiri della tradizione militaristica giapponese. Amare necrofilicamente la morte significa dire che è bello riceverla e rischiarla, e che ancor più bello e santo è distribuirla. Che solo la morte paga, meglio se quella altrui, ma al limite anche la propria, purché vissuta con sprezzo.

L'amore della morte (che domina anche le pratiche dei drogati) fa sì che appaia bello "buttar via" la propria vita. Per amare la morte bisogna profondamente odiare la vita (ci sono invece martiri e suicidi che muoiono senza odiare la vita, anzi, per eccesso d'amore). Amare la morte significa credere in fondo al cuore che essa risolva molte cose, e meglio.

Questo odore di morte, questo puteolente bisogno di morte, si sente oggi in Italia. Se questo voleva il terrorismo (nel suo animo profondamente, ancestralmente squadrista) l'ha avuto. Ha chiamato a raccolta pulsioni profonde, fascismi variamente mascherati, ignoti anche a chi li celava repressi nell'inconscio. Li ha fatti ribollire nel ventre a persone altrimenti miti e nobilissime, che per un attimo hanno ceduto al richiamo delle Madri oscure, e hanno dimenticato che anche Mussolini appeso per i piedi a piazzale Loreto e crivellato di pallottole, forse era giustizia, ma non era bene.

Lettori di Beccaria, hanno parlato come Lovecraft. Forse dovremmo difenderli anche da se stessi, perché non è questo che vogliono, non è questa l'alleanza che cercavano, né la soluzione. Le madri col bambino in braccio che firmavano a Bologna, il tassista che mi dice "al muro, al muro, e addebitiamo le munizioni alla famiglia!", ragionano come il ragazzo di Prima linea che crede che la morte di Tobagi valga come appello, richiamo, monito, manifesto.

Le responsabilità penali sono certo diverse, ma in tutti gioca la persuasione che la morte anziché una necessità che arriva da sola, e per la quale bisogna vivere, sia una pratica di purificazione da produrre in anticipio sulla natura. E che la commini lo Stato o una banda armata, è sempre morte, sporca perché crede di essere purificatrice e perché in qualche modo dà soddisfazione. Invece la morte buona, e cioè quella naturale, è quella che non dà piacere a nessuno, né a chi muore né a chi resta, quella per la quale nessuno possa dire "ci voleva!".

Ho discusso con alcuni ragazzi che, spinti da amor di vita, sono andati a tirare uova marce contro i firmatari per la pena di morte. Marcio contro marcio, non paga. Formate lunghe e cupe processioni per la città, gli ho consigliato, con cappucci neri, e ceri, e grandi cartelli in cui si vedano i volti dei fucilati della Comune, le schiene dei fucilati di Villarbasse, le teste mozzate dal capolavoro del dottor Guillotin, la faccia di chi nella camera a gas aspetta che la pastiglia cada nella vaschetta dell'acido per formare il vapore tossico. E i bambini impalati dal voivoda Dracula, e le ragazze streghe sul rogo, e poi Moro, Bachelet, Tobagi, Alessandrini, e qualche ebreo.

Fate una grande sagra della morte nelle nostre città: date alla gente l'odore della morte, il sapore della morte, l'impressione tattile del liquame che esce dalle narici e dalle orecchie di un corpo in decomposizione, fate sentire lo schifo della morte provocata ad arte in nome di una qualsiasi giustizia. Siate sgradevoli, fate vomitare le donne incinte, costringete la gente a fare le corna, a toccarsi i testicoli, a rientrare in casa come se ci fosse il coprifuoco. Solo per un giorno, in modo che il paese si accorga che sta prendendo gusto alla morte e ricordi cos'è la morte, e tutti si chiedano se non stiamo diventando pazzi. Poi smettete anche voi, perché a giocare troppo con l'immagine della morte ci si prende gusto.

La Repubblica, 14 febbraio 1981

IV
IL DESIDERIO DI TRASPARENZA

C'È UN'INFORMAZIONE OGGETTIVA?[1]

Nell'autunno 1969 si è svolta, iniziata dall'*Espresso*, una polemica sull'obiettività giornalistica che ha a poco a poco coinvolto tuta la stampa italiana. Vi presero parte Piero Ottone (allora direttore del *Secolo XIX*), Indro Montanelli, Eugenio Scalfari, Giorgio Bocca, l'intera redazione dell'*Espresso* che vi dedicò un vasto dibattito, praticamente tutti i giornali.

Il punto di partenza era stato dato da una mia inchiesta pubblicata sull'*Espresso* ("Il lavaggio dei lettori") che tra l'altro si originava dal lavoro compiuto nei mesi precedenti con Marino Livolsi e Vittorio Capecchi per una inchiesta sulla situazione della stampa italiana, poi apparsa come *La stampa quotidiana in Italia*, Bompiani.

L'osservazione che aveva scatenato il dibattito era che l'obiettività giornalistica era un mito (o un dato di falsa coscienza) perché un giornale fa interpretazione non solo quando mescola commento e notizia, ma anche quando sceglie come impaginare l'articolo, come titolarlo, come corredarlo di fotografie, come metterlo in connessione con un altro articolo che parla di un altro fatto; e soprattutto un giornale fa interpretazione quando decide quali notizie dare.

Se pure questa osservazione fu fieramente contestata da Piero Ottone – difensore di una nozione "anglosassone" di obiettività, non filosofica ma empirica, di cui diremo dopo – stupisce oggi vedere come il dibattito cogliesse impreparata l'opinione pubblica italiana. Almeno così è testimoniato dalla polemica che si diffuse su varie pubblicazioni, della cui temperatura eccitata bastino a dar fede due brevi citazioni: "argomento di grandissimo

[1] Relazione tenuta il 15 aprile 1978 ad un convegno milanese organizzato dalla Casa della Cultura e dall'Istituto Gramsci su "Realtà e ideologie dell'informazione".

interesse... che permette di portare avanti una discussione su una questione che forse sino a qualche anno fa sembrava addirittura inesistente nei paesi democratici..." (C. Cotroneo su *Nord Sud*). "Una civile polemica... offre finalmente alla pubblica discussione uno dei tabù della stampa di informazione, per distinguerla da quella di partito o di regime: l'obiettività" (Giorgio Bocca, su *Il Giorno*).

Perché scoppiava allora in Italia il dibattito sull'obiettività? La discussione era, come si ama sempre credere con un pizzico di masochismo nazionale, in ritardo sugli altri paesi?

Rispondiamo subito che non era affatto in ritardo. La stampa anglosassone, celebrata per la sua obiettività, di fatto raramente si interroga sulle condizioni del proprio essere obiettiva, si attiene ad alcuni principi di moralità professionale, ma non filosofa su se stessa. La discussione italiana non era in ritardo, ma neppure scoppiava allora per caso. Diciamo che stavano per avvenire alcune cose nel costume culturale italiano e nella storia della stampa italiana (cose che chiameremo "i mutamenti degli anni settanta") e che queste cose avvenivano perché, tra le profonde trasformazioni che si stavano verificando nel costume nazionale (non dimentichiamoci che siamo a un anno dopo il Sessantotto) scoppiava finalmente il bubbone di una stampa tra le meno lette del mondo, carica di storia anche illustre, ma carica anche di difetti vistosi, oscurità di linguaggio, elitismo, disinvoltura nella scelta e nell'esclusione delle notizie, rispetto eccessivo delle istanze della proprietà.

Rispetto a questa situazione il dibattito sull'obiettività assumeva un tono ambiguo dato che vi parevano aver ragione tutti i contendenti. Infatti riducendolo a due affermazioni apparentemente contrastanti

(i) L'obiettività è una illusione

(ii) Si può essere obiettivi

bisogna dire oggi (con il senno di poi) che sostenere l'insostenibilità del concetto di obiettività era valido argomento teorico e critico da opporre, poniamo, al *Times* di Londra o al *New York Times*; ma sostenere che si può essere *più* obiettivi era un programma minimo che bisognava proporre alla stampa italiana.

Diciamo allora che l'asserzione (i) era vera se "obiettività" veniva intesa come nozione teorica, ma l'asserzione (ii) diventava vera se l'obiettività veniva invocata come criterio empirico.

Allora io polemizzavo con Ottone sostenitore dell'obiettività, sono ancora pronto a polemizzare con lui e a sostenere che il suo

Corriere non è stato affatto obiettivo ma ha cercato di riflettere in modo battagliero le trasformazioni della società italiana degli anni settanta. Però devo ammettere che era più obiettivo dei *Corrieri* precedenti.

Possiamo allora dire che accanto al limite "alto" (irraggiungibile) della obiettività, esiste un limite "basso", fondato sul ragionevole compromesso. E non posso che riprendere un esempio che Ottone allora dava in un editoriale del *Secolo XIX* (10 agosto '69): "prendiamo il caso del *New York Times*: i suoi commenti mostrano simpatia per una sinistra moderata, quale è stata personificata dai fratelli Kennedy, ma quando il senatore Edward Kennedy ha avuto l'incidente d'auto in circostanze sospette, esso non ha esitato a scavare, spietato, nella vicenda... citando fatti e dichiarazioni con scientifica freddezza, senza un commento né una valutazione personale".

Sarei tentato di rinfocolare la polemica dicendo che conosciamo abbastanza la scientifica freddezza dei giornali anglosassoni, che consiste nel dare *anche* valutazioni mettendole tra virgolette e attribuendole a una data fonte, e il problema è sempre di sapere perché si è scelta quella e non altra fonte. Ma in definitiva concordo, c'è un limite basso dell'obiettività che consiste nel separare notizia e commento; nel dare almeno quelle notizie che circolano via agenzia; nel chiarire se su una notizia vi sono valutazioni contrastanti; nel non cestinare le notizie che appaiono scomode; nell'ospitare sul giornale, almeno per i fatti più vistosi, commenti che non concordino con la linea del giornale; nell'aver il coraggio di appaiare due commenti antitetici per dare la temperatura di una controversia, eccetera eccetera. Tutti criteri empirici, che non tolgono al giornale la sua natura di messaggio complessivamente dipendente da una determinata visione del mondo, ma che almeno permettono al lettore di sospettare che visioni del mondo ci siano, e siano più di una.

Se continuo a parlare di giornali è perché a quella data il dibattito era svolto dai giornali e interno ai giornali; l'informazione televisiva viveva ancora il proprio medioevo e le varie forme di informazione alternativa erano ai loro primi vagiti. Ma di qui in avanti il problema si allarga a tutti i canali di informazione, per cui d'ora in poi non parleremo di giornali o di TV, ma in generale di *media* (e non mi si accusi di anglicismo perché si dà il caso che si tratti di un latinismo, sia pure adattato, e quindi possiamo riprendercelo).

Accettiamo dunque l'accezione bassa di obiettività. Aperta a critiche concrete momento per momento – e quindi non incommensurabile all'accezione alta, che ne costituisce l'ideale impossibile, e dunque il parametro critico – soggetta a transazione politica (si è più o meno obiettivi a seconda del momento, del problema, delle aspettative del pubblico)... E diciamo che negli anni settanta i media hanno realizzato una obiettività bassa più soddisfacente di quanto non fosse negli anni cinquanta o sessanta.

Evoluzione naturale? No, affatto, risultato di una pressione multipla che potremmo analizzare in quattro componenti: la pressione di massa, la concorrenza della informazione alternativa, la presa di coscienza dei giornalisti, la più intensa produzione di fatti-notizia (di cui parleremo dopo).

La pressione di massa. La società italiana degli anni settanta, anche in un periodo di straordinaria tensione e di tentativi eversivi in chiave reazionaria, ha visto una impressionante crescita di partecipazione popolare e una inimmaginabile trasformazione del costume. In questa sede non cerchiamo di fare un discorso politico sulle trasformazioni della società italiana e quindi basterà citare dei fatti che sono presenti allo spirito di ciascuno: le lotte studentesche e operaie, il referendum vittorioso sul divorzio, la crescita dei partiti della sinistra sia come forza elettorale reale sia come forza di pressione (persino le attuali osservazioni ironiche sul sinistrese come moda testimoniano una trasformazione di linguaggio che rivela una diversa attenzione ai grandi temi storici del marxismo, anche se filtrati attraverso i più vari birignao settoriali). In un paese dove tranquille casalinghe prima hanno deciso che non hanno bisogno di sentirsi difese dalla indissolubilità del matrimonio e poi hanno deciso attraverso lotte di quartiere di fare l'autoriduzione delle bollette telefoniche, si concordi o no con queste forme di lotta, si deve ammettere che si è profilata nel corso di questo decennio una udienza molto più esigente nei confronti degli stessi media; i media hanno dovuto rendere conto a questa udienza. Dalle lotte sindacali, dalle lotte delle donne, dalle lotte degli studenti che hanno portato, per esempio, in un panorama di riforme scolastiche continuamente rimandate, almeno al decreto ministeriale e alla pratica reale della lettura del quotidiano nelle scuole (se non in tutte almeno in molte) è nato un pubblico più esigente. I media hanno dovuto rendere conto a questo pubblico. Un sintomo, se volete, che vale quel che vale: sino agli anni settanta coloro che scrivevano ai giornali erano pazzi o grafomani (e chi riceveva queste lettere si lamentava col solito rimando alla civiltà anglosassone dove la gente scrive al giornale per esprimere un'opinione). Ebbene, la qualità delle lettere ai giornali in questo decennio è sensibilmente migliorata: c'è un pubblico che usa il giornale per fare sentire un'opinione. Sarà poco, ma come sintomo di civiltà è molto. Anche le lettere a *Lotta Continua* vanno viste in questa prospettiva: un tempo le lettere al giornale sui propri fatti privati le scriveva solo il lettore, e più spesso la lettrice, della *presse du coeur*. Inutile ironizzare sulla nuova *presse du coeur* proletaria o pseudoproletaria; spesso sarà anche questo, ma più spesso ancora è l'indice di un diverso rapporto tra il lettore e la stampa.

La concorrenza dell'informazione alternativa. A costo di fare il discorso sbagliato nel posto sbagliato (ma so che questo vuole essere il posto giusto e lo diventa nel momento in cui io dico quello che sto dicendo) tutti debbono essere grati all'azione pionieristica compiuta dai giornali detti gruppuscolari primo fra tutti, se non altro storicamente, il *Manifesto* – e dietro ad essi la pletora dei fogli, foglietti, volantini, dazibao di controinformazione sino, ultime arrivate, ma protagoniste di un mutamento di cui non avvertiamo ancora tutta la portata (positiva e negativa), le radio indipendenti. Queste iniziative hanno posto violentemente i media di fronte all'esistenza di altri canali di informazione che davano spesso notizie alla portata di tutti, recate dai bollettini delle agenzie di stampa, ma che i grandi giornali filtravano e lasciavano cadere. Amici della stampa dei partiti di sinistra che siete oggi in sala, sarete pronti a dirmi che prima ancora della nascita dei giornali autogestiti è stata la stampa comunista e socialista, sin dagli anni bui di Scelba e delle persecuzioni operaie, a dire le cose che la stampa indipendente non diceva, a rivelare i conflitti di lavoro, gli omicidi bianchi, a dar voce alle masse. E sarebbe profondamente ingiusto negarlo. Ma sarebbe profondamente ingiusto e trionfalistico non ammettere che in periodi bui in cui la stampa indipendente era stampa di regime molto più di quanto non lo sia oggi, ed era stampa settaria (per non parlare della televisione bianca ed esclusivamente bianca – che nel 1955 puniva un redattore per aver citato, su una rivolta di disoccupati, la voce dell'*Osservatore Romano* che ne aveva tentato una interpretazione "sociale"), anche la stampa di sinistra era stata spinta su posizioni altrettanto settarie, per comprensibile difesa. E a questo punto, il rapporto rimanendo fatalmente avvelenato, l'udienza dei media si era divisa tra coloro che credevano all'*Unità* e coloro che credevano al *Corriere* o alla *Stampa*. Nessuna mediazione possibile (se non da parte della stampa liberale e "laica", che so, il *Mondo* di Pannunzio, o l'*Espresso* di Benedetti, ma a livello di élites).

La nascita dei giornali detti "alternativi" (insieme con l'immissione nei grandi giornali di ogni colore delle leve sessantottesche) ha messo l'industria dell'informazione di fronte a un fatto ineliminabile: anche se tu non parli qualcun altro parlerà al posto tuo e prima o poi raggiungerà anche la tua udienza. Prima era solo l'*Unità*, o l'*Avanti!* (ed erano, lo sappiamo, bollati come "trinariciuti"). Ora è legione. La stampa indipendente ha dovuto correggere il tiro. E sarebbe singolare seguire sottili cambiamenti lessicali per cui quella vertenza sindacale che negli anni cinquanta non era citata se non dai giornali dei partiti di sinistra, e che negli anni sessanta veniva designata come "sciopero", con tutte le connotazioni negative che il termine comportava, negli anni settanta comincia a essere presentata persino sui massimi fogli indipendenti come "*lotta* sindacale". Intorno premeva da un lato la crescita di potere contrattuale da parte dei sindacati, e la crescita dei partiti della sinistra, ma premeva anche il vociferare forse diseguale ma coinvolgente della controinformazione. E questa è storia. I media in Italia sono stati riformati dalla moltiplicazione dei canali. Al di là di ogni valutazione politica sui singoli canali alternativi.

Infine: la nuova pratica della critica all'informazione, condotta in seminari, gruppi di lavoro, scuole delle 150 ore, volantinaggio di quartiere... La società italiana ha imparato a criticare l'informazione.

La presa di coscienza dei giornalisti. Su questo vi sarebbe molto da dire, ma basti notare che abbiamo assistito in Italia in questo decennio a un fenomeno che non trova riscontro in altri paesi. E anche quando l'opposizione di un comitato di redazione è parsa fuori tempo o velleitaria, essa ha sempre avuto la funzione di rendere chiaro al pubblico che un giornale (o un telegiornale) non è il luogo monolitico dove una sola volontà amministra una sola verità.

La produzione dei fatti-notizia. Su questo mi intratterrò più a lungo perché qui stiamo toccando un problema maturato solo in questi ultimi tempi ma che coinvolge l'intera filosofia (o ideologia) del giornalismo e della notizia. Lo sviluppo di questa forma di intervento, di questa forma di controllo dell'opinione pubblica sulla stessa amministrazione dei canali di notizia, ci pone oggi in una situazione drammatica e apparentemente irresolubile. Ma sbaglieremmo se considerassimo le conseguenze estreme di questo fenomeno come l'argomento che discredita una crescita e il profilarsi di pratiche d'intervento politico che erano presenti sin dalla nascita delle prime gazzette. Oggi molti nodi vengono al pettine, è vero, e ci inducono a rivedere molte idee – e ciascuno di noi preferirebbe non trovarsi di fronte al problema quale ora si pone –ma il problema esisteva da prima ed occorre affrontarlo.

Il bonzo vietnamita che si cosparge di benzina, il giovane americano che brucia pubblicamente la cartolina precetto, il radicale che digiuna – tutti eredi spirituali del primo genio che intuì le possibilità date da una società delle comunicazioni, e cioè il Mahatma Gandhi – sono stati tra i primi a praticare una attività che, parafrasando Sraffa, possiamo chiamare "produzione di messaggi per mezzo di messaggi". Uccidersi, digiunare, esporsi alla condanna per rifiuto della leva senza che nessuno lo venga a sapere, è un gesto inutile. Il gesto diventa utile proprio perché se ne parla, e diventa non un gesto materiale (la mia morte, il mio digiuno) ma un gesto simbolico che parla d'altro (le ragioni per cui muoio, digiuno, brucio la cartolina).

Sino dalla nascita dei grandi circuiti di informazione, gesto simbolico e trasmissione della notizia sono diventati fratelli gemelli: l'industria della notizia ha bisogno di gesti eccezionali e li pubblicizza, e i produttori di gesti eccezionali hanno bisogno dell'industria della notizia che dia senso alla loro azione. Ho fatto l'esempio di gesti violenti e di gesti non violenti, proprio per dire che il fenomeno è più diffuso di quanto non si pensi. Basti considerare cosa fa un uomo politico quando dà clamorosamente le dimissioni. Non dà le dimissioni perché vuole smettere di lavorare (magari vuole ricominciare subito dopo e a condizioni migliori), ma le dà affinché il suo gesto diventi notizia.

Appartengono a questa categoria di gesti-messaggio quello della divetta che si spoglia a Cannes, del divo che schiaffeggia il fotografo e persino (in una società primitiva dai circuiti comunicativi ridotti) il gesto del fidanzato respinto dai genitori che rapisce la ragazza, in modo che, dopo che tutti hanno saputo che essa non è più illibata, il matrimonio diventi indispensabile. La tecnica di produzione di notizie per mezzo di fatti-messaggio è molto antica: solo che negli ultimi tempi essa è cresciuta di pari passo con la crescita delle tecniche di informazione.

Notiamo che i partiti di massa sono stati tra i primi a intravvedere le possibilità insite nella tecnica di produzione di fatti simbolici. Manifestazioni, cortei, talora gli stessi scioperi, altro non erano che fatti organizzati e prodotti solo perché esisteva il circuito dei media capace di magnificarli. Produrre fatti destinati a diventare notizia (si pensi alle manifestazioni londinesi delle suffragette a inizio secolo) era l'unico modo con cui gli esclusi dal controllo dei media potevano accedere ai media.

Se oggi ci troviamo di fronte a chi per far passare i propri comunicati, uccide esseri umani, non dobbiamo dimenticare che la tecnica dell'atto simbolico esemplare che coinvolge i media è una tecnica giusta e democratica che va difesa (e soprattutto va difesa contro chi, portandola livelli insostenibili, l'avvelena e la disonora). Marco Pannella, si approvino o meno le sue posizioni, ha il diritto democratico di digiunare perché i media ne parlino (né digiunerebbe se non esistessero i media, in tal caso la sua non sarebbe una operazione politica ma una operazione dietetica). Se oggi qualcuno invece di digiunare, o di occupare una piazza con bandiere e cartelli, o persino di occupare una fabbrica, uccide altri esseri umani, costui non si batte contro il potere di vertice, lo stato o i "nemici del popolo", ma si batte contro il popolo che aveva trovato una tecnica per potersi imporre ai media, da chiunque fossero controllati – e spingendo i media a farneticazioni di censura totale li respinge in quella zona di silenzio in cui per anni, decenni, secoli, le voci del potere non parlavano mai della parola delle classi soggette.

In ogni caso nessuno, di fronte alla produzione di fatti-notizia, per cruenti che siano, può ormai parlare in termini di ritorno alla censura. Il ritmo esponenziale di questa crescita rende inefficaci i tentativi di neutralizzarla col silenzio. Chi dice che non bisogna più dare certe notizie su fatti prodotti proprio perché se ne parli, ragiona ancora in termini arcaici.

Cerchiamo di distinguere nettamente il problema politico-morale da quello tecnico. Ogni volta che si pubblica la notizia di un suicidio si può presumere che qualcun altro si suicidi per emulazione; ogni volta che si pubblica la notizia che un gruppo di tifosi ha invaso il campo si dà una buona idea a un altro gruppo di tifosi. È una storia vecchia. Il fascismo proibiva ai giornali di pubblicare le notizie dei suicidi, per vent'anni in Italia sembrava che più nessuno si uccidesse. Non so quanto questa pratica abbia effettivamente ridotto il numero dei suicidi, so che una società progredita non può tollerarla. E non per astratte ragioni di moralità, ma per ragioni di pubblica utilità. Infati la notizia che cento persone si sono suicidate può produrre altri dieci suicidi da emulazione, ma fornisce materiale di riflessione a genitori, psichiatri, amici di potenziali suicidi, e concorre a rendere possibile un controllo del fenomeno, delle sue cause, delle sue modalità più consuete. Parlarne è un rischio che si deve correre. Al massimo una stampa responsabile deve parlarne in modo freddo, senza romanticizzare la faccenda: e questa è la differenza tra stampa d'informazione e stampa scandalistica.

Questo ragionamento era l'unico che tenesse sino a qualche decennio fa, ma oggi si arricchisce di una nuova riflessione. L'informazione non è più un flusso gestito dall'alto e da un unico centro di potere: è una rete diffusa, con informazioni ufficiali, informazioni di parte, attività di controinformazione e così via. Una notizia taciuta da un giornale viene riverberata da una radio indipendente, taciuta dalla radio viene veicolata da volantini, manifesti, scritte murarie, tam tam verbale. Questa è stata una grande conquista democratica, i canali di informazione si controllano a vicenda. Ma allora invocare il silenzio e la censura su certe notizie diventa, oltre che immorale, tecnicamente impossibile. Vi si aggiunga inoltre una inevitabile tendenza al profitto da parte degli organi d'informazione, per cui nessuna considerazione d'ordine mistico o politico potrebbe trattenere un giornale o una stazione televisiva dal dare notizia, che so, di un aereo dirottato – per timore che la concorrenza la dia e venda più copie.

Quest'ultima considerazione ci conduce a dire inoltre che la produzione di messaggi per mezzo di messaggi è figlia naturale di un sistema competitivo fondato sul profitto.

Tutto questo pone oggi seri problemi alla stampa e alle telecomunicazioni: se un terrorista rapisce un uomo politico proprio perché tutti vengano a conoscenza delle sue posizioni, cosa si fa? Si pubblicano i suoi volantini (e si fa quindi il suo gioco) o non si pubblicano, e si fa ancora il suo gioco, perché si dimostra quello che egli vuol dimostrare, che non esiste libertà di stampa – dato che la notizia arriverà ugualmente a tutti per qualche via alternativa?

A questo punto l'industria dell'informazione si accorge di quanto fragile fosse la sua ideologia tradizionale. Essa si reggeva e si regge ancora sull'idea che esista una Fonte delle notizie, che è data dalla Realtà Indipendente; poi l'informazione, che è il servo fedele della Realtà Obiettiva, trasforma i fatti, che accadono alla Fonte, in Messaggi e li distribuisce ai destinatari. Ora ci si accorge che la Fonte non è fatta di Realtà Obiettiva Indipendente: essa è già sempre fatta di altri messaggi. Raramente il giornalista che scrive "bambino investito da bicicletta" racconta un fatto. Di solito racconta delle testimonianze (messaggi precedenti) su un fatto presunto. Solo che lo fa convinto di raccontare fatti e cerca di convincerne i suoi destinatari. Oggi ci accorgiamo che addirittura qualcuno può investire o fingere di investire il bambino affinché il fatto (prodotto come messaggio) produca un altro messaggio, e l'intera ideologia della notizia entra in crisi.

Ma il fatto che entri in crisi oggi non significa che solo oggi avvenga qualcosa. È che solo oggi ci accorgiamo che è avvenuto da tempo qualcosa. Cerchiamo di riflettere. Cos'era la bomba lanciata su Hiroshima? Il tentativo di ammazzare duecentomila giapponesi quando già il Giappone era sull'orlo della resa? Certamente no. Era un fatto che contava per la notizia che diventava: messaggio degli Stati Uniti al loro prossimo avversario, l'Unione Sovietica.

E cos'è oggi il deposito di bombe nucleari coltivato da ambo le potenze in lotta (per trascurare detentori minori)? Queste bombe saranno tanto più efficaci in quanto non scoppieranno, ma resteranno lì a dire agli altri "io potrei scoppiare". Si producono bombe nucleari perché l'avversario sappia che ci sono, guai a tenerle segrete, la funzione dei servizi segreti è quella di fare sapere al nemico quel che si vuole che sappia.

Nasce quasi il dubbio che l'intera organizzazione dell'universo oggi non sia altro che una conferenza stampa, così come un tempo il vescovo Berkeley asseriva che l'intera organizzazione del mondo, di per sé non esistente materialmente, altro non fosse che un insieme di segni che Dio trasmetteva all'uomo. La produzione di notizie per mezzo di notizie ha prodotto una situazione di idealismo oggettivo. È compito di partiti che si dicono materialisti sapere riconoscere questo nuovo statuto dei rapporti materiali. Ci può essere un limite oltre il quale la fiducia che esistano solo cose che si toccano costituisce l'estremo della perversione idealistica.

Acquistare coscienza del fenomeno significa ora gestire la notizia in modo diverso. Implica anzitutto una decisione esplicita che concerne l'ideologia della obiettività e della completezza dell'informazione. Bisognerebbe assumere, paradossalmente, che non esistono più "fatti". La verità è che il numero dei "fatti" è molto ridotto. Se domani nevica è un fatto, se un treno deraglia per incidente è un fatto, se un capo di stato muore d'infarto è un fatto (almeno tanto quanto sono fatti per le scienze fisiche). Ma poi ci sono eventi che hanno alla base un fatto fisico indiscutibile (gli Israeliani bombardano il Libano, gli studenti hanno organizzato un corteo) ma che sono chiaramente prodotti per "fare notizia". Su questi la stampa non può più gingillarsi nell'utopia dell'oggettività. Tanto lo sappiamo che, anche a riferirli come "fatti puri", basterà dire che al corteo c'erano diecimila e non ventimila persone, o non chiarire a sufficienza a quanti chilometri dalla frontiera è avvenuto il bombardamento, perché il fatto muti la sua portata simbolica.

Su questi presunti fatti la stampa deve avere il coraggio di dichiarare che sta facendo qualcosa di più che non dare una notizia: prende parte, ne cerca le motivazioni, le cela e le svela, interpreta il valore simbolico di qualcosa prodotto come atto di comunicazione sin dall'origine.

Adesso nasce il problema di come fare quando qualcuno produce fatti a ripetizione per obbligare i canali d'informazione a fare un gioco insostenibile. Visto che di censura non si può ragionevolmente parlare, rimangono due vie. Ci sono fatti minori e ripetitivi (occupazioni, scontri di piazza) che vanno resi noti per quel che sono: comunicati stampa. I titoloni scandalizzati, gli interventi moralizzanti, i "dove andremo a finire" sono esercizi illeciti che presentano come "realtà inconcepibile" quello che è già discorso intenzionale su un'altra realtà.

E poi ci sono fatti troppo gravi, come il rapimento Moro, che non possono essere raccontati in una ideale "cronaca dei fatti simbolici". In questi casi è indubbio che il terrorista vince il primo round con i canali d'informazione e conduce lui il gioco. Alla stampa non rimane che dire i fatti e denunciare il gioco. Senza paura che, come è stato suggerito, a pubblicare il volantino delle Brigate rosse si faccia pubblicità alle loro idee. Certo che lo si fa – non si scappa. Ma è il rischio da correre, per poter appunto rendere evidente il gioco che si sta giocando. E per il resto ci si fida della maturità del lettore – un elemento che proprio non trascurerei.

Ecco che di fronte a fenomeni del genere la stessa nozione di obiettività entra in crisi. Di fronte a un fatto-notizia l'obiettività consiste nell'assumersi la responsabilità di non essere obiettivi, di palesare la propria posizione. Cosa che si faceva anche con le notizie "tranquille", ma senza dirlo.

Ma a questo punto stiamo ancora parlando dell'obiettività della notizia e della completezza dell'informazione? Non stiamo forse sfiorando un luogo teorico dove la stessa nozione di notizia entra in crisi e la pratica del terrorismo appare la figlia naturale se non legittima dell'ideologia della notizia?

È un'ideologia vecchia, che forse rimonta alla stessa nascita delle gazzette. È notizia ciò che è eccezionale. L'uomo che morde il cane, non il cane che morde l'uomo. È vero?

A pensarci bene questa concezione della notizia sta all'opposto di ogni nozione storica e scientifica di fatto significativo. In storia e in scienze esatte è significativo ciò che è ripetitivo e costante, non ciò che è eccezionale (il quale semmai conferma la regola). La nozione di evento eccezionale è legata alla nozione di *histoire événementielle* oggi messa ampiamente in discussione. È indubbio che esistano eventi nodali che cambiano il corso degli altri eventi, nella storia come nella vita della natura. La bomba su Hiroshima, il terremoto di Acapulco, la morte di un Papa sono eventi nodali di questo tipo (e anche il rapimento di Moro). Ma l'industria dell'informazione, per pure ragioni di profitto, è portata a *magnificare* anche eventi minori pur di trovare notizie eccezionali e a ripudiare i rapporti sul continuo e sul ripetitivo come antigiornalistici. Inoltre la natura stessa del mezzo (un giornale ha ogni giorno lo stesso numero di pagine sia che sia accaduto o no qualcosa d'interessante) impone all'industria dell'informazione di creare l'evento anche quando non esiste.

Ora il terrorismo che produce eventi-notizia sfrutta esattamente questa ideologia del mezzo. Mezzi di massa e terrorismo sono in rapporto di stretta dipendenza. Lo sono anche quando il mezzo di massa non è retto da ragioni di profitto. Se *l'Unità* per avventura rifiutasse di dare altre notizie sensazionali sul caso Moro, perderebbe non solo i propri lettori, ma ogni credibilità, perché il pubblico chiede alla stampa notizie eccezionali e rifiuterebbe come notizia un rapporto sul modo di conduzione delle scuole sperimentali a pieno tempo.

Eppure uno dei modi per riformulare lo stesso concetto di obiettività passa attraverso una rieducazione del pubblico al concetto di notizia.

Vorrei indicare come, anche per un giornale come *l'Unità*, sia difficile sottrarsi a questo concetto di notizia. In questi giorni il PCI ha organizzato un vasto numero di convegni sulla violenza e sulla difesa delle istituzioni: a giudicare dalle notizie che ho letto, sono decine, forse centinaia. Eppure questa notizia di un fatto ripetitivo e costante (e quindi quasi "normale") è stata fatalmente

140

relegata in pagine interne, notiziario di partito, mentre le lettere di Moro han fatto notizia di prima pagina. Era fatale, certo, un giornale che pubblicasse solo notizie su fatti costanti diventerebbe una sorta di bollettino illeggibile. Eppure bisogna trovare il modo di interessare i lettori ai grandi fatti ripetitivi e collettivi che costituiscono la "norma" (dando a tale termine il senso più relativo e transitorio possibile). Ci sono ovviamente delle soglie, di carattere psico-neurologico: il nostro organismo è interessato dai bruschi salti di stato, dalle mutazioni di regime avvertibili, la stessa dinamica delle sensazioni si basa su questo principio. Eppure l'organismo trova una via di mezzo tra una continua situazione di reattività e regimi di abitudine e di percezione del normale, così da avvertire altrettanto significanti sia il fatto di provare un dolore improvviso, che quello di respirare con regolarità. La nostra nozione di notizia è ancora basata sul privilegio assegnato alla anormalità. È una visione ideologica proprio perché parzializzante. Vorrei fare alcuni esempi. Tempo fa ho polemizzato con gli organi di stampa perché, per dare la temperatura della contestazione nelle scuole medie, avevano impaginato in prima pagina, accanto, tre eventi: le vicende del sei garantito al Correnti di Milano, una contestazione al Righi di Napoli, e alcuni raids di autonomi alla Università di Padova. Indubbiamente la storia del Correnti costituiva un caso, denunciava una situazione di malessere e agitava soluzioni sbagliate. Il raid di Padova era un episodio della contestazione violenta, ma a livello universitario. Il fatto del Righi di Napoli era, più che molti altri casi, un esempio di fatto-notizia, un gruppo di studenti aveva avanzato richieste provocatorie per attirare l'attenzione sui propri casi. Impaginando i tre fatti con eguale rilievo, i giornali davano l'impressione che l'intera scuola media italiana fosse sull'orlo del collasso. È sull'orlo della crisi, certo, anzi *dentro* la crisi: ma ci sono centinaia di scuole medie dove il dibattito politico è condotto in modo diverso, dove si fa didattica sperimentale, dove si studia. Perché dire che esistono molte di queste scuole non fa notizia?

Quasi negli stessi giorni il *Corriere* pubblicava un servizio di terza che raccontava che cosa avviene ogni sabato nelle balere e nelle discoteche dell'hinterland milanese. Leggendo quell'articolo, specchio di una emarginazione tragica, storia di vite divise tra catena di montaggio e fughe domenicali alla ricerca di un po' di rumore, un po' di droga e una ragazza diversa ogni settimana, si potevano capire molti problemi e fatti che erano stati pubblicizzati o sarebbero stati pubblicizzati in prima pagina. Eppure l'articolo appariva in terza come articolo di varietà, non faceva notizia perché non parlava di un *fatto emergente*, bensì di un fatto continuo.

Perché pensiamo che un rapporto sulla situazione "normale" della domenica del giovane lavoratore milanese non sia notizia, e vada relegato nei servizi di colore? Eppure si tratta di qualcosa che ci tocca più da vicino, che è sintomo della situazione generale, che influenzerà i fatti di dopodomani, molto più del fatto che qualcuno abbia svaligiato oggi una banca. Ma l'ideologia della notizia lo esclude dal rango dei fatti degni di attenzione eccitata. L'ideologia della notizia vuole che si sbatta il morto, o il mostro, in prima pagina. Non ha educato né il pubblico né il giornalista a sbattere il vivo, o il normale, in prima pagina. Infatti questa operazione richiede molta più perizia, capacità di analisi e capacità di coinvolgimento, diciamo la parola, molta più professionalità, o almeno una professionalità diversa da quella tradizionale.

Parlare di riformulazione dell'ideologia della notizia significa parlare di un nuovo giornalismo, specie per la stampa, che deve diventare sempre più *storiografia dell'istante*. Come può un giornale parlare del rapimento di Moro esattamente un giorno dopo che le catene radiotelevisive hanno informato tutta la comunità nazionale? Di solito ne riparla come se arrivasse per primo, e il pubblico sta al gioco. Ma forse non è più questa la sua funzione, anche se un dovere empirico di "obiettività" lo obbliga a ripetere sia pure a un giorno di distanza (immagino per i sordi e per i distratti) quello di cui l'intero paese parla già da ventiquattr'ore. Funzione utile anche questa, senza dubbio, ma insufficiente.

Naturalmente questa nuova professionalità, questa riformulazione della ideologia della notizia, costituisce un termine ideale, una utopia verso cui tendere. Ma non è ancora strumento per la nostra navigazione quotidiana. Bisognerà lavorare in una nuova direzione, ma per intanto cosa si fa per essere completi e obiettivi in un universo in cui una forma degenerata dell'iniziativa privata, con atti violenti, impone ai media, e ai loro utenti, quello di cui si deve parlare? Come si fa per evitare che domani io, per far parlare di me i media, dia fuoco al grattacielo Pirelli? Non è una ipotesi assurda: Erostrato ha dato fuoco al tempio di Diana in Efeso per passare alla storia, e ci è passato.

Soluzione transitoria (o almeno immediatamente ragionevole) sarebbe per l'informazione costituirsi come continuo discorso critico sulle proprie modalità, riflessione sulle condizioni fittizie o reali della oggettività, analisi della notizia in quanto tale, riconoscimento esplicito dei casi in cui la notizia parla di fatti e di quelli in cui essa parla di altre notizie. La reazione della stampa in queste settimane è stata tutto sommato salutare perché ha portato a conoscenza di ogni lettore il fatto che le notizie che dava erano state determinate in quanto tali da atti violenti, e che in fondo la stampa non stava parlando di fatti, ma di messaggi, imposti violentemente. Apparentemente si trattava di un *pis aller*, ma in realtà era forse l'unico modo di essere obiettivi e completi. Completezza non significa dare tutti i fatti ma dare tutti i fatti e tutti i commenti, compresi quelli che smascherano la falsa natura di fatto di molti fatti apparenti.

Forse, la crisi del fatto (e quindi dell'obiettività) che stiamo vivendo ci porta a trovare l'unico modo di obiettività possibile, la assunzione scoperta, da parte di ogni organo d'informazione, della propria prospettività e del proprio diritto-dovere (finalmente non coperto e occultato) di interpretare i fatti.

Qualche settimana fa l'Istituto Gramsci e la Casa della Cultura di Milano hanno organizzato un convegno su "Realtà e ideologia dell'informazione", in cui ho tenuto la relazione introduttiva. Se ci torno sopra ora, a distanza di tempo, è perché non ho ancora finito di ricevere ritagli stampa in cui si continuano a commentare i temi del convegno e – soprattutto – perché, come si vedrà, sto sostenendo una nozione di attualità giornalistica che mi consente di parlare dei problemi che continuano e non solo dei fatti occasionali emergenti che li han messi in luce.

Perché il convegno abbia suscitato tante discussioni, è abbastanza ovvio. Anzitutto vi si discuteva il tema su cui tutta l'informazione italiana (giornali, radio, televisione) oggi si travaglia: che cosa fa l'informazione quando finalmente si accorge che non sta parlando di fatti che accadono indipendentemente dai canali d'informazione, ma di fatti prodotti proprio perché i canali d'informazione li trasformino in notizia?

Il secondo motivo di interesse era che il convegno era organizzato da due enti chiaramente legati al Partito comunista. Da un lato appariva curioso che il PCI rispolverasse la battaglia "liberale" per l'obiettività, ma credo che sia la mia relazione, sia quella di Marino Livolsi, abbiano subito eliminato ogni equivoco, mettendo in questione proprio questa nozione con tutta l'ideologia "all'anglosassone" che vi sta dietro (e tra l'altro, è apparso in queste settimane *No Comment* di Stefano Magistretti, un libro pubblicato dal Saggiatore sull'organizzazione del consenso nella stampa britannica, dalle cui pagine l'immagine "obiettiva" del giornalismo anglosassone esce alquanto appannata). D'altro lato il PCI che si occupa dell'informazione dà adito a vari sospetti, formulabili in una domanda che ha circolato in vari articoli che han fatto seguito al convegno: si tende all'egemonia dell'informazione?

Se il PCI voglia oggi l'egemonia dell'informazione sono fatti suoi, e se la volesse farebbe malissimo, ma ciò che mi spinge ora a scrivere è che molte preoccupazioni sono sorte proprio da un aspetto della mia relazione. Tanto per fare un esempio, il *Giornale Nuovo* del 27 aprile intitola la terza pagina, su sei colonne: "Eco per l'egemonia nella stampa", e contrassegna con tale titolo un articolo dell'esponente socialista Massimo Pini. Bel colpo, non so se per il *Giornale* o per Pini, ma ecco che l'idea che il mio ideale d'informazione sia la *Pravda* (come nell'articolo in questione si suggerisce) mi preoccupa molto, perché vorrei capire come l'equivoco possa essere nato.

Al convegno io avevo detto che, visto che l'informazione giornalistica non sa più cosa fare di fronte ad eventi prodotti proprio perché esiste l'informazione giornalistica, quello che doveva essere messo in questione era l'ideologia della notizia, nata con le prime gazzette, e riassumibile nel solito motto per cui un cane che morde un uomo non è notizia mentre un uomo che morde un cane lo è. La notizia, sin dai primordi, è ciò che esce dalla norma – e sia chiaro che si intende per norma l'andamento "usuale" delle cose, non necessariamente ciò che è "giusto". La norma è che di solito la gente non ammazzi i propri simili, e quindi fa notizia un delitto (possibilmente efferato) ma la norma è anche che la gente frodi il fisco e quindi farebbe purtroppo notizia chi denunciasse tutto sino all'ultimo centesimo.

Se questa è l'ideologia della notizia, è ovvio che se io voglio che i giornali si occupino di me, come minimo debba bruciarmi in piazza o assassinare un uomo politico eminente. Chiunque scrive per giornali o riviste sa che può anche parlare di Piero della Francesca, purché un suo quadro sia stato rubato recentemente. Altrimenti il direttore ti chiede perché mai vuoi occuparti di un fatto che "non fa notizia".

Non stiamo facendo il processo a nessuno; questa è l'ideologia della notizia che regola la vita del giornalismo. Il mito del *Times* di Londra, che quando non c'è nulla di interessante fa una prima pagina di soli annunci economici, è ormai tramontato; e anche in quel caso l'ideologia della notizia trionfava: se non hanno ammazzato nessuno non c'è nulla di cui il giornale possa parlare, e tanto vale mettere gli annunci.

Era contro questa ideologia della notizia che io intervenivo nel convegno e dicevo: badate che la scienza non si occupa di ciò che è eccezionale, ma fornisce notizie sconvolgenti su ciò che è regolare e ripetitivo. Chi ha mai detto che anche il giornalismo non debba fare così? Ammetto che nella formulazione che presentavo alla prima giornata del convegno la posizione potesse prestarsi ad equivoci, ma così non era nella risposta del giorno successivo; eppure questo non è bastato. Che avessi toccato senza accorgermene qualcosa che mette in crisi il nostro modo di pensare a tal punto che nessuno riesce ad accettarlo?

Riassumendo i lavori del primo giorno, Piero Bianucci sulla *Gazzetta del Popolo* così sintetizza la mia idea: "non sarà rilevante se in una certa fabbrica si sia oggi scioperato, ma si darà un titolo in prima pagina alla non-notizia che il signor Mario Rossi si è recato regolarmente al lavoro" (l'idea gli deve essere parsa, e giustamente, così aberrante, che nel giorno successivo Bianucci dava lealmente spazio a una correzione di tiro). Una settimana dopo sulla *Stampa* Benedetto Marzullo osservava che "cento vulcani spenti – malgrado Eco – valgono meno del sospirato risveglio del Vesuvio" e insinuava preoccupato (ventilando il sospetto – esatto – di essere stato ingannato da resoconti infedeli) che a parlare di "invariabili" si finisca col fare la *Pravda*. Ripetendo un equivoco che gli avevo già chiarito in sede di convegno, Massimo Pini, nella più opportuna sede del *Giornale*, avverte che "se si auspica un sistema informativo simile a quello vigente in URSS, con un'unica fonte e un'unica visione del mondo, si finisce col negare il pluralismo dell'informazione". Insomma, questa *Pravda* ossessiona tutti. Ma non la si sopravvaluta pensando che essa sia più simile alla scienza che al giornalismo?

Quali sono i fatti ripetitivi che diventano significanti per la scienza? Se una mela cade sul naso a Newton, questo fatto serve alla scienza solo per porsi un problema che concerne le grandi leggi che regolano l'universo. La scoperta di queste leggi (fatto ripetitivo) diventa notizia scientifica, e anche giornalisticamente parlando è uno "scoop" da prima pagina. Ma da Newton in avanti un giornale che ripetesse ogni giorno che l'universo procede in modo che due corpi si attraggono in ragione diretta al prodotto delle masse e in ragione inversa al quadrato delle distanze, sarebbe pochissimo "giornale" e dovrebbe chiamarsi piuttosto "eternale". D'accordo, d'accordo. Se l'amico Marzullo si denudasse, si cospargesse di miele e, dopo essersi avvoltolato nelle piume del materasso di sua zia, si recasse sulla Piazza Rossa a pronunciare l'elogio della pittura astratta, questa sarebbe una notizia che ciascun giornale serio deve dare perché farebbe parte di ciò che lui chiama "il sofferto e tuttavia meditato pullulare di inattesi, non spregevoli eventi".

Ma egli sarebbe costretto a dare quella eccezionale prova di istinto teatrale (a "far notizia") proprio perché la *Pravda* parla solo di eventi ripetitivi – scarsamente significanti – come la inaugurazione di fiere agricole e l'arrivo di delegazioni uzbeke al Cremlino, e non di eventi altrettanto ripetitivi e altamente significanti come l'esistenza di pittori del dissenso. E questa è la nozione di ripetitività significante a cui mi riferivo e su cui il giornale deve sapersi impegnare senza aspettare e senza privilegiare artificialmente l'evento eccezionale e spesso artificiale.

Un treno deraglia – ed è certo notizia da dare. Che gli altri treni non deraglino, non fa notizia, ed è giusto (è giornalismo di regime ripetere che i treni arrivano sempre felicemente in orario). Ma da tempo i geologi, in convegni e pubblicazioni, avvertivano che i treni avrebbero deragliato perché i calanchi erano fradici. Non è che i giornali, nei casi migliori, non ne parlassero: ma di solito avveniva nelle pagine "culturali". E invece queste sono le ripetitività di cui il giornale deve avere il coraggio di occuparsi in prima pagina. Aggiungiamo che se si verificassero fenomeni di panico dopo il primo deragliamento, per cui nessuno va più in treno, sarebbe una notizia anche avvertire che in genere, per ora, non tutti i treni deragliano; da unire all'altra notizia, doverosa, che in futuro ne deraglieranno altri, se i geologi hanno ragione. Voglio dire che ci sono ripetitività tranquillizzanti e ripetitività preoccupanti, ma che in ogni caso fanno notizia "quelle ripetitività su cui nessuno riflette ancora".

E questo non è un appello alla stampa di regime o all'ottimismo coatto. Vuol dire abituare il lettore a una nozione più critica di notizia, così che egli non esiga, per comprare il giornale, che ci sia un mostro al giorno in prima pagina, in modo che chi vuole produrre notizie sia portato a mettere una bomba su un treno perché altrimenti non attira l'attenzione dell'opinione pubblica. Tutto questo richiede una revisione del concetto di professionalità: difficile rendere interessante la realtà quando non c'è sangue, sesso, colpo di scena. E soprattutto, facile sembrare obiettivi quando si parla di un mostro ma quando si parla di mostruosità "possibili", bisogna assumere a viso aperto la propria responsabilità, e saper ammettere che l'informazione non è mai neutra, ma prende sempre partito. Il che è diverso dal dire che è informazione di partito.

Facciamo un altro esempio, *Lotta continua* avrà tanti difetti ma ha avuto ultimamente un grande merito giornalistico. Ha deciso che pagine e pagine, giorno per giorno, di confessioni "private", stralci di diario quotidiano, sono notizia, perché ci dicono su di una generazione molto di più di un evento "mostruoso", un suicidio, un massacro. Quella è ripetitività significante, quelle sono "notizie".

Nel mio intervento io parlavo di "scienza". Forse agitavo un fantasma troppo estraneo. Vogliamo parlare di "tentativi di conoscenza"? La scienza non è quella che ci dice che chi fa un bagno in un lago ghiacciato e vi resta per un'ora si prende la polmonite (lo ha detto, ora basta che lo ripetano i manuali); la scienza assume la responsabilità di ipotizzare che chi beve bibite col tale colorante rischi il cancro. Questo è tentativo di conoscenza del ripetitivo, è notizia ed è coraggio nel denunciare una ipotesi come tale, partigiana, forse non obiettiva, tesa a produrre comportamenti di risposta.

In questo senso ritengo che non ci sia nessuna differenza tra buon giornalismo e buona attività scientifica, almeno nella disposizione etica – il giornalismo ha solo il diritto di essere più incauto.

Non credo di aver proposto una visione dell'informazione troppo nuova e del tutto impraticata. Tra il pubblicare solo i comunicati delle br e limitarsi alla cronaca delle inaugurazioni di fiere e mercati come fanno i cinegiornali, c'è uno spazio in mezzo, ancora abbastanza vuoto. Sulla definizione di questo vuoto si sono sbizzarriti gli equivoci. Segno che questo vuoto è segno di contraddizione.

La Repubblica, 14/15 maggio 1978

IL LINGUAGGIO DELL'"ESPRESSO"

Trovo stimabile la decisione di tentare una analisi critica del linguaggio dell'*Espresso*, dopo che *L'Espresso* ha criticato tanto il linguaggio degli altri. Trovo meno esaltante l'idea di affidare a me l'impresa. Naturalmente la scelta ha una sua logica: nessuno più di un collaboratore è costantemente teso a individuare i difetti del giornale su cui scrive, né è la prima volta che uso le colonne dell'*Espresso* per criticare *L'Espresso*. D'altra parte su questo giornale continuo a scrivere, e ciò significa evidentemente che le critiche sono temperate da atti di solidarietà e da giustificazioni non solo ideologiche. Questo fatto rende sospetta la mia operazione, e il lettore deve leggermi con prudente e scaltra fiducia. Io cercherò di fare del mio meglio, e non tenterò false spregiudicatezze come quella di analizzare anche il mio linguaggio: anche senza volerlo fingerei di essere severo, e invece andrei a individuare (per istinto di conservazione) i difetti marginali, ignorando quelli più decisivi. Ecco i limiti del mio gioco.

Mi piacerebbe naturalmente fare sull'*Espresso* lo stesso gioco di massacro (si noti il francesismo assai snob, proprio da autore *Espresso*) che aveva fatto Hans Magnus Enzensberger su *Der Spiegel* (si veda *Questioni di dettaglio*, Feltrinelli). Ma come fare, visto che Enzensberger, dopo aver elencato i difetti dello *Spiegel* citava, come giornali che ne vanno esenti, proprio il *Nouvel Observateur* e *L'Espresso*? Diceva: "Per ognuno di essi anche il minimo dettaglio tattico offre spunto per una critica che va alle radici". Troppo buono, ma in effetti egli accusava lo *Spiegel* di falsa obiettività, descriveva la tecnica con cui è scritto un servizio apparentemente composto di soli fatti e abilissimo nel montare i fatti scelti per suggerire delle opinioni. Il difetto dell'*Espresso* è se mai quello opposto: rivista di prime donne che si affrontano esprimendo opinioni personali e idiosincratiche, *L'Espresso* può demonizzare e canonizzare Toni Negri in due articoli appositamente affiancati. O costruire conflitti interni a numeri alterni. Per citare un caso personale, mi è accaduto qualche mese fa di celebrare Bachtin in un articolo della sezione cultura, e la settimana dopo nella sua rubrica Vittorio Saltini dimostrava tutto il contrario. In questo senso *L'Espresso* dà al suo lettore l'impressione di trattarlo da persona matura, gli propone dei contrasti, lo lascia libero di trarre delle conclusioni.

Ma è veramente così? L'ipotesi che cercherò di sviluppare è che questa splendida dialettica è in realtà amalgamata attraverso alcune strategie comunicative che indirettamente creano una "Espresso-Weltanschauung" abbastanza omogenea. Ma per dimostrarlo occorrerà evitare il gioco più consueto, che sarebbe quello di sorprendere *L'Espresso* in difficoltà lessicale.

Il gioco sarebbe valido se eseguito sulla prima pagina di un quotidiano, che va nelle mani di tutti. Ma proviamo a farlo sull'*Espresso*. Apro quasi a caso il numero del 13 aprile di quest'anno. Un articolo di Vincenzo Visco, nel settore economia, comincia così: "La rilevanza e il significato reale della pubblicazione dei dati sugli accertamenti dell'Irpef e dell'Ilor, effettuati nel periodo '74-79, non sembra siano stati pienamente compresi dall'opinione pubblica (né dalla stessa stampa di informazione) che per lo più ha interpretato questi dati come i primi risultati concreti ottenuti sul terreno della lotta all'evasione, senza coglierne le implicazioni – molto preoccupanti – relative all'organizzazione degli uffici e all'efficienza dell'amministrazione, che pure il ministro delle Finanze aveva fortemente sottolineato nella sua presentazione, e che erano esposte molto chiaramente nella guida alla 'valutazione dell'elenco nominativo degli accertamenti', curata dalla direzione generale delle imposte dirette, e distribuita contestualmente all'elenco". E poi, ve lo immaginate un metalmeccanico che apre lo stesso numero e legge Arbasino: "Ah, la sensazione di trovarsi in un gotico elisabettiano-eduardiano al Grand Marnier con Karen Blixen e Myriam Hopkins e Bette Davis e Anaïs Nin, con musiche di Sam Barber, regia di Menotti, scene di Lila de Nobili, costumi di Eugene Berman e recensioni di *Vogue* con menzioni di Bataille e Beckett!" La sensazione potrebbe essere adeguatamente espressa solo da Cipputi. Fremo al pensiero del coltivatore diretto che legga Argan del 14 maggio '78: "La trasparenza delle plastiche era ancora una metafora della non-naturalità e sconfinatezza delle materie artificiali. Quel tanto di naturalistico che trapelava dalle prime opere... si trasformava in senso cosmologico, e compariva una orografia planetaria... una modifica- zione che si compie col tempo nella materia rivelandone insieme la spazialità e la durata con la comparsa di una terza dimensione integrata...". Alt, il coldiretto richiede l'assistenza della mutua.

Ma che accadrebbe al netturbino che incappasse nel Paolo Milano del 14 maggio '78 dove, per palesare il fascino della scrittura di Giuseppe Bonaviri, ci si chiede: "come dividerà la sua fede tra Claude Bernard e Paracelso?" Il netturbino, è noto, diffida di Paracelso, che però preferisce chiamare familiarmente Teofrasto Bombasto di Hohenheim. E che diremo del barelliere che dovesse decidere se ha ragione Barilli, il 10 settembre '78, che Mariano Fortuny mirasse "in realtà alla verosimiglianza ottica di un cine- mascope avanti lettera" e interrompesse la collaborazione coi re- gisti d'avanguardia quando scoprì che "dietro all'idea della cupola stia una concezione mimetico speculare, più che uno strumento di provocazione sintetica e unitaria"? Più che altro mi preoccupano però le sensazioni che deve aver provato Patrizio Peci quando il 28 novembre 1979 ha letto in un articolo di Zevi sui Bibiena che "i membri della famiglia collaborano nell'abrogare l'impianto rap- presentativo a fuoco unico e lo schema ad asse longitudinale, in nome di uno sperimentalismo efferato e di una irresistibile spetta- colarità demandata a plurimi punti di fuga". Deve essere quel giorno che ha divisato di telefonare al generale Della Chiesa di- cendo che era disposto a confessare tutto. E il sacrestano in vena di peccato che avesse letto Rita Cirio dello stesso numero che così presentava Garinei e Giovannini: "Sono stati due Bouvard e Pé- cuchet ma di successo, che in tanti anni hanno raccolto ed elabo- rato un bel po' di 'idées reçues'"? Di colpo sarà tornato alla *Fami- glia Cristiana*, che almeno dice Gesù al pane e Gesù al vino.

Ma sempre nello stesso numero appare un'inserzione pubblici- taria a piena pagina con la foto di un'assemblea di signori molto distinti che esaminano un nuovo tipo di tagliente, e vi si dice che quel pregevole ingrediente è capace di far risparmiare otto milioni per ogni macchina utensile. Segue la raccomandazione: "Mettete- lo all'ordine del giorno nel prossimo consiglio di amministrazio- ne". Cosa significa questa inserzione? Che *L'Espresso* è un setti- manale per borghesi avanzati, magari di sinistra, ma con laurea o cultura equivalente. Oppure di lettori che desiderano assistere ai discorsi di coloro che hanno la laurea.

Si potrebbe obiettare che così era il vecchio *Espresso* a grande formato, che raggiungeva un quarto dei lettori di oggi. Ma nel frattempo questi tre quarti di lettori in più hanno arricchito la loro cultura, sono stati sottoposti alle trasmissioni culturali della tv, al boom delle edizioni economiche, vogliono essere sfidati. È chiaro che il numero di coloro che sanno spiegare cosa sono i plurimi punti di fuga è ancora abbastanza basso, e i lettori di *Bouvard e Pécuchet* si contano in decine e non in centinaia di migliaia. Ma il lettore dell'*Espresso* si divide evidentemente in tre categorie: quello che sa cosa sono i plurimi punti di fuga, quello che non lo sa bene, ma coglie l'occasione per andare a sfogliare una storia dell'arte, e quello infine che non lo sa, non gli interessa gran che saperlo, ma ritiene che in questo educato e frequentato ricevimento che è *L'Espresso*, alcuni ospiti vanno salutati con un cortese cenno del capo, e con altri ci si intrattiene più a lungo, lieti in ogni caso che ci sia tanta bella gente. E questo lettore salterà Zevi e andrà a leggersi la rubrica radiotelevisiva di Sergio Saviane, dove anche "mezzobusto" è un termine tecnico, ma di un gergo con cui egli si sente a proprio agio.

In poche parole, *L'Espresso* non ha scelto la strada del puro notiziario, ma della raccolta di "saggetti". Il lettore di questo giornale non ha da sapere quanti film si proiettino in settimana, né quante palle o quante stelle abbia ciascuno, ma divertirsi a seguire la reazione di Moravia a un solo film. E se le opinioni di Moravia lo irritano, non le legga. Nel rispetto di questa dialettica dei "saggetti", la direzione premia la varietà e la conflittualità (supremo valore borghese) a scapito della coerenza e della continuità. Il lettore è invitato a misurarsi con opposti estremismi. Naturalmente la proposta nasconde un ricatto: se non sei capace di sopportare questa doccia scozzese, non sei dei nostri. Una volta accettato questo gioco, le difficoltà di linguaggio non fan problema. E per gli argomenti più universali (crisi governativa, Italcasse) non si può dire che il lessico sia esageratamente tecnico. Semmai il gioco dell'*Espresso* è questo: che si trattano Garinei e Giovannini come fossero un modulo fiscale, e la politica di Reviglio come fosse un musical.

Ma la nozione di linguaggio giornalistico non si identifica con quella di scelta lessicale o sintattica, che ne costituisce solo un aspetto. Un giornale parla attraverso l'impaginazione delle fotografie, la scelta dei titoli, il rapporto titolo-articolo, persino attraverso le grandi divisioni di argomenti. Per esempio *L'Espresso* si presenta come settimanale di Politica-Cultura-Economia e si divide in tre sezioni corrispondenti. Naturalmente questo avviene anche per ragioni tecniche (la parte culturale, meno legata all'attualità immediata, viene impaginata e stampata alcuni giorni prima di quella politica, che rimane aperta in buona parte sino all'ultimo giorno). Ma non ritengo che questa esigenza tecnica giustifichi del tutto la suddivisione, che ha radici ideologiche più profonde, è molto italiana e risente di lontane origini crociane. Come se *L'Espresso* fosse un toast in cui le forme nobili dello spirito, l'estetica, l'etica e la logica, formano il prosciutto culturale, mentre l'economia, che è animale vitalità, si sdoppia in due fette di pan tostato. Se dei Caltagirone si dovesse parlare nella parte culturale, si dovrebbero cercare le cause profonde del loro comportamento etico, mentre in politica basta rivelare le loro azioni rozze e illogiche e in economia si spiegheranno con secco anticipo le loro tecniche di evasione fiscale. In realtà i Caltagirone appaiono così bassamente economici e vitali che la logica, l'estetica e l'etica finiscono per non occuparsene. Si dice cosa è successo, non si approfondisce perché è potuto succedere. La conseguenza, qualunquistica, è che ciò che è politica è meno serio, più scandalistico, ciò che è economia è pura materia di fatto, mentre la cultura appare più "aperta", perfino sessuale, e tutto sommato meno compromettente. Non dico che sia una regola, è un rischio incombente, una situazione strutturale (espressione difficile, ma questo articolo va nella sezione cultura dove anche la difficoltà di linguaggio è elemento paesaggistico, provocazione, come il nudo).

Propongo un'indagine, che non ho avuto il tempo di fare (ma so che la direzione l'ha fatta): si vadano a rileggere le Lettere al direttore e si contino le smentite; si vedrà che esse concernono, in ordine di frequenza, prima gli articoli di politica, poi quelli di economia, poi quelli di cultura. Non è che i collaboratori del settore cultura siano meglio informati di quelli di politica, se mai si potrebbe dire che mentre i collaboratori della cultura lavorano su testi già pubblici e controllabili (libri, mostre, spettacoli) quelli di politica lavorano su segreti, indiscrezioni, reticenze. Ma forse c'è qualcosa di più ed è effetto della suddivisione per generi: la politica, che non è culturale, consente più colpi bassi, e i suoi discorsi sono sottomessi a dimenticanze (in cultura si direbbe: obsolescenze) più rapide. La suddivisione in generi riflette le opinioni e i vizi correnti nel paese, e così facendo li ribadisce nella mente del lettore. Non vale evidentemente l'obiezione che fanno così anche gli altri settimanali dello stesso tipo: diciamo che in questo *L'Espresso* ha il difetto di essere uguale agli altri.

L'esempio serviva solo a dimostrare come anche la struttura del sommario è un modo di parlare. E, naturalmente, anche il silenzio. *L'Espresso*, lo si è detto, si rivolge a un lettore "colto" a cui strizza l'occhiolino. Se il lettore sa già cosa sono i punti di fuga saprà già anche chi è – poniamo – Pino Rossi. Altri tipi di settimanale, specie quelli stranieri, ogni volta che entra in scena Pino Rossi specificano tra parentesi: ("quarantatré anni, già direttore Generale del Piano Giallo, ora consulente del presidente del consiglio per il Tavoliere delle Puglie"). *L'Espresso* no, mette in scena Pino Rossi come se fosse un amico di famiglia, e ne parla subito in cifra, magari maliziosamente. Rispetta il lettore e la sua intelligenza, ma forse un po' troppo.

Ha smesso il vezzo, che aveva ancora una dozzina d'anni fa, di raccontare per testimonianza diretta, confidenziale, quasi voyeuristica: "Quella mattina alle nove in punto Mancini telefonò a Nenni scaraventandolo giù dal letto e facendogli saltare il suo consueto cappuccino...". Il lettore si divertiva, ma a lungo andare aveva l'impressione di essere preso per i fondelli. A questa fase ne era seguita un'altra, anch'essa fortunatamente decaduta: ogni servizio, sia che parlasse della crisi governativa che della politica culturale della casa editrice Neri Pozza, iniziava con una serie di interrogativi e terminava con "vi spieghiamo chi, dove e perché". Il vezzo era fastidioso, perché di solito si spiegava chi ma non dove, o dove ma non perché, oppure si spiegavano cose non troppo segrete, e talora l'autore dell'articolo commentava ma non rivelava. La faccenda era complicata dal fatto che si cercava sempre di etichettare l'autore con una qualifica che lo "espertizzasse". Sono stato spesso vittima di titoli in cui, parlando io con moderato buon senso delle mie reazioni di cittadino al problema, che so, degli ingorghi automobilistici, venivo introdotto con un "ora ve lo spiega un semiologo". Come dicevo, si tratta di difetti liquidati, ma che rivelavano una tendenza ancora presente in forme più occulte. Parlo della tendenza (che alcuni teorici avevano già denunciato come tipica dei mezzi di massa) all'autopubblicità. *L'Espresso* ha l'aria di rivolgersi al suo lettore come se fosse un professore universitario, ma contemporaneamente gli dice sempre che il suo articolo lava più bianco, come a una massaia. Non è un difetto del solo *Espresso*, ma trovo irritante quell'aria continua di dire (anche quando non è detto a chiare lettere): "finalmente noi siamo in grado per primi di rivelarti tutto su questa faccenda". Talora è veramente così, e tutti ricordiamo storiche "rivelazioni" di questo giornale. Ma in quei casi i lettori se ne accorgevano benissimo; e nei casi in cui le rivelazioni non sono tali, dopo un poco il lettore se ne accorge lo stesso.

Su questa linea "ideologica" vanno annoverate un certo numero di scoperte dell'acqua calda. Cioè, *L'Espresso* fa benissimo a fare un servizio sulla omeopatia. Ma perché presentare un bell'articolo, documentatissimo, di Giovanni Maria Pace come "il boom della omeopatia"? Che stiano sorgendo da un decennio molti negozietti macrobiotico-omeopatici, che più gente vada dall'omeopatico, è vero. Ma l'articolo era del maggio 1978. In quell'anno non c'era un "boom", più di quanto non vi fosse stato nel 1977 o nel 1976. Si trattava in effetti di un fenomeno di crescita lenta e costante. Perché non presentarlo come tale? Perché sentire l'esigenza di renderlo accettabile, palatabile solo come evento sorprendente e repentino? Se il lettore dell'*Espresso* è maturo come il giornale vuole fargli credere, sarà capace di accettare l'idea che, per una serie di ragioni assai varie, si ritiene opportuno parlargli nel 1978 di qualcosa che dovrebbe interessarlo, anche se il fenomeno era già attuale nel 1977. Perché suggerirgli: "questo fatto ti deve interessare perché è di moda"? Su questa linea vediamo la serie di insopportabili titoletti (o "occhielli", come si chiamano in gergo tecnico) in cui per rendere accettabile qualcosa lo si presenta come "Mode culturali". Non credo che il lettore, per quanto snob, voglia sapere solo ciò che è di moda; né credo che si faccia bene a presentargli come moda ciò che moda magari non è, ma fenomeno sociale e culturale di più lungo respiro.

Ma qui veniamo a un altro dei difetti sostanziali dell'*Espresso*. Esso riesce, e onorevolmente, a fare accettare ai propri lettori una rilettura di Kelsen, una riflessione politica su Tronti, un riesame dell'epistemologia di Popper, ma (anche se in molti di questi casi non ha ceduto alla tentazione di cui sto per dire), il giornale fa una mossa: si scusa. Ti parlo, dice, di una cosa difficile, ma userò il titolo per insinuarti l'idea che non sia poi così seria. Il lettore dell'*Espresso* dovrebbe perciò essere una persona colta e ansiosa di sapere, che però accetta di sapere solo se si è messo in chiaro che si sta un po' scherzando. Si parli di Tronti, ma lo si introduca con il titolo-calembour di "Le Tront populaire" e si ponga un occhiello che dice "Maestrini del pensiero". Non maestri, perché sarebbe troppo serio: dicendo maestrini si ironizza, si riduce, Tronti è un argomento che forse fa paura, bisogna prenderlo con lo zuccherino, con eccipiente quanto basta.

E qui si apre l'analisi dei celebri titoli-Espresso (uno stile, certo, e spesso brillante) ma che costituiscono un modo di impacchettare, e quindi una forma di comunicazione sorniona. È finita da tempo la serie dei titoli idioti-meccanici come (cito a memoria dalle collezioni di vent'anni fa): "L'idraulico cacciapensieri" (Pascal),

"La macchina affettapoeti" (Dante), "La macchina ammazzafilosofi" (Marx). Si è passati ad altre forme. In primo piano i titoli di tipo goliardico, alcuni dei quali travolgenti, se presi uno per uno. Poi segue la serie dei titoli con riferimento parodistico, che prevedono un lettore che sa tutto: "Cromosomi ben temperati", "Dei profitti e delle pene". Ma subito, temendo che il lettore non sia troppo astuto, lo si tratta da idiota integrale con occhielli classificatori: Intellettuali, Epistolari, Grandi ritorni, Emigrati illustri. Casi letterari. Lo so, l'occhiello a etichetta serve per gli indici. Ma la cosa mi irrita lo stesso. Il vezzo ha conseguenze anche più gravi. *L'Espresso* non resiste alla tentazione di un titolo dolcificante, a costo di travisare l'articolo. Due esempi. Zevi scrive un articolo su Milano-Fiori, e descrive un progetto di corretto stile neorazionalista "temperato di buoni dettagli manieristici". Troppo freddo? Il disordine verrà con la gente che abiterà questo quartiere, osserva Zevi, e vi si introdurranno elementi Kitsch che riumanizzeranno il panorama. Il titolo, che becca in tutto l'articolo l'accenno più sbarazzino, è: "Kitsch umano, troppo umano". Dotto riferimento nietzscheano. Ma che ha la funzione di tradire le intenzioni dell'autore. Perché il lettore viene influenzato dal titolo e, specie se legge in fretta, pensa che Zevi parli di un progetto Kitsch. "Pierino gioca allo scultore" è un articolo di Barilli che parla con molto rispetto delle sculture caricaturali di Arturo Martini. Di Pierino si parla, ma in un accenno in cui si dice del candore e dell'innocenza di queste sculture.

C'era in questi casi la perversa volontà di tradire il pensiero dei collaboratori? Per nulla, c'era la persuasione che se l'articolo di Barilli fosse stato intitolato "Le sculture di Martini" nessuno lo avrebbe letto, come quei bambini che, per ribellione ai genitori, sono pronti a sentire una barzelletta, ma se intuiscono che è tratta da un'antologia scolastica, subito si ritraggono.

Questa tendenza si trasmette anche al rapporto articoli-fotografie. Nella parte politica è abbastanza corretto, difficile che ci sia un articolo su Cossiga con foto sul carnevale di Venezia. Ma nella parte culturale la tendenza è opposta. Moravia recensisce un film di Wajda, ma le foto si riferiscono al Teatro dell'Elfo di Milano. La Cirio parla di teatro, e le foto sono da un film di Lattuada. Dietro a questo procedimento c'è un progetto "onesto": dare molta informazione, non sovrapporre immagine e parole, in modo da poter dire due cose invece di una. Ma c'è un progetto meno onesto: illustrare Moravia con foto da Wajda sarebbe troppo scolastico, troppo documentario, non bisogna sovraccaricare il lettore. Risultato: quando in un altro articolo di Moravia su Buñuel trovo ragazze nude a piena pagina da un lavoro di Carmelo Bene, è difficile che leggendo io riesca a sottrarmi alla persuasione inconscia che quel film di Buñuel manifesti un lieto erotismo. Il lettore è tradito, ed è tradito perché lo si vuole tenere su di giri a tutti i costi. Ti denuncio cose terribili, non ti nascondo nulla dei mali del paese, ma in fondo non voglio deprimerti. Ti dico che la vita è brutta ma per non farti rimpiangere le tue settecento lire ti dico anche che è bella. Tre anni fa avevo chiamato "censura additiva" questo tipo di intervento cosmetico.

Al limite, anche quando non c'è effetto ideologico, le conseguenze sono tecnicamente discutibili; perché (21 maggio '78) Calvesi deve scrivere un bell'articolo sui Nazareni, che pure non sono pittori noti a tutti, e l'illustrazione, miracolosamente riferita ai Nazareni, è insufficiente e pochissimo rappresentativa dei vezzi di quella scuola? Qui abbiamo il ritorno alla strizzata d'occhi per lettori troppo furbi. "Tu devi sapere già chi sono i Nazareni, e ti basti sapere cosa ne pensa Calvesi". Ma perché, infine, quando nel numero seguente Barilli parla di Bochner, tutto geometrico (e il titolo promette "Babbo Euclide e papà Giotto") i miei occhi e la mia mente debbono essere distratti da un quadro informale di altro artista, il cui nome appare in un nudo elenco in una notizia data da Vincitorio? Archivio carente? Pigrizia? Paura forsennata di essere "didattici" perché non è fine? Paura di far apparire la discussione come una cosa seria che impegna? Desiderio di rassicurare il lettore, che ha già avuto troppo Bochner e merita qualche distrazione? Io credo che il lettore sia più soddisfatto del modo in cui è impaginata la rubrica di Zevi, dove si illustra sempre ciò di cui si parla. Ma allora, perché due pesi e due misure? Questi sono peccati di frivolezza.

Ma forse è tempo di fermarsi, e di tornare nell'ortodossia. Ecco, l'esperto vi ha detto chi, come, perché e quando L'Espresso ha dei difetti. Un inedito in esclusiva. La moda culturale dell'anno... Però se arriverete a leggere questo articolo, capirete perché si continua a scrivere su questo giornale. Perché si può dire che è irritante. E si può perché L'Espresso è così irritante da accettare l'autoflagellazione pur di convincere il proprio lettore che non è irritante. Per questo è irritante.

L'Espresso, 11 maggio 1980

VIRGOLETTE E TRASPARENZA

Nelle ultime settimane i lettori italiani sono stati sommersi da correzioni e smentite. Pertini parla del Nicaragua ma voleva dire Guatemala, De Mita afferma che solo i democristiani sono laici, poi concede che lo sono un poco anche gli atei, Craxi dice un'altra cosa ancora, ma in seguito la smentisce. Insomma, gli unici che sono attendibili qui sono Scricciolo e Alì Agca. Alberoni sulla *Repubblica* del 20 gennaio suggerisce che non si tratti di infortuni ma di una tecnica di drammatizzazione, ed è vero che in molti casi l'uomo politico (o l'uomo economico) dicono qualcosa proprio per provocare subbuglio e poi riequilibrare la situazione – ma in tal caso i giornali non c'entrano e sono usati come puro mezzo. Qui mi interessa però il caso in cui l'intervistato appare "quasi" innocente e il lettore sospetta che l'imprudenza sia dovuta al giornale.

Il lettore, di fronte a frasi poste tra virgolette (e quindi attribuite a qualcuno) ha il diritto di chiedersi sino a che punto deve fidarsi. E, se volete, mi interessa il problema del giornalista che si chiede quando e come deve mettere qualcosa tra virgolette. Problema che non riguarda soltanto le dichiarazioni pubbliche degli uomini politici, ma anche la risposta alle smentite che si leggono su quasi tutti i giornali e settimanali.

La smentita al giornale, in forza dell'articolo 8 della legge sulla stampa, consente al cittadino che si è sentito in qualche modo diffamato di affermare pubblicamente che l'accusa è falsa. Naturalmente il giornale ha il diritto di ribattere che la smentita è illecita o evasiva. Quindi se qualcuno è stato accusato di aver commesso un crimine e smentisce, il giornale ha il diritto di rispondere, per esempio, che il crimine è stato provato da qualche ente autorizzato; o, come fa talora, che la smentita non va rivolta al giornale ma a qualche altra persona o ente che ha mosso pubblicamente l'accusa, accusa di cui il giornale si è limitato a dare notizia.

Le cose cambiano quando la smentita concerne delle dichiarazioni rilasciate nel corso di una intervista. In questi casi di solito il giornale risponde in tre modi. Primo: "Non è vero, lei lo ha scritto in risposta a una nostra serie di domande". Secondo: "Lei lo ha detto e abbiamo la registrazione". Terzo (generalmente quando fra dichiarazione e smentita è trascorso un certo lasso di tempo): "Lei lo ha detto perché ce l'ho proprio scritto qui sul mio taccuino". Normalmente ciascuna di queste risposte convince il lettore. La parola del giornale funziona come "ipse dixit" e l'idea della carta o della registrazione che canta, è molto radicata. Naturalmente il lettore avveduto si accorge che tra questi tre tipi di risposta corre una bella differenza. Cosa significa che il giornalista lo ha scritto sul taccuino?

Escludendo il caso di giornalista bugiardo, che scrive quello che l'altro non ha detto, ci sono molte possibilità. Il giornalista può avere scritto in fretta, riassumendo, una dichiarazione che era invece molto più sfumata. Il giornalista può aver virgolettato come affermazione personale dell'intervistato quello che invece era stato citato come opinione altrui. Infine, il giornalista può credere di aver capito quella cosa perché era motivato a capirla, perché desiderava interpretare in tal modo la risposta: è un fenomeno molto comune, accade a ciascuno di noi quando parla con un altro, crediamo di capire quello che in fondo desideriamo o temiamo. Salvo che di solito, nella conversazione orale, questi equivoci si aggiustano, mentre nella registrazione stenografica sul taccuino le cose rimangono così come sono. La prova del taccuino è assai debole e costituisce tutto sommato un modo furbesco di metter l'altro a tacere. Eppure è usatissima. Veniamo ora agli altri casi.

Ci sono solo due tipi di intervista che danno, in modi opposti, una certa garanzia al lettore. Una è l'intervista scritta: l'intervistato ha ricevuto le domande, vi risponde su un foglio di carta, firma e invia al giornale. L'intervistato è responsabile di tutto ciò che ha detto, a meno che il giornale non abbia operato dei tagli maliziosi. Quante volte però il giornale dice al lettore che le risposte sono scritte? Tranne casi rarissimi il giornale tende a celare il fatto, per una sorta di vergogna, come se il giornalista abile fosse quello che incontra il personaggio a viva voce, strappandogli voci dal sen fuggite, mentre la risposta scritta appare come un ripiego. Invece io come lettore sarei lieto di sapere che una intervista è stata data per iscritto, mi sentirei più tranquillo e saprei che quel che leggo è stato davvero affermato dall'intervistato.

L'altro tipo di intervista con garanzie è l'intervista "romanzata" in forma di ritratto, in cui si mescolano domande trabocchetto e saporite osservazioni del giornalista, che descrive i comportamenti della sua vittima. In questi casi io so che l'intervista è un genere letterario, so che mi trovo di fronte a un corpo a corpo, in cui l'intervistatore, palesemente, cerca di prevaricare, e non vado in cerca della verità "oggettiva", ma godo il modo in cui il giornalista ha costruito il suo personaggio. Posso considerare questo tipo di intervista più vera di quelle che si presentano come oggettive e trasparenti, nel senso in cui un romanzo può dirmi su una società cose più vere di un rapporto sociologico.

Arriviamo ora all'intervista mista, che avviene per colloquio diretto o telefonico, in cui l'intervistato dice tante cose ma alla fine il giornalista seleziona quelle che gli paiono più rilevanti e le virgoletta. Qui le virgolette sono un artificio semiotico, retorico e stilistico molto complesso. Quando noi parliamo non parliamo mai in un vuoto abitato solo da parole. Anzitutto le nostre parole sono legate ad altre parole (prima e dopo) e cioè a un contesto: e sappiamo tutti che una frase separata dal suo contesto può cambiare profondamente di significato. In secondo luogo parliamo con intonazioni di voce, gesti, pause, movimenti degli occhi. Io posso essere seduto con un amico, con un bicchiere in mano, e dire la frase "l'Italia va verso la rovina" in molti modi. Posso dirla alzando gli occhi al cielo e muovendo le mani in modo da suggerire che esprimo un dubbio o un sospetto; posso usare un tono che esprime scetticismo, nel senso che dico una cosa mettendo però in dubbio che la si possa dire; posso dirlo con un tono esageratamente assertorio, che lascia capire che sto enunciando l'opinione di molti, e tuttavia non ho ancora deciso se questa opinione diffusa sia giusta o no. Eccetera eccetera. Ma se la frase viene isolata per iscritto tra virgolette, diventa un secco enunciato politico-sociologico, di cui sembra che io mi assuma la piena responsabilità.

Infine è opinione diffusa (e accettata dai giornali, sia pure implicitamente) che tutto quello che uno dice esprime il suo pensiero. Non è vero, esprime il suo pensiero e coinvolge la sua responsabilità in certe circostanze di enunciazione. Un presidente del Consiglio può dire, parlando con un amico, che non ha molta fiducia in quello che dice un certo ministro. Esprime un dubbio, un timore, enuncia il proposito di verificare meglio quello che colui gli dirà, pronto a rivedere la sua opinione il giorno dopo. Se invece dice la stessa cosa in un discorso parlamentare, intende emettere una grave accusa e aprire una crisi parlamentare. Io posso dire a cena con amici che una certa marca di sigarette è l'unica che si può fumare senza morire, ma se lo dico su di un giornale ho fatto della pubblicità e ho accusato le marche concorrenti. Le mie parole hanno il significato che hanno solo nella circostanza precisa in cui le ho pronunciate. Se vengono isolate dal contesto e presentate come dichiarazione ufficiale sono diventate delle altre parole.

Naturalmente si può obiettare che c'è una differenza tra ciò che dico a cena e ciò che dico in una intervista; male farebbe un giornalista a spiarmi al ristorante e riferire le parole dette alla buona (anche se talora lo si fa); ma male fa anche l'intervistato a parlare durante l'intervista come se fosse a cena. La verità è che ci immaginiamo un intervistato di ferro, capace di autocontrollo diabolico: ed è una situazione realizzabile al massimo in televisione, dove uno ha di fronte la lucina rossa della telecamera e sa che tutto quello che dice verrà ascoltato in quello stesso momento da venti milioni di persone. In una intervista d'altro genere ci sono invece delle parentesi interlocutorie, degli attacchi conversativi, dei momenti in cui ci si lascia andare. L'intervista può durare anche due ore, mentre poi l'insieme delle frasi riportate può essere letto ad alta voce in cinque minuti. Supponiamo che nel corso di una lunga conversazione del genere qualcuno affermi che in fondo nel terrorismo c'è una volontà sacrificale, una tensione mistica, una vertigine di purificazione attraverso il sangue che sembrano molto più religiose che politiche, e supponiamo che non trovando – o non volendo usare – un'espressione migliore (del tipo "sindrome millenaristico-circoncellionide") costui, con tono di voce esitante, usi la metafora "cattolico". È chiaro che se poi l'intervistato legge tra virgolette che ha detto che i terroristi sono cattolici o che il terrorismo è un fenomeno cattolico, non si riconosca in una affermazione così perentoria. Egli certamente non voleva intendere che i terroristi sono pagati dal Vaticano o che mettono in pratica il Discorso della Montagna.

Il lettore di giornale dovrebbe mettere in azione, di fronte a ogni articolo con virgolette, un criterio che vige in logica e filosofia del linguaggio circa le proposizioni dette "referenzialmente opache"; in parole semplici (e inadeguate), se io dico che "la neve è bianca" si può valutare la mia asserzione in termini di verità o falsità. Ma se io dico "Giovanni dice che la neve è bianca", la proposizione subordinata sfugge ad ogni possibilità di verifica, perchè l'unico giudizio in termini di verità è se Giovanni dica o non dica quella cosa. Tecnicamente questo è il problema dei contesti modali e se il lettore dovesse agire come un logico, dovrebbe ammettere che, in ogni caso di virgolettatura, l'unica cosa incontestabilmente vera è che il giornale ha posto una affermazione tra virgolette. Ma queste sono fantasie accademiche. Un lettore (anche se insegna logica modale) quando legge è portato a considerare il giornale come "trasparente" e non opaco. D'altra parte tutta la filosofia del giornalismo ci insegna da decenni che il giornalista deve riportare dei fatti, e quando questo fatto è un'opinione altrui, l'unico modo di trasformare l'opinione in un fatto è di metterla fra virgolette.

Anni fa il direttore di un giornale (non importa se quotidiano, settimanale o mensile, quello che conta è il principio)·aveva invitato i suoi giornalisti a non esprimere opinioni personali: se scrivete una opinione – diceva – dovrà sempre essere attribuita a qualcuno, criterio all'americana. Succedeva così che i redattori di quel giornale, se volevano iniziare l'articolo osservando, poniamo, che le comunicazioni di massa sono un fenomeno di grande rilievo, mi telefonavano (e così facevano con altri per qualsiasi argomento) e mi chiedevano: "Lei accetterebbe di vedersi attribuita l'opinione che, virgolette, le comunicazioni di massa sono un fenomeno di grande rilievo, chiuse le virgolette?". Io rispondevo che sì, in fondo non era un crimine che io affermassi una cosa tanto ovvia , ma che la cosa era appunto così ovvia che mi sembrava di far la figura dello stupido. Il redattore mi pregava insistentemente, lui aveva bisogno di esordire con quella osservazione e occorreva pure qualcuno che lo facesse, per trasformare l'opinione in un fatto. Una tragedia: c'è stato così un periodo in cui anche pensatori insigni si videro attribuire delle straordinarie banalità che in coscienza non potevano smentire.

Conclusioni? Gli intervistati devono stare attenti al virgolettabile. E anche i giornalisti. Le interviste migliori sono quelle scritte e quelle davanti alla telecamera (se l'intervistato non è in condizioni di etilismo avanzato). I lettori facciano quello che possono. Come criterio correttivo decidano a quale giornale e a quale articolista danno più fiducia che a un altro. Se io mi fido molto del giudizio di un Tizio che scrive, quando vedo le virgolette penso: "Magari l'intervistato non l'ha detto ma Tizio mi pare così acuto che se glielo ha fatto dire è perchè costui potrebbe averlo detto". Naturalmente c'è Tizio e Tizio. Insomma, anche il lettore dovrà assumersi le proprie responsabilità.

L'Espresso, 6 marzo 1983

TV: LA TRASPARENZA PERDUTA

1. *La Neo TV*

C'era una volta la Paleotelevisione, fatta a Roma o a Milano, per tutti gli spettatori, parlava delle inaugurazioni dei ministri e controllava che il pubblico apprendesse solo cose innocenti, anche a costo di dire le bugie. Ora, con la moltiplicazione dei canali, con la privatizzazione, con l'avvento di nuove diavolerie elettroniche, viviamo nell'epoca della Neotelevisione. Della Paleo TV si poteva fare un dizionarietto coi nomi dei protagonisti e i titoli delle trasmissioni. Con la Neo·TV sarebbe impossibile, non solo perché i personaggi e le rubriche sono infinite, non solo perché nessuno ce la fa più a ricordarli e a riconoscerli, ma anche perché lo stesso personaggio gioca ruoli diversi a seconda se parla dai teleschermi statali o da quelli privati. Sui caratteri della Neo TV si sono già fatti studi (per esempio la recente ricerca sui programmi televisivi d'intrattenimento compiuta per la Commissione parlamentare di vigilanza da un gruppo di ricercatori dell'università di Bologna). Il discorso che segue non vuole essere un riassunto di questa ed altre ricerche importanti, ma tiene d'occhio il nuovo panorama che questi lavori hanno messo in luce.

La caratteristica principale della Neo TV è che essa sempre meno parla (come la Paleo TV faceva o fingeva di fare) del mondo esterno. Essa parla di se stessa e del contatto che sta stabilendo col proprio pubblico. Non importa cosa dica o di cosa parli (anche perché il pubblico col telecomando decide quando lasciarla parlare e quando passare su un altro canale). Essa, per sopravvivere a questo potere di commutazione, cerca di trattenere lo spettatore dicendogli: "io sono qui, io sono io, e io sono te". La massima notizia che la Neo TV fornisce, sia che parli di missili o di Stanlio che fa cadere un armadio, è questa: "ti annuncio, caso mirabile, che tu mi stai vedendo; se non ci credi, prova, fai questo numero e chiamami, io ti risponderò".

Dopo tanti dubbi, finalmente una cosa sicura: la Neotelevisione c'è. È vera perché è sicuramente un'invenzione televisiva.

2. *Informazione e finzione*

C'è una dicotomia fondamentale a cui si rifanno tradizionalmente (e non del tutto a torto) sia il senso comune che molte teorie della comunicazione come designazione del reale. Alla luce di questa dicotomia i programmi televisivi si possono dividere, e si dividono nell'opinione comune, in due grandi categorie:

1. *Programmi di informazione*, in cui la TV fornisce enunciati circa eventi che si verificano indipendentemente da essa. Può farlo in forma orale, attraverso riprese dirette o differite, ricostruzioni filmate o in studio. Gli eventi possono essere politici, di cronaca, sportivi o culturali. In ciascuno di questi casi il pubblico si attende che la TV compia il proprio dovere (a) dicendo la *verità*, (b) dicendola secondo criteri di *rilevanza* e *proporzione*, (c) separando *informazione* e *commento*. Quanto al dire la verità, senza addentrarsi in disquisizioni filosofiche, diremo che il senso comune riconosce un enunciato come vero quando, alla luce di altri metodi di controllo o di enunciati provenienti da fonti alternative attendibili, si riconosce che esso corrisponde a uno stato di fatto (quando il telegiornale dice che ha nevicato su Torino , esso dice il vero se il fatto è confermato dall'ufficio meteorologico dell'aeronautica). Si protesta se la TV non dice ciò che corrisponde ai fatti. Questo criterio vale anche per i casi in cui la TV riferisce, per riassunto o per intervista, opinioni altrui (sia di un ministro che di un critico letterario o di un commentatore sportivo): non si giudica la TV sulla veridicità di quanto dice l'intervistato, ma sul fatto che l'intervistato sia realmente colui che corrisponde al nome e alla funzione che gli viene attribuita e che le sue dichiarazioni non vengano riassunte o mutilate in modo da fargli dire ciò che egli (altre registrazioni alla mano) non ha detto.

I criteri di proporzione e di rilevanza sono più vaghi di quelli di veridicità: comunque si mette sotto accusa la TV quando si ritiene che abbia privilegiato certe notizie a scapito di altre, trascurando magari notizie ritenute importanti o riferendo solo alcune opinioni ad esclusione di altre.

Per quanto riguarda la differenza tra informazione e commento, anch'essa è ritenuta intuitiva, anche se si sa che certe modalità di selezione e montaggio delle notizie possono costituire commento implicito. In ogni caso si ritiene di avere parametri (di diversa inoppugnabilità) per stabilire quando la TV informa "correttamente".

2. *Programmi di fantasia o di finzione*, usualmente denominati spettacoli, come drammi, commedie, opere liriche, film, telefilm. In questi casi lo spettatore attua per consenso quella che è chiamata la sospensione dell'incredulità, e accetta "per gioco" di prendere per vero e come detto "sul serio" ciò che risaputamente è invece effetto di costruzione fantastica. Si giudica aberrante il comportamento di chi prende la finzione per realtà (magari scrivendo lettere di insulti all'attore che impersonava il cattivo). Si ammette pure che anche i programmi di finzione veicolino una verità in forma *parabolica* (intendendo cioè affermare principi morali, religiosi, politici). Si sa che questa verità parabolica non può essere soggetta a censura, almeno non nello stesso modo in cui lo è la verità della informazione. Al massimo si può criticare (fornendo alcune basi "oggettive" di documentazione) il fatto che la TV abbia insistito nel presentare programmi di finzione che accentuavano unilateralmente una particolare verità parabolica (per esempio trasmettendo film sugli inconvenienti del divorzio nella imminenza del referendum sul divorzio).

In ogni caso si ritiene che per i programmi d'informazione sia possibile raggiungere una valutazione accettabile intersoggettivamente circa l'aderenza tra notizia e fatti, mentre per i programmi di finzione si discute soggettivamente della loro verità parabolica e si cerca al massimo di raggiungere una valutazione accettabile intersoggettivamente circa l'equanimità con cui sono state proporzionalmente presentate verità paraboliche in conflitto.

La differenza tra questi due tipi di programmi si riflette nei modi in cui gli organi di controllo parlamentare, la stampa, i partiti politici muovono censure alla televisione. Una violazione dei criteri di veridicità nei programmi d'informazione produce interrogazioni parlamentari e articoli di prima pagina. Una violazione (sempre ritenuta opinabile) dei criteri di equanimità nei programmi di finzione provoca articoli in terza pagina o in sede di rubrica televisiva.

In realtà vige l'opinione radicata (che si traduce in comportamenti politici e culturali) che i programmi di informazione abbiano rilevanza *politica* mentre i programmi di finzione hanno rilevanza *culturale* – e come tali *non* sono di competenza del politico. Infatti si giustifica un parlamentare che, comunicati ANSA alla mano, intervenga a criticare una trasmissione del telegiornale giudicata faziosa o incompleta, mentre si discute l'intervento di un parlamentare che, opere di Adorno alla mano, critichi uno spettacolo televisivo come apologia del costume borghese.

Questa differenza è anche riflessa dalla legislazione democratica che persegue i falsi in atto pubblico ma non i reati di opinione.

Qui non si tratta di criticare questa distinzione, o di invocare nuovi criteri (anzi si paventerebbe una forma di controllo politico che si esercitasse sulle ideologie implicite nei programmi di finzione): tuttavia si vuole porre in luce una dicotomia radicata nella cultura, nelle leggi, nel costume.

3. *Guardare in camera*

Tuttavia, e sin dagli inizi della TV, questa dicotomia è stata neutralizzata da un fenomeno che poteva verificarsi sia in programmi di informazione che in programmi di finzione (e in particolare in quelli a carattere comico, come gli spettacoli di rivista).

Il fenomeno riguarda l'opposizione tra *chi parla guardando in camera* e *chi parla senza guardare in camera*.

Di solito in televisione chi parla guardando in camera rappresenta se stesso (l'annunciatore televisivo, il comico che recita un monologo, il presentatore di una trasmissione di varietà o di telequiz) mentre chi parla senza guardare in camera rappresenta un altro (l'attore che interpreta un personaggio fittizio). L'opposizione è grossolana, perché ci possono essere soluzioni di regia per cui l'attore di un dramma guarda in camera e un dibattito politico e culturale i cui partecipanti parlano senza guardare in camera. Tuttavia ci pare che l'opposizione sia valida sotto questo profilo: coloro che non guardano in camera fanno qualcosa che si ritiene (o si finge di ritenere) che avverrebbe anche se la televisione non ci fosse, mentre chi guarda in camera sottolinea il fatto che la televisione c'è e che il suo discorso "accade" proprio perché c'è la televisione.

In tal senso non guardano in camera i protagonisti reali di un fatto di cronaca ripresi dalle telecamere mentre il fatto avviene per conto proprio; non guardano in camera i partecipanti a un dibattito perché la televisione li "rappresenta" come impegnati in una discussione che potrebbe avvenire anche altrove; e non guarda in camera l'attore perché vuole creare appunto una illusione di realtà, come se quello che fa fosse parte della vita reale extratelevisiva (o extrateatrale o extrafilmica). In tale senso le differenze tra informazione e spettacolo si attenuano, perché non solo la discussione è prodotta come spettacolo (e intende creare una illusione di realtà) ma anche il regista che riprende un evento di cui vuole mostrare la spontaneità, si preoccupa che i protagonisti dell'evento non si accorgano o mostrino di non accorgersi della presenza delle telecamere, e talora li invita a non guardare (a non fare segni) in direzione della telecamera. Si verifica in questi casi un fenomeno curioso: apparentemente la televisione vuole scomparire come soggetto dell'atto di enunciazione, ma senza con questo ingannare il proprio pubblico, il quale sa che la televisione è presente ed è cosciente del fatto che ciò che vede (reale o fittizio) avviene a molta distanza ed è visibile proprio in virtù del canale televisivo. Ma la televisione si fa sentire presente appunto e solo come canale.

In questi casi si accetta che sovente il pubblico manifesti identificazioni e proiezioni, vivendo nella vicenda rappresentata le proprie pulsioni o eleggendo i protagonisti della vicenda rappresentata a modelli, ma questo fatto è sentito come televisivamente normale (demandando allo psicologo la valutazione della normalità dell'intensità di proiezione o identificazione attuata dai singoli spettatori).

Diverso è invece il caso di chi guarda in camera. Ponendosi in posizione frontale rispetto allo spettatore, costui avverte che egli sta parlando proprio a lui attraverso il mezzo televisivo. Implicitamente lo avverte che c'è qualcosa di "vero" nel rapporto che si sta istituendo, indipententemente dal fatto che egli dia informazioni o racconti soltanto una storia fittizia. Si sta dicendo allo spettatore: "io non sono un personaggio di fantasia, io sono qui davvero e sto parlando davvero a voi".

È curioso che questo atteggiamento, che così evidentemente sottolinea la presenza del mezzo televisivo, produca in spettatori "ingenui" o "malati" l'effetto opposto. Essi perdono il senso della mediazione televisiva, e del carattere fondamentale della trasmissione televisiva, che essa cioè venga emessa a grande distanza e si rivolga a una massa indiscriminata di spettatori. È esperienza comune non solo di presentatori di programmi di intrattenimento ma anche di cronisti politici il ricevere lettere o telefonate da spettatori (qualificati come anormali) i quali chiedono: "mi dica se ieri sera guardava davvero me, e domani sera me lo faccia capire facendomi un segno particolare".

Ci si accorge che in questi casi (anche quando essi non sono sottolineati da comportamenti aberranti) *non è più in questione la ve-*

rità dell'enunciato e cioè l'aderenza tra enunciato e fatti *bensì la verità dell'enunciazione*, che riguarda la quota di realtà di quanto avviene sul teleschermo (e non di quanto è detto attraverso il teleschermo). Siamo di fronte a un problema radicalmente diverso, che come si è visto attraversa in modo abbastanza indistinto sia le trasmissioni di informazione che quelle di finzione.

A questo punto, e sino dalla metà degli anni cinquanta, il problema si è complicato con l'apparizione del più tipico tra i programmi di intrattenimento, il telequiz.

Il telequiz dice la verità o mette in scena una finzione?

Si sa che esso fa accadere alcuni fatti attraverso una messa in scena predisposta; ma si sa anche, e per chiara convenzione, che i personaggi che vi appaiono sono personaggi veri (il pubblico protesterebbe se sapesse che il concorrente è un attore) e che le risposte dei concorrenti vanno valutate in termini di vero o di falso (o di esatto e sbagliato). In tal senso il presentatore di telequiz è al tempo stesso garante di una verità "oggettiva" (o è vero o è falso che Napoleone è morto il 5 maggio 1821) e soggetto al controllo di veridicità dei suoi giudizi (mediante la metagaranzia provvista dal notaio). Perché è necessario il notaio, mentre non si sente il bisogno di un garante che verifichi la veridicità delle affermazioni dello speaker del telegiornale? Non solo perché si tratta di un gioco e sono in gioco delle grosse vincite: ma anche perché non è detto che il presentatore debba sempre dire la verità. Infatti sarebbe accettabile la situazione in cui un presentatore di telequiz introduca un cantante celebre presentandolo col proprio nome, e poi si scopra che si tratta invece di un imitatore. Il presentatore può anche "fare per scherzo".

Si profila così, sin da tempi abbastanza lontani, una sorta di programma in cui il problema dell'attendibilità degli enunciati inizia a diventare ambiguo, mentre assolutamente indiscutibile è l'attendibilità dell'atto di enunciazione: il presentatore è lì, davanti alla telecamera, e parla al proprio pubblico, rappresentando se stesso e non un personaggio fittizio.

La forza di questa verità che il presentatore annuncia e impone magari implicitamente, è tale che qualcuno, lo si è visto, può credere addirittura che egli parli per e a lui solo.

Il problema esisteva dunque sin dalle origini, ma veniva, non sappiamo quanto intenzionalmente, esorcizzato, sia nelle trasmissioni di informazione che in quelle di intrattenimento. Le trasmissioni di informazione tendevano a ridurre al minimo la presenza di chi guarda in camera. Salvo l'annunciatrice (con funzione di legame tra programmi) le notizie non erano lette o dette o commentate in video, ma in solo audio, mentre sul video scorrevano telefoto, spezzoni filmati, anche a costo di ricorrere a materiale di repertorio che denunciava la sua natura. L'informazione tendeva a comportarsi come i programmi di finzione. Unica eccezione, personaggi carismatici come Ruggiero Orlando, a cui il pubblico riconosceva una natura ibrida, tra cronista e attore, e a cui potevan anche perdonare commenti, gesti teatrali, rodomontate.

Dal canto proprio il programma di intrattenimento (di cui l'esempio principe era *Lascia o Raddoppia*), tendeva ad assumere al massimo le caratteristiche del programma di informazione: Mike Bongiorno non si prometteva "invenzioni" o finzioni, si poneva come il tramite tra lo spettatore e qualcosa che accadeva per conto proprio.

Ma la situazione si è andata sempre più complicando. Già un programma come *Specchio segreto* doveva il suo fascino alla convinzione che quello che le vittime facevano era qualcoa di *vero* (sorpreso dalla candid camera, che le vittime non vedevano) e tuttavia tutti si divertivano perché sapevano che erano gli interventi provocatori di Loy a far succedere ciò che succedeva, a farlo succedere in un certo modo, *come se* si fosse a teatro. Ambiguità ancora più forte in programmi come *Te la dò io l'America*, dove si assume che la New York mostrata da Grillo sia "vera" e tuttavia si accetta che Grillo vi si inserisca per determinare il corso degli eventi come se si trattasse di teatro.

Infine a confondere ulteriormente le idee è venuto il programma contenitore, dove un conduttore, magari per alcune ore, parla, fa ascoltare musica, introduce uno sceneggiato e poi un documentario, o un dibattito, e persino delle notizie. A questo punto anche lo spettatore soprasviluppato confonde i generi. Sospetta che il bombardamento di Beirut sia uno spettacolo, e che il pubblico di giovanotti che applaude in sala Beppe Grillo sia composto di esseri umani.

Insomma, siamo ormai di fronte a programmi in cui informazione e finzione si intrecciano in modo indissolubile e non è rilevante quanto il pubblico possa distinguere tra notizie "vere" e invenzioni fittizie. Anche ammesso che sia in grado di operare la distinzione, questa distinzione perde di valore rispetto alle strategie che questi programmi mettono in atto per sostenere l'autenticità dell'atto di enunciazione.

A questo scopo tali programmi mettono in scena l'atto stesso dell'enunciazione, attraverso *simulacri* dell'enunciazione, come quando si mostrano in campo le telecamere che riprendono quanto avviene. Una complessa strategia di finzioni si pone al servizio di un effetto di verità.

Ma è proprio l'analisi di tutte queste strategie che mostra la parentela che lega i programmi dell'informazione a quelli d'intrattenimento: si veda il TG2 come studio aperto, in cui l'informazione aveva già fatto proprii gli artifici di produzione di realtà dell'enunciazione, tipici dell'intrattenimento.

Ci si avvia, dunque, ad una situazione televisiva in cui il rapporto tra enunciato e fatti diventa sempre meno rilevante rispetto al rapporto tra verità dell'atto di enunciazione ed esperienza ricettiva dello spettatore.

Nei programmi di intrattenimento (e nei fenomeni che essi producono e produrranno di rimbalzo sui programmi d'informazione "pura") conta sempre meno se la televisione dica il vero, quanto piuttosto il fatto *che essa sia vera*, che stia davvero parlando al pubblico e con la partecipazione (anch'essa rappresentata come simulacro) del pubblico.

4. *Io sto trasmettendo, ed è vero*

Entra in crisi il rapporto di verità fattuale su cui riposava la dicotomia tra programmi d'informazione e programmi di finzione e questa crisi tende sempre più a coinvolgere la televisione nel suo complesso trasformandola da *veicolo di fatti* (ritenuto neutrale) in *apparato per la produzione di fatti*, da specchio della realtà a produttore di realtà.

A tale scopo è interessante vedere il ruolo *pubblico* e *palese* che giocano certi aspetti dell'apparato di ripresa – aspetti che nella Paleo TV *dovevano* rimanere nascosti al pubblico.

La giraffa. C'era nella Paleo TV un urlo d'allarme che preludeva a lettere di rampogna, licenziamenti, crollo di onorate carriere: "Giraffa in campo!". La giraffa, cioè il microfono, non si doveva vedere, neppure per ombra (nel senso che anche l'ombra della giraffa era temutissima). La televisione pateticamente si ostinava a presentarsi come realtà, e dunque occorreva celare l'artificio. Poi la giraffa ha fatto il suo ingresso nei telequiz, quindi nei telegiornali, infine in vari spettacoli sperimentali. La televisione non cela più l'artificio, anzi la presenza della giraffa assicura (anche quando non è vero) che si è in diretta. Quindi in piena natura. È la presenza della giraffa che serve ora, dunque, a celare l'artificio.

La telecamera. Neppure la telecamera si doveva vedere. E anche la telecamera ora si vede. Mostrandola, la televisione dice: "io sono qui, e se io sono qui, questo significa che davanti a voi, c'è la realtà, cioè la TV che riprende. Prova ne sia che se voi fate ciao ciao davanti alla telecamera, vi vedono a casa". Il fatto inquietante è che, se in televisione si vede una telecamera, è certo che non è quella che sta riprendendo (salvo casi di complesse messe in scena con specchi). Quindi ogni volta che la telecamera appare, dice una bugia.

Il telefono del telegiornale. La Paleo TV faceva vedere dei personaggi di commedia che parlavano al telefono, e cioè informava su fatti veri o presunti che accadevano fuori dalla televisione. La Neo TV usa il telefono per dire: "io sono qui, collegata al mio interno col mio proprio cervello e all'esterno con voi che mi vedete in questo momento". Il giornalista del telegiornale usa il telefono per parlare con la regia: basterebbe un interfonico, ma si udirebbe la voce della regia, che invece deve rimanere misteriosa, la televisione parla con la propria segreta intimità. Ma quel che il telecronista ode è vero, e decisivo. Dice: "aspettate, il filmato verrà", e giustifica lunghi secondi di attesa perché il filmato deve venire dal posto giusto, nel momento giusto.

Il telefono di Portobello. Il telefono di *Portobello*, e di trasmissioni analoghe, mette in contatto il gran cuore della televisione col gran cuore del pubblico. È il segno trionfante dell'accesso diretto, è ombelicale e magico. Voi siete noi, voi potete entrare a far parte dello spettacolo. Il mondo di cui la TV vi parla è il rapporto tra noi e voi. Il resto è silenzio.

Il telefono dell'asta. Le Neotelevisioni private hanno inventato l'asta. Col telefono dell'asta il pubblico pare determinare il ritmo dello spettacolo stesso. Di fatto, le telefonate sono filtrate ed è legittimo sospettare che nei momenti morti si usi una telefonata fasulla per alzare le offerte. Col telefono dell'asta lo spettatore Mario dicendo "centomila" convince lo spettatore Giuseppe che vale la pena di dire "duecentomila". Se telefonasse uno spettatore soltanto, il prodotto verrebbe venduto a un prezzo molto basso. Non è l'uomo dell'asta che induce gli spettatori a spendere di più, è uno spettatore che induce l'altro, ovvero il telefono. L'uomo dell'asta è innocente.

L'applauso. Nella Paleo TV l'applauso doveva sembrare vero e spontaneo. Il pubblico in sala applaudiva quando appariva una scritta luminosa, ma il pubblico davanti al teleschermo non doveva saperlo. Evidentemente lo ha saputo, e la Neo tv non finge più: il presentatore dice "ed ora facciamo un bell'applauso!", il pubblico in sala applaude e quello a casa è tutto contento perché sa che l'applauso non è più finto. Non gli interessa che sia spontaneo ma che sia davvero televisivo.

5. *La messa in scena*

Dunque la tv non mostra più *eventi*, e cioè fatti che avvengono per conto proprio, indipendentemente dalla tv, e che avverrebbero anche se la tv non esistesse?

Sempre meno. Certo, a Vermicino un bambino è caduto *davvero* nel buco, ed *è vero* che vi è morto. Ma tutto quello che si è svolto tra l'inizio dell'incidente e la morte è avvenuto come è avvenuto perché c'era la televisione. L'evento, catturato televisivamente al proprio nascere, è diventato *messa in scena*.

Non vale la pena di scomodare gli studi più recenti e decisivi sull'argomento, e penso al fondamentale *Produzione del senso e messa in scena* di Bettettini: basta appellarsi al buon senso. Lo spettatore di intelligenza media sa benissimo che quando l'attrice bacia l'attore in cucina, su un panfilo o nella prateria, anche quando è una prateria vera (e sovente è l'agro romano o la costa jugoslava) è una prateria *prelevata*, predisposta, selezionata, e quindi in certa misura *falsificata* ai fini della ripresa.

Sin qui il buon senso. Ma il buon senso (e sovente anche l'attenzione critica) si trovano molto più sprovveduti rispetto a quello che si chiama ripresa diretta televisiva. In quel caso si sa (anche se magari si diffida e si suppone che la diretta sia una differita mascherata) che le camere vanno in diretta su di un luogo dove avviene qualcosa, qualcosa che avverrebbe per conto proprio anche se le telecamere non fossero presenti.

Sin dai primordi della televisione si è avvertito che anche la diretta presuppone una scelta, una manipolazione. Chi scrive, nel suo lontano saggio "Il caso e l'intreccio" (ora in *Opera aperta*, Milano, Bompiani) aveva cercato di mostrare come un apparato di tre o più telecamere che riprende una partita di calcio (evento che per definizione avviene per ragioni agonistiche, dove il centrattacco non si piegherebbe a fallire un goal per esigenze spettacolari, o il portiere a lasciarlo passare) opera una selezione degli eventi, mette a fuoco certe azioni e ne trascura altre, punta sul pubblico a scapito del gioco e viceversa, inquadra il campo da una prospettiva data, insomma, *interpreta*, restituisce una partita vista dal regista, non una inattingibile partita-in-sé.

Ma queste analisi non mettevano in questione il fatto indiscutibile che l'evento avvenisse indipendentemente dalla ripresa. La ripresa interpretava un evento che avveniva autonomamente, restituiva dell'evento una parte, un taglio, un punto di vista, ma si trattava pur sempre di un punto di vista sulla "realtà" extratelevisiva.

Questa considerazione viene tuttavia incrinata da una serie di fenomeni di cui ci si è resi conto abbastanza presto:

a) Il sapere che l'evento verrà ripreso, influisce sulla sua *preparazione*. A proposito del calcio, si veda il passaggio dal vecchio pallone di cuoio grezzo al pallone televisivo a scacchi; o all'attenzione posta dagli organizzatori nel collocare pubblicità importanti in posizione strategica, in modo da ingannare le camere e l'ente di stato che non voleva fare pubblicità; e si pensi a certi cambi delle maglie resi indispensabili da ragioni cromatico-percettive.

b) La presenza delle telecamere influenza il corso dell'evento. A Vermicino, forse, i soccorsi avrebbero dato gli stessi risultati anche se non ci fosse stata la televisione per diciotto ore, ma indubbiamente la partecipazione sarebbe stata meno intensa, forse gli ingorghi e la confusione minore. Non dico che Pertini non sarebbe stato presente, ma certamente meno a lungo: non si tratta di calcolo teatrale, ma è chiaro che egli stava lì per ragioni simboliche, per significare a milioni di italiani la partecipazione della presidenza, e che questa scelta simbolica fosse, come ritengo, "buona" non toglie che fosse ispirata alla presenza della televisione. Possiamo anzi chiederci cosa sarebbe avvenuto se la televisione non avesse seguito l'evento, e le alternative sono due: o i soccorritori sarebbero stati meno generosi (non importa il risultato, stiamo pensando agli sforzi e sappiamo benissimo che senza la televisione i piccoli longilinei accorsi sul luogo non avrebbero saputo nulla del fatto), oppure il minor afflusso di gente avrebbe consentito soccorsi più razionali ed efficaci.

In entrambi i casi delineati, vediamo che si profila già un abbozzo di *messa in scena*: nel caso della partita è intenzionale, anche se tale da non mutare radicalmente l'evento; nel caso di Vermicino è istintivo, inintenzionale (almeno a livello conscio) ma può mutare radicalmente l'evento.

Nell'ultimo decennio però la diretta ha subìto mutamenti radicali nel senso della messa in scena: dalle cerimonie papali a molti eventi politici e spettacolari, sappiamo che essi non sarebbero stati concepiti così come lo sono stati, se non ci fossero state le telecamere. Ci si è avvicinati sempre più alla predisposizione dell'evento naturale ai fini della ripresa televisiva. L'avvenimento che verifica a fondo questa ipotesi è il matrimonio del principe ereditario del Regno Unito. Questo evento non solo non si sarebbe svolto come si è svolto, ma probabilmente non si sarebbe neppure svolto se non avesse dovuto essere concepito per la televisione.

Per misurare appieno la novità del cosidetto "Royal Wedding" occorre rifarsi a un episodio analogo avvenuto circa venticinque anni fa, le nozze tra Ranieri di Monaco e Grace Kelly. A parte la differenza nelle dimensioni dei due regni, l'evento si prestava alle stesse interpretazioni: c'era il momento politico diplomatico, il rituale religioso, la liturgia militare, la storia d'amore. Ma il matrimonio monegasco avveniva agli inizi dell'era televisiva ed era stato combinato indipendentemente dalla televisione. Anche se gli organizzatori volgevano, forse, un occhio alla ripresa, l'esperienza in merito era ancora insufficiente. Così l'avvenimento si svolse veramente per conto proprio, e al regista televisivo non restò che *interpretarlo*. Lo fece, e privilegiò i valori romantico-sentimentali contro quelli diplomatico-politici, il privato contro il pubblico. L'evento avveniva: le camere mettevano a fuoco ciò che contava ai fini del tema che la televisione aveva scelto.

Durante una parata di bande militari, mentre suonava un reparto di *marines* dalle evidenti funzioni rappresentative (e a pensarci i *marines* nel principato di Monaco facevano pur sempre notizia), le telecamere puntarono invece sul principe che si era impolverato i pantaloni lungo la ringhiera del balcone e che, quasi di soppiatto, si chinava a spolverarli con le mani, sorridendo divertito alla fidanzata. Una scelta, certo, un decidere per il romanzo rosa contro l'operetta, ma fatta, per così dire, *nonostante* l'evento, sfruttandone gli interstizi non programmati. Così durante la cerimonia nuziale, il regista seguiva la stessa logica che lo aveva mosso nella giornata precedente: eliminata la banda dei *marines*, bisognava eliminare anche il prelato che celebrava il rito: e le telecamere restarono puntate in permanenza sul volto della sposa, principessa ex attrice, o attrice e futura principessa. Grace Kelly recitava la sua ultima scena d'amore; il regista narrava, ma parassitariamente (e proprio per questo creativamente), usando a mo' di *collage* brandelli di ciò che c'era per conto proprio.

Col Royal Wedding le cose sono andate molto diversamente.

Era assolutamente chiaro che tutto ciò che accadeva, da Buckingham Palace alla Cattedrale di Saint Paul, era stato studiato per la televisione. Il cerimoniale aveva escluso i colori inaccettabili, i sarti e le riviste di moda avevano suggerito delle scelte intorno al color pastello, in modo che tutto respirasse, cromaticamente, non solo un aria di primavera, ma un'aria di primavera televisiva.

E l'abito della sposa, che ha dato tanti fastidi allo sposo, che non sapeva come sollevarlo per far sedere la promessa, non era concepito per essere visto davanti, o di fianco, e neppure di dietro: ma dall'alto, come si vide in una delle inquadrature finali, in cui lo spazio architettonico della cattedrale era ridotto a un cerchio, dominato al centro dalla struttura cruciforme del transetto e della navata, sottolineata questa dalla lunga coda dell'abito, mentre i quattro quarti che facevano corona a questo stemma erano realizzati, come in un mosaico barbarico, dalle punteggiature colorate delle vesti dei coristi, dei prelati, e del pubblico, maschile e femminile. Se Mallarmé un giorno aveva detto che "le monde est fait pour aboutir à un livre", la ripresa del Royal Wedding diceva che l'impero britannico era fatto per dar vita a una ammirevole ripresa televisiva.

Mi era accaduto di vedere di persona varie cerimonie londinesi, tra cui l'annuale *Trooping the Colours*, dove l'impressione più sgradevole è data dai cavalli, i quali vengono addestrati a tutto, meno che ad astenersi dalle loro legittime funzioni corporali: e sarà l'emozione, sarà normale legge di natura, la Regina in queste cerimonie procede sempre in un mare di sterco, perché i cavalli della Guardia non sanno far di meglio che produrre escrementi lungo il percorso. D'altra parte, maneggiar cavalli è attività molto aristocratica, e lo sterco di cavallo fa parte delle materie più familiari a un aristocratico inglese.

Non si era potuto sfuggire a questa legge durante il Royal Wedding. Ma chi ha visto la televisione ha notato che quello sterco equino non era né scuro, né brunito, né disuguale, ma si presentava sempre ed ovunque con un colore anch'esso pastello, tra il beige e il giallo, molto luminoso, in modo da non attirare gran che l'attenzione, e da armonizzarsi coi colori teneri degli abiti femminili. Si è poi letto (ma non ci voleva molto a immaginarlo) che i cavalli regali erano stati nutriti per una settimana con pillole apposite, in modo che il loro sterco avesse un colore telegenico. Nulla doveva essere affidato al caso, tutto era dominato dalla ripresa televisiva.

A tal punto che in quella occasione la libertà di inquadratura e di "interpretazione" lasciata ai registi è stata, è facile presupporlo, minima: bisognava riprendere quel che avveniva, nel punto e nel momento in cui si era deciso che dovesse avvenire. Tutta la costruzione simbolica stava "a monte", nella messa in scena precedente, l'evento intero, dal principe allo sterco cavallino, era stato predisposto come discorso base, su cui l'occhio delle camere, dal tragitto obbligato, si sarebbe puntato, riducendo al minimo i rischi di una interpretazione televisiva. Ovvero, l'interpretazione, la manipolazione, la preparazione per la televisione, precedevano l'attività delle telecamere. L'evento nasceva già come fondamentalmente "falso", pronto per la ripresa. Londra intera era stata predisposta come uno studio, costruita per la TV.

6. Qualche petardo, per finire

Per finire, potremmo dire che, posto a contatto con una televisione che parla solo di sé, privato del diritto alla trasparenza, e cioè del contatto col mondo esterno, lo spettatore torna a se stesso. Ma in questo processo si conosce e si gusta come spettatore televisivo e basta. Torna buona una vecchia definizione della TV: "una finestra aperta su di un mondo chiuso".

Che mondo "scopre" il televisionario? Riscopre la propria natura arcaica, pre-televisiva – da un lato – e il proprio destino di solitario dell'elettronica. E questo avviene in modo eminente con l'arrivo delle emittenti private, salutate all'origine come garanzia di un'informazione più vasta, e finalmente "plurale".

La Paleo TV voleva essere una finestra che dalla più sperduta provincia mostrava l'immenso mondo. La Neo TV indipendente (partendo dal modello statale di Giochi senza frontiere) punta la telecamera sulla provincia, e mostra al pubblico di Piacenza la gente di Piacenza, riunita per ascoltare la pubblicità di un orologiaio di Piacenza, mentre un presentatore di Piacenza fa battute grasse sulle tette di una signora di Piacenza che accetta tutto per essere vista da quelli di Piacenza mentre vince una pentola a pressione. È come guardare col canocchiale girato dall'altra parte.

L'uomo dell'asta è un venditore e nello stesso tempo un attore. Ma un attore che interpretasse un venditore non sarebbe convincente. Il pubblico conosce i venditori, quelli che lo convincono ad acquistare l'auto usata, la pezza di tessuto, il grasso di marmotta nelle fiere paesane. L'uomo dell'asta deve avere un bell'aspetto (o grasso o fighetto con lo spacchetto), e parlare come i suoi spettatori, con l'accento e in modo possibilmente sgrammaticato, e dire "esatto", e "offerta molto interessante", come dice la gente che vende davvero. Deve dire "diciotto carati, signora Ida, non so se mi spiego". Infatti non deve spiegarsi; ma esprimere, davanti alla merce, lo stesso ammirato stupore del compratore. Nella vita privata è probabilmente probo e onestissimo, ma sullo schermo deve comportarsi in modo un po' gaglioffo, altrimenti il pubblico non si fida. I venditori fanno così.

Una volta c'erano le parolacce che si dicevano a scuola, sul lavoro, a letto. Poi in pubblico si doveva controllare un po' le proprie abitudini, e la Paleo TV (sottomessa a censura, e concepita per un pubblico ideale, mite e cattolico) parlava in modo depurato. Le televisioni indipendenti invece vogliono che il pubblico si riconosca e che dica "siamo proprio noi". Quindi un comico o il presentatore che propone l'indovinello guardando il sedere della spettatrice, dicono le parolacce, fanno i doppi sensi. Gli adulti ci si ritrovano, finalmente lo schermo è come la vita. I ragazzi pensano che quello è il modo giusto di comportarsi in pubblico – come avevano sempre sospettato. È uno dei pochi casi in cui la Neo TV dice l'assoluta verità.

La Neo TV, specie quella indipendente, sfrutta a fondo il masochismo dello spettatore. Il presentatore pone a miti massaie domande che dovrebbero farle morire di vergogna, ed esse stanno al gioco, tra finti (o veri) rossori e si comportano da puttanelle. Questa forma di sadismo televisivo ha raggiunto il clou in America con un nuovo gioco fatto da Johnny Carson nel corso del suo popolarissimo *Tonight Show*. Carson racconta la trama di un ipotetico drammone tipo *Dallas*, in cui appaiono personaggi idioti, miserabili, deformi, pervertiti. Mentre lui descrive un personaggio, la telecamera inquadra il volto di uno spettatore, che nel frattempo si vede in un teleschermo sopra la propria testa. Lo spettatore ride beato mentre viene descritto come un sodomita, sfruttatore di minorenni, la spettatrice gode di ritrovarsi nei panni di una drogata o di una deficiente congenita. Uomini e donne (che la camera ha peraltro scelto già con qualche malizia, per qualche difetto o qualche tratto troppo pronunciato) ridono felici sentendosi sputtanare davanti a milioni di spettatori. Tanto, pensano, è per scherzo. Ma sono sputtanati davvero.

I quarantenni, i cinquantenni, sanno che fatiche, che ricerche ci volevano per ricuperare in una cineteca sperduta un vecchio film di Duvivier. Ora la magia della cineteca è finita, la Neo TV ci dà in una stessa serata un Totò, un Ford delle origini e forse Meliès. Ci facciamo una cultura. Ma accade che per un vecchio Ford ci siano dieci croste indigeribili, e filmacci di quarta categoria. I vecchi lupi della cineteca sanno ancora distinguere, ma di conseguenza vanno a cercare sui canali solo i film che hanno già visto. Così la loro cultura non va più avanti. I giovani identificano ogni film vecchio con un film da cineteca, così la loro cultura va indietro. Per fortuna ci sono i giornali che qualche indicazione la danno. Ma come si fa a leggere i giornali se bisogna vedere la televisione?

La televisione americana, per cui il tempo è denaro imposta tutti i suoi programmi sul ritmo, un ritmo di tipo jazz. La Neo TV italiana mescola materiale americano a materiale nostrano (o di paesi del Terzo mondo, come la telenovela brasiliana) che hanno un ritmo arcaico. Così il tempo della Neo TV è un tempo elastico, con strappi, accelerazioni e rallentamenti.

Fortunatamente lo spettatore può imprimere il proprio ritmo selezionando istericamente col telecomando. Avrete già provato a vedervi il TG1 e il TG2 della Rai a singhiozzo, alternativamente, in modo da avere sempre due volte la stessa notizia, e mai quella che state attendendo. O a introdurre una torta in faccia nel momento in cui la vecchia mamma muore. Oppure a spezzare la gimkana di Starsky e Hutch con un lento dialogo tra Marco Polo e un bonzo. Così ciascuno si crea il suo ritmo e si vede la televisione come quando si ascolta una musica comprimendoci le mani sulle orecchie, e decidiamo noi cosa debbono diventare la *Quinta* di Beethoven o la *Bella Gigugin*. La nostra serata televisiva non racconta più storie complete: è tutta un "prossimamente". Il sogno delle avanguardie storiche.

Con la Paleo TV c'era poca roba da vedere, e prima di mezzanotte, tutti a letto. La Neo TV ha decine di canali, e sino a tarda notte. L'appetito vien mangiando. Il videoregistratore permette di vedere tanti altri programmi in più. I film acquistati o presi in affitto, e quelle trasmissioni che vanno in onda quando non siamo in casa. Che meraviglia, si possono ora spendere quarantotto ore al giorno davanti al teleschermo, e in tal modo non si dovrà più venire a contatto con quella finzione remota che è il mondo esterno. Inoltre si può fare andare un evento avanti e indietro, e al rallentatore e a velocità doppia: pensate, vedere Antonioni al ritmo di Mazinga! Ora l'irrealtà è alla portata di tutti.

Il videotel è una delle nuove possibilità, ma poi ve ne sono già altre e altre ve ne saranno di infinite. Sullo schermo si leggeranno gli orari dei treni, i listini di Borsa, gli orari degli spettacoli, le voci d'enciclopedia. Ma quando tutto, proprio tutto, anche gli interventi dei consiglieri di amministrazione, si potrà leggere sullo schermo, chi avrà ancora bisogno degli orari dei treni e degli spettacoli, o delle informazioni meteorologiche? Lo schermo darà informazioni su di un mondo esterno in cui nessuno andrà più. Il progetto della nuova megalopoli MITO, cioè Milano-Torino, è basato in gran parte su contatti via teleschermo: a quel punto non si vede più perché potenziare l'autostrada o le linee ferroviarie dato che non ci sarà più bisogno di muoversi da Milano a Torino e viceversa. Il corpo diventa inutile, bastano gli occhi.

Si possono comperare i giochini elettronici, farli apparire sul televisore, e tutta la famiglia giocherà a disintegrare la flotta spaziale di Dart Vader. Ma quando, visto che bisogna già vedere tante cose, comprese quelle registrate? In ogni caso la battaglia galattica, non più giocata al bar tra un cappuccino e una telefonata, ma tutto il giorno, sino allo spasimo (perché si sa, si smette solo perché c'è un altro che ci sta fiatando sul collo, ma in casa, in casa si può andare all'infinito) avrà i seguenti effetti. Educherà i ragazzi ad avere riflessi ottimali, in modo che possano poi guidare un caccia supersonico. Ci abituerà, adulti e piccini, all'idea che disintegrare dieci astronavi non sia poi gran cosa, e la guerra dei missili ci apparirà a misura d'uomo. Quando poi faremo la guerra davvero, allora saremo disintegrati in un attimo dai russi, immuni da Battlestar Galactica. Perché, non so se avete provato, ma dopo aver giocato per due ore, alla notte, in un dormiveglia inquieto, vedete delle lucine intermittenti e la scia dei proiettili traccianti. La retina, e il cervello, si spappolano. È come quando il flash vi ha lampeggiato negli occhi. Per molto tempo vedete davanti a voi una macchia scura. È l'inizio della fine.

1983

V
POTERE E CONTROPOTERI

LA LINGUA, IL POTERE, LA FORZA

Il 17 gennaio 1977 Roland Barthes, davanti al pubblico folto delle grandi occasioni mondane e culturali, pronunciava la sua lezione inaugurale al Collège de France, dove era appena stato chiamato a tenere la cattedra di semiologia letteraria. Questa lezione, di cui avevano parlato i giornali di allora (*Le Monde* vi aveva dedicato una pagina intera), appare ora pubblicata dalle Editions du Seuil, sotto il titolo umile e orgogliosissimo di *Leçon*, poco più di una quarantina di pagine, e si compone di tre parti.[1] La prima parte verte sul linguaggio, la seconda sulla funzione della letteratura rispetto al potere del linguaggio, la terza sulla semiologia e la semiologia letteraria in particolare.

Diciamo subito che non ci occuperemo qui della terza parte (che nella sua brevità imporrebbe tuttavia un'ampia discussione di metodo), e solo in scorcio della seconda. È la prima parte quella che pone, ci pare, un problema di portata assai più vasta, che va al di là e della letteratura e delle tecniche di indagine sulla letteratura, e tocca la questione del Potere. Questione che attraversa anche gli altri libri esaminati in scorcio da questo articolo.

La lezione inaugurale di Barthes è costruita con splendida retorica e inizia con l'elogio della dignità di cui egli si appresta a farsi investire. Come forse è noto, i professori del Collège de France si limitano a parlare: non danno esami, non sono investiti del potere di promuovere e o bocciare, si va ad ascoltarli per amore di quel che dicono. Di qui la soddisfazione (ancora una volta umile e orgogliosissima) di Barthes: io entro in un luogo che è fuori dal potere. Ipocrisia certo, perché nulla conferisce più potere culturale, in Francia, che l'insegnare al Collège de France, producendo sapere. Ma qui stiamo anticipando i tempi. In questa lezione (che come vedremo

[1] Roland Barthes, *Leçon*, Paris, Seuil, 1978.

verte sul gioco *col* linguaggio), Barthes, sia pure con candore, gioca: avanza una definizione di potere e ne presuppone un'altra.

Infatti Barthes è troppo sottile per ignorare Foucault, che anzi ringrazia per essere stato il suo patrono al Collège: e dunque sa che il potere non è "uno" e che, mentre si insinua là dove non lo si sente al primo colpo, esso è "plurimo", legione come i demoni. "Il potere è presente nei meccanismi più sottili dello scambio sociale: non solo nello Stato, nelle classi, nei gruppi, e ancora nelle mode, le opinioni correnti, gli spettacoli, i giochi, gli sport, le informazioni, le relazioni familiari e private e persino nelle spinte liberatrici che cercano di contestarlo". Per cui: "chiamo discorso di potere ogni discorso che genera la colpa, e quindi la colpevolezza di chi lo riceve". Fate una rivoluzione per distruggere il potere, esso rinascerà, all'interno del nuovo stato di cose. "Il potere è il parassita di un organismo trans-sociale, legato alla storia intera dell'uomo, e non solo alla sua storia politica, storica. Questo oggetto in cui s'iscrive il potere, da tutta l'eternità umana, è il linguaggio – o per essere più precisi, la sua espressione obbligata: la lingua".

Non è la facoltà di parlare che pone il potere, è la facoltà di parlare in quanto si irrigidisce in un ordine, in un sistema di regole, la lingua. La lingua, dice Barthes (con un discorso che ripete a larghi tratti, non so quanto consapevolmente, le posizioni di Benjamin Lee Whorf), mi obbliga a enunciare un'azione ponendomi come soggetto, così che da quel momento ciò che faccio sarà la conseguenza di ciò che sono; la lingua mi obbliga a scegliere tra maschile e femminile, e mi proibisce di concepire una categoria neutra; mi impone di impegnarmi con l'altro o attraverso il "voi" o attraverso il "tu": non ho il diritto di lasciare impreciso il mio rapporto affettivo o sociale. Naturalmente Barthes parla del francese, l'inglese gli restituirebbe almeno le due ultime libertà citate ma (lui direbbe giustamente) gliene sottrarrebbe altre. Conclusione: "a causa della sua stessa struttura, la lingua implica una relazione fatale di alienazione". Parlare è assoggettarsi: la lingua è una reazione generalizzata. Di più: "non è né reazionaria né progressista, essa è semplicemente fascista: perché il fascismo non è impedire di dire, è obbligare a dire".

Dal punto di vista polemico questa è l'affermazione che, sin dal gennaio 1977, aveva provocato più reazioni. Tutte le altre, che seguono, ne conseguono: e non ci stupirà sentire dire, quindi, che la lingua è potere perché mi obbliga a usare stereotipi già preformati, tra cui le parole stesse, e che è così fatalmente strutturata che, schiavi al suo interno, non riusciamo a farcene liberi al suo esterno, perché nulla è esterno alla lingua.

Come uscire da questo, che Barthes chiama sartrianamente "un huis clos"? Barando. Si può barare con la lingua. Questo gioco disonesto e salutare e liberatorio, si chiama letteratura.

Di qui lo schizzo di una teoria della letteratura come scrittura, gioco *di* e *con* le parole. Categoria che non investe solo le pratiche dette letterarie ma può ritrovarsi operante anche nel testo di uno scienziato o di uno storico. Ma il modello di questa attività liberatoria è alfine per Barthes sempre quello delle attività cosiddette "creative" o "creatrici". La letteratura mette in scena il linguaggio, ne lavora gli interstizi, non si misura con degli enunciati già fatti ma con il gioco stesso del soggetto che enuncia, scopre il sale delle parole. Sa benissimo che può essere ricuperata dalla forza della lingua, ma proprio per questo è pronta ad abiurarsi, dice e rinnega ciò che ha detto, si ostina e si sposta con volubilità, non distrugge i segni, li fa giocare e li gioca. Se e come la letteratura sia liberazione dal potere della lingua dipende dalla natura di questo potere. E su questo Barthes ci è sembrato evasivo. D'altra parte egli ha citato Foucault, non solo come amico, e direttamente, ma anche indirettamente in una sorta di parafrasi, quando ha detto le poche frasi sulla "pluralità" del potere. E la nozione che Foucault ha elaborato del potere è forse la più convincente oggi in circolazione, senz'altro la più provocante. La ritroviamo, costruita passo per passo, in tutta la sua opera.[2]

Attraverso il differenziarsi, da opera a opera, dei rapporti tra potere e sapere, tra pratiche discorsive e pratiche non discorsive, si disegna chiaramente in Foucault una nozione di potere che ha almeno due caratteristiche che in questa sede ci interessano: anzitutto, il potere non è solo repressione e interdizione, è anche incitamento al discorso e produzione di sapere; in secondo luogo, come accenna anche Barthes, il potere non è uno, non è massiccio, non è un processo unidirezionale tra una entità che comanda e i propri soggetti.

"Bisogna insomma ammettere che questo potere lo si eserciti piuttosto che non lo si possieda, che non sia il 'privilegio' acquisito o conservato dalla classe dominante, ma effetto d'insieme delle sue posizioni strategiche – effetto che manifesta e talvolta riflette la posizione di quelli che sono dominati.

D'altra parte questo potere non si applica puramente o sempli-

[2] Si veda, per una sintesi, la recente antologia a cura di P. Veronesi, *Foucault, il potere e la parola*, Bologna, Zanichelli, 1978.

cemente come un obbligo o un'interdizione, a quelli che 'non l'hanno'; esso li investe, si impone per mezzo loro e attraverso loro; si appoggia su loro, esattamente come loro stessi, nella lotta contro di lui, si appoggiano a loro volta sulle prese che esso esercita su di loro" (*Sorvegliare e punire*).

Ancora: "Con potere non voglio dire 'Il Potere', come insieme di istituzioni e di apparati che garantiscono la sottomissione dei cittadini in uno Stato determinato [...] Con il termine potere mi sembra si debba intendere innanzitutto la molteplicità dei rapporti di forza immanenti al campo in cui si esercitano e costitutivi della loro organizzazione; il gioco che attraverso scontri e lotte incessanti li trasforma, li rafforza, li inverte; gli appoggi che questi rapporti di forza trovano gli uni negli altri, in modo da formare una catena e un sistema o, al contrario, le differenze, le contraddizioni che li isolano gli uni dagli altri; le strategie infine con cui realizzano i loro effetti, ed il cui disegno generale o la cui cristallizzazione istituzionale prendono corpo negli apparati statali, nella formulazione della legge, nelle egemonie sociali". Il potere non va cercato in un centro unico di sovranità ma nella "base mobile dei rapporti di forza che inducono senza posa, per la loro disparità, situazioni di potere, ma sempre locali e instabili [...] Il potere è dappertutto, non perché inglobi tutto, ma perché viene da ogni dove [...] Il potere viene dal basso [...] non c'è, alla origine delle relazioni di potere, e come matrice generale, un'opposizione binaria e globale tra i dominanti e i dominati [...] Bisogna immaginare piuttosto che i rapporti di forza molteplici che si formano ed operano negli apparati di produzione, nelle famiglie, nei gruppi ristretti, nelle istituzioni, servono da supporto ad ampi effetti di divisione che percorrono l'insieme del corpo sociale" (*La volontà di sapere*).

Ora questa immagine del potere richiama da vicino l'idea di quel sistema che i linguisti chiamano lingua. La lingua è, sì, coercitiva (mi proibisce di dire "io vorremmo un come", pena l'incomprensibilità), ma la sua coercitività non dipende da una decisione individuale, né da alcun centro da cui le regole si irradino: è prodotto sociale, nasce come apparato costrittivo proprio a causa del consenso di tutti, ciascuno rilutta a dover osservare la grammatica ma vi consente e pretende che gli altri l'osservino perché vi trova il suo comodo.

Non so se potremmo dire che una lingua è un dispositivo di potere (anche se proprio a causa della sua sistematicità essa è costitutiva di sapere), ma è certo che del potere essa è un modello. Potremmo dire che, apparato semiotico per eccellenza o (come si esprimono i semiotici russi) sistema modellizzante primario, essa è modello di quegli altri sistemi semiotici che nelle varie culture si stabiliscono come dispositivi di potere, e di sapere (sistemi modellizzanti secondari).

In questo senso Barthes ha quindi ragione a definire la lingua come qualcosa connesso col potere, ma ha torto a trarne due conclusioni: che pertanto la lingua sia fascista e che sia "l'oggetto in cui si iscrive il potere", ovvero la sua minacciosa epifania.

Liquidiamo subito il primo, e chiarissimo, errore: se il potere è quello definito da Foucault, e se le caratteristiche del potere si ritrovano nella lingua, dire che la lingua è per questo fascista è più di una boutade, è un invito alla confusione. Perché allora il fascismo, essendo dappertutto, in ogni situazione di potere, e in ogni lingua, dall'inizio dei tempi, non sarebbe più da nessuna parte. Se la condizione umana è posta sotto il segno del fascismo, tutti sono fascisti e più nessuno lo è. Col che si vede quanto siano pericolosi gli argomenti demagogici, che vediamo abbondantemente usati a livello giornalistico quotidiano, e senza le finezze di Barthes, che perlomeno sa di usare paradossi e li adopera a fini retorici.

Ma più sottile mi sembra il secondo equivoco: la lingua non è ciò in cui il potere si iscrive. Francamente, non ho mai capito il vezzo francese o francesizzante di iscrivere tutto e veder tutto come iscritto: in parole povere, non so bene cosa voglia dire iscriversi, mi pare una di quelle espressioni che risolvono in modo autorevole problemi che non si sanno definire altrimenti. Ma anche a prendere per buona questa espressione, direi che la lingua è il dispositivo attraverso il quale il potere viene iscritto là dove si instaura. Voglio spiegarmi meglio, e per far questo mi riferisco al recente studio di Georges Duby sulla teoria dei tre ordini.[3]

Duby parte dagli Stati Generali, all'alba della rivoluzione francese: Clero, Nobiltà e Terzo Stato. E si chiede da dove venga questa teoria (e ideologia) dei tre stati. E la trova in antichissimi testi ecclesiastici di origine carolingia, in cui si parla del popolo di Dio come diviso in tre ordini, o partiti, o livelli: quelli che pregano, quelli che combattono e quelli che lavorano. Un'altra metafora, che circolava in epoca medievale, è quella del gregge: ci sono i pastori, i cani da pastore e le pecore. In altri termini, a dare un'interpretazione tradizionale di questa tripartizione, c'è il clero, che

[3] Georges Duby, *Les trois ordres, ou l'imaginaire du féodalisme*, Paris, Gallimard, 1978.

187

dirige spiritualmente la società, gli uomini d'arme che la proteggono e il popolo che mantiene entrambi. È abbastanza semplice, e basti pensare alla lotta per le investiture e al conflitto tra papato e impero che abbiamo studiato a scuola, per capire di cosa si stia parlando.

Ma Duby va al di là dell'interpretazione banale. In più di quattrocento pagine di eccezionale densità, percorrendo le vicende di questa idea del periodo carolingio alla fine del dodicesimo secolo (e per la sola Francia), egli scopre che questo modello di ordinamento della società non è mai uguale a se stesso. Riappare sovente, ma con i termini ordinati diversamente; talvolta assume anziché una forma a triangolo una forma a quattro termini; le parole usate per designare gli uni o gli altri cambiano, talora si parla di *milites*, talora di *pugnatores*, talora di cavalieri; talora di clero, talora di monaci; talora di agricoltori, talora di lavoratori tout court, talora di mercanti.

È che nel corso di tre secoli avvengono numerose evoluzioni della società europea, e si stabiliscono diversi giochi di alleanze: tra il clero cittadino e i signori feudali, per opprimere il popolo; tra clero e popolo per sottrarsi alle pressioni della classe cavalleresca; tra monaci e signori feudali contro il clero cittadino; tra clero cittadino e monarchie nazionali; tra monarchie nazionali e grandi ordini monastici... Si potrebbe andare all'infinito, il libro di Duby ci appare come potrebbe apparire a un lettore del tremila uno studio sui rapporti politici tra democrazia cristiana, Stati Uniti, partito comunista e confindustria nel nostro secolo in Italia. Dove ci si accorge ben presto che le cose non sono sempre così chiare come appaiono, che espressioni canoniche come apertura a sinistra o sviluppo economico assumono significati diversi non dico nel passare da Andreotti a Craxi, ma persino all'interno di un congresso democristiano e nello spazio tra due consultazioni elettorali. Quelle polemiche medievali che ci parevano così chiare, con un gioco delle parti così ben definito, sono invece assai sottili. E si giustifica quasi il fatto che il libro di Duby sia così denso, così affascinante e noioso al tempo stesso, così difficile da dipanare, privo di riassunti immediatamente comprensibili: perché esso ci pone di fronte a un flusso di manovre vischiose. Quando il monaco cluniacense parla di divisione tra chierici, cavalieri e contadini, ma sembra agitare il fantasma di una divisione a quattro, aggiungendo a questo asse ternario, che concerne la vita terrena, un asse binario che concerne la vita soprannaturale, e in cui la terna precedente si oppone ai monaci, mediatori con l'aldilà, ecco che il gioco cambia infinitesimalmente e si allude al predominio che gli ordini monastici vogliono prendere sugli altri tre ordini, in cui il clero urbano assume pura funzione vicaria, e il rapporto si pone direttamente tra monasteri e struttura feudale.

Accade che ciascuna di queste formule, così simili eppure così diverse, si innervi su una rete di rapporti di forza: i cavalieri saccheggiano le campagne, il popolo cerca un appoggio e cerca di difendere i prodotti della terra, ma tra il popolo già emergono coloro che possiedono del proprio e tendono a volgere la situazione a proprio favore eccetera eccetera...

Ma questi rapporti di forza rimarrebbero puramente aleatori se non fossero disciplinati da una struttura di potere, che renda tutti consenzienti e disposti a riconoscersi in essa. A questo fine interviene la retorica, ovvero la funzione ordinatrice e modellizzatrice del linguaggio, che con spostamenti infinitesimali d'accento legittima certi rapporti di forza e ne criminalizza altri. L'ideologia prende forma: il potere che ne nasce diventa veramente una rete di consensi che partono dal basso, perché i rapporti di forza sono stati trasformati in rapporti simbolici.

Si delinea allora, a questo punto della mia lettura di testi così diversi, una opposizione tra potere e forza, opposizione che mi pare sia totalmente cancellata nei discorsi che oggi circolano quotidianamente, dalla scuola alla fabbrica al ghetto, sul potere. Lo sappiamo, dal Sessantotto a oggi la critica al potere e la sua contestazione si è molto deteriorata, proprio perché si è massificata. Processo inevitabile e non staremo a dire (con bel piglio reazionario) che nel momento in cui un concetto diventa alla portata di tutti si sfalda, e che pertanto esso avrebbe dovuto rimanere alla portata di pochi. Al contrario: è proprio perché doveva diventare alla portata di tutti, ma diventandolo avrebbe rischiato lo sfaldamento, che diventa importante la critica delle sue degenerazioni.

Dunque, nei discorsi politici di massa sul potere si sono avute due fasi equivoche: la prima, ingenua, in cui il potere aveva un centro (il Sistema come signore malvagio coi baffi che manovrava dalla consolle di un calcolatore malefico la perdizione della classe operaia). Questa idea è stata sufficientemente criticata, e la nozione foucaultiana di potere interviene appunto a mostrarne l'ingenuità antropomorfa. Di questa revisione del concetto si può trovar traccia persino nelle contraddizioni interne ai vari gruppi terroristici: da coloro che vogliono colpire il "cuore" dello Stato a coloro che invece disgregano le maglie del potere alla sua periferia, nei punti che direi "foucaultiani" in cui agisce il secondino, il piccolo commerciante, il capocottimista.

Ma più ambigua permane la seconda fase, in cui troppo facilmente si confondono forza e potere. Parlo di "forza" anziché, come mi verrebbe spontaneo, di causalità, per i motivi che vedremo, ma partiamo subito da una nozione abbastanza ingenua di causalità.

Ci sono cose che causano altre cose: il fulmine brucia l'albero, il membro maschile insemina l'utero femminile. Questi rapporti non sono reversibili, l'albero non brucia il fulmine, e la donna non insemina l'uomo. Ci sono invece rapporti in cui qualcuno fa fare a qualcun altro delle cose in virtù di un rapporto simbolico: l'uomo stabilisce che in casa i piatti li lava la donna, l'inquisizione stabilisce che chi pratica l'eresia sarà bruciato sul rogo e si arroga il diritto di definire cosa sia eresia. Questi rapporti si basano su una strategia del linguaggio che, riconosciuti labili rapporti di forza, li ha istituzionalizzati simbolicamente, ottenendo il consenso da parte dei dominati. I rapporti simbolici sono reversibili. In principio basta che la donna dica di no all'uomo perché i piatti li debba lavare lui, che gli eretici non riconoscano l'autorità dell'inquisitore perché esso sia bruciato. Naturalmente le cose non son così semplici e proprio perché il discorso che costituisce simbolicamente il potere deve fare i conti non con semplici rapporti di causalità ma con complesse interazioni di forze. E tuttavia questa mi pare la differenza tra potere, come fatto simbolico, e causalità pura: il primo è reversibile, in fatto di potere si fanno le rivoluzioni, la seconda è solo contenibile o imbrigliabile, permette delle riforme (invento il parafulmine, la donna decide di usare anticoncezionali, di non avere rapporti sessuali, di averne solo di tipo omosessuale).

Il non sapere distinguere tra potere e causalità porta a molti comportamenti politici infantili. Abbiamo detto che le cose non sono così semplici. Sostituiamo alla nozione di causalità (unidirezionale) quella di forza. Una forza si esercita su un'altra forza: esse si compongono in un parallelogramma delle forze. Non si annullano, si compongono secondo una legge. Il gioco tra forze è riformistico: produce compromessi. Ma il gioco non è mai tra due forze, è tra forze innumerevoli, il parallelogramma dà origine a ben più complesse figure multidimensionali. Per decidere quali forze vadano opposte a quali altre, intervengono delle decisioni che non dipendono dal gioco delle forze, ma dal gioco del potere. Si produce un sapere della composizione delle forze.

Per tornare a Duby, quando i cavalieri esistono, quando entrano in gioco i mercanti con le loro ricchezze, quando i contadini si muovono migratoriamente verso la città spinti dalle carestie, si ha a che fare con delle forze: la strategia simbolica, la formulazione di convincenti teorie dei tre o dei quattro ordini, e quindi il configurarsi di rapporti di potere, entrano in gioco a definire quali forze dovranno contenere quali altre, e in quale direzione dovranno marciare i parallelogrammi derivanti. Ma nel libro di Duby, almeno per il lettore distratto, il gioco delle forze rischia di scomparire di fronte all'argomento dominante, che è costituito dal risistemarsi continuo delle figure simboliche.

Prendiamo allora l'ultimo libro del pacchetto, quello di Howard sulla storia delle armi nell'evoluzione della storia europea.[4] Ne parleremo solo in iscorcio, invitando il lettore a dilettarsi per conto proprio con questo libro affascinante che parte dalle guerre del periodo feudale per arrivare a quelle dell'era nucleare, denso di aneddoti e di scoperte imprevedibili. Nel 1346, a Crecy, Edoardo III introduce, contro la cavalleria nemica, gli arcieri con arco lungo. Questi archi lunghi, che scagliano cinque o sei frecce nel tempo che una balestra scaricava un solo verrettone, esercitano una forza diversa contro la cavalleria. La sconfiggono. La cavalleria da quel momento è indotta ad appesantire l'armatura: diventa meno manovrabile, e non serve più nulla quando scende a piedi. La forza del cavaliere armato diventa nulla.

Questi sono rapporti di forza. Vi si reagisce cercando di imbrigliare la forza nuova. Si riforma cioè l'intera struttura dell'armata. Per composizioni del genere, la storia d'Europa procede, gli eserciti diventano qualcosa di diverso. Si ricordi il lamento dei paladini ariosteschi sulla feroce cecità dell'archibugio. Ma ecco che i nuovi rapporti di forza, nell'imbrigliarsi a vicenda e nel comporsi, creano una nuova ideologia dell'esercito, e producono nuovi assestamenti simbolici. Qui il libro di Howard sembra procedere inversamente da quello del Duby: dalla forza, indirettamente, alle nuove strutture di potere, mentre l'altro andava dalla formulazione delle immagini del potere ai rapporti di forze nuove e vecchie che vi sottendevano.

Ma se non si riflette abbastanza su questa opposizione, si cade in forme di infantilismo politico. Non si dice a una forza "no, non ti obbedisco"; si elaborano tecniche di imbrigliamento. Ma non si reagisce a un rapporto di potere con un mero e immediato atto di forza: il potere è molto più sottile e si avvale di consensi ben più

[4] Michael Howard, *La guerra e le armi nella storia d'Europa*, Bari, Laterza, 1978.

capillari, e rimargina la ferita ricevuta in quel punto, sempre e necessariamente periferico.

Per questo si è di solito affascinati dalle grandi rivoluzioni, che appaiono ai posteri effetto di un solo atto di forza il quale, esercitandosi in un punto apparentemente insignificante, fa ruotare l'asse intero di una situazione di potere: la presa della Bastiglia, l'assalto al Palazzo d'inverno, il colpo di mano alla caserma Moncada... E per questo il rivoluzionario in erba si affanna a riprodurre atti esemplari di questo genere, stupendosi che non riescano. È che l'atto di forza "storico" non era mai atto di forza, ma gesto simbolico, trovata teatrale finale che sanciva, in modo anche scenograficamente pregnante, una crisi di rapporti di potere che si era diffusa e capillarmente, da lungo tempo. E senza la quale lo pseudoatto di forza tornerebbe a essere soltanto mero atto di forza, senza potere simbolico, destinato a comporsi in un piccolo parallelogramma locale.

Ma come può un potere, che è fatto di una rete di consensi, disgregarsi? È la domanda che si pone Foucault sempre nella *Volontà di sapere*: "Bisogna dire che si è necessariamente 'dentro' il potere, che non gli si 'sfugge', che non c'è, rispetto a esso, un'esteriorità assoluta, perché si sarebbe immancabilmente soggetti alla legge?". A pensarci bene è la constatazione di Barthes quando dice che non si esce mai dal linguaggio.

La risposta di Foucault è: "Vorrebbe dire misconoscere il carattere strettamente relazionale dei rapporti di potere. Essi non possono esistere che in funzione di una molteplicità di punti di resistenza, i quali svolgono, nelle relazioni di potere, il ruolo di avversario, di bersaglio, di appoggio, di sporgenza per una presa [...] Non c'è dunque rispetto al potere *un* luogo del grande Rifiuto – anima della rivolta, focolaio di tutte le ribellioni, legge pura del rivoluzionario. Ma *delle* resistenze che sono degli esempi di specie: possibili, necessarie, improbabili, spontanee, selvagge, solitarie, concertate, striscianti, violente, irriducibili, pronte al compromesso, interessate o sacrificali [...] I punti, i nodi, i focolai di resistenza sono disseminati con maggiore o minore densità nel tempo e nello spazio, facendo insorgere talvolta gruppi o individui in modo definitivo, accendendo improvvisamente certi punti del corpo, certi momenti della vita, certi tipi di comportamento [...] Molto più spesso si ha a che fare con punti di resistenza mobili e transitori, che introducono in una società separazioni che si spostano, rompendo unità o suscitando raggruppamenti, marcando gli individui stessi, smembrandoli o rimodellandoli [...]".

In questo senso il potere, in cui si è, vede nascere dal proprio interno la disgregazione dei consensi su cui si basa. Quello che mi preme, nei limiti di questo articolo, è di rilevare l'omologia tra questi processi continui di disgregazione descritti (in forma abbastanza allusiva) da Foucault e la funzione che Barthes assegna alla letteratura all'interno del sistema di potere linguistico. Il che ci indurrebbe forse a fare anche qualche riflessione su un certo estetismo della visione foucaultiana, proprio nel momento in cui egli (si veda l'intervista del '77 in appendice al volumetto citato) si pronuncia contro la fine dell'attività dello scrittore e contro la teorizzazione della scrittura come attività eversiva. O a chiederci se Barthes non faccia della letteratura (nel momento in cui dice che è possibilità aperta anche allo scienziato o allo storico) una allegoria delle relazioni di resistenza e critica al potere nell'ambito più vasto della vita sociale. Quello che sembra chiaro è che questa tecnica di opposizione al potere, sempre dall'interno e diffusa, non ha nulla a che vedere con le tecniche di opposizione alla forza, che sono sempre esterne, e puntuali. Le opposizioni alla forza ottengono sempre una risposta immediata, come nell'urto tra due palle di biliardo; quelle al potere ottengono sempre risposte indirette.

Proviamo un'allegoria, da bel film americano degli anni trenta. Nel quartiere cinese una gang mette in opera il racket delle lavanderie. Atti di forza. Si entra, si chiedono i soldi, se la lavanderia non paga si fracassa tutto. Il lavandaio può opporre forza a forza: spacca la faccia al gangster. Il risultato è immediato. Sta al gangster esercitare il giorno dopo una forza maggiore. Questo gioco di forze può indurre ad alcune modificazioni di imbrigliamento nella vita del quartiere: porte blindate alle lavanderie, sistemi di allarme. Parafulmini.

Ma a poco a poco il clima viene assorbito dagli abitanti del quartiere: i ristoranti chiudono prima, gli abitanti non escono dopo cena, gli altri negozianti ammettono che è ragionevole pagare per non essere disturbati... Si è instaurato un rapporto di legittimazione del potere dei gangsters, e vi collaborano tutti, anche coloro che vorrebbero un sistema diverso. Il potere dei gangsters inizia ora a fondarsi su rapporti simbolici di obbedienza, in cui l'obbediente è tanto responsabile quanto l'obbedito. In qualche modo, ciascuno vi trova il proprio tornaconto.

La prima disgregazione del consenso potrebbe venire da un gruppo di giovani che decidono di organizzare ogni sera una festa con mortaretti e draghi di carta. Come atto di forza esso potrebbe forse intralciare il passaggio o la fuga dei gangsters, ma in tal senso l'azione è minima. Come aspetto di resistenza al potere la festa introduce un elemento di confidenza, che agisce da disgregatore al consenso dettato dalla paura. Il suo risultato non può essere immediato; soprattutto non si avrà risultato se alla festa non corrisponderanno altri atteggiamenti periferici, altri modi di esprimere il "non ci sto". Nel nostro film potrebbe essere il gesto di coraggio del giornalista locale. Ma il processo potrebbe anche abortire. Le tattiche dovrebbero essere subito rinnegate, nel caso in cui il sistema del racket fosse capace di integrarle al folklore locale... Arrestiamo qui l'allegoria che, come film, ci obbligherebbe al lieto fine.

Non so se questa festa col drago sia allegoria della letteratura secondo Barthes, o la letteratura di Barthes e questa festa siano allegorie delle crisi foucaultiane dei sistemi del potere. Anche perché a questo punto sorge un nuovo dubbio: sino a qual punto la lingua di Barthes obbedisce a meccanismi omologhi ai sistemi di potere descritti da Foucault?

Poniamo pure una lingua come sistema di regole: non solo quelle grammaticali, ma anche quelle che oggi sono dette pragmatiche; per esempio, la regola conversazionale che a domanda si risponde in modo pertinente, e chi la viola è giudicato, volta a volta, maleducato, sciocco, provocatore, o si ritiene che alluda qualcosa d'altro che non vuole dire. La letteratura che bara con la lingua, si presenta come l'attività che disgrega le regole e ne pone altre: provvisorie, valide nell'ambito di un solo discorso e di una sola corrente; e soprattutto valide nell'ambito del laboratorio letterario. Questo significa che Ionesco bara con la lingua facendo parlare i suoi personaggi come parlano, per esempio, nella *Cantatrice calva*. Ma se nel rapporto sociale tutti parlassero come la cantatrice calva, la società si disgregherebbe. Si noti che non si avrebbe rivoluzione linguistica, perché la rivoluzione implica rovesciamento di rapporti di potere; un universo che parla come Ionesco non rovescierebbe nulla, instaurerebbe una sorta di grado n (opposto di zero, un numero indefinito) del comportamento. Non sarebbe neppure più possibile comperare il pane dal fornaio.

Come si difende la lingua da questo rischio? Barthes lo dice, ricostituendo una situazione di potere di fronte alla propria violazione, assorbendola (l'anacoluto dell'artista diventa norma comune). Quanto alla società, essa difende la lingua recitando la letteratura, che mette in questione la lingua, in luoghi deputati. Così accade che nel linguaggio non si abbia mai rivoluzione: o è finzione di rivoluzione, sul palcoscenico, dove tutto è permesso, e poi si torna a casa parlando in modo normale; o è movimento infinitesimale di riforma continua. L'estetismo consiste nel credere che l'arte sia la vita e vita arte, confondendo le zone. Illudendosi.

Quindi la lingua non è uno scenario di potere, nel senso di Foucault. Va bene. Ma perché ci è parso di trovare omologie così forti tra dispositivi linguistici e dispositivi di potere – e di rilevare che il sapere di cui un potere si sostanzia è prodotto per mezzi linguistici?

Qui sorge un dubbio. Forse non è che la lingua sia diversa dal potere perché il potere è luogo di rivoluzione, ciò che alla lingua non è consentito. Ma è che il potere è omologo alla lingua perché, così come esso ci viene descritto da Foucault, esso non può mai essere luogo di rivoluzione. Ovvero, nel potere non c'è mai differenza tra riforma e rivoluzione, la rivoluzione essendo il momento in cui un lento regime di assestamenti graduali, di colpo, subisce quella che René Thom chiamerebbe una catastrofe, una svolta improvvisa; ma nel senso in cui un addensarsi di moti sismici improvvisamente produce un rivolgimento del terreno. Punto di rottura finale di qualcosa che si era già formato in anticipo, passo per passo. Le rivoluzioni sarebbero allora le catastrofi dei moti lenti di riforma, del tutto indipendenti dalla volontà dei soggetti, effetto casuale di una composizione di forze finale che obbedisce a una strategia di riassestamenti simbolici maturata da lungo tempo.

Il che equivarrebbe a dire che non è chiaro se la visione che Foucault ha del potere (e che Barthes genialmente esemplifica nella lingua) sia una visione neo-rivoluzionaria o sia neoriformista. Se non che il merito di Foucault sarebbe quello di aver abolito la differenza tra i due concetti, obbligandoci a ripensare, con la nozione di potere, anche quella dell'iniziativa politica. Già vedo i cacciatori di mode imputarmi di caratterizzare Foucault come tipico pensatore del "riflusso". Sciocchezze. È che in questo nodo di problemi si disegnano nozioni nuove di potere, di forza, di rivolgimento violento e di riassestamento progressivo attraverso lenti spostamenti periferici, in un universo senza centro dove tutto è periferia e non c'è più il "cuore" di nulla. Bel plesso di idee per una riflessione che nasce all'insegna di una "leçon". Lasciamolo in sospeso. Sono problemi che, direbbe Foucault, il soggetto singolo non risolve. A meno che non si limiti alla finzione letteraria.

Alfabeta, 1 maggio 1979

LA FALSIFICAZIONE E IL CONSENSO

Lo studente che ho incontrato l'ottobre scorso nella biblioteca dell'università di Yale veniva dalla California. Tentavamo di prendere la stessa copia di un giornale italiano, così ho scoperto che aveva vissuto nel nostro paese. Siamo scesi nel bar del sottosuolo a fumare una sigaretta e parlando del più e del meno mi ha citato un libro italiano che l'aveva molto impressionato, ma non ricordava né l'autore né il titolo. "Aspetti", mi dice, "lo chiedo alla mia amica di Roma. Ha dieci cents?". Infila i dieci cents nel telefono accanto, parla un po' con la centralinista, aspetta trenta secondi, entra in comunicazione con Roma. Chiacchiera con l'amica per un quarto d'ora e poi torna e mi ridà i dieci cents che il telefono ha restituito. Penso che abbia chiamato a spese della destinataria, invece mi dice che ha usato il numero di codice di una multinazionale.

Nel sistema telefonico americano (di cui gli americani non cessano di lamentarsi, non conoscendo gli altri) si può chiamare Honk-Kong, Sidney o Manila fornendo il numero di una speciale carta di credito individuale. Molti dirigenti di grandi aziende usano la carta collettiva. Il numero è riservatissimo, ma un'infinità di studenti, specie se vengono da dipartimenti tecnologici, lo sanno. Chiedo se la multinazionale non finisce per accorgersi che tutti usano il suo numero, controllando le bollette. Certo che se ne accorge, ma ha un forfait annuo coi telefoni, e perderebbe troppo tempo a fare controlli minuti. Mette in conto qualche decina di migliaia di dollari di telefonate a sbafo. Ma se controllassero? Basta chiamare da un posto pubblico. Ma se controllano presso il numero del destinatario? Quello è d'accordo, dice che una sera ha effettivamente ricevuto una telefonata da lontano, ma doveva trattarsi di uno scherzo (ed è persino vero, molti telefonano a numeri scelti a caso, tanto per divertimento). Non è l'utile immediato che conta, mi spiega, è che si fregano le multinazionali, che appoggiano Pinochet e sono tutti fascisti.

Le migliaia di studenti che fanno giochi del genere non sono l'unico esempio di dissenso elettronico. Mi raccontava Joseph La Palombara che un gruppo di contestazione californiano due anni fa aveva invitato tutti a pagare la bolletta del telefono regolarmente, ma aggiungendo nell'assegno un cent in più. Nessuno può incriminarvi se pagate e anzi pagate qualcosa di più. Ma se lo fate in tanti l'intero sistema amministrativo dell'azienda telefonica salta. I suoi computers infatti ad ogni pagamento irregolare si arrestano, registrano lo scarto, fanno partire una lettera di accredito e un assegno di un cent per ciascun creditore. Se l'operazione ha successo su larga scala, si blocca tutto. Infatti per qualche mese l'azienda telefonica ebbe dei guai e dovette lanciare appelli televisivi per convincere gli utenti a smettere quello scherzo. I grandi sistemi sono vulnerabilissimi e basta un granello di sabbia per farli entrare "in paranoia". A pensarci bene anche il terrorismo aereo si basa su questo principio: non si potrebbe dirottare un tram, ma un jet è come un bambino. Per corrompere un ragioniere ci vogliono tempo, soldi e magari donne bellissime: un cervello elettronico impazzisce con molto meno, basta saper inserire nel suo circuito, magari per telefono, un'informazione "matta".

Ed ecco che nell'era dell'informazione elettronica si fa strada la parola d'ordine per una forma di guerriglia non violenta (o almeno non sanguinosa), la guerriglia della falsificazione.

Recentemente i giornali hanno parlato della facilità con cui una fotocopiatrice a colori permette di falsificare biglietti ferroviari, o di come si possono fare impazzire i semafori di un'intera città. Qualcuno produce a decine fotocopie di una data lettera la cui firma è fotocopiata da un'altra lettera.

L'idea teorica che regola queste forme di falsificazione nasce dalle nuove critiche dell'idea di potere. Il Potere non si origina mai da una decisione arbitraria al vertice ma vive di mille forme di consenso minuto o "molecolare". Ci vogliono migliaia di padri, mogli e figli che si riconoscano nella struttura della famiglia perché un potere possa reggersi sull'etica dell'istituto familiare; occorre che una miriade di persone trovi un ruolo come medico, infermiere, custode, perché un potere possa reggersi sull'idea di segregazione dei diversi.

Solo le Brigate rosse, ultimi inguaribili romantici di derivazione cattolico-papista, pensano ancora che lo Stato abbia un cuore e che questo cuore si possa vulnerare: e falliscono perché uno, dieci, cento Moro rapiti non indeboliscono il sistema, anzi ricreano il consenso attorno al fantasma simbolico del suo "cuore" vulnerato e offeso.

Le nuove forme di guerriglia contestativa tendono invece a vulnerare il sistema mettendo in crisi la rete sottile di consensi che si regge su alcune regole di convivenza. Se si sgretola questa rete, si ha il collasso. Questa è la loro ipotesi strategica.

Una decina di anni fa fecero scalpore due episodi di falsificazione. Prima qualcuno mandò all'*Avanti!* una falsa poesia di Pasolini. Più tardi qualcun altro mandò al *Corriere della Sera* un falso elzeviro di Cassola. Entrambi furono pubblicati e suscitarono uno scandalo. Esso fu contenibile perché i due episodi erano eccezionali. Il giorno che diventassero la norma, nessun giornale potrebbe più pubblicare un articolo che non fosse consegnato personalmente dall'autore al direttore. Entrerebbe in crisi l'intero sistema delle telescriventi.

Ma questo è già accaduto negli ultimi due anni: manifesti politici pubblicati e affissi dal gruppo A con la firma del gruppo B, il falso epistolario di Berlinguer pubblicato in una falsa edizione Einaudi; un falso testo di Sartre. Ce ne accorgiamo ancora perché le falsificazioni sono grossolane e tutto sommato inabili o troppo paradossali: ma se tutto fosse fatto meglio e con ritmo più intenso? Non resterebbe che reagire alle falsificazioni con altre falsificazioni, diffondendo notizie false su tutto, anche sulle falsificazioni – e chissà che l'articolo che state leggendo non sia già il primo esempio di questa nuova tendenza. Ma proprio questo sospetto mostra il potenziale suicida contenuto nelle tecniche falsificatorie.

Ogni potere di vertice si regge su una rete di consensi molecolari. Ma occorre distinguere tra quei consensi che permettono il dispiegarsi di forme di controllo macroscopiche e quelle forme di consenso che soddisfano invece a un ritmo che diremo biologico, e che stanno infinitamente al di qua della costituzione dei rapporti di potere propriamente detti.

Facciamo due esempi. Uno Stato moderno riesce a far pagare le tasse ai cittadini non attraverso l'imposizione di una forza di vertice ma attraverso il consenso. Il consenso nasce dal fatto che i membri del gruppo hanno accettato l'idea che certe spese collettive, (a esempio: chi paga i panini per la gita di domenica?) vanno ridistribuite collettivamente (risposta: i panini li paghiamo un tanto a testa). Ammettiamo che questa consuetudine di microconsenso sia sbagliata: i panini, poniamo, li deve pagare chi trarrà l'utile maggiore dalla gita, o chi ha più danaro. Se si distrugge la base di microconsenso entra in crisi anche l'ideologia su cui si regge il sistema di tassazione.

Ma passiamo ora al secondo esempio. Esiste un gruppo di persone unite da rapporti qualsiasi. Tra queste persone, come in qualsiasi gruppo, vige la convenzione che chiunque dà una notizia dia una notizia vera. Se uno mente una volta viene riprovato (ha ingannato gli altri). Se mente abitualmente viene giudicato inattendibile, il gruppo non si fida più di lui. Al limite il gruppo si vendica e mente a lui. Ma supponiamo che l'usanza di non rispettare la condizione minimale della verità si diffonda, e che ciascuno menta agli altri. Il gruppo si disfa, comincia la guerra di tutti contro tutti.

A questo punto non sono stati distrutti rapporti di potere. Sono state distrutte le condizioni di sopravvivenza del gruppo. Ciascuno diventa a turno il sopraffattore e la vittima. A meno che il potere non venga in qualche modo ricostituito in favore di qualcuno: e cioè di colui o di coloro che si collegano per elaborare qualche tecnica più efficace, e mentono meglio degli altri, e più in fretta, diventando in breve i padroni degli altri. In un universo di falsificatori non viene distrutto il potere; al massimo si sostituisce un detentore di potere a un altro.

In parole povere, un gruppo politico capace di emettere falsi comunicati stampa a firma Fiat ottiene un vantaggio sulla Fiat e ne mette in crisi il potere. Ma sino a che la Fiat non assume un falsificatore più abile che diffonde falsi comunicati stampa attribuendoli al gruppo dei falsificatori. Chiunque vinca in questa lotta, il vincitore sarà il nuovo Padrone.

La verità è però molto meno romanzesca. Certe forme di consenso sono così essenziali alla vita associata che si ricostituiscono contro ogni tentativo di metterle in crisi. Al massimo si ricostituiscono in modo più dogmatico, direi più fanatico. In un gruppo in cui si diffondesse la tecnica della falsificazione disgregatrice, si ristabilirebbe un'etica della verità molto puritana; la maggioranza (per difendere le basi biologiche del consenso) diventerebbe fanatica della "verità" e taglierebbe la lingua persino a chi mente per fare una figura retorica. L'utopia dell'eversione produrrebbe la realtà della reazione.

Infine, ha senso proporsi di disgregare la rete sottile dei micropoteri (si badi bene, non di metterla in crisi attraverso la critica dei suoi presupposti, ma di disgregarla rendendola inagibile di colpo) una volta che si è assunto che non esiste un Potere centrale e che il potere si distribuisce lungo i fili di una ragnatela sottilissima e diffusa? Se questa ragnatela esiste, essa è capace di risanare le sue ferite locali, proprio perché non ha un cuore, proprio perché è – diciamo – un corpo senza organi. Facciamo un esempio.

Il trionfo delle fotocopiatrici sta mettendo in crisi il sistema dell'industria editoriale. Ciascuno di noi se può ottenere, spendendo meno, una fotocopia, evita di comperare un libro carissimo. La pratica si è però istituzionalizzata. Poniamo che un libro di duecento pagine costi diecimila lire. Se lo fotocopio in cartoleria a cento lire a pagina, ne spendo ventimila e non mi conviene. Se uso una fotocopiatrice capace di ridurre due pagine su un foglio solo, spendo quanto costa il libro. Ma se mi organizzo con altri e ne faccio cento copie, riduco il costo della metà. Allora l'operazione diventa conveniente. Se poi il libro è di carattere scientifico e, sempre a duecento pagine, costa ventimila lire, allora il costo della fotocopia si riduce a un quarto. Ormai esistono migliaia di studenti che in questo modo pagano a un quarto del prezzo di copertina i libri costosi. Una forma quasi legale di riappropriazione, o di esproprio.

Ma le grandi case editrici olandesi e tedesche che stampano opere scientifiche in inglese, si sono già adattate a questo regime. Un libro di duecento pagine costa cinquantamila lire. Sanno benissimo che lo venderanno solo a biblioteche e a gruppi di ricerca, e il resto sarà xerox. Ne venderanno solo tremila copie. Ma tremila copie a cinquantamila lire fanno lo stesso fatturato di cinquantamila copie a tremila lire (salvo che le spese di produzione e di distribuzione diminuiscono). Inoltre, per garantirsi, non pagano gli autori, allegando che trattasi di opera scientifica destinata a enti di pubblica utilità.

L'esempio vale quel che vale, e tiene solo per opere scientifiche indispensabili. Ma serve per dire che la capacità di rimarginazione delle ferite, esibita dai grandi sistemi, è notevole. E che anzi, grandi sistemi e gruppi eversivi sono sovente fratelli gemelli, e uno produce l'altro.

Ovvero, se l'attacco al presunto "cuore" del sistema (nella fiducia che esista un Potere centrale) è destinato al fallimento, anche l'attacco periferico a sistemi che non hanno né centro né periferia non produce alcuna rivoluzione. Garantisce al massimo la mutua sopravvivenza delle parti in gioco. Le grandi case editrici sono pronte ad accettare la diffusione della fotocopia, come le multinazionali possono sopportare le telefonate fatte a loro spese, o una buona azienda di trasporti accetta volentieri una dose ragionevole di biglietti falsificati – purché i falsificatori si accontentino del loro tornaconto immediato. È una forma più sottile di compromesso storico, salvo che è tecnologico. È la nuova forma che si avvia ad assumere il Patto Sociale, nella misura in cui l'utopia della rivoluzione si trasforma in progetto di disturbo permanente e a corto raggio.

L'Espresso, 2 aprile 1978

Diciamoci la verità. Quel che sapevamo del Cardinal Mazzarino (al di là di un nome intravvisto sui libri di testo verso la fine della guerra dei trent'anni) lo avevamo appreso dal Dumas di *Vent'anni dopo*. Odiosissimo cardinale, che le traduzioni popolari scrivevano con una sola zeta, squallida figura di lestofante e simulatore a petto del grande suo predecessore, il gran Richelieu che sapeva colpire i nemici e dare un brevetto di capitano ai moschettieri che se lo meritavano. Mazzarino mente, manca di parola, è tardo nel pagare i debiti, fa avvelenare il cane del duca di Beaufort che era stato addestrato a rifiutarsi di saltare in suo onore. È un guitto italiano, e Beaufort lo dipinge come "l'illustrissimo facchino Mazzarino". È vile, spergiuro, codardo e si infila nottetempo nel letto di Anna d'Austria, che in altri tempi aveva saputo amare uomini della tempra di Buckingham. Possibile che Mazzarino fosse così gaglioffo? D'altra parte sapevamo che Dumas, quando parlava di personaggi storici, non inventava: coloriva, sceneggiava, ma stava attento alle fonti, ai cronisti, ai memorialisti, anche per tratteggiare i personaggi di fantasia, immaginiamoci dunque con un uomo del peso di Mazzarino. Quindi ci fidavamo.

Non so se Dumas conoscesse questo *Breviario dei Politici secondo il Cardinale Mazzarino* che ora viene ripubblicato da Rizzoli nella collana "Il ramo d'oro", con una penetrante prefazione di Giovanni Macchia. Avrebbe potuto, perché l'operetta esce in latino nel 1684, da un improbabile editore di Colonia, ma viene ampiamente tradotta e circola per i secoli successivi (questa edizione riproduce la prima traduzione italiana del 1698). C'è da pensare che ne abbia solo sentito parlare. Perché, a parlarne, e a riassumerlo in breve, ne può venire fuori un Mazzarino alla Dumas, machiavellico da strapazzo che si ingegna di combinare il proprio aspetto esteriore e i propri festini, le proprie parole e i propri atti, in modo da ingraziarsi i padroni e mettere nei guai i propri nemici gettando il sasso e nascondendo la mano. Ma a leggerlo bene, come ci induce Macchia, il personaggio che ne vien fuori, se è pur sempre quello che Dumas ha azzeccato, per lo meno ci sbigottisce per la complessità, la consapevolezza, l'alto rigore teoretico della sua pianificata e umanissima gagliofferia.

Il libro, si dirà, non è suo, appare come una silloge delle sue massime, dette o praticate che fossero. Perché allora non leggerlo come una satira, intesa così come per molti si è interpretato Machiavelli, come l'opera di uno smaliziato moralista che fingendo di dar consigli al principe gli allor ne sfronda ed alle genti svela? Ma il fatto è che, chiunque abbia scritto il libello, se non era Mazzarino era qualcuno che prendeva sul serio quel che scrive, perché nel Seicento – come ricordava Croce nella *Storia dell'età barocca in Italia* – "l'arte del simulare e del dissimulare, dell'astuzia e dell'ipocrisia, era, per le condizioni illiberali della società di allora, assai praticata, e forniva materia agli innumerevoli trattati di politica e di prudenza".

Il libro di Machiavelli era semmai un trattato dell'imprudenza, l'ardire proclamare a gran voce che cosa il Principe dovesse fare per il bene comune. Ma di mezzo c'è la Controriforma e la casistica gesuitica: i trattatelli del Seicento dicono semmai come difendersi in un mondo di principi infidi e ormai troppo coscientemente machiavellici, per salvare o la propria dignità interiore, o la propria integrità fisica, o per fare carriera.

Prima di questo breviario del Mazzarino appaiono sulla scena culturale due altri breviari, ben più noti: *L'oracolo manuale o arte di prudenza* di Baltasar Gracián (1647) e il *Della dissimulazione onesta* di Torquato Accetto (1641). C'era di che ispirarsi, ma il breviario di Mazzarino pare originale nei propri spudorati intenti. Gracián e Accetto non erano uomini di potere, e la loro dolente meditazione concerne le tecniche con cui, in una età difficile, ci si poteva difendere dai potenti. Per Gracián il problema era di come armonizzarsi coi propri simili subendo il minor danno possibile (e di danni ne subì in vita sua, né fu tanto prudente quanto predicava) e per Accetto la questione non era di *simulare* ciò che non è (ché sarebbe stato inganno) ma di *dissimulare* ciò che si è, per non irritare troppo gli altri con le proprie virtù (il suo problema non era come arrecar danno ma come non patirne). Mazzarino no, stende il programma di un uomo che, imparando i modi di ingraziarsi i potenti, di farsi benvolere dai propri soggetti, di eliminare i propri nemici, tenga saldamente in mano, con tecniche simulatorie, il potere.

Simulazione, non dissimulazione. Mazzarino (o chi ha scritto il libretto) non ha niente da dissimulare: non ha niente perché egli è solo ciò che produce come propria immagine esterna. Si veda il primo capitolo, simulatoriamente intitolato "Conosci te stesso". Inizia con un aforisma sulla necessità di esaminarsi attentamente per vedere se si ha nell'animo qualche passione (peraltro, anche qui la domanda non è "chi sono?" ma "come mi manifesto a me stesso?") e immediatamente procede, con le altre massime, a disegnare un se stesso che altro non è che maschera, sapientemente costruita: Mazzarino è ciò che riesce ad apparire agli altri. Egli ha una chiara nozione del soggetto come prodotto semiotico, Goffman dovrebbe leggere questo libro, è un manuale per la totale teatralizzazione del "Sé". Qui si disegna una idea di profondità psichica fatta tutta di superfici.

Ci troviamo di fronte ad un modello di strategia "democratica" (nell'età dell'assolutismo!) perché pochissime, e calibrate, sono le istruzioni su come aver potere producendo violenza; in ogni caso mai direttamente, sempre per interposta persona. Mazzarino ci dà una splendida immagine di come si ottiene potere attraverso la pura manipolazione del consenso. Come piacere, non solo al proprio padrone (dettame fondamentale) e non solo ai propri amici, ma anche ai propri nemici, da lodare, blandire, convincere della nostra benevolenza e buonafede, in modo che muoiano, ma benedicendoci.

Vorrei ancora insistere sul primo fondamentale capitolo: non v'è alcuna delle sue massime che non contenga un verbo di parvenza: dar segno, dar a divedere, svelare, guardare, osservare, passare per... Anche le massime che riguardano gli altri puntano sui sintomi, sui segni rivelatori, sia per quanto riguarda i paesi, le città, i paesaggi che gli amici e i nemici. Come accorgersi se qualcuno è mentitore, se ama qualcun altro, se lo aborre; e le istruzioni son sottilissime, del tipo: parla male del suo nemico e osserva il suo comportamento e come reagisce. E le tecniche per scoprire se qualcuno sappia tenere un segreto, mandandogli un altro che lo provochi e se ne mostri a conoscenza, per vedere come il primo si lasci andare o opponga una maschera impenetrabile, come quella che Mazzarino si ingegna di costruir per sé, arrivando a suggerire come si deve scrivere una lettera in presenza d'altri in modo che essi non possan leggerla, e come mascherare ciò che si legge, e poi come passare da uomo grave ("non fissar gli occhi in altri, non istorcerti il naso, né aggrinzartelo... i gesti sien rari, il capo stia dritto, profferisci pochissime parole, non ammettere spettatori a tavola").

E fai sempre che il tuo avversario faccia volentieri ciò a cui tu vuoi condurlo: "se avessi concorrente in qualche carica da te pretesa, inviagli segretamente persona, che sotto color d'amicizia ne'l distolga, e gli esaggeri le difficoltà che dovrà incontrare". E sii preparato a tutte le insidie, e a controbatterle: "prefiggiti alcune ore del giorno a ruminar teco stesso attentamente, se ti soppraggiungesse, o uno o un altro accidente, come dovresti risolverti", che è poi la moderna teoria degli "scenari" di guerra e di pace, solo che il Pentagono li fa coi cervelli elettronici. E si insegna persino come fuggir bene di prigione (ché tutto può accadere all'uomo di potere) e come stimolar panegirici in proprio onore che siano brevi e di basso costo, in modo che tutti ne prendan visione. E come dissimular la ricchezza ("sempre brontola per la tua scarsa borsa", qui Dumas aveva colto il suo uomo) ma non sempre, secondo i casi, ché ecco all'improvviso il nostro autore ci sorprende con una descrizione di un pranzo come si deve da strabiliar gli ospiti, che non si può riassumere, ed è un pezzo di gran teatro barocco.

Ma infine, basta con l'ammirazione, libri del genere si leggono per trarne un utile. E allora, non crediate che vi possa servire per diventare un uomo di potere, e non perché le sue massime non siano buone, perché sono tutte giuste. È che questo libro ci descrive ciò che l'uomo di potere *sa già*, magari per istinto. In questo senso non è solo un ritratto di Mazzarino, usatelo come identikit per la vostra vita quotidiana. Vi troverete dentro molti che conoscete, o per averli visti in televisione o per averli incontrati in azienda. Ad ogni pagina vi direte "ma questo io lo conosco!" Naturalmente. I Mazzarino diventano famosi e non tramontano mai. Il potere logora solo chi non sa già queste cose.

La Repubblica, 6 gennaio 1982

IL POTERE DI "PLAYBOY"

Nato nel 1953 *Playboy* è uno dei pochi prodotti sul mercato che, proporzionalmente parlando, non abbia aumentato il prezzo. Negli anni cinquanta costava cinquanta cents e contava cinquantasei pagine. Oggi costa due dollari, ma di pagine ne ha trecentoventi. È anche vero che nel 1955 aveva raggiunto, con legittimo orgoglio, il tetto di centomila copie a numero, mentre oggi, contando le edizioni straniere, arriva a cinque milioni di copie. Nei primi numeri vi apparivano smagriti annunci pubblicitari, mentre oggi la rivista è invasa da annunci sontuosi che presentano automobili, liquori, sigarette, articoli di abbigliamento spesso più erotizzanti delle ragazze del paginone centrale.

Pubblicizzare un articolo su *Playboy* vuol dire vendere, e *Playboy* vende bene la propria merce e vende bene quella degli altri. Ma cosa vende in effetti *Playboy*? Secondo i moralisti, vende pornografia; secondo i lettori alla ricerca di un alibi, vende ottimi racconti di grandi scrittori, interviste politiche scottanti e di gran qualità (e basti citare il colpo del 1976, con Carter candidato alla presidenza che rischia l'impopolarità concedendo la sua "Candid Conversation" alla rivista, ma alla fine dimostra, vincendo, di aver fatto la scelta giusta). Tra moralisti e lettori fedeli la battaglia potrebbe continuare a lungo. Dicono i moralisti: non raccontatemi che comprate la rivista perché ci scrive Norman Mailer. Allora perché la comprerebbero tutti quegli stranieri che non capiscono una parola d'inglese? Rispondono i lettori che di ragazze su *Playboy* ce ne sono molto poche, rispetto ad altre riviste che sono tutte un nudo, e dove le modelle fanno ben altro... Le due obiezioni sono altrettanto vere, e di tutte le risposte possibili la più giusta sembra quella di Hefner: "*Playboy* vende una filosofia, un modo di vivere". L'idea geniale di Hefner è stata quella di vendere non il sesso, ma la rispettabilità del sesso, l'autorizzazione a parlarne, a giocarci su in pubblico. Ovvero *Playboy* vende il sesso, in pubblico, a quegli acquirenti che venticinque anni fa lo avrebbero praticato e ne avrebbero parlato solo di nascosto.

Da questo punto di vista mi pare che cada in secondo piano la distinzione, opinabilissima, tra erotismo, pornografia e rappresentazione artistica del sesso, perché in fondo su *Playboy* c'è tutto. Se la pornografia consiste nel rappresentare corpi umani e situazioni erotiche in modo da suscitare l'appetito sessuale, *Playboy* è pornografico. Se l'erotismo è un discorso sulle cose sessuali con finalità di conoscenza ed espansione della sensibilità, *Playboy* fa dell'erotismo. E se talora si rappresentano artisticamente le cose sessuali, così come si rappresentano in arte il paesaggio, la morte, la vita quotidiana, in modo che l'attenzione si sposti dall'oggetto al modo in cui esso è rappresentanto, allora su *Playboy* si trova anche la rappresentazione artistica del sesso. Ma non è questo il punto. Il capolavoro di Hefner consiste nell'aver venduto tutto questo insieme, nell'averlo introdotto nel salotto buono, nell'anticamera del dentista, nelle sacrestie delle chiese presbiteriane, insieme ad altre cose, che possono essere appunto la novella del grande scrittore, il saggio di Alan Watts sulla Bibbia e la polemica progressista contro la disuguaglianza razziale in Sudafrica. Tutto insieme, prendere o lasciare.

Il nucleo dell'idea si profila sin dall'inizio. Una rivista per uomini, anzitutto, in cui la donna deve esistere, quanto più possibile invadente, ma guardata dall'uomo. Donna oggetto? E come no, su questo *Playboy* è sempre stato di una onestà adamantina: la donna è il riposo del guerriero. E la donna con che si riposa? Non chiedetelo a Hefner, siamo in una società pluralista, leggetevi le riviste per donne. In secondo luogo una risposta in cui il riposo del guerriero vada di pari passo col riposo del chierico: negli anni cinquanta *Playboy* comincia a pubblicare testi di Irwin Shaw o di Somerset Maugham, il meglio di quello che, se fossimo stati in Italia, avrebbe pubblicato la Medusa mondadoriana. E il pubblico apprezza e scrive fin dai primi anni. Per esempio, nel numero di giugno 1955, John Nichols di Dallas si qualifica come "bon vivant" elenca i buoni liquori che tiene in casa, ma contemporaneamente un lettore di Chicago, prestigiatore dilettante, si dichiara deliziato dall'idea suggeritagli dal numero precedente, di usare le sue qualità per barare allo "strip poker" e costringere le ragazze in visita a spogliarsi. L'idea non gli era mai venuta, e ne gongola. Su questo stesso numero e nei seguenti la ragazza del paginone centrale (non ancora a depliant) non mostra neppure il capezzolo, né lo mostrerà definitivamente sino all'inizio degli anni sessanta. La grafica è modesta, il modello sessuale è quello di Jayne Mansfield (che si afferma appunto come ragazza del mese). Con un occhio alla perversione e uno ai valori tradizionali, della ragazza di giugno si dice che è stata fotografata dal marito. Tutto in famiglia, legalmente e tuttavia con un accenno provocatorio. Ma due mesi dopo scrive Dave Phail da Washington dicendo che proprio quella ragazza, con il seno così prosperoso e lo sguardo sfrontato, ha fatto oltrepassare alla rivista la soglia tra un "approccio sofisticato al 'sesso' e la 'volgarità'". Nello stesso numero Kip Pollock del Bronx si lamenta perché le ragazze son troppo vestite e non c'è gusto ad attaccarle sul muro. La rivista consiglia a mister Pollock di incontrarsi con mister Phail, ma non si tratta di un incidente, bensì di un programma. Altre lettere sono di "fraternities" studentesche che si costituiscono in Club Playboy, ma il business dei Playboy Clubs, un affare di miliardi, inizierà solo nel 1960.

Un'inchiesta del 1955 appura che il lettore medio ha tra i venti e i ventinove anni, è sofisticato, intelligente, abita in città, ma la maggioranza sono studenti, gli uomini d'affari sono solo il venti per cento, e le sigarette preferite sono le Camel e le Lucky Strike, che era come dire da noi le Nazionali Esportazione. Mentre il quarantatré per cento legge *Life*, solo il sei per cento legge il *New Yorker*. Non va mica bene. Entro la fine dei cinquanta la rivista migliora la presentazione fotografica, il paginone centrale si fa apribile, le ragazze che non possono mostrare il capezzolo, mostrano le natiche, inizia la rubrica "after hours", tutta consigli su come concedersi buoni teatri, buoni club, buoni libri, buoni film. Esce un articolo sulla superiorità della Rolls Royce sulle macchine americane. Con l'inizio dei sessanta aumentano gli interventi politico-culturali; un ex agente dell'FBI (R.E. Chasen) annulla l'abbonamento perché sono stati pubblicati articoli entusiastici su due comunisti come Chaplin e Dalton Trumbo. La redazione risponde ed elabora le prime linee della filosofia di *Playboy*. Primo: l'arte è l'arte e non conosce distinzioni politiche. Secondo: non è dimostrato che quei due autori siano comunisti e in questo paese non si è colpevoli sino alla dimostrazione dell'accusa. Terzo: Picasso è comunista eppure è un grande artista. Contemporaneamente appaiono le pagine di Feiffer, si affronta il problema della contaminazione atomica. *Playboy* deve parlare di tutto senza pudori di sorta. Dove è assolutamente pudico è sempre nella playmate centrale, che non mostra ancora il seno. Però il seno nudo appare già nelle fotografie di cronaca (il nuovo "nude-lock") e questa è una tecnica che il giornale seguirà sempre con grande accortezza: la playmate è il modello ufficiale, e procede con estrema prudenza un passo indietro rispetto al normale senso del pudore. La cronaca invece mostra come lo è stato "esterno" del pudore, e va avanti di un passo. Quando la rivista avrà registrato per un anno l'evoluzione della moralità pubblica, la playmate seguirà a ruota.

Più o meno verso il 1963 il capezzolo non sarà più nascosto, ma frattanto esso sarà già apparso nelle vignette di Vargas (il disegno è più arte della fotografia, è ovvio) e nelle foto riassuntive delle playmate dei numeri precedenti. Per trovare tecniche di escalation così accorte e nello stesso tempo una così prudente adesione allo spirito dei tempi, non c'è che un solo modello: la Chiesa cattolica.

Nel 1961 appare il "Playboy Advisor", una rubrica che si occupa di tutti i problemi, dai giradischi alle posizioni sessuali e che dà un'idea di come il lettore medio sia ancora diviso in due grandi categorie: quello che scrive all'"Advisor" per domandare come si porta a letto la ragazza con cui si è usciti, o se è normale fare all'amore solo ogni quindici giorni, è ancora il lettore degli anni cinquanta – e continua a essere servito a dovere ancor oggi nella stessa rubrica. Ma intanto per il lettore da diecimila dollari di reddito annuo, che non condanna Picasso, occorre altro. La rivista inizia i dibattiti culturali e politici su temi di attualità, mass-media, economia, politica, con interventi di primo piano. E nel '62, mentre spiega ancora nell'"Advisor" su quali camicie si possono portare i gemelli alla francese, il senatore Javits e Vance Pakard discutono dell'etica nell'economia, appaiono autori come Alfred Kazin o Ben Hecht, i problemi di alta finanza vengono trattati da Paul Getty. Nel numero di Natale del '62 Hefner ritiene che i tempi siano maturi e inizia la prima lunghissima puntata di quella che definirà la "Playboy philosophy". A nove anni dalla nascita la rivista si confronta con critici e estimatori che sono legione. Dal professor Benjamin De Mott che ha scritto una "Anatomia di Playboy" (L'uomo intero vi è ridotto alle sue parti private), all'articolo di Harvey Cox su "Christianity and crisis" (*Playboy* è basilarmente antisessuale), al reverendo metodista Roy Larson che lo definisce una "Nuova Bibbia", ad Art Buchwald che ha suggerito l'idea che ormai Hefner abbia abbastanza ascendente sugli americani per tentare un colpo di Stato strisciante, Hefner risponde a tutti con equilibrio, in un linguaggio facile ma denso di citazioni filosofiche e letterarie.

Cos'è un playboy? "È un giovane dirigente industriale, un artista, un architetto, un professore d'università dalla mente acuta, che possiede un certo punto di vista personale sulle cose. Non vede la vita come una valle di lacrime ma come una stagione felice. Prende gusto al suo lavoro senza considerarlo il fine ultimo della sua esistenza. È sveglio, cosciente, ha gusto, indulge al piacere senza essere né dilettante né schiavo delle voluttà". Odia i tabù.

Da qui inizia l'attacco di Hefner ai tabù dell'America puritana, che si protrarrà per cinque numeri: rapporti tra Chiesa e Stato, elogio del liberalismo e della libera impresa, polemica con la moralità bigotta, attacchi agli antievoluzionisti, difesa del divorzio, visione aperta dei problemi dell'educazione, dell'igiene sessuale, rispetto della libertà di espressione. La filosofia di Hefner è un'accorta mistura tra la visuale flessibile di un medio liberal e un edonismo di tipo greco-latino, più vicino a Petronio Arbitro che a Epicuro, più a Luciano di Samosata che a Lucrezio.

L'intelligenza della filosofia di *Playboy* è nel non inventare nulla che la cultura americana non avesse già fatto proprio a certi livelli intellettuali, e nell'imporlo come modello a quella che è ormai una massa di lettori. È il liberalismo delle migliori catene televisive, per cui su ogni argomento importante si dà spazio sia al conservatore sia al progressista, ma sul piano delle inchieste firmate in proprio si cerca di dare l'interpretazione più equilibratamente avanzata. *Playboy* è democratico quando sin dal 1963 ospita la "Candid Conversation" dello scomodo Bertrand Russell, come lo sarà negli ultimi anni quando ospita quella della reazionaria Anita Bryant che si batte contro gli omosessuali, ma continua ad essere democratico nel difendere in proprio i diritti degli omosessuali, insieme naturalmente a quelli dei negri e di ogni minoranza oppressa. Quanto alle donne non sono poi così oppresse, visto che la "Playboy philosophy" sposa l'idea della womanization dell'America, una società ormai dominata dalle donne.

Ma la novità non è nell'assumere tutte queste posizioni, al novanta per cento rispettabilissime e sottoscrivibili anche da un "radical": è nell'equiparare questa rispettabilità blandamente progressista al blando "progressismo" sessuale e nel fare di entrambi una merce che può circolare nelle migliori famiglie. Una lotta all'ipocrisia condotta con raffinata ipocrisia. Gli interventi di Hefner sono decisivi, vi fan seguito assensi entusiastici di sessuologi come Albert Ellis, pastori protestanti, preti cattolici: un lettore che si qualifica come accademico, John Welch, sintetizza il pensiero della rivista in un sonetto classicheggiante del tipo "bibamus, edamus, cras moriemur". Inizia regolarmente il "Playboy

Forum" e l'esercizio della "filosofia" passa ai lettori, con un successo costante, sino a oggi. Nel frattempo i seni si sono scoperti, inizia un acceso dibattito sulla religione: un reverendo approva il fatto che la rivista abbia disapprovato un giovane che ha messo incinte due ragazze promettendo a entrambe il matrimonio, senza avvedersi, forse, che la rivista lo ha giudicato immorale perché ha promesso di sposarle, non perché le ha portate allegramente a letto.

Nel frattempo il costume evolve, sui palcoscenici di New York nel 1969, appaiono *Oh Calcutta!* e altri spettacoli dove il sesso è mostrato al completo. Ma *Playboy* resiste. Mostra nel 1971 i peli pubici, ma non ancora nel paginone centrale bensì nella cronaca. Intanto è iniziata l'offensiva del rivale *Penthouse* di Bob Guccione, che sta osando molto, ma molto di più. Hefner sa attendere e solo quando il senso comune del pudore ha accettato la visione non censurata degli organi genitali femminili, verso il 1973, rompe gli indugi e presenta la playmate al completo, senza veli (anzi presenta la "sua" playmate, Barbie Benton).

Nel decennio settanta *Playboy* passa anche un'altra barriera. Prima, delle playmates si diceva come si chiamavano, che mestiere facevano, quali erano gli sport e le letture preferite. Negli ultimi anni invece la playmate è una ragazza che esercita il sesso con ingorda allegrezza: "Non chiedetemi qual è la cosa più oltraggiosa che ho fatto sul piano sessuale. Non si potrebbe pubblicare. Limitatevi a chiedermi qual è la cosa più oltraggiosa che ho fatto con una persona umana..."

Così *Playboy* arriva ai venticinque anni di vita. L'età dei suoi primi lettori. Indipendentemente dal fenomeno economico che rappresenta, sul piano del costume ha vinto la sua battaglia e nel modo più accorto: ha preso sempre possesso di territori già saccheggiati dai suoi concorrenti più deboli. Non ha mai avanzato una proposta pericolosa, ha sempre lavorato in retroguardia, il suo è stato un lavoro di legittimazione di quello che era scandaloso il giorno prima. Ora, se vuole, può anche far eleggere un presidente. Più difficilmente una presidentessa. Quanto al suo "messaggio", era già stato sintetizzato nel 1966 da un professore dell'università del Maine: "Ama il tuo prossimo con tecnica". La rivista ha pubblicato la proposta senza contestarla.

L'Espresso, 29 ottobre 1978

Un mese fa la televisione ci ha permesso di rivedere un classico che ricordavamo con ammirazione, affetto e rispetto: dico il *2001* di Kubrick. Ho interrogato molti amici dopo la rivisitazione, e il parere è stato unanime: erano delusi.

Quel film, che ci aveva stupito non moltissimi anni fa per le straordinarie novità tecniche e figurative, per il suo respiro metafisico, ci è parso ripetere stancamente cose che avevamo già visto mille volte. Il dramma del computer paranoico è ancora tenuto sul filo di una buona tensione, anche se non appare stupefacente; l'inizio con le scimmie è ancora un bel pezzo di cinema, ma quelle astronavi non-aerodinamiche sono già nello scatolone dei giocattoli dei nostri figli fattisi ormai adulti, in plastica (le astronavi, credo, non i figli); le visioni finali sono Kitsch (una serie di vaghezze pseudo-filosofiche in cui ciascuno può mettere le allegorie che vuole), e il resto è discografico, musica e copertine.

Eppure Kubrick ci era parso un geniale innovatore. Ma è questo il punto: i mass-media sono genealogici e non hanno memoria, anche se le due caratteristiche dovrebbero essere incompatibili a vicenda. Sono genealogici perché in essi ogni nuova invenzione produce imitazioni a catena, produce una sorta di linguaggio comune. Non hanno memoria perché, come si è prodotta la catena delle imitazioni, nessuno può più ricordare chi aveva iniziato, e si confonde facilmente il capostipite con l'ultimo dei nipotini. Inoltre i media imparano, e quindi le astronavi di *Guerre stellari*, che nascono senza vergogna da quelle di Kubrick, sono più complesse e attendibili del proprio capostipite, così che il capostipite sembra un loro imitatore.

Sarebbe un discorso interessante chiederci perché non accade così con le arti tradizionali, perché riusciamo ancora a capire che Caravaggio è migliore dei caravaggeschi e l'Invernizio non è confondibile con Balzac. Si potrebbe dire che nei mass-media non prevale l'invenzione ma la realizzazione tecnica, e l'invenzione tecnica è imitabile e perfezionabile. Ma non è tutto qui. Per esempio *Hammet* di Wenders è tecnicamente molto più sofisticato del vecchio *Falcone Maltese* di Huston eppure vediamo il primo solo con interesse e il secondo invece con religiosità. Gioca quindi anche un sistema o un orizzonte di attese di noi pubblico. Forse quando Wenders sarà vecchio come Huston lo rivedremo con la stessa commozione? Non mi sento di affrontare qui tante e formidabili questioni. Ma credo che nel *Falcone maltese* godremo sempre una certa ingenuità che in Wenders è già perduta. Il film di Wenders si muove già, a differenza del *Falcone*, in un universo in cui non solo è cambiato il rapporto dei mass-media tra loro, ma il rapporto tra i mass-media e l'arte detta "alta". Il *Falcone* è ingenuo perché inventa senza aver rapporti diretti e coscienti con le arti figurative o la letteratura "alta", mentre il film di Wenders si muove già in un universo in cui questi rapporti si sono inevitabilmente mescolati, in cui è difficile dire se i Beatles siano estranei alla grande tradizione musicale dell'occidente, i fumetti entrano nei musei attraverso la pop art ma l'arte dei musei entra nei fumetti attraverso la cultura non ingenua dei vari Crepax, Pratt, Moebius o Drouillet. E i ragazzi vanno per due sere di seguito ad accalcarsi in un palasport, salvo che una sera si esibiscono i Bee Gees e l'altra John Cage o un esecutore di Satie; e la terza sera andavano (e purtroppo non potranno più) ad ascoltare Cathy Berberian che cantava insieme Monteverdi, Offenbach e, appunto, i Beatles, ma eseguiti alla Purcell – dove però la Berberian non aggiungeva alla musica dei Beatles nulla che essa già non citasse, e solo in parte senza saperlo e senza volerlo.

È cambiato il nostro rapporto con i prodotti di massa e quello con i prodotti dell'arte "alta". Le differenze si sono ridotte o annullate: ma con le differenze si sono deformati i rapporti temporali, le linee di filiazione, i prima e i dopo. Il filologo li avverte ancora, l'utente comune no. Abbiamo ottenuto quello che la cultura illuminata e illuministica degli anni sessanta chiedeva, che non ci fossero da un lato prodotti per masse ilote e dall'altro i prodotti difficili per il pubblico colto dal palato sottile. Le distanze si sono raccorciate, la critica è perplessa, e si vedano gli imbarazzi (giustificatissimi) con cui recentemente *L'Espresso* cercava di fare i conti con l'ultima canzone dei Matia Bazar. La critica tradizionalista lamenta che le nuove tecniche di indagine analizzino con la stessa acribia Manzoni e Paperino senza riuscire più a distinguerli (e mente, per la gola e contro ogni evidenza stampata) senza rendersi conto (per difetto di attenzione) che è invece la vicenda stessa delle arti, oggi, che tenta di obliterare questa distinzione. Tanto per cominciare, una persona di poca cultura può leggere oggi Manzoni (e quello che ci capisce è un'altra faccenda) ma non riesce a leggere i fumetti di *Metal Hurlant* (che talora sono ermetici, pretestuosi e noiosi come solo sapevano esserlo i cattivi sperimentalisti per "happy few" nei decenni precedenti). E questo ci dice che, quando si registrano tali cambiamenti d'orizzonte, non si è ancor detto se le cose vanno meglio o peggio: sono semplicemente cambiate, e anche i giudizi di valore dovranno attenersi a diversi parametri.

Il fatto interessante è che, d'istinto, tali cose le sanno meglio i ragazzini delle medie che qualche cattedratico settantenne (mi riferisco all'età delle arterie, non necessariamente a quella anagrafica). Il professore di scuola media (anche superiore) è convinto che il ragazzo non studi perché legge *Diabolik* e magari il ragazzo, non studia perché legge (insieme a *Diabolik* e a Moebius – e tra i due c'è la stessa distanza che tra Sanantonio e Robbe-Grillet) il *Siddharta* di Hesse, ma come se fosse una glossa al libro di Pirsig sullo *Zen e l'arte della manutenzione della motocicletta*. È chiaro che a questo punto anche la scuola deve rivedere i propri manuali (se mai ne ha avuti) sul saper leggere. E su cosa sia poesia e non poesia.

Ma la scuola (e la società, non solo per i giovani) deve imparare a fornire nuove istruzioni su come reagire ai mezzi di massa. Tutto quello che si è detto negli anni sessanta e settanta va rivisto. Allora eravamo tutti vittima (forse giustamente) di un modello dei mass-media che ricalcava quello dei rapporti di potere: un emittente centralizzato, con piani politici e pedagogici precisi, controllato dal Potere (economico o politico), i messaggi emessi lungo canali tecnologici riconoscibili (onde, canali, fili, apparecchi individuabili come uno schermo, cinematografico o televisivo, una radio, una pagina a rotocalco) e i destinatari, vittime dell'indottrinamento ideologico. Bastava insegnare ai destinatari a "leggere" i messaggi, a criticarli, forse si sarebbe arrivati all'era della libertà intellettuale, della consapevolezza critica... È stato anche il sogno del Sessantotto.

Cosa siano oggi le radio e le televisioni lo sappiamo. Pluralità incontrollabili di messaggi che ciascuno usa per comporseli a modo proprio col telecomando. Non sarà aumentata la libertà dell'utente, ma certo muta il modo per insegnargli ad essere libero e controllato. E per il resto, lentamente, si sono fatti strada due nuovi fenomeni, la moltiplicazione dei media e i media al quadrato.

Cos'è oggi un mezzo di massa? Una trasmissione televisiva? Anche, certo. Ma cerchiamo di immaginare una situazione non immaginaria. Una ditta produce magliette con sopra una cutrettola e le pubblicizza (fenomeno tradizionale). Una generazione incomincia a portare le magliette. Ciascun utente della maglietta pubblicizza, tramite la cutrettola sul petto, la maglietta (così come d'altra parte ciascun possessore di una Fiat Panda è un propagandista, non pagato e pagante, della marca Fiat e del modello Panda). Una trasmissione televisiva, per essere fedele alla realtà, mostra dei giovani con la maglietta alla cutrettola. I giovani (e i vecchi) vedono la trasmissione televisiva e comprano nuove magliette con la cutrettola, perché fa "giovane".

Dove sta il mezzo di massa? È l'inserto pubblicitario sul giornale, è la trasmissione, è la maglietta? Abbiamo qui non uno, ma due, tre, forse più mezzi di massa, che agiscono su canali diversi. I media si sono moltiplicati, ma alcuni di essi agiscono come media di media e cioè come media al quadrato. E chi emette ormai il messaggio? Chi fabbrica la maglietta, chi la porta, chi ne parla sul teleschermo? Chi è il produttore di ideologia? Perché di ideologia si tratta, basta analizzare le implicazioni del fenomeno, ciò che vuole significare chi fabbrica la maglia, chi la porta, chi ne parla: ma a secondo del canale che si considera, in un certo senso cambia il senso del messaggio, e forse il suo peso ideologico. Non c'è più il Potere, da solo (e com'era consolante!) Vogliamo forse identificare con il potere lo stilista che ha avuto l'idea di inventare un nuovo disegno per una maglietta, o il fabbricante (magari di provincia) che ha pensato bene di venderla, e di venderla su vasta scala, per guadagnar soldi, come è giusto, e per non licenziare i suoi operai? O chi legittimamente accetta di portarla, e di pubblicizzare una immagine di giovinezza e di disinvoltura, o di felicità? O il regista televisivo, che per rappresentare una generazione mette la maglietta indosso al suo personaggio? O il cantante che per coprire le spese accetta di farsi sponsorizzare dalla maglietta? Tutti dentro e tutti fuori, il potere è imprendibile e non si sa più da dove venga il "progetto". Perché c'è un progetto, certo, ma non è più intenzionale, e dunque non si può criticarlo attraverso la critica tradizionale alle intenzioni. Tutti i cattedratici di teoria delle comunicazioni, formatisi sui testi di vent'anni fa (me compreso) dovrebbero andare in cassa integrazione.

Dove stanno i mezzi di massa? Nella festa, nel corteo, nella conferenza organizzata dall'assessorato cultura su Immanuel Kant, che ormai vede mille giovani seduti per terra ad ascoltare il severo filosofo che aveva fatto suo il monito di Eraclito: "Perché volete trarmi da ogni parte, o illetterati? Non per voi ho scritto ma per chi può capirmi"? Dove stanno i mass-media? Cosa c'è di più privato di una telefonata? Ma cosa accade quando qualcuno consegna alla magistratura la registrazione di una telefonata privata, di una telefonata fatta per essere registrata, e perché fosse consegnata al magistrato, e perché la talpa di Palazzo di Giustizia la consegnasse ai giornali, e perché i giornali ne parlassero, e perché le indagini fossero inquinate? Chi ha prodotto il messaggio (e la sua ideologia)? Il cretino che parlava ignaro al telefono, chi l'ha consegnata, il magistrato, il giornale, il lettore che non ha capito il gioco e di bocca in bocca perfeziona il successo del messaggio?

C'erano una volta i mass-media, erano cattivi, si sa, e c'era un colpevole. Poi c'erano le voci virtuose che ne accusavano i crimini. E l'Arte (ah, per fortuna) che offriva delle alternative, per chi non fosse prigioniero dei mass-media.

Bene, è finito tutto. Si deve ricominciare da capo a interrogarci su cosa accade.

L'Espresso, 22 maggio 1983

ESISTE LA CONTROCULTURA?

"Controcultura" è un termine inflazionato: come Resistenza o Territorio. Sono quei termini che, a pronunciarli, si fa sempre una bella figura. Nessuno è contro la Resistenza, nessuno sostiene che non si debbano studiare i problemi del territorio, nessuno si azzarda ormai a dire che le manifestazioni di controcultura siano un fenomeno negativo.

Come sempre, in questi casi, bisogna rifondere il concetto attraverso una indagine lessicale: e non solo badando a ciò che dicono i dizionari, ma anche agli usi quotidiani. Se "controcultura" è termine inflazionato dovremo ammettere che ciò accade perché altrettanto inflazionato è il suo antonimo: "cultura". Pare impossibile, ma su tre persone che parlano di "cultura", almeno una intende una accezione del tutto diversa da quella degli altri due.

E dunque per definire i fenomeni di controcultura occorre definire cosa intendiamo per cultura. Altrimenti il discorso è bloccato sin dall'inizio.

La nozione di cultura

È ovvio che se per cultura si volesse indicare il possesso di un patrimonio di sapere, per controcultura non si potrebbe intendere che due cose: o la mancanza di tale possesso o il possesso di un sapere *altro*. Ma nel primo caso avremmo l'ignoranza pura e semplice, nel secondo una seconda forma di cultura: Galileo possedeva un sapere *altro* rispetto a quello della fisica della tarda scolastica; possiamo parlare di controcultura a proposito di Galileo senza elaborare una metafora di battaglia? Quando oggi si parla di controcultura si allude ovviamente a culture di classe, a cultura giovanile in quanto opposta alla cultura "accademica", a manifestazioni pratiche di gruppi emarginati che si oppongono alle asserzioni teoriche dei gruppi dominanti, a culture etiche, subalterne, e così via. Una gamma troppo vasta di manifestazioni per poter ricevere una definizione unica senza che si debba mettere appunto in questione la nozione di "cultura" quale circola nel nostro ambiente culturale (appunto). Ovvero mettere in questione gli usi che si fanno della parola "cultura". O ancora, mettere in luce la polivocità del termine "cultura", che si rivela, a una indagine appena appena accurata, come uno di quei termini che secondo Wittgenstein stabiliscono una rete di "somiglianze di famiglia". Esempio tipico è il *gioco*: esso può avere una caratteristica di competitività (ma sfugge a questa definizione il gioco delle bambine con la bambola), di dualità (ma ne rimane escluso il solitario a carte), di esercizio fisico (e ne rimangono fuori gli scacchi), di disinteresse (e vi rimane esclusa la roulette), di dipendenza da regole (ma non vi rientra il caracollare beato di un bambino su di un prato). Naturalmente si potrebbe far ricorso a vari testi canonici di filosofia o di antropologia culturale: ma l'imbarazzo che avvertiamo di fronte al termine "cultura" ha radici più profonde e manifestazioni più immediate: prima di porsi il problema di cosa significhi cultura Bantu dobbiamo ancora chiederci perché un economista è un uomo di cultura mentre su di un qualsiasi quotidiano si distingue la pagina dell'economia da quella della cultura.

Credo che a questo punto gli usi del linguaggio quotidiano (e la loro critica) siano una spia migliore che le discussioni scientifiche. Esaminiamo pertanto le definizioni di alcuni dizionari di uso corrente.

Garzanti. Cultura: "Qualità di chi è colto; l'insieme delle nozioni, organicamente apprese, che qualcuno possiede [...] l'insieme della tradizione e del sapere scientifico, letterario e artistico di un popolo o dell'umanità intera [...] (etnol.) civiltà; anche l'insieme dei manufatti proprii di una determinata civiltà".

Zingarelli. Cultura: "Complesso di cognizioni, tradizioni, procedimenti tecnici, tipi di comportamento e simili, trasmessi e usati sistematicamente, caratteristici di un dato gruppo sociale, o di un popolo, o di un gruppo di popoli, o dell'intera umanità [...] sinonimo: Civiltà [...] qualità di chi è colto [...] insieme dei manufatti e tecniche proprii di una particolare civiltà, anche scomparsa".

Devoto-Oli. Cultura: "Sintesi armoniosa delle cognizioni di una persona, con la sua sensibilità e le sue esperienze; dottrina, istruzione [...] serie di cognizioni ed esperienze, particolarmente chiare e approfondite, in un determinato campo [...] il complesso delle acquisizioni spirituali di un ambiente determinato (la cultura napoletana dell'Ottocento [...] il complesso delle manifestazioni della vita materiale, sociale e spirituale di un popolo, in relazione alle varie fasi di un processo evolutivo o ai diversi periodi storici, o alle condizioni ambientali; *cultura materiale*, la civiltà studiata attraverso le sue realizzazioni tecniche e sociali".

Ciò che colpisce in queste definizioni non è la varietà di accezioni contemplata acriticamente da ogni singola voce (perché tale è il dovere di un dizionario: registrare la varietà degli usi), quanto le discrepanze tra dizionario e dizionario. Vago e talora tautologico il Garzanti, più aggiornato lo Zingarelli, abbondantemente intriso di terminologia idealistica il Devoto, colpisce in tutti, in ogni caso, il fatto che si contempli l'accezione etnologica o antropologica del termine, ma se ne distingue la nozione di cultura materiale (i manufatti) che invece è parte integrante della nozione etnologica. C'è da chiedersi se le esitazioni non siano dovute a una resistenza dell'ambiente culturale italiano nei confronti della nozione etno-antropologica, ma non risulta più soddisfacente la voce del Webster's New Collegiate Dictionary.

Webster. Cultura: "L'atto di sviluppare le facoltà morali e intellettuali specialmente attraverso l'educazione [...] perspicuità ed eccellenza del gusto acquisita attraverso un addestramento estetico e intellettuale [...] sicurezza di gusto nelle arti belle, umanità e gli aspetti generali della scienza in quanto distinti da capacità vocazionali e tecniche [...] il sistema integrato del comportamento umano che include il pensiero, il linguaggio, l'azione e gli artefatti e che dipende dalla capacità umana di apprendere e trasmettere la conoscenza da generazione a generazione [...] credenze; forme sociali e aspetti materiali consueti di un gruppo razziale, religioso o sociale".

Tuttavia questa voce unisce l'aspetto antropologico con quello materiale e ci dice meglio perché da un lato sui giornali la cultura venga separata dalle scienze, dalla politica o dall'economia e in che senso una nozione generica di cultura e di persona colta ponga l'accento sulle conoscenze umanistiche ed estetiche e sulla organicità dell'educazione superiore ricevuta (che è poi tratto presente anche nella prima definizione del Devoto).

Vediamo allora se è possibile, sulla base di quelle già citate, tracciare tre definizioni (non più da dizionario ma da enciclopedia, e pertanto criticamente vagliate e gerarchizzate) del nostro concetto. Proporrei pertanto di dividere le accezioni correnti di cultura in tre grandi categorie: estetica, morale e antropologia. Dovrebbe essere chiaro che le due prime, strettamente intrecciate, sono due nozioni ideologiche e chiaramente classiste. La terza, lungi dall'essere "oggettiva", risponde tuttavia alle esigenze di un approccio scientifico, nei termini ovviamente della nozione di scienza che possiamo maneggiare, in una prospettiva di cauto descrittivismo strutturale. Le pagine che seguono tenteranno, in un secondo momento, di introdurre un elemento *valutativo* all'interno di questo modello descrittivo.

Cultura 1. Si oppone alla scienza, alla politica, all'economia, alle attività pratico-produttive. Privilegia la formazione del gusto estetico, naturalmente secondo gli standard della classe dominante (è cultura apprezzare Beethoven, non un canto di avvinazzati, a meno che non sia nella forma della ricerca etnologica o della nostalgia o della ricerca snob del Kitsch). È una nozione merceologica, naturalmente *à rebours*: è cultura ciò che non serve, e quindi l'arte, il gioco, non la tecnica. Contraddistingue colui che ha saputo procurarsi una condizione di ozio critico (è in tal senso la nozione aristotelica del filosofo). Non è accessibile a tutti, per classe, censo, capacità innate. È segno di distinzione. Questa nozione appare sulle pagine dei giornali o delle riviste, o nei cataloghi di case editrici, dove si distingue la sezione "cultura" da quelle dedicate alla vita associata, alla produzione, all'economia.

"Controcultura", in quest'ambito, può essere una azione politica o civile che si oppone a questo modello di uomo colto e raffinato, votato al culto dell'inutile. È atto di controcultura proporre un'arte popolare o selvaggia, sottolineare in contesto umanistico il valore della discussione politica ed economica. In tal senso la contestazione studentesca del Sessantotto che tendeva a introdurre nell'università i problemi delle masse popolari, la dimensione politica, il rispetto della creatività istintiva e appunto "selvaggia", era indubbiamente una attività di controcultura, ma rimaneva tale solo in opposizione alla filosofia dominante nelle facoltà umanistiche.

Cultura 2. Si definisce come atteggiamento superiore contro la bestialità, l'ignoranza, l'idolatria tipica della massa (si pensi alla polemica di Ortega y Gasset o di Adorno). Non privilegia necessariamente le "umanità" e l'inutile: anche un direttore di banca o un finanziere sono uomini di cultura. Ma indubbiamente lo saranno ancor più nella misura in cui sapranno talora affrancarsi dalle necessità del loro mestiere per coltivare anche le umanità. In definitiva la cultura è il possesso del sapere, in tutte le sue accezioni. In tal senso è anche la caratteristica degli uomini di potere (Clausewitz, che sapeva di strategia, era un uomo di cultura: perciò sapeva come vincere). Nelle sue frange democratiche questa nozione presiede agli appelli per la diffusione della cultura presso i ceti inferiori: ma proprio perché esclude dal proprio ambito il sapere pratico e manuale; un meccanico di automobile non è un uomo colto. Il sapere di cui si parla è sapere teorico che richiede una certa distanza dalla necessità immediata, dalla prassi volta a fini di utilità diretta. Così anche questa nozione di cultura implica una dose di ozio come condizione necessaria della crescita culturale.

Questa nozione riconosce un proprio opposto come momento negativo: la controcultura è in tal caso la pseudo cultura raccogliticcia dell'uomo massa, schiavo dei suoi miti e dei suoi riti. Ma a questa nozione di cultura si può opporre anche una controcultura che assume i propri limiti come elemento di sfida, ricerca di una nuova dimensione umana. Ecco allora i gruppi di emarginati, i *drop out*, le *società underground*, i discriminati del sesso o del potere, del censo o della fortuna. Una controcultura di tal fatta assume orgogliosamente un linguaggio dissociato, pulsioni e desideri frustrati e in ogni caso non disciplinati. Rifiuta il potere e l'integrazione: di tale controcultura sono oggi rappresentanti gli assenteisti, gli autoriduttori, gli indiani metropolitani, i renitenti alla leva... e via via, sino alle manifestazioni estreme del rifiuto del consenso, i mistici della P.38, i terroristi, i senza casa e senza patria. Potremmo anzi dire che questo concetto di controcultura nasce e si manifesta sino alle sue forme estreme ed aberranti proprio perché la società borghese ha proposto con insistenza il modello selettivo della cultura come competenza tecnica, sapere volto alla conquista del potere, distintivo di classe. I due concetti sono vittima entrambi della loro radicalità: sono entrambi ideologici. Ideologico l'atteggiamento dell'uomo "coltivato" che non riconosce la fecondità e la verità delle culture emarginate, ideologico l'atteggiamento dell'emarginato che confonde Potere repressivo con potere tout court e rinuncia al compito di aver potere sulla realtà per poterla trasformare, disconoscendo il ruolo che ha la conoscenza nei confronti del potere da esercitare sulle cose. Tipica manifestazione di controcultura acritica è l'affermazione, che circola negli ambienti della contestazione studentesca, che lo studio vada rifiutato perché la scienza è funzionale all'espansione del potere (o del capitale, o della società borghese). Là dove il potere può oggi fare a meno benissimo dell'università (mantenendola come area di parcheggio o sacca di contenimento), proprio perché non tutta la conoscenza è funzionale ai propri fini: ed esistono forme di conoscenza critica che invece mettono in questione l'esercizio repressivo del potere, la società del profitto, l'applicazione della tecnica (e della scienza) a fini di sfruttamento.

Cultura 3. È la nozione antropologica. È l'insieme delle istituzioni, dei miti, dei riti, delle leggi, delle credenze, dei comportamenti quotidiani codificati, dei sistemi di valori e delle tecniche materiali elaborate da un gruppo umano. Rispetto alle due nozioni precedenti ha un carattere apparentemente neutro: infatti chi parla di cultura nei primi due sensi vi associa sempre e comunque una connotazione positiva; chi ne parla invece nel senso antropologico non deve necessariamente approvare un dato modello culturale per poterlo descrivere. Ne riconosce semplicemente l'esistenza, e il fatto che esso si autosostenga, ovvero sia capace di autoriproduzione. Altra caratteristica della cultura in senso antropologico è il fatto che essa, per funzionare, non deve essere necessariamente esplicita: un gruppo può vivere il proprio modello di cultura senza saperlo. La cultura in tal senso diventa esplicita solo in due casi: o di fronte a una analisi critica che ne metta in luce il funzionamento, o di fronte all'insorgenza (dal proprio interno o al proprio esterno) di un modello concorrenziale. In un certo senso anche l'analisi critica può svilupparsi solo in riferimento a un modello alternativo che funzioni come riferimento metalinguistico. Le culture che non hanno esperienze traumatiche di culture diverse non riconoscono se stesse come una cultura, ma come il modello di umanità tout court. Gli altri sono i "barbari", ovvero la non cultura. È solo quando i barbari si insinuano nel corpo stesso della cultura in questione che essa impara a riconoscere diversi modelli d'organizzazione culturale e a definire se stessa nel momento in cui definisce la cultura altrui.

In questo contesto non ci sono controculture: ci sono *altri modelli culturali*. Al massimo si sente come controcultura un modello alternativo che la cultura dominante non riesce ad assorbire. Un fenomeno del genere è accaduto nella Roma imperiale di fronte alla penetrazione del cristianesimo. Il cristianesimo costituiva un modello *altro* rispetto al modello romano e pagano. Ma a lungo è stato sentito come deviazione insopportabile. Bisogna attendere qualche secolo perché le due culture si riconoscano entrambe a vicenda e in qualche misura possano coesistere (poi accade naturalmente che il modello cristiano assorba quello pagano e vinca: le ragioni per cui un modello prevale sono infinite e non è qui il caso di analizzarle; diciamo che non esiste una metaregola per definire le culture vincenti; come vedremo più avanti, esiste al massimo una regola per definire le culture perdenti, ovvero incapaci di autoperpetuarsi).

Le resistenze al concetto antropologico di cultura

Il concetto antropologico di cultura è tra i più difficili da accettare e le ragioni sono evidenti. Da un lato impone di mettere in questione il proprio etnocentrismo e la fiducia che il *nostro* modo di vivere e di pensare sia l'unico valido. Dall'altro, per le ragioni lessicali già dette, ogni qual volta si indica un modello diverso come "fenomeno culturale", la cultura minacciata intende la qualificazione come riferita ai sensi 1 e 2, e pensa pertanto che si ponga il modello *altro* come unico modello positivo. Esiste una cultura delle popolazioni dedite al cannibalismo, ma riconoscerla come cultura non significa proporla come modello valido per altre culture. Eppure chi parlasse della cultura del cannibalismo urterebbe contro la diffidenza di chi sospetta che parlare di "cultura" in tal caso sia fare l'elogio del cannibalismo.

Queste riflessioni acquistano sapore particolare se pensiamo a quanto è accaduto negli ultimi mesi rispetto alle manifestazioni di violenza scatenatesi nelle piazze italiane. Ogni qual volta qualcuno ha cercato di domandarsi quali fossero gli ideali, i valori, le motivazioni materiali, le regole di comportamento dei gruppi detti eversivi, e ha tradotto la questione in termini di "fenomeno culturale o antropologico", vi è stata una selva di proteste da parte di coloro che, avvertendo quei comportamenti e quei metodi come minacciosi, identificavano nella qualifica di "fenomeno culturale" una loro giustificazione indiscriminata.

Chi scrive si è trovato al centro di una serie di polemiche che vale la pena di riassumere brevemente perché mettono esattamente in luce resistenze e pregiudizi intorno alla nozione antropologica di cultura.

Alcuni mesi fa, sul *Corriere della Sera*, nell'articolo "Le baccanti e i cannibali", avevo parlato di alcuni fenomeni che inquietano l'opinione pubblica, come la pratica terroristica della violenza politica. E dicevo che occorreva capire il valore che certi fatti assumono come spia della crisi del nostro modello di cultura. Come esempio di "cultura" alternativa usavo la metafora (anzi la metonimia) della P.38. Mi pareva di essere stato molto chiaro: mentre condannavo ovviamente la politica della P.38 dicevo che si può rifiutare politicamente la rivolta terroristica armata senza per questo sottrarsi al dovere (scientifico e politico) di interrogarsi sulla diffusione di tendenze che costituiscono fenomeno sociale che deve essere indagato senza operare facili rimozioni.

Ed ero stato molto esplicito anche nell'uso del termine "cultura": lo intendevo come almeno da cento anni lo intendono le scienze umane, come insieme di conoscenze, credenze, nozioni morali, diritto, *costume* e "qualsiasi altra capacità e abitudine acquisita dall'uomo come membro di una società" (Tylor, XIX secolo). Se così va intesa la cultura, è chiaro che esistono culture assestate e dominanti e modelli culturali alternativi, spesso periferici, non sempre destinati al successo, ma riconoscibili ogni volta che si presentano con caratteristiche di costanza, organicità, corrispondenza sia pure ancora imprecisa tra modi di agire e giustificazioni teoriche (filosofiche o mitologiche) dell'azione. Ripetevo infine che parlare, per esempio, di cultura della droga non significa desiderare che i propri figli si droghino, spesso significa capire quali sono le tendenze di costume che potrebbero portare un giorno anche i nostri figli a iniettarsi eroina, onde predisporre i rimedi. Ciò che non si può fare è trovarsi di fronte a un fenomeno culturale e etichettarlo come devianza individuale, accidente sanabile con norme di polizia. Nelle nuove forme di violenza politica c'è certo materiale per gli strateghi della tensione, ma è l'estensione di questo "materiale" che mi interessa. E sono gruppi molto più vasti di "pochi violenti isolati", gruppi il cui gesto di rivolta non esprime più il modello del rivoluzionario marxista ma ripropone il modello storico del comunismo millenarista anteriore alla nascita del socialismo "scientifico". Ma come nei suoi precedenti storici, alle spalle di questa scelta c'è una realtà economica, una "religiosità", una psicologia. E ci sono dei valori (ovvero dei principi che per quel soggetto "valgono"). Questi valori sono estranei alla nostra società o ne costituiscono il contrappunto, il rimbalzo, la deriva? Quanto nella ideologia della riappropriazione è funzione diretta della ideologia dei consumi e del benessere? La proposta di riappropriarsi della vita (specie quando assume i connotati dell'esproprio violento – magari della vita altrui) è un prodotto estremo delle ideologie rivoluzionarie dell'ultimo secolo o è un prodotto dell'ideologia tardo-capitalistica che ripete da decenni "viviamo nella società dell'abbondanza, tutti possono avere tutto"? Se non ci si pongono questi interrogativi si crede di poter isolare con pochi espedienti di ordine pubblico una società sotterranea del dissenso generalizzato che continuerà a sopravvivere e a riesplodere per anni là dove la società del consenso non se lo attende. Bene, di fronte a questa proposta di indagine che chiamavo di antropologia culturale (cos'è la cultura del dissenso? da dove nasce? quali sono le sue ragioni economiche, qual è la sua ideologia diffusa, quali risposte politiche e culturali ci impone di studiare, e a vasto raggio?) si sono avuti due tipi di reazione di rigetto.

La prima consisteva nell'ironizzare (ma con minaccioso sarcasmo) sugli intellettuali che riconoscono dignità di "cultura" alle manifestazioni di violenza. Qualcuno è arrivato a scrivere che io avrei definito la P.38 un fatto culturale: dove la citazione, isolata e deformata, diventava insinuazione, ricatto morale. Ma l'insinuazione poteva aver effetto perché la nostra società colta non si è ancora liberata dai tabù di cui la filosofia idealistica aveva munito la parola "cultura". Quando non dico l'antropologia culturale, ma persino l'umanista Adorno insegnava a distinguere tra formazione individuale (o *Bildung*) e cultura come fatto sociale (*Kultur*): e se pure non gli piaceva l'idea di *Kultur*, quando tracciava l'identikit della "semicultura" della società di massa in effetti faceva della buona (e impegnata) antropologia culturale, o almeno ne provvedeva i materiali.

Ma c'è stata una seconda reazione, altrettanto equivoca. Mi si è chiesto se io biasimassi Salvemini o Gramsci per non aver "spiegato e giustificato" con l'antropologia culturale il fenomeno del fascismo. No, io biasimo i miei contradditori per la loro visione molto oscura o troppo "americana" dell'antropologia culturale: perché per quanto ne so Salvemini o Gramsci fecero appassionate indagini sui nuovi modelli "culturali" (anche se per ragioni di formazione non usavano un termine del genere). E biasimo chi, crocianamente, ritiene che spiegare significhi sempre e necessariamente giustificare. Non ho mai pensato che la Storia sia "giustificatrice": l'errore è ricorrere al concetto crociano di storia (e storiografia) per discutere un problema di nuova antropologia culturale. Naturale che poi mi si domandi provocatoriamente se il presente abbia sempre ragione. No, c'è differenza tra il dire che il presente ha sempre ragione e dire che è ragionevole riconoscere il presente come un fatto, che va affrontato e spiegato (dicevo nel mio articolo che "non è chiamando il cancro con un altro nome che lo si trasforma in raffreddore"). È solo dalla comprensione profonda di quel che accade che può nascere la decisione politica di trasformare il presente nella prospettiva di quello che riteniamo il valore da realizzare.

Culture autoriproduttive e culture dipendenti

Una buona indagine antropologica non abdica al concetto di valore. Anche ragionando in termini puramente strutturali, si profila una prima discriminazione tra culture (a) *autosufficienti*, (b) *autodistruttive* e (c) *parassitarie* o *dipendenti*. Per esempio, la cultura liberale borghese ha offerto senza dubbio un modello di autosufficienza: la competizione si pone come un valore a disposizione di tutti, anche chi è vinto o escluso in partenza fa parte del modello e contribuisce a perpetuarlo (anche se la cosa può non piacere). La cultura nazista – che era una cultura a tutti gli effetti, con i suoi riti, miti, valori, costumi, regole ferree – era una cultura che conteneva invece i germi della propria morte: il razzismo impediva l'ibridazione, condizione di salute per ogni razza, il rogo dei libri impediva lo sviluppo della discussione scientifica, condizione di adattamento continuo per una cultura dinamica. E infine la "cultura della droga", che ha i suoi valori e i suoi riti, può vivere solo come alternativa tollerata all'interno di un modello culturale più vasto che non generalizza il principio della droga. In un universo composto esclusivamente di drogati nessuno provvede più al trasporto internazionale della droga: la cultura della droga presuppone l'organizzazione del commercio della droga; e questa una cultura della libera impresa. Gli *hippies* che ricostruiscono artificialmente la cultura di don Juan sopravvivono solo perché esistono la General Motors o il Pentagono che li ammettono alla periferia del loro modello di tolleranza repressiva.

Questo problema si pone anche oggi con le culture dell'assenteismo, dell'esproprio proletario, della felicità e del desiderio. Il loro rischio non è di non saper esibire un proprio sistema di valori e di comportamenti, ma di non riconoscere la propria dipendenza dal modello borghese dominante: si espropria ciò che altri hanno prodotto, ovvero ciò che il proletario spossessato ha prodotto accettando una logica della produttività. Una cultura del desiderio che si ponga come unico modello dominante, non produce più gli oggetti da desiderare e da espropriare e deve dunque trasformarsi in un altro modello culturale che riconosca al proprio interno il momento della produttività, del consenso sociale, dell'organizzazione (in qualche modo) statale.

Ecco perché ogni rifiuto del politico in favore di un ritorno totale e liberatorio al privato non può che proporsi come modello parassitario: per diventare modello autosostentantesi una controcultura del privato deve ritrovare al proprio interno la dimensione politica.

La quarta definizione di cultura

Ci sono dunque culture e culture, e una cultura per poter sopravvivere deve riuscire a riconoscersi e a criticarsi. Questa attività di critica del proprio modello culturale e di quello altrui, è la quarta accezione di cultura. Si innerva sulla terza, ma a un livello metalinguistico immediatamente superiore. È la cultura come definizione critica della cultura dominante e riconoscimento critico delle culture alternative emergenti. Marx quando scrive il *Capitale* fa cultura in questo quarto senso. Un membro di una cultura arcaica che riconosce i limiti del proprio modello e lo compara a quello che si sta formando come alternativa dal di dentro o dal di fuori, fa cultura in questo quarto senso. Questo quarto senso di "cultura" è sempre e positivamente "controcultura". La controcultura allora è l'azione critica di ricambio del paradigma sociale o scientifico o estetico esistente. È la riforma religiosa. È l'eresia che si dà uno statuto e prefigura un'altra chiesa. È l'unica manifestazione culturale che una cultura dominante non riesce a riconoscere e ad accettare; la cultura dominante tollera come devianze più o meno innocue le controculture parassitarie, ma non può accettare le manifestazioni di critica che la mettono in questione. C'è controcultura quando i trasformatori della cultura in cui vivono diventano criticamente coscienti di quel che fanno ed elaborano una teoria della loro pratica di deviazione dal modello dominante, *proponendo un modello capace di autosostentamento*.

Il ruolo dell'intellettuale

A questo punto abbiamo la possibilità di definire un'altra categoria tanto ambigua quanto cultura, territorio o controcultura: quella di intellettuale. Diciamo subito che si può definire come intellettuale chi si fa carico dell'azione critica descritta come cultu-

227

ra nel senso numero 4. In altri termini, l'intellettuale è sempre l'operatore di una attività di controcultura critica, sia esso alfabeta o no, umanista o no, isolato o "impegnato", cane sciolto o intellettuale organico.

Anche sul termine di "intellettuale" si addensano non pochi equivoci lessicali. Vorrei cominciare evitando di cercare la parola intellettuale sui dizionari italiani, i quali non possono evitare di riflettere le idee filosofiche che la nostra cultura ha diffuso in argomento. Provo con un dizionario inglese, il Webster, perché ho l'impressione che da quelle parti non si parli di intellettuale come categoria politico-sociale ben definita, come da noi, almeno dopo Gramsci. E trovo: "persona intellettuale". E basta. Vedo quindi che intellettuale non esiste come sostantivo, ma come aggettivo, e passo all'aggettivo. Trovo: "guidato per lo più dall'intelletto piuttosto che dall'emozione o dalla esperienza". Non mi serve, è una caratterizzazione psicologica, e poi escluderebbe Galileo, e proprio non mi pare il caso. Trovo ancora: "che si dà allo studio, alla riflessione, alla speculazione", il che lascerebbe fuori il direttore di un giornale, che passa la serata al bancone in tipografia. E poi trovo ancora: "impegnato in una attività che richiede l'uso creativo dell'intelletto". Questa mi pare meglio. Non per fare l'esterofilo, ma mi lascia più perplesso il Devoto-Oli: "persona dotata di una vera o presunta superiorità spirituale o culturale; e per lo più destinata a rappresentare una parte direttiva o critica nell'ambito di una organizzazione politica o di un indirizzo ideologico" e "oggettivamente: cultore di studi riconducibili a un moderno valore umanistico". Va bene, torniamo alla definizione del Webster. Quello che imbarazza è l'uso dell'intelletto; quello che piace è l'uso creativo. Ma "creativo" è termine vago. Tutto il mondo classico, medievale, rinascimentale e barocco mantiene una distinzione tra arti liberali (dell'intelletto) e arti meccaniche (delle mani). Così un pessimo poeta è liberale e Michelangelo e Bernini sono meccanici, e vedete che la cosa non va. Oggi sappiamo che si pensa anche con le mani; a leggere quel che diceva a parole, Picasso poteva essere un poveretto, eppure ne ha "pensate" delle belle.

Diciamo allora che svolge attività intellettuale chi manovrando la penna o lavorando certe materie, o prendendo in mano semplicemente il telefono, costringe gli altri a pensare, ad avere emozioni e gusti, in modo diverso?

Qui il panorama si fa più confuso. Perché se l'intellettuale è quello che non lavora con le mani (che è poi l'opinione più diffusa tra la gente) un pittore, a meno che non sia concettuale, non è un intellettuale, mentre un direttore della sezione sei della Banca Commerciale lo è. Il che sarebbe onesto per il secondo, ma ingiusto per il primo, e d'altra parte la società rispetta in modo diverso come persone "per bene" (nel senso di non-manovale) entrambi.

Credo allora che occorra fare una distinzione tra *lavoro intellettuale* e *ruolo di intellettuale*. Il lavoro intellettuale è quello che si fa usando più la testa che le mani. Si ritiene che sia meno faticoso (non sempre è vero, spesso sì), in ogni caso, con la società così com'è, è meglio pagato. Per questo tanta gente vuole laurearsi. Si prendono più soldi con le mani pulite che con le mani sporche. È vero sino a un certo punto perché un macellaio è di solito più ricco di un professore di latino. Diciamo allora: si è più "stimati". Verissimo: il professore di latino è così contento di essere più stimato del macellaio, che si rassegna a mangiare verdura cinque giorni alla settimana. Per questo gli "intellettuali" disprezzano tanto i non-intellettuali che fanno soldi, perché sono gente che han preferito la bistecca al titolo.

Liquidiamo allora il problema del lavoro intellettuale: lo svolgono gli impiegati del municipio, i ragionieri di banca, Cefis, i professori di filologia romanza e i loro assistenti. Stabiliamo che svolgono lavoro intellettuale anche coloro che fanno lavoro manuale di qualità, come gli scultori, e i cui prodotti provocano una attività di lavoro intellettuale *a latere* (se non ci fossero i critici e il pubblico che ne discute, gli scultori produrrebbero degli oggetti da vendere a peso; e sarebbero alla pari dei mobilieri). Fanno lavoro intellettuale anche i preti, e i vescovi. Il Papa e Lama. Anche Almirante. Ma cosa succede quando si passa al ruolo o alla funzione intellettuale? Qui il problema si fa più difficile. Credo che a questo punto si possa tentare, così come lo si è fatto per "cultura" una tipologia delle accezioni storiche del termine "intellettuale".

1. *Definizione sindacale*: l'intellettuale come professionista, ovvero l'intellettuale con la penna. Chi lavora con la testa. Antichità, Medioevo e Rinascimento hanno escluso dalla definizione i "meccanici", che lavoravano con le mani. Dante era intellettuale, Masaccio no. E, ciò che è più grave, non furono riconosciuti come intellettuali i meccanici del Rinascimento che avevano inventato nuove macchine e dato nuovo fiato, con la pratica, alla teoria scientifica.

2. *Definizione sacrale*: l'intellettuale come sciamano, o sacerdote. In termini contemporanei, colui che "suona il piffero" (allo Stato o alla Rivoluzione). Il difensore della cultura dominante. Il

depositario dei valori. Apparentemente non ha nulla a che vedere con i *clercs* di Benda, perché questi escludono l'intellettuale impegnato e "organico", ma in fondo si tratta della stessa cosa: è il nastro trasportatore dei valori culturali (dati o da porre). In ogni caso, come nella prima accezione, la sua funzione è elitaria, egli è un selezionato.

3. *Definizione piccolo borghese:* l'intellettuale con la mandola, ovvero il giullare. Il genio creativo a cui tutto è permesso, anche la bohème, purché non disturbi il consenso sociale, ovvero lo metta in causa ma solo nel laboratorio della creatività fantastica. È un chierico che non tradisce veramente mai. Gli è riservata l'Accademia.

4. *Definizione paleomarxista:* l'intellettuale come colui che rimette sui piedi ciò che camminava sulla testa. Il trasformatore del mondo. In questo senso può essere intellettuale anche lo sconosciuto artigiano che inventa il primo modello di telaio meccanico; il mercante che inventa la cambiale; l'esploratore. Ma anche la creatività anonima e collettiva, l'inventività operaia spossessata... Questa definizione apparirebbe la più comprensiva se non lasciasse spazio a una domanda: perché l'inventività collettiva ormai spossessata è stata spossessabile? Perché la cultura anonima dei gruppi proletari, dei cantimbanchi, dei critici vaganti del potere non si è mai manifestata come cultura dominante e quando viene riconosciuta (come oggi avviene) è sempre a opera della cultura dominante e degli intellettuali nel senso 1, 2 e 3 del termine? Questo ci conduce a serrare più dappresso la definizione numero 4 per farne sortire, come inveramento, la nozione numero 5.

5. *L'intellettuale come portavoce critico delle grandi trasformazioni culturali.* In questo senso, alfabeta o no, artista o meccanico, è intellettuale colui che contribuisce a rendere esplicito il problema di definizione di una controcultura e lo porta alla luce. L'intellettuale è colui che trasforma la situazione ma che al tempo stesso è conscio criticamente della portata della sua trasformazione. È colui insomma (e può essere uno scrittore o un agitatore analfabeta) che della propria controcultura, all'interno della cultura dominante, si fa espressione critica e auto-coscienza. Un intellettuale come sciamano ribadisce il tabù dell'incesto: un intellettuale in senso critico, nel cuore dell'era vittoriana, critica il tabù dell'incesto e ne mostra le ragioni, i nodi, le contraddizioni, le determinazioni ineliminabili. Così Freud apre la strada a una ridefinizione del

sesso nel quadro della vita individuale e sociale. Che poi una cultura, mentre si manifesta come controcultura, debba esprimere un intellettuale a pieno tempo o in essa ciascuno si assuma a turno il ruolo intellettuale è un altro problema. La sua soluzione caratterizza culture diverse.

Ma se una controcultura è un'alternativa critica che, riconoscendo le proprie possibilità di autoriproduzione, intende assumere il potere, l'intellettuale è il tecnico di questo potere. Nessun moralismo, illusione da anima bella, anarchismo estetico, è possibile. Il problema di una controcultura e dei suoi intellettuali è ancora una volta un problema di potere.

Civiltà delle macchine, gennaio 1977

CULTURA COME SPETTACOLO

Il 1979 e il 1980 sono stati gli anni in cui, mentre si teorizzavano alcune novità già mature, sorgevano i primi perplessi interrogativi su altre novità, se così si può dire, più nuove. Le novità mature riguardavano una sensibile evoluzione nel concetto di spettacolo: un fenomeno degli anni settanta. Lentamente le folle, e non solo giovanili, erano uscite dal chiuso dei teatri: dapprima il teatro all'angolo della strada di brechtiana memoria, e il suo fratello minore, lo street theater, e gli happenings, poi le feste, teatro come festa e festa come teatro... Tutti argomenti su cui, come dicevo, esiste ormai una vasta letteratura teorica, e la letteratura teorica, si sa, se non uccide almeno rende "rispettabili" i fatti inattesi – che inattesi non sono più. Nel momento in cui le feste sono diventate oggetto di amministrazione comunale, investendo una intera città nei suoi strati meno marginali (e sono sfuggite di mano a chi appunto le improvvisava ai margini), non saremo così snob da dire che han perso ogni sapore, ma indubbiamente sono diventate un "genere", come il romanzo poliziesco, la tragedia classica, la sinfonia o il ballo "a palchetto". E di fronte a tante nuove estetiche, sociologie e semiotiche della festa, non c'è più nulla da dire.

La novità disturbante, invece, è nata con l'apparizione di qualcosa che è stato, più o meno maliziosamente, etichettato come "cultura come spettacolo".

La dizione è ambigua: come se il teatro e la festa, o la banda in piazza, non fossero cultura. Ma siccome, anche dopo decenni e decenni di antropologia culturale (che ci ha insegnato che persino le posizioni defecatorie fan parte della cultura materiale di una comunità) si è inclini a parlare di cultura solo nei casi di cultura "alta" (letteratura colta, filosofia, musica classica, arte da galleria e teatro da palcoscenico), parlando di cultura come spettacolo si intendeva dire qualcosa di ben preciso. E di dirlo alla luce di una

232

ideologia (per quanto imprecisa) della cultura con la C maiuscola. In altri termini, si parte dal presupposto che lo spettacolo è divertimento, leggermente colpevole, mentre una conferenza, una sinfonia di Beethoven, una discussione di filosofia sono esperienze noiose (e quindi "serie"). Al figlio che ha preso un brutto voto a scuola il genitore severo proibisce di andare a uno "spettacolo" ma non di andare a una manifestazione culturale (che anzi si suppone gli faccia bene).

Un'altra caratteristica della manifestazione culturale "seria" è che il pubblico non deve prendere parte: sta a sentire, o a vedere; in tal senso anche uno spettacolo (ovvero ciò che una volta era spettacolo in senso "cattivo") può diventare "serio" quando il pubblico non vi prende più parte attivamente ma vi assiste passivamente. Quindi è possibile che il pubblico della commedia greca assistesse sputando noccioli di frutta e beccando gli attori, ma oggi, in un anfiteatro dovutamente archeologizzato, la stessa commedia è più cultura che spettacolo, e la gente sta zitta (auspicabilmente, annoiandosi).

Ora nell'ultimo anno si sono verificati dei fatti inquietanti. Centri culturali che da anni organizzano dibattiti, conferenze, tavole rotonde, si sono trovati a fronteggiare una *terza fase*. La prima fase era quella normale sino al Sessantotto: qualcuno parlava, il pubblico, in quantità ragionevoli, ascoltava, con qualche educata domanda alla fine, poi tutti a casa nel giro di due ore. La seconda fase è stata quella sessantottesca: qualcuno cercava di parlare, una udienza turbolenta gli contestava il diritto di prendere autoritariamente la parola, qualcun altro tra il pubblico parlava al posto suo (altrettanto autoritariamente, ma ce ne siamo accorti solo via via), alla fine si votava una mozione qualsiasi, poi tutti a casa. La terza fase invece funziona così: qualcuno parla, il pubblico si addensa in una misura inverosimile, seduto per terra, affollandosi nei vani adiacenti, talora sulle scale d'ingresso, sopporta che quello parli per una, due, tre ore, partecipa alla discussione per altre due ore, e non vuole mai andare a casa.

La terza fase può essere liquidata con esemplare dialettica da *nouveau philosophe*: siamo al giusto riflusso, tediata dalla politica la nuova (ma anche la vecchia) generazione vuole ora riascoltare "parole vere", è appunto la Cultura Alta che torna a trionfare. Ma basta essere un poco più conservatore di un *nouveau philosophe* (ed è persino possibile, basta essere paleo-marxista, liberal crociano o francofortese prima maniera) per avvertire un senso di malessere. Perché queste nuove masse (e credo di "masse" si possa

233

parlare, anche se il formato non è quello delle masse sportive o delle masse rock) vanno alle manifestazioni culturali, ascoltano, e con viva attenzione, intervengono, e con interventi che vanno dalla partecipazione acuta e dotta al grido dell'anima, ma si comportano come se fossero a una festa collettiva, non è che sputino noccioli di albicocche o che si spoglino nudi, ma chiaramente vengono anche per la collettività dell'evento, ovvero (per usare un termine un po' sdato, ma che sembra giusto riciclare per queste esperienze) per *stare insieme*.

Di tutti gli esempi che potrei portare (e vanno da concerti sinfonici all'aperto a dibattiti di epistemologia – tutti posti dove ormai non si vedono più le solite facce) quello che mi ha più colpito (anche perché vi sono stato coinvolto) è la serie delle conferenze o incontri coi filosofi organizzati dalla biblioteca comunale di Cattolica. Se ne è parlato molto. Stupisce già che una cittadina di non molte migliaia d'abitanti, e in stagione morta, organizzasse delle serate di incontro con la Filosofia (vecchio fantasma, che quasi si sta per eliminare persino dalla scuola media superiore). Si è poi provata altra stupefazione quando si è visto che ad alcuni di quegli incontri arrivavano anche mille persone. Ancor più ci si è stupiti a rilevare che le sedute duravano anche quattro ore, e che le domande andavano dall'intervento di chi sapeva già tutto e ingaggiava una colta polemica con l'oratore, all'intervento selvaggio, di chi chiedeva al filosofo cosa pensasse della droga, dell'amore, della morte, della felicità – tanto che alcuni oratori han dovuto schermirsi e ricordare che un filosofo non è un oracolo e non deve essere troppo carismatizzato (chi lo avrebbe detto dieci anni fa?). Ma la stupefazione è destinata a crescere se si fanno alcuni calcoli quantitativi e geografici. Parlo della mia esperienza. Era chiaro che Cattolica da sola non bastava a fornire tanti "clienti". E infatti moltissimi venivano da fuori, dalla Romagna, dalle Marche, anche da più lontano. Mi sono reso conto che molti venivano da Bologna, la città dove tengo lezioni tre giorni alla settimana. Perché qualcuno deve venire da Bologna a Cattolica per sentire cosa dico in meno di quarantacinque minuti, mentre può venire quando vuole durante l'anno all'università, dove l'ingresso è gratuito (e per andare da Bologna a Cattolica, tra benzina, autostrada, cena fuori casa, questa avventura viene a costare più di uno spettacolo teatrale)? La risposta è semplice: non venivano a sentire me. Venivano a vivere l'*evento*: a sentire anche gli altri, per partecipare a una manifestazione collettiva.

Uno spettacolo? Non avrei nessuna esitazione, né pudore, né

amarezza, a dire di sì. Ci sono state molte epoche storiche in cui una discussione filosofica o forense erano anche spettacolo: a Parigi, nel medioevo, si andava a seguire le discussioni delle *quaestiones quodlibetales*, non solo per sentire cosa il filosofo aveva da dire, ma per assistere a una gara, a un dibattito, a un evento agonistico. E non ditemi che ci si affollava negli anfiteatri ateniesi ad assistere a una trilogia tragica più dramma satiresco solo per stare seduti buoni buoni sino alla fine. Si andava a vivere un evento, dove contava anche la presenza degli altri, e le bancarelle dei cibi e delle bevande, e il rito nella sua complessità di festival "culturale". Come si è andati a vedere *Einstein on the Beach* a New York, dove l'azione teatrale durava più di cinque ore, ed era concepita in modo che il pubblico si alzasse, uscisse, andasse a bere qualcosa e a discuterne con gli altri, poi rientrasse, poi uscisse di nuovo. Entrare e uscire non è strettamente necessario. Immagino che si vada nelle arene ad ascoltare Beethoven seguendo la sinfonia dall'inizio alla fine: ma conta la ritualità collettiva. Come se quella che era la cultura Alta possa essere riaccettata e inserita in una nuova dinamica purché consenta anche degli incontri, delle esperienze in comune. Al conservatore che opponga che, così assorbita, la Cultura con la maiuscola non dà nulla, perché manca la necessaria concentrazione, si risponderà (se si è bene educati – ma esistono alternative più brusche) che non si sa quanto "assorbisse" il normale cliente della conferenza o del concerto, che sonnecchiava sobbalzando all'applauso finale. Il conservatore non avrebbe nulla da dire a chi si portasse Platone in spiaggia, anche se lo legge tra mille rumori, e loderebbe la buona volontà di questo coltissimo e volenteroso bagnante; poi non gli piace che lo stesso lettore vada a sentire un dibattito su Platone con gli amici, invece di andare in discoteca. Ma forse è difficile fargli capire che la spettacolarizzazione non significa necessariamente perdita di intensità, disattenzione, "leggerezza di intenti". Si tratta soltanto di una diversa maniera di vivere il dibattito culturale.

In questi ultimi mesi se ne sono vissute un po' dovunque, in Italia, le prime avvisaglie. Può darsi che fosse un fenomeno transitorio. Se durerà, si tratta di esaminare, con la stessa freddezza con cui lo si è fatto sinora, cosa potrebbe avvenire quando si raggiungessero livelli di spettacolarità culturale istituzionalizzata quali si danno negli Stati Uniti.

Laggiù non si organizzano solo congressi per addetti ai lavori: si organizzano sovente convegni, simposii, quattro giorni culturali, su qualsiasi argomento, dalla religione alla letteratura o alla ma-

235

crobiotica, pubblicizzandoli sui giornali e facendo pagare un ingresso sovente salato. L'organizzazione spende quello che deve spendere per assicurarsi personaggi di richiamo, poi l'evento si svolge come uno spettacolo teatrale. A noi la cosa può fare orrore. Qualche volta *deve* fare orrore. Ricordo, nel 1978, *The Event*, organizzato da Jerry Rubin, già eroe della contestazione sessantottesca e leader degli hippies.

The Event, durava dalle nove di mattina all'una di notte, e prometteva una "stravaganza dell'autocoscienza", mostre, dibattiti, conferenze su zen, macrobiotica, meditazione trascendentale, tecniche sessuali, jogging, scoperta del genio che si nasconde in noi, arte, politica, religioni di vario tipo, filosofia popolare. Tra le "star" c'erano un celebre comico negro come Dick Gregory, i sessuologi Master e Johnson, l'architetto profeta Buckminster Fuller, predicatori religiosi, uomini di spettacolo. Biglietto d'ingresso altissimo, pubblicità sui grandi quotidiani, promesse di felicità e di scoperte radicali per la propria evoluzione interiore, buffets vegetariani, libri di dottrine orientali, protesi per organi sessuali. Se la cosa faceva orrore era perché era concepita come un *music hall*, col pubblico a bocca aperta. Non c'era partecipazione, e comunque i partecipanti non si conoscevano l'un l'altro. Lo spettacolo culturale era concepito come un bar per uomini e donne soli, e d'altra parte non è raro trovare in America la pubblicità di una serie di concerti, serissimi, in cui si avverte che l'intervallo del concerto è un luogo ideale per incontrare l'anima gemella.

Se lo spettacolo culturale deve prendere questa strada non ci sarà da esserne soddisfatti. Ma non perché si tratta di spettacolo "culturale" ma perché si tratta di "spettacolo" nel senso peggiore del termine: una falsa vita rappresentata sul palcoscenico perché gli astanti, silenziosi, abbiano l'illusione di vivere, per interposta persona.

Ma queste sono le degenerazioni di una società detta appunto "dello spettacolo". Non è detto che la cultura come spettacolo di cui parlavamo sia un prodotto di una società dello spettacolo; può anzi esserne l'alternativa. Un modo di sfuggire agli spettacoli organizzati, per crearsene degli altri. E su questa prospettiva, nervi saldi. Staremo a vedere.

La Società - Quaderni, 2, aprile-maggio 1980

Io credo che in un luogo così venerando sia opportuno cominciare, come in una cerimonia religiosa, con la lettura del Libro, non a scopo di informazione, perché quando si legge un libro sacro tutti sanno già quello che il libro dice, ma con funzioni litaniali e di buona disposizione dello spirito. Dunque:

L'universo (che altri chiama la biblioteca) si compone d'un numero indefinito, e forse infinito, di gallerie esagonali, con vasti pozzi di ventilazione nel mezzo, bordati di basse righiere. Da qualsiasi esagono si vedono i piani superiori e inferiori, interminabilmente. La distribuzione degli oggetti nelle gallerie è invariabile. Venticinque vasti scaffali, in ragione di cinque per lato, coprono tutti i lati meno uno; la loro altezza, che è quella stessa di ciascun piano, non supera di molto quella di una biblioteca normale. Il lato libero dà su un angusto corridoio che porta a un'altra galleria, identica alla prima e a tutte. A destra e a sinistra del corridoio vi sono due gabinetti minuscoli. Uno permette di dormire in piedi; l'altro, di soddisfare le necessità fecali. Di qui passa la scala spirale, che s'inabissa e s'innalza nel remoto. Nel corridoio è uno specchio, che fedelmente duplica le apparenze. [...] A ciascuna parete di ciascun esagono corrispondono cinque scaffali; ciascuno scaffale contiene trentadue libri di formato uniforme; ciascun libro di quattrocentodieci pagine; ciascuna pagina, di quaranta righe; ciascuna riga, di quaranta lettere di colore nero. Vi sono anche delle lettere sulla costola di ciascun libro; non, però, che indichino o prefigurino ciò che diranno le pagine. So che questa incoerenza, un tempo, parve misteriosa. [...] Cinquecento anni fa, il capo d'un esagono superiore trovò un libro tanto confuso come gli altri, ma in cui v'erano quasi due pagine di scrittura omogenea, verosimilmente leggibile. Mostrò la sua scoperta a un decifratore ambulante e questo gli disse che erano scritte in portoghese; altri gli dissero che erano scritte in yiddish. Poté infine stabilirsi, dopo ricerche che durarono quasi un secolo, che si trattava di un dialetto samoiedo-lituano del guaranì, con inflessioni di arabo classico. Si decifrò anche il contenuto: nozioni di analisi combinatoria, illustrate con esempi di permutazioni a ripetizione illimitata. Questi esempi permisero a un bibliotecario di genio di scoprire la legge fondamentale della Biblioteca. [...] Affermano gli empi che il nonsenso è normale nella Biblioteca, e che il ragionevole (come anche l'umile e semplice coerenza) vi è una quasi miracolosa eccezione. Parlano (lo so) della "Biblioteca febbrile, i cui casuali volumi corrono il rischio incessante di mutarsi in altri, e tutto affermano, negano e confondono come una divinità in delirio". Queste parole, che non solo denunciano il disordine, ma lo illustrano, testimoniano generalmente del pessimo gusto e della disperata ignoranza di chi le pronuncia. In realtà, la Biblioteca include tutte le strutture verbali, tutte le variazioni permesse dai venticinque simboli ortografici, ma non un solo nonsenso assoluto. [...] Parlare è incorrere in tautologie. Questa epistola inutile e verbosa già esiste in uno dei trenta volumi dei cinque scaffali di uno degli innumerabili esagoni – e così pure la sua confutazione. (Un numero n di lingue possibili usa lo stesso vocabolario; in alcune il simbolo *biblioteca* ammette la definizione corretta di *sistema duraturo e ubiquitario di gallerie esagonali*, ma biblioteca sta qui per *pane*, o per *piramide*, o per qualsiasi altra cosa, e per altre cose stanno le sette parole che la definiscono. Tu, che mi leggi, sei sicuro di intendere la mia lingua?) Amen!

Il brano, come tutti sanno, è di Jorge Luis Borges, un capitolo di *La Biblioteca di Babele*, e mi chiedo se tanti tra i frequentatori di biblioteca, direttori di biblioteca, lavoratori di biblioteca qui presenti, nel riudire e rimeditare queste pagine, non abbiamo vissuto esperienze personali, di gioventù o di maturità, di lunghi corridoi, lunghe sale; cioè c'è da chiedersi se la biblioteca di Babele, fatta a immagine e modello dell'Universo, non sia anche a immagine e modello di molte biblioteche possibili. E mi chiedo se sia possibile parlare del presente o del futuro delle biblioteche esistenti elaborando dei puri modelli fantastici. Io credo di sì.

Per esempio, un esercizio che ho fatto varie volte per spiegare come funziona un codice, riguardava un codice molto elementare a quattro posti con una classificazione di libri in cui il primo posto indica la sala, il secondo posto indica la parete, il terzo posto indica lo scaffale sulla parete e il quarto posto indica la posizione del libro nello scaffale, per cui una segnatura come 3-4-8-6 significa: terza sala entrando, quarta parete a sinistra, ottavo scaffale, sesto posto. Poi mi sono accorto che anche con un codice così elementare (non è il Dewey) si possono fare giochi interessanti. Si può scrivere per esempio 3335.33335.33335.33335. ed ecco che abbiamo l'immagine di una biblioteca con un numero immenso di stanze: ciascuna stanza ha forma poligonale, più o meno come gli occhi di un'ape, in cui possono esserci quindi 3.000 o 33.000 pareti, tra l'altro non rette dalla forza di gravità, in quanto gli scaffali possono stare anche sulle pareti superiori, e queste pareti, che sono più di 33.000, sono enormi perché possono ospitare 33.000 scaffali e questi scaffali sono lunghissimi perché possono ospitare ciascuno 33.000 e più libri.

È questa una biblioteca possibile o appartiene solo a un universo di fantasia? Comunque anche un codice elaborato per una biblioteca casalinga permette queste variazioni, queste proiezioni e consente anche di pensare a biblioteche poligonali. Faccio questa premessa perché, obbligato dal gentile invito che ho ricevuto a riflettere su cosa si possa dire su una biblioteca, ho cercato di stabilire quali siano i fini certi o incerti di una biblioteca. Ho fatto una breve ispezione nelle sole biblioteche a cui avevo accesso, perché sono aperte anche nelle ore notturne, quella di Assurbanipal a Ninive, quella di Policrate a Samo, quella di Pisistrato ad Atene, quella di Alessandria, che faceva già nel III secolo 400.000 volumi e poi nel I secolo, con quella del Serapeo, faceva 700.000 volumi, poi quella di Pergamo e quella di Augusto (al tempo di Costantino c'erano 28 biblioteche a Roma). Poi ho una certa dimestichezza con alcune biblioteche benedettine, e ho cominciato a chiedermi quale sia la funzione di una biblioteca. Forse all'inizio, ai tempi di Assurbanipal o di Policrate era quella di raccogliere, per non lasciare in giro rotoli o volumi. In seguito credo abbia avuto la funzione di tesaurizzare: costavano, i rotoli. Quindi, in epoca benedettina, trascrivere: la biblioteca quasi come zona di passo, il libro arriva, viene trascritto, l'originale o la copia ripartono. Credo che in qualche epoca, forse già tra Augusto e Costantino, la funzione di una biblioteca fosse anche quella di far leggere, e quindi, più o meno, di attenersi al deliberato dell'Unesco che ho visto nel volume arrivatomi oggi, in cui si dice che uno dei fini della biblioteca è di permettere al pubblico di leggere i libri. Ma in seguito credo siano nate delle biblioteche la cui funzione era quella di *non* far leggere, di nascondere, di celare il libro. Naturalmente, queste biblioteche erano anche fatte per permettere di ritrovare. Noi siamo sempre stupiti dell'abilità degli umanisti del Quattrocento che ritrovano i manoscritti perduti. Dove li ritrovano? Li trovano in biblioteca. In biblioteche che in parte servivano per nascondere, ma servivano anche per fare ritrovare.

Di fronte a questa pluralità di fini di una biblioteca, mi permetto adesso di elaborare un modello negativo, in 19 punti, di cattiva biblioteca. Naturalmente è un modello fittizio tanto come quello della biblioteca poligonale. Ma come in tutti i modelli fittizi i quali, come le caricature, nascono dalla aggiunzione di cervici equine su corpi umani con code di sirene e squame di serpente, credo che ciascuno di noi possa ritrovare in questo modello negativo i ricordi lontani di proprie avventure nelle più sperdute biblioteche e del nostro Paese e di altri Paesi. Una buona biblioteca, nel senso di una cattiva biblioteca (e cioè di un buon esempio del modello negativo che cerco di realizzare), dev'essere anzitutto un immenso *cauchemar*, deve essere totalmente incubatica e, in questo senso, la descrizione di Borges già va bene.

A) I cataloghi devono essere divisi al massimo: deve essere posta molta cura nel dividere il catalogo dei libri da quello delle riviste, e questi da quello per soggetti, nonché i libri di acquisizione recente dai libri di acquisizione più antica. Possibilmente l'ortografia, nei due cataloghi (acquisizioni recenti ed antiche) deve essere diversa; per esempio nelle acquisizioni recenti retorica va con un t, in quella antica con due t; Chajkovskij nelle acquisizioni recenti col Ch, mentre nelle acquisizioni antiche alla francese, col Tsch.

B) I soggetti devono essere decisi dal bibliotecario. I libri non devono portare nel colophon un'indicazione circa i soggetti sotto cui debbono essere elencati.

C) Le sigle devono essere intrascrivibili, possibilmente molte, in modo che chiunque riempia la scheda non abbia mai posto per mettere l'ultima denominazione e la ritenga irrilevante, in modo che poi l'inserviente gli possa restituire la scheda perché sia ricompilata.

D) Il tempo tra richiesta e consegna dev'esser molto lungo.

E) Non bisogna dare più di un libro alla volta.

F) I libri consegnati dall'inserviente perché richiesti su scheda non possono essere portati in sala consultazione, cioè bisogna dividere la propria vita in due aspetti fondamentali, uno per la lettura e l'altro per la consultazione. La biblioteca deve scoraggiare la lettura incrociata di più libri perché provoca strabismo.

G) Deve esserci possibilmente assenza totale di macchine fotocopiatrici; comunque, se ne esiste una, l'accesso dev'essere molto lungo e faticoso, la spesa superiore a quella della cartolibreria, i limiti di copiatura ridotti a non più di due o tre pagine.

H) Il bibliotecario deve considerare il lettore un nemico, un perdigiorno (altrimenti sarebbe a lavorare), un ladro potenziale.

I) Quasi tutto il personale deve essere affetto da limitazioni fisiche. Io sto toccando un punto molto delicato, su cui non voglio fare nessuna ironia. È compito della società dare possibilità e sbocchi a tutti i cittadini, anche quelli che non sono nel pieno dell'età o nel pieno delle loro condizioni fisiche. Però la società ammette che, per esempio, nei vigili del fuoco occorra operare una particolare selezione. Ci sono delle biblioteche di campus americani dove la massima attenzione è rivolta ai frequentatori handicappati: piani inclinati, toilette specializzate, tanto da rendere perigliosa la vita agli altri, che scivolano sui piani inclinati.

Tuttavia certi lavori all'interno della biblioteca richiedono forza e destrezza: inerpicarsi, sopportare grandi pesi eccetera, mentre esistono altri tipi di lavoro che possono essere proposti a tutti i cittadini che vogliono sviluppare un'attività lavorativa, malgrado limitazioni dovute all'età o ad altri fatti. Quindi sto ponendo il problema del personale di biblioteca come qualcosa molto più affine al corpo dei vigili del fuoco che al corpo degli impiegati di una banca, e questo è molto importante, come vedremo dopo.

L) L'ufficio consulenza dev'essere irraggiungibile.

M) Il prestito dev'essere scoraggiato.

N) Il prestito inter-biblioteca deve essere impossibile, in ogni caso deve prender mesi. Meglio comunque garantire l'impossibilità di conoscere cosa ci sia nelle altre biblioteche.

O) In conseguenza di tutto questo i furti devono essere facilissimi.

P) Gli orari devono assolutamente coincidere con quelli di lavoro, discussi preventivamente coi sindacati: chiusura assoluta di sabato, di domenica, la sera e alle ore dei pasti. Il maggior nemico della biblioteca è lo studente lavoratore; il migliore amico è Don Ferrante, qualcuno che ha una biblioteca in proprio, che quindi non ha bisogno di venire in biblioteca e quando muore la lascia in eredità.

Q) Non deve essere possibile rifocillarsi all'interno della biblioteca, in nessun modo, e in ogni caso non dev'essere possibile neanche rifocillarsi all'esterno della biblioteca senza prima aver depositato tutti i libri che si avevano in consegna, in modo da doverli poi richiedere dopo che si è preso il caffè.

R) Non deve essere possibile ritrovare il proprio libro il giorno dopo.

S) Non deve esser possibile sapere chi ha in prestito il libro che manca.

T) Possibilmente, niente latrine.

E poi, ho messo un requisito Z): idealmente l'utente non dovrebbe poter entrare in biblioteca; ammesso che ci entri, usufruendo in modo puntiglioso e antipatico di un diritto che gli è stato concesso in base ai principi dell'Ottantanove, ma che però non è stato ancora assimilato dalla sensibilità collettiva, in ogni caso non deve, e non dovrà mai, tranne che i rapidi attraversamenti della sala di consultazione, aver accesso ai penetrali degli scaffali.

Esistono ancora biblioteche del genere? Questo lo lascio decidere a voi, anche perché devo confessare che, ossessionato da tenerissimi ricordi (la tesi di laurea alla Biblioteca Nazionale di Roma, quando esisteva ancora, con lampade verdi sul tavolo, o pomeriggi di grande tensione erotica alla Sainte Geneviève o alla Biblioteca della Sorbona), accompagnato da questi dolci ricordi della mia adolescenza, in età adulta frequento abbastanza poco le biblioteche, non per ragioni polemiche, ma perché quando sono all'Università il lavoro è troppo intenso, e in sede di seminario si chiede allo studente di andare a cercare il libro e fotocopiarlo; quando sono a Milano, e ci sono pochissimo, vengo solo alla Sormani perché c'è lo schedario unificato; e poi frequento molto le biblioteche all'estero, perché quando sono all'estero faccio il mestiere di essere una persona all'estero, quindi ho tempo a disposizione, ho le sere libere e di sera in molti Paesi si può andar in biblioteca. Allora, invece di disegnarvi l'utopia di una biblioteca perfetta, che non so quanto e come sia realizzabile, vi racconto la storia di due biblioteche su misura, due biblioteche che io amo e che, quando posso, cerco di frequentare. Con questo non voglio dire che siano le migliori del mondo o che non ce ne siano altre: sono quelle che per esempio l'ultimo anno ho frequentato con una certa regolarità, una per un mese, l'altra per tre mesi: sono la Sterling Library di Yale e la nuova biblioteca dell'Università di Toronto.

Molto diverse tra loro, almeno quanto il grattacielo Pirelli può esserlo da Sant'Ambrogio, proprio come architettura: la Sterling è un monastero neogotico, quella di Toronto è un capolavoro dell'architettura contemporanea; ci sono variazioni, ma cercherei di fare una fusione tra le due, per dire perché queste due biblioteche mi piacciono.

Sono aperte fino a mezzanotte, e anche di domenica (la Sterling non apre la domenica mattina, ma poi apre da mezzogiorno a mezzanotte, chiude una sera al venerdì). Buoni indici a Toronto, che ha poi anche una serie di visori e di schedari computerizzati facilmente manovrabili. Invece alla Sterling gli indici sono ancora più all'antica, però c'è l'unificazione dell'autore e del soggetto, quindi su un certo argomento non si hanno solo le opere di Hobbes, ma anche le opere su Hobbes. La biblioteca contiene inoltre anche le indicazioni di quello che si trova nelle altre biblioteche della zona. Ma la cosa più bella di queste due biblioteche è che, almeno per una categoria di lettori, c'è l'accessibilità agli stacks, cioè non si domanda il libro, si passa davanti a un cerbero elettronico con un tesserino, dopo di che si prendono degli ascensori e si va nei penetrali. Non sempre se ne esce vivi, negli stacks della Sterling è facilissimo ad esempio commettere un delitto e nascondere il cadavere sotto alcuni scaffali di carte geografiche, e verrà ritrovato decenni dopo. C'è ad esempio un'astuta confusione del piano e del mezzanino, in modo che uno non sa mai se è nel piano o se è nel mezzanino, quindi non trova più l'ascensore; le luci si accendono solo per volontà del visitatore, quindi se uno non trova la luce giusta può vagare a lungo nel buio; diversa quella di Toronto, tutto luminosissimo. Però lo studioso gira e guarda i libri negli scaffali, dopo di che li toglie dagli scaffali e può, a Toronto, andare in sale con bellissime poltrone dove si siede a leggere, a Yale un po' meno, ma comunque li porta in giro all'interno della biblioteca, per eseguire fotocopie. Le macchine per fotocopie sono numerosissime, a Toronto esiste un ufficio che cambia i biglietti da dollaro canadese in monetine, in modo che ciascuno si avvicini alla propria macchina per fotocopie con chili di monetine e possa copiare anche libri di sette-ottocento pagine; la pazienza degli altri utenti è infinita, stanno ad aspettare che chi occupa la macchina arrivi alla settecentesima pagina. Naturalmente si può portare anche il libro fuori per il prestito, le modalità del prestito sono di una rapidità infinita: dopo che si è girato liberamente per gli otto, quindici, diciotto piani degli stacks e si sono presi i libri che si desiderano, si scrive su un foglietto il titolo del libro che si è preso, lo si dà ad un banco e si esce. Chi può entrare all'interno? Chi ha un tesserino, anche questo facilissimo da avere nel giro di un'ora o due, dove la credenziale è talora addirittura telefonica.

A Yale per esempio non possono salire negli stacks gli studenti, ma solo gli studiosi, però c'è un'altra biblioteca per studenti che non contiene libri antichissimi, ma che ha lo stesso numero sufficiente di volumi, dove gli studenti hanno le stesse possibilità degli studiosi di prendere e posare i libri. Tutto questo a Yale si può fare usando un capitale di otto milioni di volumi. Naturalmente i manoscritti rari sono in un'altra biblioteca e un pochino meno accessibili.

Ora, cos'è importante nel problema dell'accessibilità agli scaffali? È che uno dei malintesi che dominano la nozione di biblioteca è che si vada in biblioteca per cercare un libro di cui si conosce il titolo. In verità accade sovente di andare in biblioteca perché si vuole un libro di cui si conosce il titolo, ma la principale funzione della biblioteca, almeno la funzione della biblioteca di casa mia e di qualsiasi amico che possiamo andare a visitare, è di scoprire dei libri di cui non si sospettava l'esistenza, e che tuttavia si scoprono essere di estrema importanza per noi. Ora, è vero che questa scoperta può essere data sfogliando il catalogo, ma non c'è niente di più rivelativo e appassionante dell'esplorare degli scaffali che magari riuniscono tutti i libri di un certo argomento, cosa che intanto sul catalogo per autore non si sarebbe potuto scoprire, e trovare accanto al libro che si era andati a cercare un altro libro, che non si era andati a cercare, ma che si rivela come fondamentale. Cioè, la funzione ideale di una biblioteca è di essere un po' come la bancarella del *bouquiniste*, qualcosa in cui si fanno delle *trouvailles*, e questa funzione può essere permessa solo dalla libera accessibilità ai corridoi degli scaffali.

Questo fa sì che in una biblioteca a misura d'uomo la sala meno frequentata sia poi quella di consultazione. A questo livello non sono neppure più necessarie molte sale di lettura, perché la facilità del prestito, della fotocopia e dell'asportazione dei libri, elimina in gran parte le soste nelle sale di lettura. Oppure funzionano come sale di lettura (per esempio a Yale) la zona di rifocillamento, il bar, lo spazio con le macchinette che scaldano anche i wurstel, dove si può scendere portandosi i libri presi in biblioteca, quindi continuando a lavorare intorno a un tavolo con un caffè e una brioche, anche fumando, esaminando i libri e decidendo se riportarli negli scaffali o chiederli in prestito, senza alcun controllo. A Yale il controllo è fatto all'uscita da un impiegato che, con aria piuttosto distratta, guarda dentro la borsa che si porta fuori; a Toronto c'è la magnetizzazione completa delle coste dei libri e il giovane studente che registra il libro preso a prestito lo passa su una macchinetta, gli toglie la magnetizzazione, poi si passa sotto una porta elettronica tipo aeroporto e se qualcuno ha nascosto nel taschino il volume 108 della *Patrologia Latina* comincia a suonare un campanello e si scopre il furto. Naturalmente c'è il problema, in una biblioteca del genere, dell'estrema mobilità dei volumi e della difficoltà quindi o di trovare il volume che si cerca o quello consultato il giorno prima. In luogo delle sale generali di lettura, ci sono i boxes. Lo studioso chiede un box dove tiene i suoi volumi e dove va a lavorare quando vuole. Tuttavia in alcune di queste biblioteche, quando non si trova il volume che si vuole, si può sapere nel giro di pochi minuti chi è che l'aveva preso a prestito, e rintracciarlo telefonicamente. Questo fa sì che questo tipo di biblioteca abbia pochissimi guardiani e moltissimi impiegati, e ha un tipo di funzionario a metà tra il bibliotecario di concetto e l'inserviente (di solito sono studenti a pieno tempo o a part-time). In una biblioteca in cui tutti circolano e tirano fuori i libri, ci sono continuamente dei libri che rimangono in giro, che non vanno più a posto bene negli scaffali, allora questi studenti girano con dei carrelli enormi e vanno a riportare, ricontrollando che le segnature siano più o meno in ordine (non lo sono mai, questo aumenta l'avventura della ricerca). A Toronto mi è successo di non trovare quasi tutti i volumi della Patrologia del Migne; questa distruzione del concetto di consultazione farebbe impazzire un bibliotecario sensato, ma così è.

Questo tipo di biblioteca è a misura mia, posso decidere di passarci una giornata in santa letizia: leggo i giornali, porto giù dei libri al bar, poi vado a cercarne degli altri, faccio delle scoperte, ero entrato lì per occuparmi, poniamo, di empirismo inglese e invece comincio a inseguire i commentatori di Aristotele, mi sbaglio di piano, entro in una zona, in cui non sospettavo di entrare, di medicina, ma poi improvvisamente trovo delle opere su Galeno, quindi con riferimenti filosofici. La biblioteca diventa in questo senso un'avventura.

Quali sono tuttavia gli inconvenienti di questo tipo di biblioteca? Sono furti e rovinamenti, ovviamente: per quanti controlli elettronici ci siano, è molto più facile, credo, rubare libri in questo tipo di biblioteca che non nel nostro. Benché proprio l'altro giorno mi raccontava l'assessore di un Comune di un'insigne biblioteca italiana che hanno scoperto un tale che da venticinque anni stava portandosi a casa i più begli incunaboli, perché lui aveva volumi con timbri di biblioteche remote, entrava dentro con questi, poi li svuotava, staccava la rilegatura del volume da rubare e metteva i fogli dentro la vecchia rilegatura, poi usciva, e pare che in venticinque anni si sia fatta una biblioteca meravigliosa. I furti sono possibili evidentemente dappertutto, ma credo che il criterio di una biblioteca chiamiamola aperta, a circolazione libera, sia che il furto si ripara comprando un'altra copia del libro, anche se è in antiquariato. È un criterio miliardario, però è un criterio. La scelta essendo se permettere di leggere i libri o no, quando un libro viene rubato o rovinato se ne comprerà un altro. Ovviamente i Manuzio staranno nella libreria dei manoscritti e saranno meglio difesi.

L'altro inconveniente di questo tipo di biblioteca è che essa consente, avvia, incoraggia, la xerociviltà. La xerociviltà, che è la civiltà della fotocopia, porta con sé, insieme a tutte le comodità che la fotocopia comporta, una serie di gravi inconvenienti per il mondo editoriale, anche dal punto di vista legale. La xerociviltà comporta innanzitutto il crollo del concetto di diritto d'autore. È pur vero che in queste biblioteche, in cui vi sono decine e decine di macchine per fotocopie, se uno va al servizio apposito dove si spende meno e chiede di fotocopiare un libro completo, il bibliotecario dice che non è possibile perché è contro la legge sui diritti d'autore. Ma se si ha un numero sufficiente di monetine e si fotocopia il libro da soli, nessuno dice niente. Inoltre si può prendere il libro a prestito, e lo si porta fuori in certe cooperative studentesche che fanno fotocopie su carta coi tre buchi in modo da poterlo poi inserire in raccoglitori.

Anche in queste cooperative talora vi dicono che non vi fotocopiano un libro intero: io ho avuto questo problema con dei miei studenti. "Dobbiamo far fare trenta copie di questo libro – dice – ma loro si rifiutano" (di solito, altre volte lo fanno, dipende dalla disinvoltura della cooperativa) "loro si rifiutano di fotocopiarlo perché c'è scritto che il libro è sotto diritti".

"Benissimo – dico – fate fare una fotocopia, poi riportate il libro in biblioteca, quindi richiedete di fare ventinove copie di una fotocopia: una fotocopia non è sotto i diritti".

"Non ci avevamo pensato". Infatti ventinove copie di una fotocopia chiunque le fa.

Questo ha ormai influito sulla politica delle case editrici. Tutte le case editrici di tipo scientifico ormai pubblicano i libri sapendo che saranno fotocopiati. Quindi i libri vengono pubblicati in non più di mille, duemila copie, costano centocinquanta dollari, saranno comprati dalla biblioteche, dopo di che gli altri li fotocopieranno. Le grandi case editrici olandesi di linguistica, filosofia, fisica nucleare, ormai fanno un libro di centocinquanta pagine che costa cinquanta, sessanta dollari, un libro di trecento pagine può costare duecento dollari, viene venduto al circolo delle grandi biblioteche, dopo di che l'editore sa per certo che tutti gli studenti e gli studiosi lavoreranno soltanto su fotocopie. Quindi guai allo studioso che volesse avere il libro per sé, perché non può sostenere la spesa. Quindi, crescita enorme dei prezzi, diminuzione della diffusione. Quale garanzia ha allora l'editore che il suo libro in futuro venga comperato e non fotocopiato? Bisogna che il prezzo del libro sia inferiore a quello della fotocopia.

Siccome si può fotocopiare a spazio ridotto due pagine su un solo foglio e ormai, fotocopiando su fogli a tre buchi, si può immediatamente avere il libro rilegato, il problema dell'editore è quindi di stampare come vendibili, non alle sole biblioteche ma al pubblico, libri di bassissimo costo, quindi su carta molto cattiva che, secondo gli studi fatti negli ultimi anni, è destinata a friabilizzarsi e a dissolversi entro alcune decine d'anni (questo è già cominciato: i Gallimard del Cinquanta si sbriciolano quando li si sfoglia oggi, sembrano pane azzimo). Il che porta ad un altro problema: ad una rigorosa selezione fatta dall'alto tra coloro che sopravvivranno e coloro che finiranno nel dimenticatoio, cioè quelli che pubblicheranno nei libri dei grandi editori internazionali che mirano solo al circuito delle biblioteche e che costano duecento o trecento dollari stamperanno su carta che ha possibilità di sopravvivere all'interno delle biblioteche e di moltiplicarsi in fotocopie, quelli che pubblicheranno solo da editori che vendono al grosso pubblico, tendendo quindi all'edizione economica, sono destinati a scomparire nella memoria dei posteri. Non sappiamo con esattezza se sarà un bene o se sarà un male, tanto più che molte volte pubblicazioni fatte a trecento dollari dai grandi editori per il circuito delle biblioteche sono pubblicazioni a spese dell'autore, dello studioso, della foundation che lo sostiene, il che non è molte volte garanzia di degnità e di valore di colui che pubblica. Quindi ci avviciniamo, attraverso la xerocività, a un futuro in cui gli editori pubblicheranno quasi solamente per le biblioteche e questo è un fatto di cui tenere conto.

In più, sul piano personale, nascerà la nevrosi da fotocopia. Del resto la fotocopia è uno strumento di estrema utilità, ma molte volte costituisce anche un alibi intellettuale: cioè uno, uscendo dalla biblioteca con un fascio di fotocopie, ha la certezza che non potrà di solito mai leggerle tutte, non potrà neanche ritrovarle perché incominciano a confondersi tra di loro, ma ha la sensazione di essersi impadronito del contenuto di quei libri. Prima della xerociviltà costui si faceva lunghe schede a mano in queste enormi sale di consultazione e qualcosa gli rimaneva in testa. Con la nevrosi da fotocopia c'è il rischio che si perdano giornate in biblioteca a fotocopiare libri che poi non verranno letti.

Sto mostrando gli effetti negativi di quella biblioteca a misura d'uomo, in cui tuttavia sono contento di vivere quando mi è possibile, ma il peggio avverrà quando una civiltà dei visori e delle microfiches avrà soppiantato totalmente quella del libro consultabile: forse rimpiangeremo le biblioteche difese da cerberi che hanno in gran dispetto l'utente e cercano di non dargli il libro, ma nelle quali almeno una volta al giorno si poteva mettere le mani sull'oggetto rilegato. Quindi dobbiamo considerare anche questo scenario apocalittico per riuscire a bilanciare i pro e i contro di una possibile biblioteca a misura d'uomo.

Io credo che man mano la biblioteca si avvierà ad essere a misura d'uomo, ma per essere a misura d'uomo dovrà anche essere anche a misura di macchina, dalla fotocopiatrice al visore, e aumenteranno i doveri per la scuola, per gli enti comunali eccetera, di educare giovani e adulti all'uso della biblioteca. Usare la biblioteca è un'arte talora sottile, non basta che il professore o il maestro a scuola dica: "Siccome fate questa ricerca andate in biblioteca a cercare il libro". Bisogna insegnare ai ragazzi come si usa la biblioteca, come si usa un visore per microfiches, come si usa un catalogo, come si combatte con i responsabili della biblioteca se non fanno il loro dovere, come si collabora con i responsabili della biblioteca. Al limite, vorrei dire, se la biblioteca non dovesse essere potenzialmente aperta a tutti bisognerebbe istituire, come per la patente automobilistica, dei corsi, corsi di educazione al rispetto del libro, e al modo di consultare il libro. Un'arte molto sottile, ma a cui bisognerà richiamare appunto la scuola e chi è preposto all'educazione permanente degli adulti, perché, lo sappiamo, la biblioteca è un affare della scuola, del comune, dello stato. È un problema di civiltà e noi non intuiamo quanto ancora lo strumento biblioteca sia una cosa ignota ai più. Chi vive nell'università di massa, in cui possono convivere giovani studiosi dalle mille astuzie e capacità con altri giovani che arrivano per la prima volta a sfiorare il mondo della cultura, si può trovare di fronte a degli episodi incredibili. Cito la storia dello studente che mi dice: "Non posso consultare questo libro alla biblioteca di Bologna, perché vivo a Modena". "Bene", gli dico, "a Modena ci sono delle biblioteche". "No", dice, "non ce ne sono". Non ne aveva mai sentito parlare.

Una laureanda mi viene a dire: "Non ho potuto trovare le *Ricerche Logiche* di Husserl, nelle biblioteche non ci sono". Dico: "Quali biblioteche?" Dice: "Qui, a Bologna, e poi anche nella mia città ho guardato, non c'è Husserl". Dico: "Mi par molto strano che nella biblioteca non ci siano le traduzioni italiane di Husserl". Dice: "Forse ci sono ma le hanno prese tutte a prestito". Improvvisamente tutti leggono avidamente Husserl. Bisognerà provvedere. Forse sarà utile tenere – di Husserl – almeno tre copie. Ci dev'essere qualcosa di marcio nel regno di Danimarca se questa persona non trova Husserl e non le è stato mai spiegato che può andare forse da qualcuno all'interno della biblioteca a chiedere ragione di questa mancanza. C'è una distonia, una mancanza di intesa tra il cittadino e la biblioteca.

E poi il problema finale; bisogna scegliere se si vuole proteggere i libri o farli leggere. Non dico che bisogna scegliere di farli leggere senza proteggerli, ma non bisogna neanche scegliere di proteggerli senza farli leggere. E non dico neanche che bisogna trovare una via di mezzo. Bisogna che uno dei due ideali prevalga, poi si cercherà di fare i conti con la realtà per difendere l'ideale secondario. Se l'ideale è far leggere il libro, bisogna cercare di proteggerlo il più possibile, ma sapendo i rischi che si corrono. Se l'ideale è proteggerlo, si dovrà cercare di lasciarlo leggere, ma sapendo i rischi che si corrono. In questo senso il problema di una biblioteca non è diverso da quello di una libreria. Ci sono ormai due tipi di librerie. Quelle molto serie, ancora con scaffali in legno, dove appena entrati si è avvicinati da un signore che dice: "Cosa desidera?", dopo di che ci si intimidisce e si esce: in queste librerie si rubano pochi libri. Ma se ne acquistano meno. Poi ci sono le librerie a supermarket, con scaffalatura di plastica, dove, specie i giovani, girano, guardano, si informano su quel che esce, e qui si rubano moltissimi libri, benché si mettano i controlli elettronici. Potete sorprendere lo studente che dice: "Ah, questo libro è interessante, domani vado a rubarlo". Poi si passano informazioni tra di loro, per esempio: "Guarda che alla libreria Feltrinelli, se ti beccano menano". "Ah, be', allora vado a rubare alla Marzocco dove adesso hanno aperto un nuovo supermarket". Eppure chi organizza le reti di libreria sa che, a un certo punto, la libreria ad alto tasso di furti è però anche quella che vende di più. Si rubano molte più cose in un supermarket che in una drogheria, ma il supermarket fa parte di una grande catena capitalistica, mentre la drogheria è piccolo commercio con una dichiarazione dei redditi molto ridotta.

Ora, se trasformiamo questi, che sono problemi di reddito economico, in quelli di reddito culturale, di costi e di vantaggi sociali, lo stesso problema si pone quindi anche per le biblioteche: correre maggiori rischi sulla preservazione dei libri, ma avere tutti i vantaggi sociali di una loro più ampia circolazione. Cioè se la biblioteca è, come vuole Borges, un modello dell'Universo, cerchiamo di trasformarla in un universo a misura d'uomo, e, ricordo, a misura d'uomo vuol dire anche gaio, anche con la possibilità del cappuccino, anche con la possibilità per i due studenti in un pomeriggio di sedersi sul divano e, non dico darsi a un indecente amplesso, ma consumare parte del loro flirt nella biblioteca, mentre prendono o rimettono negli scaffali alcuni libri di interesse scientifico, cioè una biblioteca in cui venga voglia di andare, e che si trasformi poi gradatamente in una grande macchina per il tempo libero, com'è il Museum of Modern Art in cui si va al cinema, si va a passeggiare nel giardino, si vanno a guardare le statue e a mangiare un pasto completo.

So che l'Unesco è d'accordo con me: "La biblioteca... deve essere di facile accesso e le sue porte devono essere spalancate a tutti i membri della comunità che potranno liberamente usarne senza distinzioni di razza, colore, nazionalità, età, sesso, religione, lingua, stato civile e livello culturale". Un'idea rivoluzionaria. E l'accenno al livello culturale postula anche un'azione di educazione e di consulenza e di preparazione. E poi l'altra cosa: "L'edificio che ospita la biblioteca pubblica dev'essere centrale, facilmente accessibile anche agli invalidi ed aperto ad orari comodi per tutti. L'edificio ed il suo arredamento devono essere di aspetto gradevole, comodi ed accoglienti; ed è essenziale che i lettori possano accedere direttamente agli scaffali".

Riusciremo a trasformare l'utopia in realtà?

Conferenza tenuta il 10 marzo 1981 per i venticinque anni di attività della Biblioteca Comunale di Milano nella Sede di Palazzo Sormani. Poi pubblicata come *Quaderni di Palazzo Sormani*, 6, 1981.

VI
DETTO SUL SERIO

Di tutte le domande che costituiscono il panorama problematico del comico, mi limiterò quest'oggi a una sola, per ragioni di tempo, e darò per scontate le altre. Può darsi che la domanda sia male formulata, e in definitiva possa essere contestata proprio in quanto domanda. Ciò non toglie che costituisca per conto proprio un *endoxon* di cui occorre tener conto. Per rozza che sia, contiene qualche germe di verità problematica.

Il tragico (e il drammatico) - si dice - sono *universali*. A distanza di secoli doloriamo ancora sui casi di Edipo e di Oreste, e anche senza condividere l'ideologia di Homais si rimane sconvolti dalla tragedia di Emma Bovary. Invece il comico sembra legato al tempo, alla società, all'antropologia culturale. Comprendiamo il dramma del protagonista di *Rashomon* ma non capiamo quando e perché ridano i giapponesi. Si fa fatica a trovar comico Aristofane, occorre più cultura per ridere su Rabelais di quanto non ne occorra per piangere sulla morte di Orlando paladino.

È vero, si può obiettare, che esiste un comico "universale": la torta in faccia, per esempio, la caduta del miles gloriosus nella melma, le notti in bianco dei mariti deprivati da Lisistrata. Ma a questo punto si potrebbe dire che il tragico che sopravvive non è solo il tragico altrettanto universale (la madre che perde il bambino, la morte dell'amata o dell'amato) ma anche il tragico più particolare. Anche a non sapere di cosa fosse accusato, Socrate che si spegne lentamente dai piedi verso il cuore ci fa fremere, mentre senza una laurea in lettere classiche non sappiamo esattamente perché il Socrate di Aristofane debba farci ridere.

Il divario esiste anche quando si considerino opere contemporanee: chiunque freme vedendo *Apocalypse Now*, qualsiasi sia la sua nazionalità e il suo livello culturale; mentre per Woody Allen bisogna essere abbastanza colti. Danny Kaye non faceva sempre ridere, l'idolo delle platee messicane degli anni cinquanta, Cantin-flas, ci ha lasciato indifferenti, i comedians della televisione americana sono inesportabili (avete mai sentito parlare di Sid Ceasar, ha avuto successo da noi Lenny Bruce?) come peraltro sono inesportabili in moltissimi i paesi Alberto Sordi o Totò.

Quindi non basta dire, ricostruendo parte dell'Aristotele perduto, che nella tragedia abbiamo la caduta di un personaggio di nobile condizione, né troppo malvagio né troppo buono, col quale quindi si possa simpatizzare, di fronte alla cui violazione della regola morale o religiosa noi avvertiamo la pietà per il suo destino e il terrore per una pena che colpirà lui ma potrebbe colpire anche noi, in modo tale che infine la sua punizione sia la purificazione del suo peccato e delle nostre tentazioni – e di converso nel comico abbiamo la violazione di una regola commessa da un personaggio inferiore, di carattere animalesco, nei confronti del quale proviamo un senso di superiorità, così da non identificarci con la sua caduta, la quale comunque non ci commuove perché l'esito ne sarà incruento.

Né possiamo accontentarci della riflessione che nella violazione della regola da parte di un personaggio così diverso da noi, noi non solo proviamo la sicurezza della impunità nostra, ma anche il gusto della trasgressione per interposta persona: e, lui pagando per noi, noi possiamo permetterci di godere vicariamente di una trasgressione che offende una regola che in fondo volevamo violata, ma senza rischio. Tutti questi sono aspetti indubbiamente funzionanti nel comico, ma se gli aspetti fossero solo questi non potremmo spiegarci perché si verifichi questo scarto di universalità tra i due generi rivali.

Il punto non sta dunque (non soltanto) nella trasgressione della regola e nel carattere inferiore del personaggio comico. Il punto che mi interessa è invece questo: qual è la nostra consapevolezza della regola violata?

Eliminiamo il primo ma inteso: che nel tragico la regola sia universale, per cui la violazione ci coinvolge, mentre nel comico la regola è particolare, locale (limitata a un periodo dato, a una cultura specifica). Questo spiegherebbe certo lo scarto di universalità: sarebbe tragico un atto di cannibalismo, sarebbe comico un cinese cannibale che mangiasse un proprio simile con le bacchette invece che con la forchetta (e naturalmente sarebbe comico per noi, non per i cinesi, che troverebbero il gesto abbastanza tragico).

In verità le regole violate dal tragico non sono necessariamente universali. È universale, dicono, l'orrore per l'incesto, ma non è universale il dovere che Oreste avrebbe di uccidere anche la propria madre. E chiediamoci perché oggi, in un'epoca di gran permissivismo morale, dobbiamo trovare tragica la situazione di madame Bovary. Non lo sarebbe in una società poliandrica, ma neppure a New York; che la brava signora si conceda i suoi capricci extraconiugali e non ci pianga troppo sopra. Questa provinciale eccessivamente pentita dovrebbe oggi farci ridere almeno quanto il personaggio cecoviano di *È pericoloso esagerare* che, per aver irrorato di saliva una persona importante starnutendo a teatro, continua poi a reiterare le sue scuse oltre i limiti del ragionevole.

Il fatto è che è tipico del tragico, prima, durante e dopo la rappresentazione della violazione della regola, intrattenerci a lungo proprio sulla natura della regola. Nella tragedia è lo stesso coro a offrirci la rappresentazione delle sceneggiature sociali (ovvero dei codici) nella cui violazione il tragico consiste. La funzione del coro è proprio quella di spiegarci a ogni passo quale fosse la Legge: solo così se ne comprende la violazione e le sue fatali conseguenze. E *Madame Bovary* è un'opera che anzitutto spiega quanto sia condannabile l'adulterio, o almeno quanto i contemporanei della protagonista lo condannino. E l'*Angelo azzurro* ci dice anzitutto quanto un professore di età matura *non debba* incanaglirsi con una ballerina; e la *Morte a Venezia* ci dice innanzitutto quanto un professore di età matura *non debba* innamorarsi di un ragazzino.

Il secondo passo (non cronologico, bensì logico) sarà poi dire come costoro non potessero non fare il male, e non potessero non esserne travolti. Ma proprio perché la regola viene reiterata (o come asserzione in termini di valore etico, o come riconoscimento di una costrizione sociale).

Il tragico giustifica la violazione (in termini di destino, passione o altro) ma non elimina la regola. Per questo è universale: spiega *sempre* perché l'atto tragico deve incuterci timore e pietà. Il che equivale a dire che ogni opera tragica è anche una lezione di antropologia culturale, e ci permette di identificarci con una regola che magari non è la nostra.

Tragica può essere la situazione di un membro di una comunità antropofaga che si rifiuta al rito cannibalico: ma sarà tragica nella misura in cui il racconto ci convinca della maestà e del peso del dovere di antropofagia. Una storia che ci racconti i patemi di un antropofago dispeptico e vegetariano che non ama la carne umana, ma senza spiegarci a lungo e convincentemente quanto sia nobile e doverosa l'antropofagia, sarà solo una storia comica.

La controprova di queste proposte teoriche starebbe nel mostrare che le opere comiche danno la regola per scontata, e non si preoccupano di ribadirla. Ed è infatti quello che credo e che suggerisco di verificare. Tradotta in termini di semiotica testuale, l'ipotesi sarebbe formulabile in questi termini. Esiste un artificio retorico, che pertiene alle figure di pensiero, in cui, data una sceneggiatura sociale o intertestuale già nota all'udienza, se ne mostra la variazione senza peraltro renderla discorsivamente esplicita.

Che il tacere la normalità violata sia tipico delle figure di pensiero, appare evidente nell'ironia. La quale, consistendo nell'asserire il contrario (di cosa? di ciò che è o di ciò che socialmente si crede), muore quando il contrario del contrario venga reso esplicito. Al massimo, che si asserisca il contrario, deve venire suggerito dalla *pronunciatio*: ma guai a commentare l'ironia, ad asserire "non-*a*", ricordando che "invece *a*". Che invece *a* sia il caso tutti devono saperlo, ma nessuno deve dirlo.

Quali sono le sceneggiature che il comico viola senza doverle ribadire? Anzitutto le sceneggiature comuni, ovvero le regole pragmatiche di interazione simbolica, che il corpo sociale deve assumere come date. La torta in faccia fa ridere perché si presuppone che, in una festa, le torte si mangino e non si scaglino sul viso altrui. Si deve sapere che un baciamano consiste nello sfiorare con le labbra la mano della dama, affinché sia comica la situazione di chi invece si impadronisca di una gelida manina e la intrida golosamente di baci umidicci e a schiocco (o proceda dalla mano al polso, e di lì al braccio – situazione invece non comica e forse tragica in un rapporto erotico, in un atto di violenza carnale).

Si prendano le regole conversazionali di Grice. Inutile dire, come fanno gli ultimi crociani che si ignorano, che nella interazione quotidiana le violiamo di continuo. Non è vero, le osserviamo, oppure le prendiamo per buone affinché aquisti sapore, sullo sfondo della loro esistenza disattesa, l'implicatura conversazionale, la figura retorica, la licenza artistica. Proprio perché le regole, sia pure inconsciamente, sono accettate, la loro violazione senza ragioni diventa comica.

1) *Massima della quantità*: fai sì che il tuo contributo sia tanto informativo quanto richiesto dalla situazione di scambio. Situazione comica: "Scusi, sa l'ora?" "Sì."

2) *Massime della qualità*: a) non dire ciò che credi sia falso. Situazione comica: "Mio Dio ti prego, dammi una prova della tua inesistenza!"; b) non dire ciò per cui non hai prove adeguate. Situazione comica: "Trovo il pensiero di Maritain inaccettabile e ir-

ritante. Meno male che non ho mai letto nessuno dei suoi libri!" (affermazione di un mio professore di università, personal communication, febbraio 1953).

3) *Massima della relazione*: sii rilevante. Situazione comica:
"Sa guidare un motoscafo?"
"Perdinci e poi perbacco! Ho fatto il militare a Cuneo!" (Totò)

4) *Massime della maniera*: evita oscurità di espressione e ambiguità, sii breve ed evita prolissità inutili, sii ordinato. Non credo sia necessario suggerire esiti comici di questa violazione. Sovente sono involontari. Naturalmente, insisto, questo requisito non è sufficiente. Si possono violare massime conversazionali con esiti normali (implicatura), con esiti tragici (rappresentazione di disadattamento sociale), con esiti poetici. Occorrono altri requisiti, e rimando alle altre tipologie dell'effetto comico. Quello su cui voglio insistere è che nei casi sopracitati si ha effetto comico (coeteris paribus) se la regola non viene ricordata ma presupposta come implicita.

Lo stesso avviene con la violazione di sceneggiature intertestuali. Anni fa la rivista *Mad* si era specializzata in scenette intitolate "I film che ci piacerebbe vedere". Per esempio, banda di fuorilegge del West che legano una fanciulla ai binari del treno nella prateria. Inquadrature successive con montaggio alla Griffith, il treno che si approssima, la fanciulla che piange, la cavalcata dei buoni che arrivano in soccorso, accelerazione progressiva delle inquadrature alternate e, alla fine, il treno che sfracella la fanciulla. Variazioni: lo sceriffo che si appresta al duello finale secondo tutte le regole del film western, e alla fine viene ucciso dal cattivo; lo spadaccino che penetra nel castello dove la bella viene tenuta prigioniera dal malvagio, attraversa il salone appendendosi ai lampadari e ai tendaggi, ingaggia col malvagio un duello mirabolante, e alla fine viene trafitto. In tutti questi casi, per godere la violazione, occorre che la regola di genere sia già presupposta, e giudicata inviolabile.

Se questo è vero, e credo che l'ipotesi possa essere difficilmente falsificata, ecco che dovrebbero cambiare anche le metafisiche del comico, compresa la metafisica o la meta-antropologia bachtiniana della carnevalizzazione. Il comico pare popolare, liberatorio, eversivo perché dà licenza di violare la regola. Ma la dà proprio a chi questa regola ha talmente introiettato da presumerla come inviolabile. La regola violata dal comico è talmente riconosciuta che non c'è bisogno di ribadirla. Per questo il carnevale può avvenire solo una volta all'anno. Occorre un anno di osservanza rituale prché la violazione dei precetti rituali sia goduta (*semel* – appunto – *in anno*).

In regime di permissività assoluta e di completa anomia non c'è carnevale possibile, perché nessuno si ricorderebbe cosa viene messo (parenteticamente) in questione. Il comico carnevalesco, il momento della trasgressione, può darsi solo se esiste un fondo di osservanza indiscutibile. In questo senso il comico non sarebbe affatto liberatorio. Perché, per potersi manifestare come liberazione, richiederebbe (prima e dopo la propria apparizione) il trionfo dell'osservanza. E questo spiegherebbe perché mai proprio l'universo dei mass-media sia al tempo stesso un universo di controllo e regolazione del consenso e un universo fondato sul commercio e sul consumo di schemi comici. Si permette di ridere proprio perché prima e dopo la risata si è sicuri che si piangerà. Il comico non ha bisogno di reiterare la regola perché è sicuro che essa è nota, accettata e indiscussa, e ancor più lo rimarrà dopo che la licenza comica ha permesso – entro uno spazio dato e per maschera interposta – di giocare a violarla.

"Comico" è tuttavia un termine-ombrello, come "gioco". Rimane da chiedersi se nelle varie sottospecie di questo genere così ambiguo non trovi spazio una forma di attività che gioca diversamente con le regole, tale da consentire anche esercizi negli interstizi del tragico, e di sorpresa, sfuggendo a questo commercio oscuro col codice, che condannerebbe il comico in blocco ad essere, del codice, la migliore delle salvaguardie e delle celebrazioni.

Credo potremo individuare questa categoria in ciò che Pirandello opponeva o articolava rispetto al comico, chiamandolo umorismo.

Mentre il comico è la percezione dell'opposto, l'umorismo ne è il sentimento. Non discuteremo sulla terminologia ancora crociana. Se esempio di comico era una vecchia cadente che si imbellettava come una fanciulla, l'umorismo imporrebbe di chiedersi anche perché la vecchia agisce così.

In questo movimento io non mi sento più superiore e distaccato rispetto al personaggio animalesco che agisce contro le buone regole, ma inizio a identificarmi con lui, patisco il suo dramma, e la mia risata si trasforma in un sorriso. Un altro esempio che Pirandello fornisce è quello di don Chisciotte opposto all'Astolfo ariostesco. Astolfo che arriva sulla luna a cavallo di un favoloso ippogrifo e al cader della notte cerca un albergo come un commesso viaggiatore, è comico. Non così Chisciotte, perché ci si rende conto che la sua lotta coi mulini a vento riproduce l'illusione di Cervantes che si è battuto e ha perso un arto e ha sofferto il carcere per illusioni di gloria.

Direi di più: è umoristica l'illusione di don Chisciotte che sa, o dovrebbe sapere, come sa il lettore, che i sogni che egli insegue sono confinati ormai nei mondi possibili di una letteratura cavalleresca passata di moda. Ma ecco che a questo punto l'ipotesi pirandelliana si incontra con la nostra. Non a caso il Chisciotte inizia con una libreria. L'opera di Cervantes non dà per note le sceneggiature intertestuali su cui le imprese del folle della Mancha si modellano, ma rovesciandone gli esiti. Le spiega, le ribadisce, le ridiscute, così come un'opera tragica rimette in questione la regola da violare.

L'umorismo quindi agisce come il tragico, forse con questa differenza: che nel tragico la regola ribadita fa parte dell'universo narrativo (Bovary) o, quando viene ribadita a livello delle strutture discorsive (il coro tragico) appare pur sempre enunciata dai personaggi; invece nell'umorismo la descrizione della regola dovrebbe apparire come *istanza*, per quanto nascosta, *dell'enunciazione*, voce dell'autore che riflette sulle sceneggiature sociali a cui il personaggio enunciato dovrebbe credere. L'umorismo eccederebbe quindi in distacco metalinguistico.

Anche quando un solo personaggio parla di sé e su di sé, esso si sdoppia in giudicato e giudicante. Sto pensando all'umorismo di Woody Allen dove la soglia tra le "voci" è difficile da individuare, ma si fa, per così dire, sentire. Più evidente questa soglia nell'umorismo manzoniano, che marca il distacco tra l'autore che giudica l'universo morale e culturale di don Abbondio e le azioni (esterne ed interne) di don Abbondio stesso.

In tal modo l'umorismo non sarebbe, come il comico, vittima della regola che presuppone, ma ne rappresenterebbe la critica, conscia ed esplicita. L'umorismo sarebbe sempre metasemiotico e metatestuale. Della stessa razza sarebbe il comico di linguaggio, dalle arguzie aristoteliche ai *puns* joyciani. Dire che le idee verdi senza colore dormono furiosamente potrebbe essere (se non assomigliasse alla poesia) un caso di comico verbale, perché la norma grammaticale è presupposta, e solo presupponendola la sua violazione appare evidente (per questo questa frase fa ridere i grammatici, ma non i critici letterari, che stanno pensando ad altre regole, già di ordine retorico, e cioè di secondo grado, che la renderebbero normale).

Ma dire che *Finnegan's Wake* è una *scherzarade* ribadisce, mentre nasconde, la presenza di Sheerazade, della sciarada e dello scherzo nel corpo stesso dell'espressione trasgressiva. E dei tre lessemi ribaditi e negati mostra la parentela, l'ambiguità di fondo, la possibilità paronomastica che li rendeva fragili. Per questo l'anacoluto può essere comico o il lapsus di cui non ci si chiedano le ragioni (sepolte nella struttura stessa di ciò che altri chiama la catena significante, ma che di fatto è la struttura ambigua e contraddittoria dell'enciclopedia). L'arguzia invece, e il calembour, sono già affini all'umorismo: non ingenerano pietà per esseri umani, ma diffidenza (che ci coinvolge) per la fragilità del linguaggio.

Ma forse confondo categorie che dovranno essere ulteriormente distinte. Riflettendo su questo fatto, e sul rapporto tra la riflessione e i propri tempi (tempi cronologici, dico) forse apro uno spiraglio su un nuovo genere, la riflessione umoristica sulla meccanica dei simposi, dove si chiede di svelare in trenta minuti cosa sia *le propre de l'homme*.

Alfabeta, 21 febbraio 1981. L'articolo riprendeva una comunicazione al convegno sulla retorica del comico, Bressanone, luglio 1980.

Qualche settimana fa su questa stessa pagina Luca Goldoni ha scritto un divertente servizio dalla costa adriatica sulle sventure di chi porta, per ragioni di moda, i blue-jeans e non sa più come sedersi e come distribuire l'apparato riproduttivo esterno. Credo che il problema aperto da Goldoni sia denso di riflessioni filosofiche, che vorrei proseguire per conto mio e con la massima serietà, perché nessuna esperienza quotidiana è troppo vile per l'uomo di pensiero, ed è ora di far camminare la filosofia, oltre che sui propri piedi, sui propri lombi.

Ho portato blue-jeans sin da quando se ne portavano pochissimi e comunque solo in vacanza. Li trovavo e li trovo molto comodi specie in viaggio perché non ci sono problemi di piega, strappi, macchie. Oggi si portano anche per bellezza, ma sono prima di tutto molto utili. Solo che da parecchi anni avevo dovuto rinunciare a questo piacere, perché ero ingrassato. È vero che a cercar bene si trova la misura *extra large* (da Macy's a New York trovate blue-jeans anche per Oliver Hardy) ma sono, oltre che di vita, di gamba larga, si può anche portarli ma non è un bel vedere.

Recentemente, riducendo gli alcolici, ho perso quel numero di chili sufficiente per riprovare un blue-jean *quasi* normale. Ho passato il calvario descritto da Goldoni, con la ragazza del negozio che diceva "stringa, vedrà che poi si adattano" e sono partito, senza dover tirare indietro la pancia (non scendo a compromessi del genere). Tuttavia assaporavo dopo lungo tempo un pantalone che, anziché serrarsi alla vita, si appoggiava alle anche, dato che è proprio del blue-jean far pressione sulla regione lombo-sacrale e sostenersi non per sospensione ma per aderenza.

La sensazione era, a distanza di tempo, nuova. Non facevano male, ma *facevano sentire* la loro presenza. Per elastica che fosse, avvertivo intorno alla seconda metà del mio corpo una armatura.

Non potevo, volendo, volgere o dimenare il ventre *dentro* i pantaloni, ma dovevo semmai volgerlo o dimenarlo *insieme* ai pantaloni. Il che suddivide per così dire il proprio corpo in due zone indipendenti, una affrancata dagli abiti, sopra la cintola, e l'altra che si identifica organicamente con l'abito, immediatamente da sotto la cintola sino ai malleoli. Ho scoperto che i miei movimenti, il modo di camminare, di voltarmi, di sedermi, di affrettare il passo, erano *diversi*. Non più difficili, o più facili, ma sicuramente diversi.

Di conseguenza io vivevo sapendo di avere i jeans, mentre di solito si vive dimenticando di avere mutande o pantaloni. Io vivevo per i miei blue-jeans, e di conseguenza adottavo il portamento esteriore di uno che porta i jeans. In ogni caso adottavo un *contegno*. È curioso che l'indumento per tradizione più informale e antietichettale sia quello che più impone una etichetta. Di solito sono sguaiato, mi seggo come viene, mi abbandono dove mi piace senza pretese di eleganza; i blue-jeans mi controllavano questi gesti, mi facevano più educato e maturo. Ne ho ragionato a lungo, specie con consulenti del sesso opposto. Dalle quali ho appreso ciò che peraltro avevo già sospettato, che per le donne esperienze del genere sono consuete perché tutti i loro indumenti sono sempre stati concepiti per conferire un portamento: tacchi alti, guêpières, reggiseni a stecca, reggicalze, magliette strette strette.

Ho pensato allora quanto nella storia della civiltà l'abito come armatura abbia influito sul contegno e di conseguenza sulla moralità esteriore. Il borghese vittoriano era rigido e compassato a causa dei colletti duri, il gentiluomo ottocentesco era determinato nel suo rigore da redingotes attillate, stivaletti, cilindri che non permettevano bruschi movimenti della testa. Se Vienna fosse stata all'equatore e i suoi borghesi avessero girato in bermudas, Freud avrebbe dovuto descrivere gli stessi sintomi nevrotici, gli stessi triangoli edipici? E li avrebbe descritti nello stesso modo se lui, il dottore, fosse stato uno scozzese in kilt (sotto il quale, come è noto, è buona regola non portare neppure lo slip)?

Un indumento che comprime i testicoli fa pensare in modo diverso; le donne durante i loro periodi mestruali, i sofferenti di orchite, emorroidi, uretriti, prostatiti e simili sanno quanto le compressioni o le interferenze alla zona ileo sacrale incidano sull'umore e sull'agilità mentale. Ma lo stesso si può dire (forse in misura minore) del collo, delle spalle, della testa, dei piedi. Una umanità che ha imparato a girare con le scarpe ha orientato il proprio pensiero in modo diverso di quanto non avrebbe fatto se avesse girato a piedi nudi. È triste, specie per i filosofi di tradizioni idealistiche, pensare che lo Spirito abbia origine da questi condizionamenti, ma non solo è così, il bello è che lo sapeva anche Hegel, e perciò studiava le bozze craniche individuate dai frenologi, e proprio in un libro che si intitolava *Fenomenologia dello spirito*. Ma il problema dei miei jeans mi ha spinto ad altre osservazioni. Non solo l'indumento mi imponeva un contegno: focalizzando la mia attenzione sul contegno mi obbligava a *vivere verso l'esterno*. Riduceva cioè l'esercizio della mia interiorità. Per gente che fa la mia professione è normale camminare pensando ad altro, all'articolo da scrivere, alla conferenza da tenere, ai rapporti tra l'Uno e i Molti, al governo Andreotti, a come si mette il problema della Redenzione, se c'è vita su Marte, all'ultima canzone di Celentano, al paradosso di Epimenide. È quello che nel nostro ramo chiamiamo *vita interiore*. Bene, coi nuovi blue-jeans la mia vita era tutta esteriore: io pensavo il rapporto tra me e i pantaloni, e il rapporto tra me coi pantaloni e la società circostante. Avevo realizzato l'*eterocoscienza*, ovvero una autocoscienza epidermica.

Mi sono allora reso conto che i pensatori, nel corso dei secoli, hanno lottato per disfarsi dell'armatura. I guerrieri vivevano nell'esteriorità, tutti fasciati di loriche e cotte, ma i monaci avevano inventato un abito che, mentre assolveva *da solo* alle esigenze di contegno (maestoso, fluente, tutto d'un pezzo, in modo da cadere in pieghe statuarie), lasciava il corpo (dentro, sotto) completamente libero e dimentico di sé. I monaci erano ricchi di interiorità e sporchissimi: perché il corpo, difeso da un abito che nobilitandolo lo affrancava, era libero di pensare e di dimenticarsi. Idea che non era soltanto ecclesiastica, e basti pensare alle belle palandrane di Erasmo. E quando anche l'intellettuale si deve vestire con armature laiche (parrucche, giubbetti, *culottes*) vediamo che quando si ritira a pensare si pavoneggia astutamente in ricche vestaglie, o liberi camicioni *drôlatiques* alla Balzac. Il pensiero aborre la calzamaglia.

Ma se è l'armatura che impone di vivere nell'esteriorità, allora la millenaria soggezione femminile è dovuta anche al fatto che la società ha imposto alla donna armature che la spingevano a trascurare l'esercizio del pensiero. La donna è stata schiavizzata dalla moda non soltanto perché, imponendole di essere attraente, di tenere un contegno etereo, grazioso, eccitante, la rendeva oggetto sessuale; è stata schiavizzata soprattutto perché le macchine vestimentarie che le venivano consigliate le imponevano psicologicamente di vivere per l'esteriorità. Il che ci fa pensare quanto una ragazza dovesse essere intellettualmente dotata ed eroica per diventare, con quei vestiti, Madame de Sevigné, Vittoria Colonna, Madame Curie o Rosa Luxembourg. La rilfessione ha qualche valore perché ci induce a scoprire che, simbolo apparente di liberazione e di parità con gli uomini, i blue-jeans che la moda oggi impone alle donne sono un'altra trappola del Dominio; perché non liberano il corpo, bensì lo sottomettono a un'altra etichetta e lo imprigionano in altre armature che non sembrano tali perché apparentemente non sono "femminili".

Come riflessione finale: imponendo un contegno esteriore, gli abiti sono artifici semiotici ovvero macchine per comunicare. Questo lo si sapeva, ma non si era ancora tentato il parallelo con le strutture sintattiche della lingua che, a detta di molti, influiscono sul modo di articolare il pensiero. Anche le strutture sintattiche del linguaggio vestimentario influenzano il modo di vedere il mondo e in modo molto più fisico della *consecutio temporum* o dell'esistenza del congiuntivo. Guardate un poco da quante vie misteriose passa la dialettica tra oppressione e liberazione, e la dura lotta per fare luce.

Anche dall'inguine.

Corriere della Sera, 12 agosto 1976

SCHTROUMPF UND DRANG

Dovuti al genio del disegnatore belga Peyo (la cosiddetta scuola francofona del fumetto è in gran parte belga, basti pensare allo Hergé di *Tintin*), gli Schtroumpf – in italiano i Puffi – sono una delle creazioni più graziose e avvincenti del fumetto comico odierno. Già introdotti in Italia dal *Corriere dei Piccoli*, ora vengono pubblicati dall'editore Salani, in albi cartonati, a colori, e a questi primi quattro albi ne seguiranno, per la gioia dei lettori grandi e piccini, altri sei. Dei lettori piccini qui non ci occuperemo: diremo al massimo ai genitori che le storie dei Puffi sono deliziose, fiabesche ma piene di humour, un occhio al fantastico e un occhio ai problemi dell'attualità, ben disegnate, comprensibili per tutte le età, e quasi educative. Non c'è purtroppo il sesso, perché i Puffi sono una tribù di nanetti blu tutti maschi (tranne una Puffetta che fa apparizioni occasionali e piuttosto fantasmatiche), tanto che non si capisce come si riproducano. Forse si diventa puffi per cooptazione, come all'università. Ma questo ai piccini non ditelo. Ditegli semmai che se saranno buoni potranno diventare, un giorno, puffi anche loro. È come una comune di autonomi, ma senza giradischi e armi improprie. Un Macondo vero. Un segno dell'età dell'oro, l'Egloga Quarta con un pizzico di sette nani, ma meno oleosi.

Adesso parliamo per i grandi. Perché le storie dei puffi hanno un grande rilievo filosofico, o *almeno* semiotico. Sono una meditazione pratica sul funzionamento contestuale del linguaggio e non possono che piacere a me che ho appena scritto un libro sull'attività cooperativa nell'interpretazione dei testi. Dunque i puffi vivono nella foresta, sono blu, piccolissimi, di età indefinita, salvo il Gran Puffo, che è vecchio e ha la barba bianca (i puffi vivono in una società gerontocratica perfetta dove tutti sono più o meno infanti e c'è solo un anziano, depositario autoritario ma paterno di tutta la saggezza, compreso il laboratorio alchemico dove distilla filtri ineffabili e segreti). Hanno un nemico, un mago di formato umano (i puffi sono alti come un fungo ben messo), uno stregone cattivo che nella traduzione italiana si chiama Gargamella e che cerca sempre di catturarli e scoprirne i segreti. Tutti i puffi si chiamano Puffo e si assomigliano come gocce d'acqua. Ciascuno è peraltro diverso, c'è il puffo scontento, il puffo secchione con gli occhiali, il puffo goloso, il puffo ambizioso, eccetera. Ma poiché, come si è detto, ogni puffo si chiama Puffo, li si distingue solo dalle azioni che compiono e dalle cose che dicono. Una volta decidono di fare le elezioni (per prendere il potere in assenza del Gran Puffo) e ciascuno vota naturalmente per Puffo, così viene eletto Puffo, ma come capite è difficile definire chi sia (anche se un puffo prende poi il potere sugli altri puffi, combinando un sacco di guai e instaurando il culto della personalità). Essi vivono nel paese dei Puffi, nel villaggio Puffo, sotto alla catena dei monti Puffi, vicino al ponte sul fiume Puffo e al lago Puffo.

Cosa fanno i Puffi? La domanda mi pare idiota. Naturalmente puffano, tutto il santo puffo. Puffano puffi, si puffano a vicenda, si scambiano puffi, e uno puffa l'altro. Quando uno puffa, gli altri lo puffano, e il puffo che ne segue è di solito molto puffo.

Qui ho confuso forse le idee ai lettori, perché gli ho dato provocatoriamente una idea del linguaggio puffo, ma non gli ho permesso di capire cosa dicessi. In questo senso non ho parlato in puffo nel modo corretto: perché la qualità del puffo è che lo si capisce benissimo. Anche se – e qui veniamo al punto – in questo linguaggio, ogni volta che è possibile, nomi proprii e comuni, verbi e avverbi vengono sostituiti da coniugazioni e declinazioni della parola "puffo".

Questo nella traduzione italiana di Josè Pellegrini. Infatti nell'originale francese, i Puffi si chiamano Schtroumpf e schtroumpfano. Si potrebbe dire che ciò cambia molto le cose sul piano fonetico, ed è vero. Ciononostante non è questo il guaio di questa traduzione, peraltro fatta con grazia. È che essa è timida. Pensando che i piccoli lettori non capirebbero bene il linguaggio puffo, Pellegrini riduce le sostituzioni. Puffa meno di quanto dovrebbe schtroumpfare. Diamo subito un esempio. Nella storia *Il puffissimo*, un puffo decide di conquistare il potere e inizia una campagna elettorale. Nell'edizione italiana la prima parte del suo discorso suona così: "Domani voi andrete alle urne per puffare il vostro puffo. A chi pufferete i vostri voti? A un puffo qualunque che non vede al di là del proprio naso? No! Vi occorre un puffo forte su cui voi possiate puffare senza puffa! E io son quel puffo! Forse qualcuno che stasera non è presente oserà puffare che io vado puffando onori! Ma questo è indegno di un puffo".

Il testo francese invece suona: "Demain, vous schtroumpferez aux urnes pour schtroumpfer celui qui sera votre schtroumpf! Et à qui allez-vous schtroumpfer votre voix? A un quelconque Schtroumpf qui ne schtroumpfe pas plus loin que le bout de son schtroumpf? Non! Il vous faut un Schtroumpf fort sur qui vous puissiez schtroumpfer! Et je suis ce Schtroumpf! Certains – que je ne schtroumpferai pas ici – schtroumpferont que je ne schtroumpfe que les honneurs! Ce n'est pas schtroumpf!"

Come si vede, undici puffi contro quindici schtroumpf. Ma continuiamo, nella vignetta seguente lo schtroumpf candidato dice: "Io voglio il puffo di tutti e mi pufferò sino alla morte perché la puffa regni tra voi. E quello che io puffo lo pufferò! Puffi, ecco il mio programma. E sono quindi convinto che voterete per me! Viva i puffi! Viva io!" Il testo francese introduce undici schtroumpf contro i sette puffi dell'italiano, e suona "C'est votre schtroumpf à tous que je veux et je me schtroumpferai jusqu'à la schtroumpf s'il faut pour que la schtroumpf règne dans nos schtroumpfs! Et ce que je schtroumpfe, voilà ma devise! C'est pourquoi tous ensemble, la schtroumpf dans la schtroumpf, vous voterez pur moi! Vive le pays schtroumpf! Vive moi!"

La differenza è notevole. Non solo come sinfonia di starnuti, ma anche perché il discorso francese, pur essendo egualmente comprensibile, crea qualche ambiguità in più e consente il divertimento di interpretare nel modo "corretto" le schtroumpferie del parlante. Dà più spazio al lettore, e schtroumpfa sino al limite. Che è poi la virtù del linguaggio schtroumpf.

Quanto si è detto consiglierebbe di condurre il nostro discorso sugli originali, ma tutto sommato possiamo continuare lavorando sulla traduzione, anche perché qualche maledetto schtroumpf mi ha schtroumpfato la mia collezione di Peyo originali. Se lo schtroumpfo, lo schtroumpfo. Ovvero, se lo puffo gli faccio una puffa così, ve lo puffo, sulla puffa dei miei puffi.

Mi avete capito benissimo. E ciò malgrado il linguaggio puffo sembri mancare di tutti i requisiti necessari a una lingua funzionante. Infatti una lingua tende a crescere elaborando per ogni significato (o se volete, e in questa sede non voglio sottilizzare, per ogni cosa da indicare) un significante, ovvero una espressione identificabile. Quanto più una lingua è duttile, tanti più sinonimi possiede (più parole per una sola cosa), e se conserva degli omonimi (una sola parola per due cose), deve risolvere seri problemi di rappresentazione semantica. Così è pur sempre un guaio che da noi la parola "granata" indichi un frutto, una bomba e una scopa, e incidenti del genere complicano i dizionari, che – se sono ben fatti – devono introdurre istruzioni per la disambiguazione (nel senso che ogni puffo è chiaramente un puffo), ma come capirsi? Secondo i principi della linguistica tradizionale (o linguistica della frase) la lingua puffa non dovrebbe permettere la comunicazione tra i membri del gruppo. Follia: i puffi si capiscono benissimo e noi capiamo loro.

Questo significa che la lingua puffa risponde alle regole di una linguistica del testo: ogni termine è comprensibile e rapportabile ad altri solo se lo si vede nel contesto e lo si interpreta alla luce del "tema" o *topic* testuale. Non solo. Noi ci accorgiamo che possiamo comprendere il puffo perché ogni Puffo usa il termine "puffo" e i suoi derivati solo e sempre in quei contesti in cui una frase del genere è già stata pronunciata. "Ho puffato un puffo" rischia di essere incomprensibile, ma "pufferò sino alla morte" e "tutti insieme, la puffa nella puffa" dicono molto bene quel che vogliono dire (o puffare). E questo per il semplice motivo che sono espressioni prefabbricate. La lingua puffa ci insegna che se noi comprendiamo le lingue non-puffe è perché anche queste ultime giocano per la maggior parte non solo su contesti capaci di disambiguare le frasi, ma anche sullo sfondo di una lingua già parlata, e messaggi-tipo già ipercodificati.

Infine, se due persone che litigano si dicono "io ti puffo la testa" o "io ti spacco la puffa", noi comprendiamo cosa stanno dicendo perché facciamo ricorso a *sceneggiature di azioni* che fanno parte della nostra competenza enciclopedica, ovvero del nostro sapere sociale. Il Grande Puffo parla in puffo quando descrive le proprie operazioni alchemiche, ma noi lo comprendiamo perché possediamo già sufficiente informazione intertestuale sulle operazioni alchemiche. Tra l'altro, questo fatto ci dice perché queste storie sono buone per i bambini: da un lato essi le capiscono benissimo, perché un bambino parla in puffo, e come avrebbe dovuto dire Freud esclama "puff-puff" quando nasconde e fa riapparire un oggetto per significare la presenza o l'assenza della madre. D'altro lato essi, per capirle meglio, sono costretti a riferirsi alla lingua adulta per disambiguare le espressioni che, per essere disambiguate, richiedono una buona competenza di sceneggiature culturalizzate e di luoghi comuni codificati.

D'altra parte noi comprendiamo cosa un puffo dice perché (siccome ci moviamo in un fumetto) noi *vediamo* cosa fa. La lingua puffa sarebbe incomprensibile se fosse tutta scritta o tutta parlata, senza riferimento alle immagini. Limite del fumetto? Macché! Una lingua umana è parlata a fumetti. Infatti noi la parliamo nelle circostanze concrete di emissione o di enunciazione. In verità la nostra lingua umana puffa sempre. Noi diciamo "questo" e "quello" e sarebbero espressioni incomprensibili se, nel contesto parlato, o nella circostanza esterna (rinvio alla percezione, a quanto si vede, si tocca o si è visto e toccato prima – o annusato) noi non vedessimo *a fumetti* quello di cui si parla. (Buona indicazione per i pedagogisti: il fumetto rappresenta una situazione comunicativa molto più affine a quella normale di quanto non riesca a fare un libro tutto scritto: la vita è a fumetti – e anche la semiotica: ogni segno è interpretato da altri segni, e non tutti appartengono allo stesso sistema, il visivo si incrocia con l'auditivo, gli oggetti interagiscono con le parole e se io dico "dammene una" indicando un pacchetto di sigarette, in effetti dico "puffami una puffa", solo che non me ne rendo conto.)

La lingua puffa è parassitaria rispetto all'italiano (o al francese, o ad altra lingua-base: infatti, e ciò è importante, si può parlare puffo in qualsiasi lingua): dell'italiano assume la maggior parte del lessico e tutta la sintassi. Vi aggiunge una sorta di sotto-lessico molto ristretto, composto della parola "puffo" e delle sue coniugazioni e declinazioni (più tecnicamente: il lessico è composto di un lessema, "puff", a cui vengono legati vari monemi, anche questi presi a prestito dalla lingua base). Ma questo sottolessico, come si è visto, è talmente economico che il suo dizionario si riduce a una sola definizione: "per puffo si intende un puffo che puffa puffamente".

Purtuttavia i puffi sono capaci di associare il loro lessema tuttofare a contenuti diversi e a concrete situazioni di riferimento: ma la regola di questa associazione non è stabilita dal lessico, bensì dal contesto, e quindi il vero significato del termine è il suo uso. I puffi conoscono Wittgenstein, oppure Wittgenstein conosceva i puffi (mi riferisco non tanto al *Puffus logico-puffus* quanto alle *Ricerche puffe*). Da un altro punto di vista (un altro?), i puffi sono fedeli alle ricerche di linguistica testuale e di pragmatica del discorso, per cui ogni testo è una macchina pigra che richiede una attiva cooperazione interpretativa da parte del suo destinatario, chiamato a connettere le porzioni testuali ad altri testi precedenti e presupposti.

Si noti che in una storia Gargamella, lo stregone cattivo, che si esprime in buon italiano (o francese), si trasforma per arti magiche in puffo e si reca nel villaggio puffo per nuocere ai suoi piccoli nemici. Ma deve limitarsi a strisciare lungo i muri senza rispondere a quanto gli viene chiesto perché egli *non conosce il linguaggio dei puffi*. Come è possibile, se abbiamo visto che la lingua-base è uguale alla sua, e per il resto il lessico ha solo un lessema, riconoscibilissimo? Gargamella conosce lessico e sintassi dei puffi, ma non ne conosce la vera semantica, perché essa è una semantica compromessa con una pragmatica. Potremmo supporre che la regola linguistica dei puffi sia: "sostituisci ogni termine della lingua-base con 'puffo' quando puoi farlo senza eccessiva ambiguità". E Gargamella non sa quando può farlo. Perché? Perché per poter parlare puffo occorre non solo conoscere la grammatica della lingua-base, ma anche le sue regole (ipercodificate) di *intertestualità*. Egli non conosce quelle porzioni di lingua già-parlata che permettono ai puffi di puffare quando sullo sfondo della loro competenza esiste come acquisita una data espressione standard.

Qui sono in gioco i problemi socio-linguistici che riguardano la differenza tra codice elaborato e codice ristretto. I puffi in un certo senso appartengono a una minoranza linguistica emarginata: parlano pidgin. Facciamo una ipotesi: che se io dico "nel puffo del cammin di nostra puffa" ogni puffo mi capisca, mentre se dico "puffo è il più crudele dei puffi – genera puffi dalla morta puffa – mescola puffi e desideri ...", essi si trovino in imbarazzo. Se ciò fosse vero, significherebbe che i Puffi hanno introdotto nella loro enciclopedia culturale Dante, ma non Eliot, possono puffare su Dante ma non su Eliot. È questo il tipo di decisione che Gargamella non riesce a prendere. La regola d'uso del puffo che abbiamo ipotizzata non è solo una regola pragmatica, perché quando stabilisce che bisogna evitare l'ambiguità rinvia, per la definizione di ambiguità, a una semantica in forma di enciclopedia intertestuale: è non-ambiguo tutto ciò che si riferisce alla lingua già-parlata di cui tu hai conoscenza e ricordo.

Ultimo problema. Come è l'universo psicologico dei puffi, ovvero il loro universo percettivo? Essi dicono "portami un puffo" e, a seconda della circostanza, sanno se il parlante intende un uovo, un fungo, un badile. Dunque hanno una sola espressione ("puffo") ma un sistema abbastanza ricco di contenuti, almeno tanto vasto e articolato quanto le esperienze consentite dal loro *Umwelt* (quello che i segretari di sezione chiamano "territorio"). Potremmo addirittura supporre che in certi contesti essi dicano "portami un puffo" per chiedere un uovo, ma in altri contesti di-

cano l' "uovo di Puffa" per dire l'uovo di Pasqua. Quindi non è
che non posseggano tutto il lessico della lingua-base, semplicemente decidono quando non usarlo, per ragioni di economia. Tuttavia l'usare una sola parola per tante cose non li indurrà a vedere
le cose, tutte, unite da una strana parentela? Se è puffo un uovo,
un badile, un fungo, non vivranno in un mondo dove i legami tra
badile, uovo e fungo sono molto più sfumati che non nel mondo
nostro e di Gargamella? E se fosse così, questo conferirebbe ai
puffi un contatto più profondo e ricco con la totalità delle cose, o
li renderebbe inabili ad analizzare in modo "corretto" la realtà,
recintandoli nell'universo impreciso del loro villaggio senza storia? E in questo caso, la loro apparente felicità di eterni bambini
non sarebbe pura mistificazione di Peyo? Forse che i puffi sono
infelici? Sono tutte questioni che non mi sento di risolvere qui.
Né chiedetemi di spiegare meglio i concetti tecnici con cui ho cercato di analizzare la lingua (o il linguaggio) dei puffi. Se foste dei
buoni puffi non avreste bisogno di altre precisazioni, e puffereste
per conto vostro. Non è solo un gioco, e se lo è, è un gioco lingui-
istico: una cosa molto, ma molto schtroumpf.

Alfabeta, 5 settembre 1979

COME PRESENTARE UN CATALOGO D'ARTE

Le annotazioni che seguono valgono come istruzione per un presentatore di cataloghi d'arte (d'ora in poi PDC). Attenzione, non valgono per la stesura di un saggio critico-storico su rivista specializzata, per vari e complessi motivi, il primo del quale è che i saggi critici vengono letti e giudicati da altri critici e raramente dall'artista analizzato, che o non è abbonato alla rivista o è già morto da due secoli. Il contrario di quanto avviene per un catalogo di mostra d'arte contemporanea.

Come si diventa PDC? Purtroppo è facilissimo. Basta fare una professione intellettuale (richiestissimi fisici nucleari e biologi), possedere un telefono intestato a proprio nome e avere una certa rinomanza. La rinomanza viene così calcolata: deve essere in estensione geografica superiore all'area di impatto della mostra (rinomanza a livello provinciale per cittadina di meno di settantamila abitanti, a livello nazionale per capoluogo di regione, a livello mondiale per capitale di Stato sovrano, esclusi San Marino e Andorra) e in profondità inferiore all'estensione delle conoscenze culturali dei possibili acquirenti dei quadri (se si tratta di una mostra di paesaggi alpini stile Segantini, non è necessario, anzi è dannoso, scrivere sul *New Yorker* ed è più opportuno essere preside del locale istituto magistrale). Naturalmente bisogna essere avvicinati dall'artista richiedente, ma questo non è un problema: gli artisti richiedenti sono in numero maggiore dei potenziali PDC. Date queste condizioni, l'elezione a PDC è fatale, indipendentemente dalla volontà del potenziale PDC. Se l'artista vuole, il potenziale PDC non riuscirà a sottrarsi alla bisogna, a meno che scelga l'emigrazione in altro continente. Quando ha accettato, il PDC dovrà individuare una delle motivazioni che seguono.

A) Corruzione (rarissima, perché, come si vedrà, ci sono motivazioni meno dispendiose). B) Contropartita sessuale. C) Amicizia: nelle due versioni di effettiva simpatia o impossibilità di rifiuto. D) Regalo di un'opera dell'artista (la motivazione non coincide con quella seguente, e cioè con l'ammirazione per l'artista; infatti si possono desiderare quadri in regalo per costituire un fondo commerciabile). E) Effettiva ammirazione per il lavoro dell'artista. F) Desiderio di associare il proprio nome a quello dell'artista: favoloso investimento per intellettuali giovani, l'artista si affannerà a divulgarne il nome in innumerevoli bibliografie nei cataloghi successivi, in patria e all'estero. G) Cointeressenza, ideologica, estetica o commerciale nello sviluppo di una corrente o di una galleria d'arte. Quest'ultimo è il punto più delicato a cui non può sottrarsi neppure il PDC più adamantinamente disinteressato. Infatti un critico letterario, cinematografico o teatrale, che esaltino o che distruggano l'opera di cui parlano, incidono abbastanza poco sulla sua fortuna. Il critico letterario con una buona recensione fa salire le vendite di un romanzo di poche centinaia di copie; il critico cinematografico può stroncare una commediola porno senza impedire che realizzi incassi astronomici, e così il critico teatrale. Il PDC invece, con il suo stesso intervento, contribuisce a far salire le quotazioni di tutta l'opera dell'artista, talora con sbalzi da uno a dieci.

Questa situazione caratterizza anche la situazione critica del PDC: il critico letterario può parlare male di un autore che magari non conosce e che comunque (di solito) non può controllare l'apparizione dell'articolo su di un dato giornale; invece l'artista commissiona e controlla il catalogo. Anche quando dice al PDC "sii pure severo", di fatto la situazione è insostenibile. O si rifiuta, ma si è visto che non si può, o si è come minimo gentili. O evasivi.

Ecco perché, nella misura in cui il PDC vuole salvare la propria dignità e l'amicizia con l'artista, l'evasività è il fulcro dei cataloghi di mostre.

Esaminiamo una situazione immaginaria, quella del pittore Prosciuttini che da trent'anni dipinge fondi ocra con sopra, al centro, un triangolo isoscele azzurro con la base parallela al bordo sud del quadro, cui si sovrappone in trasparenza un triangolo scaleno rosso, inclinato in direzione sud-est rispetto alla base del triangolo azzurro. Il PDC dovrà tenere conto del fatto che, a seconda del periodo storico, Prosciuttini avrà intitolato il quadro, nell'ordine, dal 1950 al 1980: *Composizione, Due più infinito, $E = Mc^2$, Allende, Allende, il Cile non si arrende, Le Nom du Père, A/traverso, Privato.* Quali sono le possibilità (onorevoli) di intervento per il PDC? Facile se è un poeta: dedica una poesia a Prosciuttini. Per esempio: "Come una freccia – (ahi! crudele Zenone!) – l'impeto – di altro dardo – parasanga tracciata –di un cosmo malato – di buchi neri – multicolori". La soluzione è di prestigio, per il PDC, per Prosciuttini, per il gallerista, per l'acquirente.

La seconda soluzione è riservata solo a narratori, e assume la forma della lettera aperta a ruota libera: "Caro Prosciuttini, quando vedo i tuoi triangoli mi ritrovo a Uqbar, teste Jorge Luis... Un Pierre Menard che mi propone forme ricreate in altra età, don Pitagora della Mancha. Lascivie a centottanta gradi: potremo liberarci della Necessità? Era una mattina di giugno, nella campagna assolata: un partigiano impiccato al palo del telefono. Adolescente, dubitai dell'essenza della Regola...". Eccetera.

Più facile il compito di un PDC di formazione scientifica. Egli può partire dalla persuasione (peraltro esatta) che anche un quadro è un elemento della Realtà: basta quindi che parli di aspetti molto profondi della realtà, e qualsiasi cosa dica, non si mentirà. Per esempio: "I triangoli di Prosciuttini sono dei grafi. Funzioni proposizionali di concrete topologie. Nodi. Come si procede da un nodo U a un altro nodo? Occorre, come è noto, una funzione F di valutazione, e se F (U) appare minore o uguale a F (V), sviluppare, per ogni altro nodo V che si consideri, U nel senso di generare nodi discendenti da U. Una perfetta funzione di valutazione allora soddisferà la condizione F (U) minore o uguale a F (V), tale che se d (U, Q) allora minore o uguale a d (V, Q), dove ovviamente d (A, B) è la distanza tra A e B nel grafo. L'arte è matematica. Tale il messaggio di Prosciuttini".

Può sembrare a prima vista che soluzioni del genere vadano bene per un quadro astratto ma non per un Morandi o per un Guttuso. Errore. Dipende naturalmente dall'abilità dell'uomo di scienza. Come indicazione generica, diremo che oggi, usando con sufficiente disinvoltura metaforica la teoria delle catastrofi di René Thom, si può dimostrare che le nature morte di Morandi rappresentano le forme su quella soglia estrema di equilibrio oltre la quale le forme naturali delle bottiglie si avvolgerebbero a cuspide oltre e contro se stesse, incrinandosi come un cristallo offeso da un ultrasuono; e la magia del pittore consiste appunto nell'avere rappresentato questa situazione limite. Giocare sulla traduzione inglese di natura morta: "still life". Still, ancora per un poco, ma sino a quando? Still-Until... Magia della differenza tra essere ancora ed essere-dopo-di-ché.

Un'altra possibilità esisteva tra il 1968 e, diciamo, il 1972. L'interpretazione politica. Osservazioni sulla lotta di classe, sulla corruzione degli oggetti infangati dalla loro mercificazione. L'arte come rivolta contro il mondo delle merci, triangoli di Prosciuttini come forme che si rifiutano di essere valori di scambio, aperti all'inventività operaia, espropriata dalla rapina capitalistica. Ritorno a una età dell'oro, o annuncio di una utopia, il sogno di una cosa.

Tutto quanto detto sinora vale però per il PDC che non fa il critico d'arte di professione. La situazione del critico d'arte è invece, come dire, più critica. Dovrà pur parlare dell'opera, ma senza esprimere giudizi valutativi. La soluzione più comoda consiste nel mostrare che l'artista ha lavorato in armonia con la visione del mondo dominante, ovvero come oggi si dice, con la Metafisica Influente. Qualsiasi metafisica influente rappresenta un modo di rendere ragione di ciò che c'è. Un quadro appartiene indubbiamente alle cose che ci sono e tra l'altro, per infame che sia, rappresenta in qualche modo ciò che c'è (anche un quadro astratto rappresenta ciò che potrebbe essere o che è nell'universo delle forme pure). Se per esempio la metafisica influente sostiene che tutto ciò che è, altro non è che energia, dire che il quadro di Prosciuttini è energia, e rappresenta l'energia, non è una menzogna: al massimo è un'ovvietà, ma un'ovvietà che salva il critico, e fa felici Prosciuttini, il gallerista e l'acquirente.

Il problema è individuare quella metafisica influente di cui tutti in una data epoca sentono parlare, per ragioni di popolarità. Certo si può sostenere con Berkeley che "esse est percipi" e dire che le opere di Prosciuttini sono perché sono percepite: ma la metafisica in questione non essendo troppo influente, Prosciuttini e i lettori avvertirebbero l'eccessiva ovvietà dell'asserto.

Quindi se i triangoli di Prosciuttini avessero dovuto essere rappresentati nei tardi cinquanta, giocando sull'influenza incrociata Banfi-Paci e Sartre-Merleau-Ponty (al culmine, il magistero di Husserl) sarebbe stato conveniente definire i triangoli in questione come "la rappresentazione dell'atto stesso dell'intenzionare, che costituendo regioni eidetiche, fa delle stesse forme pure della geometria una modalità della Lebenswelt". Permesse in quell'epoca anche le variazioni in termini di psicologia della forma: dire che i triangoli di Prosciuttini hanno pregnanza "gestaltica" sarebbe stato inoppugnabile perché ogni triangolo, se è riconoscibile come triangolo, ha una pregnanza gestaltica. Negli anni sessanta Prosciuttini sarebbe apparso più "up to date" se si fosse visto nei suoi triangoli una struttura, omologa al "pattern" delle strutture parentali di Lévi-Strauss. Volendo giocare tra strutturalismo e Sessantotto, si poteva dire che, secondo la teoria della contraddizione di Mao, la quale media la triade Hegeliana giusta i principi binari dello Yin e dello Yang, i due triangoli di Prosciuttini evidenziavano il rapporto tra contraddizione primaria e contraddizione secondaria. Non si creda che il modulo strutturalista non si potesse applicare anche alle bottiglie di Morandi: bottiglia profonda ("deep bottle") contro bottiglia di superficie.

Più libere le opzioni del critico dopo i settanta. Naturalmente il triangolo blu attraversato dal triangolo rosso è l'epifania di un Desiderio che insegue un Altro in cui non potrà mai identificarsi. Prosciuttini è il pittore della Differenza, anzi della Differenza nella Identità. La differenza nell'identità si trova anche nel rapporto "testa-croce" di una moneta da cento lire, ma i triangoli di Prosciuttini si presterebbero anche per individuarvi un caso di Implosione, come d'altra parte anche i quadri di Pollock e l'introduzione di supposte per via anale (buchi neri). Nei triangoli di Prosciuttini v'è però anche l'annullamento reciproco di valore d'uso e valore di scambio. Con un accorto riferimento alla Differenza del sorriso della Gioconda, che visto di traverso si dà a riconoscere per una vulva, e in ogni caso è "béance", i triangoli di Prosciuttini potrebbero, nel loro mutuo annullamento e rotazione "catastrofica", apparire come una implosività del fallo che si fa vagina dentata. Il fallo del Fallo. Insomma, e per concludere, la regola aurea per il PDC è descrivere l'opera in modo che la descrizione, oltre che ad altri quadri, possa applicarsi anche all'esperienza che si ha guardando la vetrina del salumaio. Se il PDC scrive: "nei quadri di Prosciuttini la percezione delle forme non è mai adeguamento inerte al dato della sensazione. Prosciuttini ci dice che non c'è percezione che non sia interpretazione e lavoro, e il passaggio dal sentito al percetto è attività, prassi, essere-nel-mondo come costruzione di Absattungen ritagliate intenzionalmente nella polpa stessa della cosa-in-sé", il lettore riconosce la verità di Prosciuttini perché corrisponde ai meccanismi in base ai quali distingue, dal salumaio, una mortadella da una insalata russa.

Il che stabilisce, oltre a un criterio di fattibilità ed efficacia, anche un criterio di moralità: basta dire la verità. Naturalmente c'è modo e modo.

L'Espresso, 3 agosto 1980

AVREMMO MANDATO DANTE IN CATTEDRA?

A fine ottobre l'università italiana affronterà il problema dei nuovi concorsi a cattedra. Si eleggeranno i commissari, e tra gli eletti si procederà a sorteggio. Per le molte discipline per cui non esistono già abbastanza cattedre, i commissari saranno eletti nell'ambito di discipline "affini" alla disciplina a concorso, anche se l'affinità non sempre è evidente.

Dopodiché le commissioni si riuniranno e procederanno alle valutazioni dei candidati e alla formulazione delle graduatorie. Quando ci saranno più cattedre a disposizione, l'avere il secondo o il terzo posto in graduatoria darà ancora una possibilità ai candidati "trombati"; in altri casi, un secondo posto equivale a un'esclusione. I criteri di giudizio sono vari e determinati da alcune regole ferree: l'originalità scientifica, certo, l'abbondanza delle pubblicazioni – non strettamente necessaria – ma soprattutto la rispondenza ai requisiti per le pubblicazioni a stampa e, punto dolente perché di difficile definizione, la pertinenza alla disciplina a concorso.

I giudizi sono stilati secondo certi criteri retorici, non devono essere esempi di bello stile, ma devono porre in luce esplicitamente le valutazioni di originalità. Le critiche possono essere velate, ma anche in questo caso rispondono a un codice preciso: espressioni come "uno dei commissari osserva che" alludono a feroci dibattiti in commissione, mentre un "non si può non rilevare che" prelude a una spietata condanna. Ogni esitazione ha un valore, espressioni come "intelligente" e "acuto" sono riduttive, l'ecletticità degli interessi è sospetta, l'interdisciplinarità è negativa quando non accompagnata da espressioni come "chiaramente delimitato", "metodologicamente rigoroso", "approfondito ed originale". Temere gli aggettivi come "brillante". Letali le osservazioni sul fatto che il candidato potrebbe essere definito un genio in un diverso concorso. Talora queste delicate operazioni retoriche coprono quelle che il volgo chiamerebbe "ignobili pastette". Ma talora sono giustificate dalla tradizione, dai limiti stessi di certe denominazioni disciplinari (per esempio una ricerca sulla giovinezza di Cristoforo Colombo a rigore non potrebbe valere per un concorso di Storia Moderna, perché la storia moderna inizia per definizione con la scoperta dell'America).

Per rendere esplicite le sofferte vicende di qualsiasi commissione di concorso, abbiamo provato a immaginare come sarebbero stati formulati i giudizi di tre commissioni chiamate a giudicare, tra gli altri candidati, Socrate, Dante Alighieri e Giambattista Vico. Come si vedrà i tre candidati risultano perdenti. I nomi dei commissari e dei concorrenti sono stati scelti tra i contemporanei, la data del concorso è stata fissata per escludere o includere certe opere dei vari autori (per esempio nel 1320 Dante non aveva ancora terminato la "Divina Commedia", ma come si vedrà il fatto non è granché rilevante).

Giova osservare (per usare un'espressione buona per un giudizio espresso da una commissione rigorosa e prudente) che i giudizi che abbiamo immaginato non sono affatto ingiusti. Vale a dire che una commissione normale, in circostanze normali, avrebbe reagito così. È assolutamente ovvio e giusto che, in base ai regolamenti vigenti, non si possa dare una cattedra a Socrate, perché non ha prodotto pubblicazioni. Probabilmente Ristoro d'Arezzo sarebbe stato un professore di Cosmologia più corretto di Dante, e avrebbe seguito con maggior cura le tesi dei suoi allievi, mentre Dante si sarebbe irritato e avrebbe avuto altre cose per la testa. Quindi i modelli di giudizio che proponiamo non suonano a critica delle future commissioni e delle leggi dell'università. Sono solo, come ogni rappresentazione realistica, da Zeusi a Moravia, una fotografia della realtà. Ovvero, il mondo è quello che è. Citando Wittgenstein, "non come il mondo è, è il mistico, ma che esso è".

Concorso di filosofia morale (380 a.C.)

A causa della novità di questa disciplina i commissari sono stati sorteggiati tra cultori di scienze umane e naturali. La commissione è stata pertanto così composta: Senofonte (Civiltà Orientali); Frine (Anatomia Comparata), Ermogene (Linguistica), Critone (Filosofia del Diritto), Alcibiade (Neurochirurgia delle Erme). Si sono presentati i seguenti candidati: Socrate di Atene, Eubulide di Mileto, Antistene di Atene.

Socrate. La commissione ha riconosciuto le spiccate qualità speculative e didattiche del candidato, al quale tre dei commissari hanno affermato di andar debitori di molte idee. Tuttavia il candidato non presenta alcuna pubblicazione a stampa. Pertanto non si è potuto prenderlo in considerazione ai fini del presente concorso.

Eubulide. Il candidato presenta un pregevole lavoro sulla tecnica del sorìte o cumulo. Trattasi peraltro di una ricerca di carattere logico che non può essere presa in considerazione ai fini del presente concorso.

Antistene. Il candidato presenta un vigoroso saggio sulla natura degli animali che, pur essendo classificabile come contributo alle scienze naturali, contiene vari accenni all'universo morale. Di più squisita pertinenza etica è poi lo scritto su Ercole, dove il noto eroe viene eletto a simbolo della vita stessa del saggio che vince piaceri e dolori e sugli uni e gli altri afferma la forza del proprio animo. A detta di tre commissari questo scritto rappresenta uno dei contributi più originali alla scoperta del mondo etico di Ercole.

La commissione formula pertanto la seguente graduatoria: 1. Antistene di Atene.

Concorso di cosmologia generale (1320)

Commissione: Cino da Pistoia (Letteratura Italiana), Ubertino da Casale (Mistica Francescana), Bernardo Gui (Procedura Penale); Giovanni Villani (Storia Contemporanea), Marsilio da Padova (Scienze Politiche).

Si presentano come candidati: Alighieri Dante, D'Ascoli Cecco, e D'Arezzo Ristoro.

Dante Alighieri. Il candidato presenta una serie di opere di varia natura, delle quali solo alcune hanno attinenza diretta con la cosmologia. Alcuni commissari hanno notato che nuoce al candidato un certo eclettismo (ricerche di linguìstica generale, di filosofia politica, di letteratura comparata) che emerge anche nelle opere più facilmente ascrivibili alla disciplina a concorso. È stata presa in dovuta considerazione l'opera *Convivio* di cui una parte tratta innegabilmente dell'ordinamento dei cieli in rapporto alle varie scienze, e che presenta momenti di grande originalità scientifica.

Non si può tuttavia non rilevare che questa lodevole varietà di interessanti e brillanti osservazioni è inserita in un contesto spurio, a metà tra la trattazione scientifica e l'opera letteraria. Interessanti aspetti di cosmologia generale sono da reperire nell'opera intitolata *Commedia* e che il candidato presenta benché non debba ritenersi definitivamente pubblicata, per cui si rende necessario classificarla come "bozze di stampa". Si deve peraltro osservare che in quest'opera le parti più significative non sono quelle cosmologiche, ispirate a un'informazione di seconda mano, bensì quelle di carattere narrativo e drammatico, irrilevanti ai fini del presente concorso. L'unico contributo presentato dal candidato a cui sia riconoscibile il carattere di pubblicazione pertinente (anche perché scritto nel latino solitamente richiesto per le pubblicazioni scientifiche) è la *Quaestio de aqua et terra*. Opera di notevole vigore speculativo, essa presenta caratteri di originalità scientifica anche se è sfortunatamente troppo breve. Il candidato la sottotitola "de forma et situ duorum elementorum" e discute in sostanza se l'acqua, nella sfera che le è propria, e cioè nella sua naturale circonferenza, sia in qualche parte più alta della terra che emerge dalle acque. Il candidato propende per la tesi negativa, dimostrata con dovizia di argomentazioni. Uno dei commissari ha osservato che tale tesi è messa in discussione da recenti ricerche compiute da studiosi olandesi, ma gli altri candidati hanno rilevato che controprove empiriche di tale natura non sono rilevanti ai fini di una disciplina teoretica come Cosmologia Generale. Quello che non si può non osservare è che il candidato, per sua esplicita ammissione, esamina solo due dei quattro elementi canonici (l'acqua e la terra) non dedicando spazio sufficiente all'aria e al fuoco; laddove per Cosmologia Generale deve intendersi una disciplina che studi la struttura globale del mondo conosciuto.

Cecco D'Ascoli. Il candidato, noto anche per interessi di magia, presenta una sola opera di notevoli proporzioni, *L'Acerba* dove tratta dei cieli e delle loro influenze, dell'anima, delle virtù, delle proprietà delle pietre e degli animali, nonché questioni relative ad altri fenomeni naturali. Il lavoro mostra un vivo senso dell'osservazione per i fenomeni della vita animale e del mondo celeste ed è ricco di informazione enciclopedica. Il candidato ha effettivamente preso visione di tutta la letteratura sull'argomento, che non di rado è rifusa in modo originale, non senza durezze e scatti di umore. Nel complesso si lamenta tuttavia una certa mancanza di sistematicità, che rende l'opera di difficile consultazione.

Ristoro D'Arezzo. Il candidato presenta un solo lavoro in due libri, di notevole impegno, *La composizione del mondo*. Di quest'opera si può dire con chiarezza che essa è un vero e proprio trattato di cosmologia astronomica e geografica: le stelle, i pianeti, la misura del tempo, le stagioni, il clima eccetera vengono discussi ampiamente nella prima parte mentre nella seconda si tratta delle ragioni dell'essere del mondo, dello Zodiaco e delle comete, della causa della varietà delle piogge, del caldo e del freddo, dell'origine delle acque termali, dei terremoti, della neve; elenco che non deve distogliere dalla vigorosa sistematicità dell'opera ma ne pone in luce l'ampiezza di orizzonti e la completezza. Scritta in una lingua vivace e comprensibile, l'opera rivela un ingegno fervido e una lucida coscienza dei confini della disciplina a concorso. Si deve rilevarne la viva originalità scientifica, dimostrata dalle osservazioni sulle grotte e sulla formazione della brina, che derivano innegabilmente da una lunga e metodica ricerca sul campo.

La commissione ritiene pertanto di formulare la seguente graduatoria: 1. D'Arezzo Ristoro; 2. D'Ascoli Cecco; 3. Alighieri Dante.

Concorso di estetica (1732)

La commissione è composta da: Carlo Innocenzo Frugoni (Letteratura Italiana), Tommaso Ceva (Filosofia), Girolamo Tagliazucchi (Estetica), Scipione Maffei (Letteratura Italiana), Anton Maria Salvini (Letteratura Italiana).

Si presentano i seguenti candidati: Muratori Ludovico Antonio, Vico Giambattista, Ettorri Camillo, Becelli Giulio Cesare.

Ludovico Antonio Muratori. Il candidato presenta un'imponente mole di opere di varia erudizione, la maggior parte delle quali di carattere storico-filologico e pertanto non pertinenti ai fini del presente concorso. Presenta tuttavia, alla data di scadenza del concorso, due opere di estetica teorica, *Della perfetta poesia italiana* e *Riflessioni sopra il buon gusto nelle scienze e nelle arti*. Il primo lavoro parte dalle ipotesi platoniche del Gravina e assegna all'arte un posto e una funzione nel mondo delle attività spirituali. Discute la posizione platonica rispetto a quella oraziana e tenta un accordo tra epicureismo letterario e idealismo etico. Quanto alle sue profonde e documentate riflessioni sopra il buon gusto, il candidato ne elabora un'originale concezione come coscienza etica e sociale. Idea peraltro trattata in un lavoro precedente, *I primi disegni della repubblica letteraria*, dove appare una perspicua distinzione filosofica tra poesia sola, fiore virgineo della vita spirituale e letteratura vera, intimamente legata all'umanità e alla sua storia. L'opera del candidato è solida, argomentata, scientificamente originale anche se l'estetica vi appare tuttavia una preoccupazione secondaria nel quadro della ben più vasta sua produzione, che meglio si vedrebbe inquadrata nell'ambito della filologia romanza.

Giambattista Vico. Il candidato si presenta al concorso dopo una lunga carriera pedagogica in qualità di precario, nel corso della quale ha pubblicato opere di vario argomento e di difficile classificazione accademica (da trattatelli di medicina a indagini sulla sapienza degli italici). L'opera che presenta ai fini del concorso di estetica è la *Scienza Nuova* di cui ha già redatto due edizioni a distanza di cinque anni (a detta di due commissari, gli nuoce l'aver presentato entrambe le redazioni ingenerando perplessità circa quelle che considera le sue posizioni effettive e definitive). Questo lavoro, notevole per impegno e ricchezza di temi, non sfugge all'accusa di una certa farraginosità e appare di difficile classificazione disciplinare. Opera di storiografia, di mitologia, di antropologia generale, di storia della filosofia, di letteratura greca e latina, di filosofia politica e d'altro ancora, essa esprime nel bene come nel male la vorace cultura e la curiosità del suo autore, a cui fa velo una lingua certamente non perspicua. È innegabile che parte di quest'opera sia dedicata ad argomenti di pertinenza dell'estetica (si citano gli interessanti capitoli del libro secondo e del libro terzo, sulla metafisica e la logica poetica, sulla "iconomica poetica", sulla politica poetica, sulla fisica poetica, sulla cosmografia e sull'astronomia poetica, sulla cronologia e sulla geografia poetica), ma già da questo elenco è facile intravvedere come egli, più che limitare e definire il campo dell'estetica, lo abbia di fatto ampliato a comprendere l'universo mondo, facendogli perdere la sua squisita specificità disciplinare. In questa congerie di dati, dove abbondano le osservazioni acutissime, ma dove si trasvola in poche pagine dalla poesia omerica alle medaglie e agli emblemi, senza una precisa teoria dei generi, appare invero una sorta di visione estetica generale, per cui l'arte si porrebbe come una sorta di lingua originaria del genere umano. Ma duole osservare che, quando l'autore raggiunge la maggior chiarezza definitoria, le sue osservazioni sono piuttosto di retorica, critica letteraria, storiografia delle arti, linguistica generale. In conclusione, ci troviamo di fronte a un candidato di ingegno promettente ma ancora indisciplinato, a cui non si saprebbe non consigliare una lunga decantazione del proprio pensiero.

Camillo Ettorri. Il candidato si presenta, già in tarda età, dopo una lunga e onorata carriera nella Compagnia di Gesù. Il candidato presenta una sola opera di grandi dimensioni, ormai celebre dal 1696, di sicura impostazione scientifica e grande respiro teoretico, *Il buon gusto nei componimenti rettorici.* Egli sottopone a rigorosa e originale disamina il concetto di buon gusto, centrale nella speculazione estetica, e polemizzando coi criteri razionalistici e naturalistici del Bouhours, lo definisce come autorizzamento al ben giudicare, derivato dalla autorità della tradizione popolare e dalla corrispondenza alla ragione e alla misura. Non si può che lodare l'impianto originale e accademicamente perfetto di questa ricerca, che rivela nell'autore, peraltro già assai famoso, sicure doti speculative, preparazione scientifica e alto senso della pertinenza disciplinare.

Giulio Cesare Becelli. Il candidato presenta un'unica opera, *Della novella poesia,* dove argomenta sulla decadenza delle regole aristoteliche in favore di una poesia più consona ai tempi. Influenzato dal Locke, accenna a una più stretta connessione tra ingegno critico ed esperienza. Nelle notizie sulla sua operosità scientifica accenna a future ricerche sulla riforma della retorica. Di indubbio interesse critico e polemico, il suo lavoro appare più facilmente classificabile come critica militante (teoria dell'avanguardia, formulazioni di poetica) e non appare pertinente ai fini della disciplina a concorso.

La graduatoria viene pertanto fissata nei termini seguenti. 1. Ettorri Camillo; 2. Muratori Ludovico Antonio; 3. Vico Giambattista.

Il gioco che abbiamo proposto potrebbe scandalizzare la persona di buon senso. Come mai? (direbbe) Non è meglio che i nostri figli abbiano la possibilità di ascoltare Socrate, Dante e Vico anziché Antistene, Ristoro d'Arezzo e Camillo Ettorri? La risposta deve essere chiara e onesta: alla luce dei requisiti vigenti per un buon professore universitario, Antistene, Ristoro d'Arezzo e Camillo Ettorri danno davvero più garanzie dei loro più illustri colleghi. Se passeranno i vari progetti di riforma universitaria presentati negli ultimi anni, a maggior ragione i giudizi immaginati in questo articolo saranno da ritenere onesti e leali. Perché introdurre nell'università italiana un uomo come Dante che certamente non può dedicarvi il pieno tempo, che marinerebbe la lezione per un viaggio presso Cangrande della Scala, e sarebbe impegnato in logoranti dibattiti con Oderisi da Gubbio, trascurando gli studenti che vogliono parlare delle loro tesi? Come si potrebbe permettere a Dante di usufruire della mutua ENPAS dei professori universitari, visto che è iscritto alla corporazione degli Speziali?

Vediamo quali sarebbero le soluzioni scelte da altri tipi di organizzazione universitaria, ispirate a criteri di decentramento e autonomia degli Atenei (come per esempio le università americane, e in misura minore quella tedesca e olandese, e la Francia per quanto riguarda l'Ecole Pratique des Hautes Etudes). Dante verrebbe invitato in America come "writer in residence", senza obblighi stretti, a tempo determinato, per raccontare quello che fa. Vico otterrebbe un posto di Direttore di Ricerche alla Ecole parigina, con l'incarico di curare gli specializzandi e seguire alcune tesi di estetica. Socrate otterrebbe una serie di inviti per conferenze e seminari, con una borsa di ricerca, nessun obbligo di pubblicazioni e l'assicurazione che correggerebbe le trascrizioni magnetofoniche dei suoi corsi. Gli verrebbe assicurato in compenso dalla Technische Universität di Berlino un congruo rimborso e eventualmente l'asilo politico (purché, ahimè, non faccia pubbliche affermazioni sul comunismo, che verrebbero intese come corruzione dei giovani).

Molto poco, in sintesi, ma almeno una possibilità di utilizzare persone di qualche merito senza passare attraverso le leggi di una riforma centralizzata.

L'Espresso, 21 ottobre 1979

Si è parlato della riabilitazione di Galileo da parte della chiesa. Si tratta di una notizia senza dubbio interessante, che consente di rivedere un delicato caso storico, come si fa per i centenari. E immagino che proprio gli storici dovrebbero rallerarsi per il fatto che la chiesa pensi di regolare, di fronte a se stessa e alla propria storia, questo vecchio conto; potranno forse uscire dagli archivi tanti documenti dell'epoca, si potranno porare alla luce le testimonianze di molti studiosi che furono contrari alla sentenza e la cui opinione rimase probabilmente sommersa.

Ma quello che non capisco, e che negli ultimi giorni mi ha provocato qualche turbamento, leggendo giornali e riviste, è il tono di allegrezza con cui l'evento viene salutato dal punto di vista scientifico, come se si emettessero gran sospiri di sollievo per le sorti della cultura.

Cerco di immaginarmi le ragioni di questo sollievo. Probabilmente negli ambienti meglio informati si stava da tempo in pena per il disordine che regnava da secoli nelle officine del Primo Mobile (quasi due decenni fa avevo segnalato il fatto nel mio *Diario Minimo*), dove non si sapeva più se far girare il sole o la terra. La terra avrebbe dovuto muovere intorno al sole, ma con la condanna del santo uffizio l'operazione appariva illegittima, e gli angeli addetti alle caldaie erano sottoposti a uno stress continuo. Secondo gli ordini ricevuti dovevano far girare il sole, ma quello stava duro come una pietra. D'altra parte la terra era difficile da tenere a freno, a sentir lei avrebbe piroettato tutto il giorno (rotazione) e persino tutto l'anno (addirittura rivoluzione!). Ma non ne aveva il permesso. Situazione cosmica imbarazzante, chi tirava di qua, chi tirava di là, e adesso si capisce da dove venivano tutti quei terremoti, e perché fa caldo d'inverno e freddo d'estate e non si sapeva più dove andassero le stagioni.

Ora tutti sono soddisfatti. La terra può girare, e non v'è chi non veda come questa decisione vivacizzi l'economia planetaria (anche se qualcuno già si lamenta di questo eccessivo giramento di palle celesti). Letizia incommensurabile ne deriverà alle folle dei fedeli, che alla fine dei servizi divini, dopo il rituale "andate, la messa è finita", risponderanno in coro "eppur si muove". Ma la cosa, per fortuna, non finisce qui.

Con lo sblocco di Galileo, nuove vie del firmamento si aprono all'Anglo che tanta ala vi stese. Ricevuto il "via", già Newton passa le sue giornate, ritenuto infingardo dagli sciocchi, sdraiato sotto un albero ad aspettare che gli cadano sul naso mele, pere o anche cachi. E se, putacaso, oggi il vescovo di Pisa si sospendesse a un gancio che pende dalle volte della sua cattedrale, le sue oscillazioni sarebbero finalmente isocrone. Minore vantaggio trarrebbe certo, lo stesso prelato, se si gettasse dalla torre della sua città (naturalmente dalla parte da cui pende): perché cadrebbe al suolo in virtù delle nuove leggi finalmente ammesse; mentre in altri tempi avrebbe potuto levitare a volo, come accadeva (mi pare) a san Giuseppe da Copertino prima della riabilitazione di Galileo.

Immagino che cambierà anche l'atteggiamento della specola vaticana verso le macchie lunari, che gli scorsi pontefici, meno illuminati, raccomandavano sempre di eliminare con qualche detergente, per non bruttare il creato (e perché alla fola dell'omino con il sacco non ci credevano più sin dai tempi della *Rerum Novarum*). Ma c'è il rischio che questo entusiasmo neo-galileiano prenda la mano: perché a dare ascolto a quel fantasioso pisano, nel periodo in cui lavorava ancora su cannocchiali da poco prezzo, Saturno non aveva gli anelli bensì due orecchiette, così che il disegno fatto da quel Grande assomigliava stranamente a Topolino. Voglio dire, riabilitiamo Galileo, ma con moderazione: rivediamo il giudizio, ma con giudizio.

In ogni caso, apprendo di entusiastici festeggiamenti a Monte Palomar.

La Repubblica, 29 novembre 1979

Signor direttore, mi trovo temporaneamente assente per affari in Terra del Fuoco (mi scuserà se non accludo l'indirizzo) ma vorrei fare ascoltare la voce di un fratello onesto, fedele e leale, in questo momento in cui tanti negano vilmente la propria comunanza d'affetti e di intenti con un uomo degno della massima considerazione.

Le dirò subito che anni fa, quando potei disporre di una solida fortuna, di una commenda di Santa Veneranda in Capocotta (costatami assai cara), di un posto di segretario provinciale in un partito di maggioranza, di alcune tessere VIP delle massime compagnie aeree, di una iscrizione a club atletico con sauna incorporata, cominciai ad avvertire, non dico l'ambizione del potere, ma il bisogno di un rapporto onesto e leale di mutua assistenza con altre persone di pari dignità. C'è gente che pur di non restare sola si iscrive al club degli scacchi o agli amici della musica, e d'altra parte come potrebbe uno incontrare delle ragazze?

Per questo accolsi con grande favore un biglietto inviatomi dal Gran Maestro della Loggia PP2. "Sì, sì señor (diceva la lettera) veniamo ad apprendere che usted è un guapo de grande rigor moral e poder economico, eccetera eccetera, e concludeva: suo devotissimo Gran Maestro Gellio Lici detto El Gringo".

Le confesso che fui colpito dal tono serio, misurato, signorile dell'approccio, e mi recai a un primo colloquio col Gran Maestro. Per prima cosa (perché non sono uomo da fare salti nel buio) gli chiesi subito quali erano le finalità della associazione. Gellio Lici fu esplicito: "Il bene dell'umanità, lei non deve fare altro che amare il prossimo come se stesso, e naturalmente amare di più chi le è un poco più prossimo". Convenni che non possiamo non dirci cristiani. "Appunto (disse Lici) Cristo è stato il primo massone". Chiesi ingenuamente se non era stato il primo socialista, ma Gellio Lici mi invitò a non sottilizzare. "Cristo (disse) nasce nel grande oriente, viene chiamato Maestro, vive trentatré anni e converrà che anche il suo supremo sacrificio è una cosa tutta squadra e compasso". "Allora basta fare del bene?", domandai. "Sì (rispose Gellio Lici) ma di nascosto. Guai a dare elemosina ai mendicanti o aiutare vecchiette ad attraversare la strada. Se no tutti si accorgono che sei massone e dove va a finire la loggia segreta". "Ma allora (azzardai) metto un po' di soldi in una busta e mando tutto senza indirizzo alla Croce Rossa". "Ottimo (disse Lici). Anzi, ora che ci penso, dia tutto a me che provvedo io". "Quanto?" chiesi: "Centomila lire?" "Facciamo cento miliardi". Prevenne le mie perplessità con un gesto: "Naturalmente non sono tutti a perdere. Mettiamo che lei si trovi, che so, in Svizzera, ha perduto la credit card, le servono settanta, ottanta miliardi per comperare un giornale..." "Costano tanto, in Svizzera?" Lici sorrise con finezza: "Non intendevo dire una copia...".

Per mostrargli la mia buona volontà buttai in un container quei pochi lingotti che avevo casualmente in tasca: "Ma non ci sono rischi per... il trasferimento?" Gellio Lici mi rassicurò: "Naturalmente usiamo un fratello della loggia coperta, ma travestito da massone scoperto, di quelli che possono girare liberamente col cappuccio. Capito la trovata? Chi va a guardare sotto al cappuccio a un fratello?" "Ma la finanza?" azzardai. "Non si preoccupi, ci penso io... in generale". Mi diede le schede di iscrizione, i conti correnti per i versamenti, con la richiesta di due foto formato tessera e uno stato di famiglia: "Sa (disse), per la correttezza degli elenchi. In quindici copie". Gli chiesi se si fidava a riprodurre tanti elenchi segreti. "Non ci pensi (disse). Li affidiamo in parte a confratelli al di sopra di ogni sospetto, faccio per dire, Sindona. E altri li do a persone che non sono dei nostri ma che non fanno domande e soprattutto non parlano: due ragazzi, tali Peci e Sandalo, un tale che ha un appartamentino in via Gradoli, un giornalista, tale Pecorelli, e un ragazzo turco che viaggia molto, non fa colpi di testa, non fa piazzate e non si fa prendere. Creda a me, so scegliere i miei nascondigli: anni fa avevamo depositato gli elenchi più riservati presso certi confratelli a Watergate".

La cosa era convincente, ma se si entra in una società segreta è per trovarsi in contatto con persone che abbiano in mano le leve del potere. Chiesi di poter vedere la lista. "Niente di più facile (disse Gellio Lici), lista segreta, ma alla luce del sole, per così dire. Guardi, un magistrato, un ministro, non faccia caso a questi che figurano defunti (Nostradamus, Bagonghi, l'ammiraglio Persano), in realtà è per depistare, sono in Argentina. E poi guardi: Adriano Dezan, sa quello del ciclismo, Moira Orfei, Jacovitti... Non hanno ancora chiesto l'iscrizione ma gli sto alle costole". " Contano molto?" "Enormemente, controllano settori cruciali dell'opinione pubblica. Appena avremo fatto il colpo di stato disporremo della prima rete indipendente." Osservai che da casa mia non si prende, si vede tutto sabbiato. "Appunto (disse), sarà una rete segretissima, coperta." Feci qualche cauta domanda sul mutuo soccorso. Mi chiese se qualcuno mi aveva fatto degli sgarbi, scrivessi pure sulla scheda. "Il portinaio non mi saluta, deve essere per la mancia di ferragosto." "Ci penso io. Caso mai, se vede degli uomini in tuta su per le scale, per qualche giorno eviti di prendere l'ascensore." "Scusi la domanda (chiesi), ma non avevate anche il povero Noschese?" "Provveduto, tenteremo ora con Leopoldo Mastelloni e Amanda Lear."

E per il colpo di stato, chiesi, ci sono buone speranze? Sorrise con malizia, e si batté la mano sul petto: "Guardi, ho qui già la lista completa dei ministri. Non necessariamente tutti dei nostri, ma sempre tecnici integerrimi. Sindona alle finanze, Spagnuolo alla giustizia, Giannettini alla difesa, Gervaso alla pubblica istruzione, l'onorevole Casini alla sanità. Ho delle idee, sa? Pensavo di contattare Beppe Grillo per gli esteri, ha visto quelle trasmissioni dall'America?"

Gli dissi francamente che ero perplesso sul giuramento. E se poi tradivo? Gellio Lici si fece serio, un lampo sinistro gli balenò in quei suoi occhi duri come l'acciaio temprato: "In caso di tradimento... sarà la sua coscienza a rimorderle. Punizione psicosomatica: prima il fuoco di Santantonio, poi l'erpete zoster, quindi sua moglie le chiederà di comperarle un completo di valige Vuitton, infine si confonderà e metterà una maglietta Lacoste sotto lo smoking... E se non bastasse, interverranno i confratelli: sarà condotto a Rimini a visitare l'Italia in Miniatura..."

Lo arrestai con un gesto, il volto rigato di sudore diaccio. Ma ormai ero tentato, chiesi di partecipare a una seduta.

Due sere dopo, bendato, fui condotto per mano da un generale dei carabinieri lungo un sotterraneo umido, percorso da refoli d'aria mefitica. Mi tolsero la benda quando fummo in un salone ricavato da una caverna ancora irta di stalattiti, rischiarata da lampade a petrolio a denominazione controllata. Tutti erano incappucciati.

Riconobbi un noto uomo politico, per il fatto che, a causa della statura, il cappuccio gli scendeva sino ai piedi. Riconobbi pure alcuni generali, dalla visiera che quasi perforava la stoffa nera della "cagoule", e dalle decorazioni che portavano sul petto, appuntate al grembiule rituale: nastrini di molte campagne, rastrellamento della Valsesia, Marzabotto, battaglie delle Langhe e dell'Ossola. Un confratello, a cui sotto il cappuccio spuntava una veste talare, visibilmente in fase di iniziazione, chiedeva tutto emozionato ai vicini quando si pugnalassero le ostie. E i vicini a dargli la baia, dicendo che non erano più quei tempi.

Attaccai discorso con un iniziato, un po' timido. Gli domandai come si trovava. "Bene, bene (mi disse). Cosa vuole, ci sono anche gli inconvenienti. Non sai mai se quel tale che incontri al ristorante è dei nostri o no. Siamo tanti, lo so, ma si può anche incappare in qualcuno che non è nella lista. Il segno di riconoscimento consiste nel porgere la mano e solleticare il palmo dell'altro con il medio. Una volta credevo di andare a colpo sicuro, e quello invece ha fatto un baccano del diavolo che è corsa la buoncostume. Adescamento, han detto. Mia moglie è tornata da sua madre. Un'altra volta ero dal medico, e mi dice di dire trentatré. Io gli do una gomitata, così per far capire che avevo capito, e quello si mette a fare un discorso sui miei riflessi e mi dà una cura di tranquillanti che per poco non riuscivo più... mi capisce, sa, cose di noi uomini... Eh, la vita del massone non è rose e fiori, ma sa, per il bene dell'umanità si fa questo ed altro. E poi ho ricevuto la croce di cavaliere; proprio l'altro giorno prima che mi togliessero il passaporto."

Mi avvicinai a un altro, squadra e compasso sul petto, cazzuola in mano, una veste trapunta di stelle e di emblemi zodiacali. "Lei è massone?", chiesi tanto per dire qualcosa. Mi guardò con occhi di fuoco, lo sdegno che gli brillava sotto il cappuccio: "Io massone? Come si permette?!"

Ma per il resto fu una bella cerimonia, e quella sera mettemmo a punto un intervento in Spagna, mica male. "Si iscriva, si iscriva (mi diceva Gellio Lici), vedrà che poi si sente più buono. E più tranquillo. Creda a me che sono un esperto, può dormire tra due materassi a molle."

Che dire? Erano solo novecento, ma scelti bene. Gente di cui ci si poteva fidare. Ho firmato. Sono mica un coglione.

L'Espresso, 7 giugno 1981

LE VACANZE INTELLIGENTISSIME

È buona usanza che all'avvicinarsi delle vacanze estive si consiglino ai lettori almeno dieci libri intelligenti per poter trascorrere intelligentemente delle vacanze intelligenti. Prevale tuttavia lo sgradevole vezzo di considerare il lettore un sottosviluppato, e così vediamo scrittori anche illustri affannarsi a suggerirgli letture che qualsiasi persona di media cultura dovrebbe aver già fatto almeno dai tempi della scuola media. Ci pare pertanto offensivo e (ci si permetta) reazionario o quantomeno paternalistico offendere il lettore consigliandogli, che so, l'originale tedesco delle *Affinità elettive*, il Proust della Pléiade o le opere latine del Petrarca. Dobbiamo considerare che, sottoposto da tanto tempo a tanti consigli, il lettore sia diventato sempre più esigente, specie in questi tempi di riflusso in cui chi non è iscritto alla P2 o non entra in una organizzazione terroristica, che deve fare? Legge. Ecco perché mi permetterei qualche indicazione, specie ai giovani, tenendo anche democraticamente conto non solo di chi può fare vacanze costose, ma anche di chi si avventuri in esperienze tanto disagiate quanto eccitanti.

Per chi avrà lunghe ore in spiaggia consiglierei la *Ars magna lucis et umbrae* di padre Athanasius Kircher, affascinante per chi sotto i raggi infrarossi voglia riflettere sui prodigi della luce e degli specchi. L'edizione romana del 1645 è ancora reperibile in antiquariato per cifre indubbiamente inferiori a quelle che Calvi ha esportato in Svizzera. Non consiglio di prenderla a prestito in biblioteca, perché si trova solo in vetusti palazzi dove gli inservienti sono di solito mutilati del braccio destro e dell'occhio sinistro, e cadono quando si inerpicano sulle scalette che portano alle sezioni dei libri rari. Altro inconveniente è la mole del libro, e la friabilità della carta: da non leggere quando il vento trascina gli ombrelloni.

Un giovane che invece tenti viaggi a biglietto forfettario per l'Europa, in seconda classe, e che debba quindi leggere in quei treni dai corridoi particolarmente affollati, dove si sta in piedi con un braccio fuori dal finestrino, potrebbe condur seco i tre volumi einaudiani del Ramusio, leggibili tenendone uno tra le mani, l'altro sotto il braccio, il terzo tra l'inguine e la coscia. Leggere di viaggi durante un viaggio è esperienza molto densa e stimolante.

Per giovani reduci (o delusi) da esperienze politiche, che tuttavia vogliono tener d'occhio i problemi del Terzo mondo, suggerirei qualche piccolo capolavoro della filosofia musulmana. Adelphi ha pubblicato recentemente il *Libro dei consigli* di Kay Ka'us ibn Iskandar, ma sfortunatamente non c'è l'originale iranico a fronte, e ovviamente si perde tutto il profumo. Consiglierei invece il delizioso *Kitab al-s'ada wa'L is'ad*, di Abul'l-Hasan Al'Amiri, di cui è reperibile a Teheran un'edizione critica del 1957.

Poiché non tutti leggono correntemente le lingue medio-orientali, per chi può muoversi in macchina senza problemi di bagaglio, sempre ottima è l'intera raccolta della Patologia del Migne. Sconsiglierei di scegliere i padri greci sino al concilio di Firenze del 1440, perché occorre portarsi seco 161 volumi dell'edizione greco-latina e 81 dell'edizione latina, mentre coi padri latini sino al 1216 ci si può limitare a 218 volumi. So benissimo che non tutti sono reperibili sul mercato, ma si può sempre ricorrere alle fotocopie. Per coloro che abbiano interessi meno specialistici consiglierei alcune buone letture (sempre in originale) dalla tradizione cabbalistica (oggi essenziale anche per capire la poesia contemporanea). Bastano poche opere: una copia dello *Sefer Yezirah*, lo *Zohar*, naturalmente, poi Moses Cordovero e Isaac Luria. Il corpo cabbalistico è particolarmente adatto alle vacanze, perché delle opere più antiche si possono trovare ancora ottimi originali in rotolo, che sono facilmente allogabili nello zaino anche per gli autostoppisti. Il corpo cabbalistico è poi ottimamente utilizzabile nei Club Meditérranée, dove gli animatori possono costituire due squadre che concorrono a chi produce il Golem più simpatico. Infine, per chi avesse difficoltà con l'ebraico, rimangono sempre il *Corpus Hermeticum* e gli scritti gnostici (meglio Valentino, Basilide è non di rado prolisso e irritante).

Tutto questo (ed altro), se volete delle vacanze intelligenti. Altrimenti non stiamo a discutere, portatevi i *Grundrisse*, i Vangeli apocrifi e gli inediti di Peirce in microfiches. Insomma, *L'Espresso* non è un bollettino per la scuola dell'obbligo.

L'Espresso, 12 luglio 1981

QUANTO COSTA UN CAPOLAVORO

Le recenti discussioni su come si costruisce un best seller (vuoi nel formato boutique vuoi in quello Grandi Magazzini) rivelano i limiti della sociologia della letteratura, intesa a studiare i rapporti tra autore e apparato editoriale (prima che il libro sia fatto) e tra libro e mercato (dopo che il libro è uscito). Come si vede, viene trascurato un altro importante aspetto del problema, e cioè quello della struttura interna del libro. Non dico nel senso, banalissimo, della sua qualità letteraria (problema che sfugge ad ogni verifica scientifica), bensì in quello, ben più squisitamente materialistico e dialettico, di una endo-socio-economia del testo narrativo.

L'idea non è nuova. Era stata elaborata nel 1963 da me, Roberto Leydi e Giuseppe Trevisani nella libreria Aldrovandi di Milano, e io stesso ne avevo dato notizia su *Il Verri* (numero 9 di quell'anno, dove appariva anche un fondamentale studio di Andrea Mosetti sulle spese affrontate da Leopold Bloom per passare la giornata del 16 giugno 1904 a Dublino).

Ora son vent'anni, si ragionava di come, per ogni romanzo, si possono calcolare le spese vive che l'autore ha dovuto sostenere per elaborare le esperienze di cui narra. Calcolo facile per i romanzi in prima persona (le spese sono quelle del Narratore) e più difficile nei romanzi a narratore onnisciente che si distribuisce tra i vari personaggi.

Facciamo subito un esempio, per chiarire le idee. *Per chi suona la campana* di Hemingway costa pochissimo: viaggio in Spagna da clandestino su carro merci, vitto e alloggio fornito dai repubblicani, e la ragazza in sacco a pelo, neppure le spese della camera a ore. Si vede subito la differenza con *Al di là del fiume e tra gli alberi*, e basti pensare a cosa costa anche un solo Martini allo Harris Bar.

Cristo si è fermato a Eboli è un libro fatto interamente a spese

293

del governo, *Il Sempione strizza l'occhio al Frejus* ha imposto a Vittorini il prezzo di un'acciuga e di mezzo chilo di erbe cotte (più caro *Conversazione in Sicilia*, col prezzo del biglietto da Milano, anche se allora c'era ancora la terza, e le arance comperate durante il viaggio). I conti diventano invece difficili con tutta la *Commedia Umana*, perché non si sa bene chi paga; ma conoscendo l'uomo, Balzac deve aver fatto un tale casino di bilanci falsificati, spese di Rastignac messe nella colonna di Nucingen, debiti, cambiali, soldi persi, millantato credito, bancarotta fraudolenta, che vederci chiaro è ormai impossibile.

Più limpida la situazione di quasi tutto Pavese, qualche lira per un bicchier di vino in collina e via, salvo in *Tra donne sole* dove c'è qualche spesa di bar e ristorante. Per nulla costoso il *Robinson Crusoe* di Defoe, c'è da calcolare solo il biglietto d'imbarco, e poi sull'isola tutto è fatto con materiale di ricupero. Ci sono poi i romanzi che sembrano a buon mercato ma a che fare i conti sono costati più di quel che pare: si prenda *Dedalus* di Joyce, dove si debbono calcolare almeno undici anni di retta dai gesuiti, da Conglowes Wood a Belvedere sino all'University College, più i libri. Non parliamo della dispendiosità di *Fratelli d'Italia* di Arbasino (Capri, Spoleto, tutto un viaggio, e si consideri con quanta maggior avvedutezza Sanguineti, che non era scapolo, ha fatto il suo *Capriccio italiano* usando la famiglia e basta). Un'opera assai cara è tutta la *Recherche* proustiana: per frequentare i Guermantes non si poteva certo prendere il frack in affitto, e poi fiori, regalini, hotel a Balbec e con ascensore, carrozzella per la nonna, bicicletta per trovarsi con Albertine e Saint Loup, e bisogna pensare cosa costava allora una bicicletta. Non è la stessa cosa col *Giardino dei Finzi Contini* in un'epoca in cui le biciclette erano già merce corrente, e per il resto una racchetta da tennis, una maglietta nuova e via, le altre spese essendo sostenute dalla ospitalissima famiglia eponima.

E invece *La montagna incantata* non è uno scherzo, con la retta del sanatorio, la pelliccia, il colbacco, e il lucro cessante dell'aziendina di Hans Castorp. Per non dire della *Morte a Venezia*, se appena appena si pensa al prezzo di una camera con bagno a un hotel del Lido, e a quei tempi un signore come Aschenbach, per ragioni di decoro, solo di mance, gondole e valigie Vuitton, spendeva un capitale.

Bene, questa era la proposta iniziale, e pensavamo persino di incoraggiare delle tesi di laurea sull'argomento, perché il metodo c'era, e i dati erano controllabili. Salvo che riflettendo ora sul problema mi sorgono altre inquietanti domande. Cerchiamo di mettere a paragone i romanzi malesi di Conrad con i romanzi malesi di Salgari. Balza agli occhi che Conrad, dopo aver investito una certa somma per il brevetto di capitano di lungo corso, si trova ad aver gratis l'immenso materiale su cui lavorare, anzi è persino pagato per navigare. Assai diversa la situazione di Salgari. Come è noto egli non ha viaggiato affatto, o quasi, e dunque la sua Malesia, i sontuosi arredamenti del "buen retiro" di Mompracem, le pistole dal calcio d'avorio, i rubini grossi come una nocciola, i lunghi fucili dalla canna cesellata, i prahos, la mitraglia a base di ferramenta, persino il betel, è tutto materiale di trovarobato, carissimo. La costruzione, l'acquisto, l'affondamento del "Re del Mare", e prima di aver ammortizzato la spesa, sono costati una fortuna. Inutile chiedersi dove Salgari, notoriamente indigente, trovasse il denaro necessario: qui non si fa del sociologismo volgare, avrà firmato delle cambiali. Ma è certo che il poveretto ha dovuto ricostruire tutto in studio, come per una prima alla Scala.

Il paragone Conrad-Salgari ne suggerisce un altro, tra la battaglia di Waterloo nella *Certosa di Parma* e quella nei *Miserabili*. È chiaro che Stendhal ha usato la battaglia autentica, e la prova che non era costruita apposta è proprio che Fabrizio non riesce a raccapezzarcisi. Invece Hugo la ricostruisce ex novo, come la mappa dell'impero uno a uno, e con movimenti enormi di masse, riprese dall'alto con gli elicotteri, cavalli azzoppati, gran spreco di artiglieria, sia pure a salve, ma in modo che senta da lontano anche Grouchy. Non vorrei esser paradossale, ma l'unica cosa a buon mercato, in quel gran "remake", è il "merde!" di Cambronne.

E infine, un ultimo paragone. Da un lato abbiamo quella operazione economicamente assai redditizia che furono *I promessi sposi*, tra l'altro ottimo esempio di best seller di qualità, calcolato parola per parola, studiando gli umori degli italiani dell'epoca. Dai castellacci sulle colline, dal ramo del lago di Como sino a Porta Renza, Manzoni aveva tutto a disposizione, e si noti con quanta avvedutezza, quando non trova il bravo o la sommossa, te li fa uscir da una grida, ti esibisce il documento, e con giansenistica onestà ti avverte che non sta ricostruendo di suo, ma ti dà ciò che chiunque poteva trovare in biblioteca. Unica eccezione il manoscritto dell'anonimo, la sola concessione che egli fa al trovarobato, ma a quei tempi si dovevano ancora aver sottomano a Milano di quei librai antiquari, come ve ne sono ancora nel Barrio Gotico a Barcellona, che per poco ti costruiscono una falsa pergamena che è una meraviglia.

Tutto il contrario accade invece, non dico solo con molti altri romanzi storici, falsi come il *Trovatore*, ma con tutto Sade e con il romanzo "gothic", come emerge molto bene dal recente *La messa in scena del terrore* di Giovanna Franci (e come già ci aveva detto, in altri termini, Mario Praz). Non dico delle immani spese sostenute da Beckford per il *Vathek*, ché qui siamo già alla dissipazione simbolica, peggio che il Vittoriale, ma anche i castelli, le abbazie, le cripte della Radcliffe, di Lewis o di Walpole non son cose che si trovano già fatte all'angolo della strada, credete a me. Si tratta di libri dispendiosissimi che, anche se son diventati dei best sellers, non hanno riportato quanto era uscito, e fortuna che i loro autori erano tutti gentiluomini che avevano del loro, perché ad ammortizzare sui diritti non avrebbero finito neppure gli eredi. A questa fastosa schiera di romanzi tutti artificiali appartiene naturalmente anche il *Gargantua e Pantagruele* di Rabelais. E ad essere rigorosi, anche la *Divina Commedia*.

Un'opera mi sembra stare a metà strada, ed è il *Don Chisciotte*. Perché il cavaliere della Mancha va per un mondo che è così com'è, ed i mulini ci sono già; ma la biblioteca deve essere costata moltissimo, perché tutti quei romanzi cavallereschi non sono quelli originali, ma sono stati chiaramente riscritti, all'uopo, da Pierre Menard.

Tutte queste considerazioni sono di un certo interesse perché forse ci servono a capir la differenza tra due forme di narrativa per le quali la lingua italiana non ha due termini distinti, e cioè il "novel" e il "romance". Il "novel" è realistico, borghese, moderno, e costa poco, perché l'autore usa di un'esperienza fatta gratis. Il "romance" è fantastico, aristocratico, iperrealista e costosissimo, perché in esso tutto è messa in scena e ricostruzione. E come si ricostruisce, se non usando pezzi di trovarobato già esistenti? Sospetto che questo sia il vero significato di termini astrusi come "dialogismo" e "intertestualità". Salvo che non basta spendere molto, e ammassar molta roba ricostruita, per riuscire nel gioco. Occorre anche saperlo, e sapere che il lettore lo sa, e quindi ironizzarvi su. Salgari non aveva sufficiente ironia per riconoscere come costosamente finto il proprio mondo, e questo era il suo limite, che può essere riscattato solo da un lettore che lo rilegga come se lui avesse saputo.

Ludwig di Visconti e *Salò* di Pasolini sono tristi perché gli autori prendono sul serio il loro gioco, forse per ripagarsi della spesa sostenuta. E invece i soldi tornano a casa solo se ci si comporta con la "nonchalance" del gran signore, come facevano appunto i maestri del Gothic. Per questo essi ci affascinano e, come suggerisce il critico americano Leslie Fiedler, costituiscono il modello per una letteratura post-moderna capace persino di divertire.

Vedete quante cose si scoprono ad applicar con metodo una buona e disincantata logica economicistica alle opere creative? Forse si potrebbero persino reperire le ragioni per cui talora il lettore, invitato a visitare castelli fittizi, dai destini artificiosamente incrociati, riconosce il gioco della letteratura, e vi prende gusto. Naturalmente, se si vuol fare bella figura, non bisogna badare a spese.

L'Espresso, 3 aprile 1983

INDICE DEI NOMI
E DEGLI AUTORI CITATI

Bongiorno, Mike, 169
Borges, Jorge Luis, 238, 240, 250
Borruso, Gaetano, 115
Bottai, Giuseppe, 114
Braibanti, Aldo, 103
Brando, Marlon, 17
Bryant, Anita, 210
Bruce, Lenny, 254
Buchwald, Art, 209
Buñuel, Luis, 157
Buonarroti, Michelangelo, 228

Cage, John, 66, 213
Cagliostro, (Giuseppe Balsamo, conte di), 48
Caltagirone, fratelli, 153
Calvesi, Maurizio, 157
Calvi, Roberto, 291
Camus, Albert, 95
Canetti, Elias, 45
Cangrande della Scala, 284
Cantinflas, 254
Capa, Robert, 98
Capanna, Mario, 115
Capecchi, Vittorio, 129
Caravaggio, Michelangelo Merisi detto il, 212
Carson, Johnny, 177
Carter, Jimmy, 206
Cartesio, Renato, 35, 37
Casini, Pier Ferdinando, 289
Cassola, Carlo, 198
Castro, Fidel, 120
Ceasar, Syd, 254
Cecco d'Ascoli, 279-281
Cefis, Eugenio, 229
Celentano, Adriano, 263
Céline, Ferdinand, 15, 66
Cervantes Saavedra, Miguel de, 259
Ceva, Tommaso, 281
Chaplin, Charlie, 208
Christie, Agatha, 92
Ciccardini, Bartolo, 115
Cicerone, Marco Tullio, 72
Cino da Pistoia, 279
Cirio, Rita, 151, 156
Clausewitz, Karl von, 221
Clouscard, Michel, 88, 89
Colli, Giorgio, 83
Colonna, Vittoria, 264
Conrad, Joseph, 295

Cooper, David, 49
Copernico, Nicola, 37
Cordovero, Moses, 292
Cossiga, Francesco, 80, 116, 156
Cotroneo, C., 130
Cox, Harvey, 209
Craxi, Bettino, 158, 188
Crepax, Guido, 213
Critone, 278
Croce, Benedetto, 203
Curcio, Renato, 43, 91, 115, 116, 119
Curie, Marie, 264

D'Acquisto, Salvo, 122, 124
Davoli, Ninetto, 51
Davis, Bette, 150
De Carolis, Massimo, 78
Defoe, Daniel, 294
Deleuze, Gilles, 62, 63, 73, 86, 87, 89
Della Chiesa, Carlo Alberto, 151
De Maistre, Joseph, 31, 32, 33
De Mita, Ciriaco, 158
De Mott, Benjamin, 209
Dezan, Adriano, 289
Disney, Walt, 110
Drouillet, Philippe, 213
Duby, Georges, 187-191
Dumas, Alexandre, 202, 205
Duvivier, Julien, 177
Dylan, Bob, 59

Eliot, Thomas S., 15, 270
Ellis, Albert, 210
Eluard, Paul, 65
Engels, Friedrich, 86
Enzensberger, Hans Magnus, 149
Epicuro, 210
Epimenide, 263
Eraclito, 216
Erasmo, 263
Ermogene, 278
Ettorri, Camillo, 281, 283
Eubulide di Mileto, 279
Euclide, 32
Eudo di Stella, 105

Fabbri, Paolo, 68
Faccio, Adele, 117
Facchinelli, Elvio, 78
Fantappié, Luigi, 41
Feiffer, Jules, 208

INDICE

ANNOTAZIONI

I GRANDI Tascabili Bompiani
Periodico mensile anno XVIII numero 54
Registr. Tribunale di Milano n. 269 del 10/7/1981
Direttore responsabile: Francesco Grassi
Finito di stampare nel luglio 2000 presso
Il Nuovo Istituto Italiano d'Arti Grafiche - Bergamo
Printed in Italy

ISBN 88-452-4534-9